୧୯୯୭ କେନ୍ଦ୍ରସାହିତ୍ୟ ଏକାଡ଼େମୀ ପୁରସ୍କାର ପ୍ରାପ୍ତ

ସବୁଠାରୁ ଦୀର୍ଘରାତି

୧୯୯୭ କେନ୍ଦ୍ରସାହିତ୍ୟ ଏକାଡେମୀ ପୁରସ୍କାର ପ୍ରାପ୍ତ

ସବୁଠାରୁ ଦୀର୍ଘରାତି

ଚନ୍ଦ୍ରଶେଖର ରଥ

ବ୍ଲାକ୍ ଇଗଲ୍ ବୁକ୍ସ

ଭୁବନେଶ୍ୱର, ଓଡ଼ିଶା

BLACK EAGLE BOOKS
Dublin, USA

ସବୁଠାରୁ ଦୀର୍ଘରାତି / ଚନ୍ଦ୍ରଶେଖର ରଥ

ବ୍ଲାକ୍ ଇଗଲ୍ ବୁକ୍ସ : ଭୁବନେଶ୍ୱର, ଓଡ଼ିଶା ● ଡବ୍ଲିନ୍, ଯୁକ୍ତରାଷ୍ଟ ଆମେରିକା

 BLACK EAGLE BOOKS

USA address:
7464 Wisdom Lane
Dublin, OH 43016

India address:
E/312, Trident Galaxy, Kalinga Nagar,
Bhubaneswar-751003, Odisha, India

E-mail: info@blackeaglebooks.org
Website: www.blackeaglebooks.org

First Edition 1995, Granthamandir, Cuttack-2

International Edition Published by
BLACK EAGLE BOOKS, 2024

SABUTHARU DIRGHARATI
by **Chandrasekhar Rath**

Copyright © **Chandrasekhar Rath's Family**

Cover & Interior Design: Ezy's Publication

ISBN- 978-1-64560-623-9 (Paperback)

Printed in the United States of America

ସୂଚିପତ୍ର

ସବୁଠାରୁ ଦୀର୍ଘରାତି

ମୁଁ କିନ୍ତୁ ତାକୁ ସକାଳେ ହିଁ ଦେଖିଥିଲି। ତା' ମୁହଁ ଝାଳରେ, ଲୁହରେ ଜକେଇ ଯାଇଥିଲା। ଆଖି ଚାରିପଟେ ଗହୀର କଳାଦାଗ ବାରିହେଉଥିଲା। ଖୋର୍ଷା ଗେରୁଆ ଗାମୁଛା ବେଢ଼େଇ ହୋଇଥିବା ତା' ମେଲା ଦେହରେ ଏଠିସେଠି ଧୂଳିମିଳି ଲାଗିଥିଲା। ପେଟ ଦି' ଭାଗ ହୋଇଯାଉଥିଲା ତା' ଘର ଭିତରୁ କାନ୍ଦଣା ଶୁଭୁଥିଲା।

ଲୁଗା ଘୋଡ଼େଇ କେହି ଜଣେ ପିଲାଟିକୁ କାନ୍ଧରେ ପକେଇ ବାହାରିଆସିଲା। ତା'ପଛରେ ଆଉ ଜଣେ ଏବଂ ଆଉ ଜଣେ। ସେ ପାଚେରୀକୁ ଆଉଜି ଆଖି ବୁଜି ନେଇଥିଲା। ସେ ମୋତେ ବୋଧହୁଏ ଦେଖିନାହିଁ କି ଚିହ୍ନିନାହିଁ। କିୟା, ମୁଁ ତାକୁ କିଛି ପଚାରିବାକୁ ସେତେବେଳେ ସାହସ କରିନାହିଁ।

ମୁଁ ସକାଳୁ ବୁଲିସାରି ଫେରୁଥାଏ। ମୁଁ ସବୁଦିନ ସେଇବାଟେ ସେତିକିବେଳେ ଫେରେ। ତାକୁ ପ୍ରାୟ ଭେଟେ ନାହିଁ। ସେଦିନ ସେପରି ଭେଟିବି ବୋଲି ମଧ ଭାବିନଥିଲି। କାରଣ ତାକୁ ସଞ୍ଜବେଳେ ମୋତେ ଘରେ ଛାଡ଼ି ଗାଡ଼ି ନେଇ ଚାଲିଆସିଥିଲା। କେନ୍ଦୁଝର ବାଟେ ଜୋଡ଼ାକୁ ନେଇଥିଲା ଏବଂ ଆଣିଥିଲା। ସେଇଠୁ ବାହାରିବା ଆଗରୁ ଗାଡ଼ିର ମିଟର ଖୋଲି ସଂଖ୍ୟା ଗୁଡ଼ାକୁ ପଛୁଆ କରି ଦେଇଥିଲା। ମାଲିକକୁ ଠକି କିଛି ପଇସା ସଞ୍ଚୁଥିଲା। ଜାଣିଥିଲା ଯେ ମୁଁ ପ୍ରତିବାଦ କରିବି ନାହିଁ, କାରଣ ମୁଁ ପଇସା ଦେଇନଥିଲି – ମୋତେ ଅନ୍ୟମାନେ ଅତିଥ କରି ନେଇଥିଲେ। ଟାକ୍ସି ପଇସା ବି ସେମାନେ ଦେଇଥିଲେ। ରାଜୁ ଟାକ୍ସି ଚଲାଏ। ଧଳା ଆୟାସେଡ଼ର ଡିଜେଲ ଗାଡ଼ିଟି ଭଲ ଚଲାଏ। ମୁଁ କେଉଁଆଡ଼େ ଗଲେ ସେ ନିଏ।

ପାଚେରୀକୁ ସେ ଆଉଜି ଠିଆହୋଇଥିଲା। ତା' ଘର ଭିତରୁ କାନ୍ଦଣା ଶୁଭୁଥିଲା। ଛୋଟ ପିଲାଟିକୁ ସେମାନେ କନା ଘୋଡ଼େଇ ନୀରବରେ ବାହାରି ଯାଇଥିଲେ। ମୋ ଦେହ ମୁଣ୍ଡ ଝିମ୍ ଝିମ୍ ଲାଗିଲା। ମୁଁ ଆସ୍ତେ ଘୁଞ୍ଚିଯାଇଥିଲି।

ସେ ଦିନସାରା କିନ୍ତୁ ରାଜୁ ମୋତେ ଆଚ୍ଛନ୍ନ କରି ରଖିଥିଲା। ମୁଁ ଯେଉଁଆଡ଼େ ଚାହିଁଲେ ଆଖିବୁଜି ପାଚେରୀକୁ ଆଉଜିବା ରାଜୁର ମେଲା ଦେହ ଦିଶିଯାଉଥିଲା। ମୋତେ ଅସୁସ୍ଥ ଲାଗୁଥିଲା। ତାକୁ ସେ ଦୁଃଖବେଳେ ସଙ୍ଖୋଳି ପାରିଲି ନାହିଁ ବୋଲି ଦୋଷୀ ଦୋଷୀ ଲାଗୁଥିଲା।

ରାଜୁକୁ ବୟସ ଏଇ ଚାଳିଶ ପଇଁଚାଳିଶ। ତା' ପିଲାଟିଏ କ'ଣ ପାଠଶାଠ ପଢ଼ିଲାଣି। ତାକୁ କୋଉଠି ଲଗେଇଦେବାକୁ ସେ ମୋତେ କହୁଥିଲା। ସେ କୁଆଡ଼େ ଆଉ ପଢ଼ିବ ନାହିଁ, ରାଜୁ ବି ଆଉ ପଢ଼େଇପାରିବ ନାହିଁ।

ବାଟରେ ହାଟ ଦେଖି ରାଜୁ ମୋ ପାଇଁ ଶସ୍ତାରେ ପରିବା କିଣି ଦେଇଥିଲା। ନିଜ ପାଇଁ କଖାରୁଟିଏ ଆଣିଥିଲା। କୁଟୁମ୍ବୀ ଘର। ଆଳୁ କଖାରୁ ଖୁବ୍ ଖର୍ଚ୍ଚ ହୁଏ ବୋଲି କହୁଥିଲା।

ଆଉ ବି କହୁଥିଲା ଯେ ତା' ସବା ସାନ ପୁଅଟାର ଦେହ ଭଲ ନଥିଲା। ଗାଡ଼ି ନ କାଡ଼ିଲେ ତା ଖାଇବାକୁ ମିଳିବ ନାହିଁ– ସେଥିପାଇଁ ଘରେ ରହି ବାଧ୍ୱକା ପଡ଼ିଥିବା ପିଲାଟି କଥା ବୁଝିବା ତା' ପକ୍ଷରେ ସମ୍ଭବ ନଥିଲା।

ଆମେ ଜୋଡ଼ା ଯିବା ବାଟରେ ସେ ଚୁପଚାପ୍ ଗାଡ଼ି ଚଲାଉଥିଲା। ସେ ବୋଧହୁଏ ବୁଡ଼ିରହିଥିଲା ଗଭୀର ଚିନ୍ତାରେ। ବଡ଼ପୁଅ, ସାନପୁଅ, ସାରା କୁଟୁମ୍ବ ଭୋକଶୋଷ ରୋଗ ଏବଂ ଅସହାୟ ଦୁଃଖ ଚିନ୍ତାରେ।

ମୁଁ ମଝିରେ କ'ଣ ପଚାରୁଥିଲେ ପଦେକରେ ଉତ୍ତର ଦେଇଦେଉଥିଲା।

ମୁଁ ଭାବିଥିଲି ଯେ, ତା'ର ମନ ବୋଧେ ଭଲନଥିଲା। ତାକୁ ତା' ଦୁଃଖରେ ମଝି ରହିବାକୁ ନଦେଇ ମୋର ଅନ୍ୟ ଚାରା ନଥିଲା।

ସେଠି ପହଞ୍ଚି ଭଲ ଖିଆପିଆ କଲାପରେ ରାତି ପାଇଲାବେଳକୁ ସେ ତେଙ୍ଗାହୋଇ ଯାଇଥିଲା। ଖୁବ୍ ଫୂର୍ତ୍ତି, ଖୁବ୍ ସତେଜ ଦେଖାଯାଉଥିଲା। ଘରମୁହାଁ ଫେରୁଥିଲା ବୋଲି ବୋଧେ ସେ ଯେମିତି ଉଲ୍ଲସିତ ଦେଖାଯାଉଥିଲା।

ଆମେ ଏ ସହର ସୀମା ଛୁଇଁଲା ବେଳକୁ ବେଶ୍ ଅନ୍ଧାର ହୋଇଯାଇଥିଲା। ସେ ମୋତେ ଦୁଆର ମୁହଁରେ ଓହ୍ଲେଇଦେଲା। ପରିବାପତ୍ର କାଢ଼ିଦେଲା। ନମସ୍କାର କରି ବିଦାୟ ନେଇଗଲା। ମନେହେଲା ତାକୁ ତର ସହୁନଥିଲା। ମୁଁ ତା' ମନକଥା ବୁଝି ତାକୁ ଆଉ ମୁହୂର୍ତ୍ତେ ପାଇଁ ସୁଦ୍ଧା ଅଟକାଇ ରଖିବାକୁ ଚାହିଁନଥିଲି।

କିନ୍ତୁ ରାତିଟା ଭିତରେ ଏସବୁ କ'ଣ ହେଇଗଲା ? କେତେ ଶ୍ରୀହୀନ ଦିଶୁଥିଲା ରାଜୁ। ସେ ବୋଧେ ପହଞ୍ଚିଲା ବେଲୁ ସଂଗ୍ରାମ ଆରମ୍ଭ ହୋଇଯାଇଥିଲା। ଡାକ୍ତର, ଔଷଧ, ପୁଣି ଡାକ୍ତର, ପୁଣି ଇଞ୍ଜେକ୍ସନ୍... ରାତି ସାରା ଥାକ ଥାକ ହୋଇ ଗୋଟେଇ

ହୋଇଯାଇଥିଲା ଦୁଃଖ ଏବଂ ଯନ୍ତ୍ରଣା। ସକାଳ ପାହିଲା ବେଳକୁ ସାନ ପଞ୍ଜୁରୀଟିକୁ ଖାଲିକରି ପକ୍ଷୀ ଉଡ଼ିଯାଇଥିଲା।

ମୁଁ ଦିନସାରା ଏଇ କଥା ଭାବୁଥିବା ବେଳେ ଆନମନା ବସିରହିଥିବା ଅନ୍ୟମାନେ ଲକ୍ଷ୍ୟ କରିଛନ୍ତି। ମୁଁ କିନ୍ତୁ ରାଜୁ ପାଇଁ ସତରେ ଭାରି ଅଥୟ ବୋଧକରୁଥିଲି।

କୌଣସି ପ୍ରକାରେ ପାଞ୍ଚଟା ବେଳକୁ ମୁଁ ତା'ଦୁଆରେ ପହଞ୍ଚିଲି। ସେ ତା' ପେଣ୍ଟ ସାର୍ଟ ହାଲକା ପିନ୍ଧି କାନ୍ଧରେ ସେଇ ଗାମୁଛାଖଣ୍ଡ ପକାଇ ବାହାରି ଆସୁଥିଲା। କୁଆଡ଼େ ସେ ବାହାରିଥିଲା ସେପରି ଦିନଟାରେ? ଭାରି ଭାରି ବିପଣିରେ ଟଲମଲ ନଆଁ ପରି ତା' ଗୋଡ଼ ଅସ୍ଥିର ପଡୁଥିଲା। ବୋଧହୁଏ ମଝେ ନିଶାପାଣି ପିଇଦେଇଥିଲା। ବୋଧହୁଏ ଚାହୁଁଥିଲା ତା'ଭିତରେ ଜଳୁଥିବା ନିଆଁକୁ ସେଇଭଳି ଲିଭେଇ ଦେବାପାଇଁ।

ମୋତେ ଦେଖି ଅପ୍ରତିଭ ହେଲା ନା କ'ଣ- ନମସ୍କାର କରି ଦାନ୍ତ ନେଫେଡେଇ ଠିଆହେଲା।

"ଆଉ କୁଆଡ଼େ ଗାଡ଼ି ଯିବ କି ସାର?"

"ତୁ କ'ଣ ଏଇନା ଗାଡ଼ି ନେଇ ବାହାରିବୁ"

"କିଛି ଅସୁବିଧା ନାହିଁ ସାର, ସ୍ଥିରିଂ ଧରି ବସିଗଲେ ତେଣିକି ସବୁ ଠିକ୍।"

"ମୁଁ କ'ଣ ସେ କଥା କହୁଚି? ଆଜି ପରା ତୋର..."

"ଓ... ତାକୁ ଆଉ କ'ଣ କରାଯାଏ ସାର? ସେଥିପାଇଁ ଦୁଃଖ କରି ବସିଲେ ବାକି ସବୁ ଖାଇବେ କ'ଣ? ଦୁଃଖ କରିବାକୁ ଆମର ବେଳ କାଇଁ ସାର? ଯେ ଗଲା ସେ ଗଲା। ଭାଗ୍ୟ ସହିଲା ନାହିଁ ସାର। ନହେଲେ ସେ ଟୋକାଟା ଗୋଟାଏ କ'ଣ ବଡ଼ଲୋକ ହୋଇଥାନ୍ତା। ଅଢ଼େଇବର୍ଷର ପିଲା। ତା' କଥା ଶୁଣିଲେ ଆପଣ ଛାନିଆ ହୋଇଥାନ୍ତେ। ତା'ଚେହେରା ବି ନିଆରା।" ସାମାନ୍ୟ ଆନମନା ହୋଇ ଗୋଟାଏ ଆଡ଼କୁ ଚାହିଁ ରହିଲା ରାଜୁ। ଅଗାଧ ସ୍ୱପ୍ନ ଓ ନିରାଶାର ଛାଇ ମାଡ଼ି ଯାଇଥିଲା ତା' ଆଖି ଉପରେ।

ସେ ଚମକିଲା ପରି ମୋତେ ଚାହିଁ ଦାନ୍ତ ନେଫେଡେଇଲା।

"ଚାଲନ୍ତୁ ସାରେ, କୁଆଡ଼େ ଯିବେ ପରା?"

"ଆରେ ନାଇଁ, ମୁଁ ଖାଲି ତତେ ଦେଖିବାକୁ ଚାଲିଆସିଲି!" ସେ ସେମିତି ଦାନ୍ତ ନେଫେଡେଇ ଚାହିଁଥାଏ। ତା'ଠୋ ସାମାନ୍ୟ ଥରିଉଠିଲା। ଆଖି କୋଣ କୁଞ୍ଚ କୁଞ୍ଚ ହୋଇଗଲା। ସେ ଲୁଚେଇପାରୁନଥିଲା ତା' କୋହଟାକୁ।

ମୁଁ ତା' ମାଲିକ ଗେରେଜ ଆଡ଼କୁ ତାକୁ ବାଟ କଡ଼େଇଲା ପରି ଆଗେଇ ଗଲି। ସେ ମୋ ସାଙ୍ଗେ ସାଙ୍ଗେ ଚାଲିଲା।

ଏମିତି ନୀରବ ଚାଲିଥାଏ।

"ଆପଣ ସ୍କୁଟର ଆଣି ନାହାନ୍ତି ସାର୍?"

"ଆଣିଚି। ଗଜି ପାଖରେ ଦେଇ ଆସିଚି ଲାଇଟ୍‌ଟାକୁ ସଜାଡ଼ିବା ପାଇଁ।"

"ମୋ ପାଖକୁ ଆସିଲେନି ସାର୍, ମୁଁ ତାକୁ ଠିକ୍ କରିଦେଇଥାନ୍ତି। ସେ ଗଜିଟା କ'ଣ ଜାଣେ?"

"ତୁ ବୋଧେ ମୋତେ ନେଇନଯାଇଥିଲେ ଏ ବିପତ୍ତି ପଡ଼ିନଥାନ୍ତେ। ତୁ ଏଠି ଥିଲେ କଥା ଅନ୍ୟ ପ୍ରକାର ହୋଇଥାନ୍ତା। ତୁ ରାତିଟାରେ କ'ଣ ଆଉ କରିପାରିଥିବୁ? ତୁ ମତେ ଖବର ଦେଲୁ ନାଇଁ!"

"କାହିଁକି କହିବି ସେ କଥା ସାରେ- ମୁଁ ପରା ଆସି ପାହାନ୍ତିଆରେ ଘରେ ପହଞ୍ଚିଲି। ସେତେବେଳକୁ କଥା ସରିଗଲାଣି।

ମୁଁ ଫାଇଁକିନା ରାଗିଗଲି।

"କ'ଣ ହେଲା? ତୁତା ଗୋଟାଏ ନାଲାୟକ୍, ଶଇତାନ୍ କାହାଁକା! ଘରେ ପୁଅ ବେମାର ପଡ଼ିଚି ଅଥଚ ତୁ ପଲେଇଲୁ ଖଟିକି। କ'ଣ ନା ମିତର ମୋଢ଼ି ଯୋଉ ଦି' ପଇସା ଚୋରି କରିଥିଲୁ ତାକୁ ପିଇ ଦବା ପାଇଁ?"

ସେ କିଚ୍ଛି ନକହି ମୋ ରାଗରୋଷକୁ ସହିସହି ଚାଲିଥାଏ।

"କଥା ଶୁଣୁନାହାନ୍ତି ସାରେ..."

"କ'ଣଟା ଆଉ ଶୁଣିବି... ନେଫେଡ଼ା? ରାତିସାରା ତ ମାଲପାଣି ପିଇ ସେଇଠି ଗଡ଼ିଥିବୁ।"

"ନାଇଁ ସାରେ, କାଲି ରାତି କଥା ମୁଁ ଆପଣଙ୍କୁ କ'ଣ ଆଉ କହିବି। ଯୋଗ ତ- ମୁଁ କ'ଣ ଜମା ଘରକୁ ଫେରିପାରିଲି କି?"

ମୁଁ ସେମିତି ତିଖାଗଲାରେ ପଚାରିଲି- "କାହିଁକି କ'ଣ ହେଲା?"

ସେ ଗେରେଜ୍ ଫିଟେଇ ଭିତରକୁ ଗଲା ନାହିଁ, ବରଂ କବାଟରେ ଆଉଜି ଠିଆହୋଇ ତଲ୍‌କୁ ଚାହିଁ ରହିଲା। କହିଲା... "ମୁଁ ଯଦି ତାକୁ ଡାକ୍ତରଖାନା ନେଇ ନଥାନ୍ତି ସେ ମରିଯାଇଥାନ୍ତା। ମୁଁ ଆପଣଙ୍କ ଘରୁ ଫେରିଲାବେଲେ ଭାବିଲି ଯେ, ରୋଗିଣା ପିଲାଟା ପାଇଁ ସେଉ ଅଙ୍କୁର କିଛି ନେଇଯିବି। ବାଟ ଭାଙ୍ଗି ବଜାରଆଡ଼େ ବାହାରିଲି। ଟାଉ ଟାଉ କିଣିଦେଲି। ଚଞ୍ଚଲ ଘରକୁ ଯିବାକୁ ମନ। ପିଲାଟା ଆଖିରେ ଆଖିରେ ନାଚୁଥାଏ। ତଲ ରାସ୍ତାରେ ଆସୁଚି ହଠାତ୍ ବ୍ରେକ୍ କଷିଦେଲି। ଗୋଟାଏ ନିଆଁହୁଲା ମୋ ତାଲୁରୁ ତଲିପା ଯାଏଁ ଖସିଗଲା। ଗୋଟାଏ ଆଠଦଶ ବର୍ଷର ଝିଅ ଗୋଟେ ସୁତାରେ ବଂଶିଗଲା। ନହେଲେ ତା' ଉପରେ ଗାଡ଼ି ମାଡ଼ିଯାଇଥାନ୍ତା। ସେ

ରାସ୍ତା କାଟି ଆର ପାଖକୁ ଧାଇଁ ଯାଇଥିଲା । ମୁଁ ଖୁବ୍ ଚିଡ଼ିଯାଇ ଗାଡ଼ିରୁ ଓହ୍ଲେଇଗଲି–
ତା' କାନମୋଡ଼ି ତା' ବାପା ମା' ପାଖରେ ଠିଆକରିବାକୁ ।"

"ତୋର ଏମିତି ରାସ୍ତାଘାଟରେ କାହିଁ ଅଭିଭାବକପଣ ବାହାରିପଡ଼େ ? ତୁ
ତ ଝରକା ବାଟେ ପଦେ କ'ଣ ଶୋଧିଦେଇ ବାହାରି ଆସିଥାନ୍ତୁ । ତତେ ଏତେ କଥା
କିଏ ଦେଲା ?"

ରାଜୁ ମୋ କଥାକୁ ସତେ ବା ଶୁଣିନାହିଁ । କହିଲା– ମୁଁ ଓହ୍ଲେଇ
ଡାକପକେଇଲି–ହେ, ହେ, ଚଗଲୀ ଟୋକି–ଶୁଣିଲୁ ଯାଏଦେ ।

ସେ ବତୀଖୁଣ୍ଟ ପାଖରେ ଛାନିଆ ହେଲାପରି ଠିଆହୋଇଗଲା । ମୁଁ ତା'
ପାଖକୁ ଚିହିଁକି ଗଲି । ଦେଖିଲାବେଳକୁ ଝିଅଟି କାନ୍ଦୁଥିଲା । ମୋତେ ଦେଖି କହିଲା–
ମୋ ବୋଉ ମରିଯିବ– ଆମ ଘରେ କେହି ନାହାନ୍ତି–ମୋ ବୋଉ ମରିଯିବ ।"

ସେ ଆଖ ମଞ୍ଜୁ କାନ୍ଦିଲା । ମୁଁ ଉଜ୍ଜେଇବା ହାତ ତଳକୁ କରି ଠିଆହେଲି ।
କ'ଣ କରିବି ଭାବିପାରୁ ନଥିଲି । ଏତିକିବେଳେ ବାଙ୍ଗୁରାହୋଇ ବୁଢ଼ୀଟିଏ ଠିକ୍ ମୋ
ବୋଉ ପରି ସେଇଠାରୁ ଆସି ପହଞ୍ଚିଲା ।

"ପଦୁଆଁ କିଲୋ... ଚାଲିଲୁ, ଚାଲ ଯିବା ଚାଲ, ପୁଅ... ଆଗରୁ ଟିକିଏ
ଅିଲ ନାଁ... ଆସ ଆସ" କହି ମୋ ଆଗେ ଆଗେ ରାସ୍ତାକାଟି ଚାଲିଗଲା । ମୁଁ ତା
କଥା କାଟିପାରିଲିନାହିଁ । ସେ ମତେ ସେମିତି କାହିଁକି ଡାକିଲା, ତା' ବି ବୁଝିପାରିଲି
ନାଁ । ଘରେ ପଶିଲାବେଳକୁ ତରମି ଆମରିମାନଙ୍କ ଘରପରି ଦରିଦ୍ର ଘର । ଅବ୍ୟବସ୍ଥା–
କୋଉଠି କ'ଣ ପଡ଼ିଛି... ଆଉ ପଦୁଆଁର ବୋଉ ଖଟ ଉପରେ କାନ୍ଥକୁ ଆଉଜି
ବସିଛି । ତା' ନିଃଶ୍ୱାସ ତୋଳୁଛି । ପାଣିହାଣ୍ଟିପରି ଟଳମଳ ଗର୍ଭାବସ୍ଥା ।

ବୁଢ଼ୀ ମାଉସୀ ପାଣି ଦି'ଚଲା ମୁହଁକୁ ମାରି କାନିରେ ତା' ମୁହଁକୁ
ପୋଛିଦେଲା ।

"ଚାଲେ, ଏ ପରା ଆଇଛନ୍ତି । ମୁଁ ତୋ' ସାଙ୍ଗରେ ଯିବି । ପଦୁଆଁ, ତୁ
ଭାଇକି ନେଇକି ଥା'– ତୋ ବାପା ଅଇଲେ ଡାକ୍ତରଖାନା ପଠେଇଦେବୁ । ଉପରେ
ମାଲିକ ଅଛି ଆମ ଦୁଃଖୀ ଲୋକକୁ ସମ୍ଭାଳିବାକୁ । ଗଲୁ ପଦୁଆଁ, ଏ ବିଶିଆ ମା'କୁ
ଡାକିଦେବୁ । ମୁଁ ଏକୁଟିଆ ଯାକୁ ନେଇପାରିବି ନାଁ ।"

ମୁଁ ପାଟି ଫିଟେଇପାରିଲି ନାଁ । ସତକଥା, ମାଲିକ ଅଛି ସବୁ କଥାକୁ ।
କାହା ବିପଦ ବେଳେ କାହାକୁ ଆଣି ଖଞ୍ଜି ଦଉଟି ।

"ଡାକୁ ତା'ହେଲେ ତୁ ଡାକ୍ତରଖାନା ନେଇକରି ଗଲୁ ?"

"ଶୁଣୁନାହାନ୍ତି... ସେ ମାଉସୀ ଆଉ ବିଶିଆ ମା' କୌଣସିମତେ ଧରାଧରି

କରି ଗାଡ଼ି ଭିତରେ ତାକୁ ବସେଇଦେଲେ। ପାଖରେ ଗୋଟେ କନା ବୁକୁଲା ଧରି ମାଉସୀ ବସିଲା। ବିଶିଆ ମା' ଆର ପାଖକୁ ବସିଲା। ବୁଢ଼ୀ କହିଲା– "ଚାଲିଲୁ ପୁଅ। ବେଗି ଟିକିଏ ନେଇଯିବା। ମୁଁ ନେଇ ପହଞ୍ଚିଲାବେଳକୁ ରାତି ସାଢ଼େ ଆଠଟା ପାଖାପାଖି। ସେମାନେ ତାକୁ ଓହ୍ଲେଇ ନେଲେ ମୁଁ ଚାଲି ଆସବି; କିନ୍ତୁ ମାଉସୀ କହିଲା– ମରଦ ଲୋକ ଜଣେ ଥିଲେ ପରା କେତେ ବଳ। ଯିବୁ ଟି ପୁଅ ଟିକିଏ ଡାକ୍ତର ସାଙ୍ଗରେ କଥା ହେଇ ବୁଝିଦିଅ, କୋଉଠିକି ନବା।

ମୁଁ ପଡ଼ିଲି ମହାସଙ୍କଟରେ। ଯେଉଁ ବିଶ୍ୱାସରେ ମାଉସୀ କଥା କହୁଥାଏ, ତାକୁ ଏଡ଼େଇ ଯିବା ସହଜ ନୁହେଁ। ମୁଁ ବାଧ୍ୟହୋଇ ଗଲି।

ଡାକ୍ତର ଆଉ ଡାକ୍ତରଖାନା କଥା ତ ଆପଣ ଜାଣନ୍ତି। ତେବେ ଗୋଟାଏ ସୁବିଧା ହେଲା ଯେ ଆୟାସେଡ଼ରରେ ଆସିଥିବା ରୋଗୀ ପାଇଁ ସେମାନେ ଟିକିଏ ତରକିଲେ– କେଜାଣି କିଛି ହୋଇଥିବ।

ଡାକ୍ତର ଆଉ ମେଟ୍ରନ୍ କହିଲେ 'ଆଶନ୍ତୁ'।

ମୁଁ ମାଉସୀ ଆଉ ବିଶିଆ ମା' ସାହାଯ୍ୟରେ ତାକୁ ନେଇଗଲି ପରୀକ୍ଷା ପାଇଁ।

ଦୁହେଁ ଦେଖୁ ଦେଖୁ କହିଲେ– "ସାଙ୍ଗେ ସାଙ୍ଗେ ଡେଲିଭରି ହବ। ସେଥିପାଇଁ ଏଇ ଏଇ ଇଞ୍ଜେକ୍ସନ୍ ସାଲାଇନ୍ ଆଉ କ'ଣ ସବୁ ଦରକାର। ଡାକ୍ତରଖାନାରେ ଦବା କଥା–ସରିଯାଇଛି। ଚଞ୍ଚଳ ତାକୁ ସ୍ଟ୍ରେଚରରେ ପକେଇ ନେବା ପାଇଁ ଡାକ୍ତର ହୁକୁମ ଦେଲାବେଳେ ମତେ ଦେଖି ଚିଡ଼ିଲାପରି କହିଲେ– ଆରେ ଦେଖୁଛନ୍ତି କ'ଣ ? ଏ ଚିଠା ଧରି ଶୀଘ୍ର ଯାଆନ୍ତୁ ବନମାଲିଲାଲ ମେଡିକାଲରୁ ଚଞ୍ଚଳ ନେଇ ଆସିବେ।

ଡାକ୍ତର, ମେଟ୍ରନ ଲାଗିଗଲେ ତାଙ୍କ କାମରେ। ମାଉସୀ କହିଲା ଯାଉନୁ ପୁଅ, ଦେଖୁରୁ କ'ଣ ବା... କି ଆଶ୍ଚର୍ଯ୍ୟ। ଚିଠାଟାକୁ ମୁଁ ବିଣ୍ଡାକରି ତା' ଆଗରେ ଫୋପାଡ଼ି ଚାଲିଆସିଥାନ୍ତି। କିଓ ବାଟରେ ଚାଲିଗଲା ଲୋକକୁ ଡାକିଆଣି ଏତେ ଅଧିକାର କ'ଣ ? ପଇସା କୋଉଠୁ ଆସିବ ? କ'ଣ ହବ ?

ଏତିକିବେଳେ ପଦୁଆଁ ମା' ତା' ପହରିଲା ପହରିଲା ଆଖିରେ ମୋତେ ଚାହିଁ ରହିଥିବାର ମୁଁ ଦେଖିଲି। ପଦୁଆଁର କାନ୍ଦଣା ମନେପଡ଼ିଲା–ମୋ ମା' ମରିଯିବ... ମୋ ମା' ମରିଯିବ।

ମୁଁ ସାଙ୍ଗେ ସାଙ୍ଗେ ବୁଲିପଡ଼ି ଗାଡ଼ି ଧରି ବାହାରିପଡ଼ିଲି। ଦୁଇଶ ଟଙ୍କା ଉପରେ ପଡ଼ିଲା ସବୁ। ତାକୁ ନେଇ ପହଞ୍ଚେଇଲି। ଭିତରେ ଡେଲିଭରି।

ବାହାରେ ମୁଁ। କେମିତି ବା ପଳେଇ ଆସିବି ? କାଲେ କେତେବେଳେ କ'ଣ ପୁଣି ଲୋଡ଼ା ପଡ଼ିପାରେ–ଆଉ କିଏ ଅଛି ?

ମୁଁ ରୋଡ଼ ଉପରୁ ପାନ କିଣି ଚୋବାଇଲି। ବିଡ଼ି ଟାଣିଲି। କିନ୍ତୁ ବାହାରେ ସେଇ ବେଞ୍ଚଟାରେ ବସିରହିଲି। ମୁଁ ଜାଣିଛି ସାର୍, ଭାରି ଅକଳିଆରେ ମୁଁ ପଡ଼ିଗଲି କ'ଣ ଆଉ କରିଥାନ୍ତି କହିଲେ?

ମୁଁ ରାଜୁକୁ ଚାହିଁଥାଏ। ତା'ର ସେ କଦମ୍ବଫୁଲିଆ ଠିଆ ଠିଆ ଛୋଟ ବାଲ, ମଝିରେ ମଝିରେ ପାଟିଯାଇଥାଏ। ପାନପଚା ଦାନ୍ତ ଅସନା ଦିଶୁଥାଏ। ହେଲେ ତା' ଆଖି କଥାକଥାକେ ଥମଥମ ହୋଇଯାଉଥାଏ, ବଙ୍କେଇ ଯାଉଥାଏ।

– ରାତି ବାରଟା ଦଶ ବେଳକୁ ପୁଅ ହେଲା। ଧାଇଟିଏ ଆସି ମତେ ହସି ହସି ଖବର ଦେଲା– ସତେବା ପୁଅଟି ମୋର।
ମାଉସୀ ଆସି ମୋ' ପାଖରେ ପହଞ୍ଚିଲା। ଯାହାହଉ ପୁଅ ଉଦ୍ଧାର ହୋଇଗଲା। ତୁ ଏଇନା ଘରଆଡ଼େ ଯିବୁଟି, ସେ ଟୋକାଟା ଏକୁଟିଆ ଡରୁଥିବ। ମୁଁ ମଧ୍ୟ ଖଣ୍ଡେ ପାଲଟି ପକାନ୍ତି। ସକାଳୁ ଆସିଲେ ବିଶିଆ ମା' ପଛେ ଯାଆନ୍ତା।

ମୁଁ କିଛି କହିଲି ନାହିଁ। କ'ଣ ବା କହିଥାନ୍ତି? ମାଉସୀକୁ ନେଇ ପଦୁଆ ଘର ଆଗରେ ଓହ୍ଲେଇ ଦେଲି। ଗାଡ଼ିରେ ବସିଲା ବେଳକୁ ସେ କହିଲା–

"ତୁ କୁଆଡ଼େ ପୁଣି ବାହାରିଲୁ? ଘରକୁ ଯାଉନୁ।"

ମୁଁ ମୋ ଘରକୁ ଯାଉଚି।

ତୋ ଘରକୁ କ'ଣ ବା? ... ତୁ ପରା ପଦୁଆଁର କକେଇ। ତତେ ସେମାନେ ଚିଠି ଦେଇଥିଲେ। ତୁ ପଦ୍ମପୁରୁ ଆସିରୁ? ପଦୁଆଁ ବାପଟା ତ ପାଞ୍ଚମାସ ହେଲା କୁଆଡ଼େ ଯାଇଚି ତା'ର ଖବର ନାହିଁ। ତୁ ପଦୁଆଁ କକେଇ ନୁହଁ?

ନାଇଁ ମାଉସୀ, ମୁଁ ପଦୁଆଁର କେହି ନୁହେଁ। ଏଇ ବାଟରେ ଗାଡ଼ି ରଖିଥିଲି। ତୁମେ ଡାକିଲାରୁ ତମ କଥା କାଟିପାରିଲି ନାହିଁ। ହଉ ମୁଁ ଆସେ।

ବତୀଖୁଣ୍ଟ ପାଖେ ବୁଢ଼ୀ ଗାଲରେ ହାତଦେଇ ହାଁକରି ଚାହିଁରହିଥିଲା।

ମୁଁ ତେବେ ବି ସାଢ଼େ ବାରଟାରେ ଘରେ ପହଞ୍ଚିପାରିଥାନ୍ତି; କିନ୍ତୁ ଯୋଗ ତ ମତେ ଘରେ ପହଞ୍ଚେଇ ନଦବା ପାଇଁ।

"ଆଉ କ'ଣ ସେମିତି କିଛି ଅକଳିଆରେ ପଡ଼ିଲୁ ନା କ'ଣ?"

"ନାଇଁ ସାରେ, ସେ ଆଉ ପ୍ରକାରେ କଥା। ବୁଲାଣିବାଟେ ଆସୁଥାଏ ତ– ସରକାରୀ ବଗିଚା ପାଖ ସାଇଆଡ଼େ ବହୁଦିନ ହେଲା ଯାଇନଥିଲି। ସେ ସାଇରେ ମୋର ପିଉସା ଲେଖା ହେବ, ଲକ୍ଷ୍ମଣ ପିଉସା ରହେ। ମୁଁ ଅନେଇ ଅନେଇ ଆସୁଚି। ଦେଖିଲାବେଳକୁ ସେଦିନ ରାତିରେ ପିଉସା ଦୁଆରେ ଲୋକ ପୁଞ୍ଜି ପୁଞ୍ଜି। କିରେ କଥା କ'ଣ? ଲକ୍ଷ୍ମଣ ପିଉସାର କାଳ ହୋଇଗଲା। ସଜିଲ କରୁଛନ୍ତି ମଡ଼ା ଉଠାଇବେ। ମୁଁ

ଗାଡ଼ି ରଖି ଓହ୍ଲେଇଲି। ସୁଦାମ ତାଙ୍କ ପୁଅ– 'ଭାଇନା' ବୋଲି ରଡ଼ିଟାଏ ଛାଡ଼ି ମୋତେ ଆସି କୁଣ୍ଢେଇ ଧଇଲା। ପୁଣି ପଡ଼ିଲି ଫନ୍ଦାରେ।

କୋକେଇ ଉଠିବ। ମତେ ପୁଣି କାନ୍ଧ ଦବାକୁ ହବ। ମଶାଣିରେ ପହଞ୍ଚିଲା ବେଳକୁ ରାତି ତିନିଟା। ମୁଖାଗ୍ନି ତୁଠରୁ ଫେରିଲା ବେଳକୁ ଫର୍ଚ୍ଚା ହୋଇଗଲାଣି। ମୁଁ ସେଇ ଓଦା ଗାମୁଛା ଗୁଡ଼େଇ ହେଇ ପଳେଇ ଆସିଲି। ଆସି ଘରେ ଦେଖିଲାବେଳକୁ କିଛି ବାକି ନାହିଁ।

ରାଜୁ ତଳକୁ ଚାହିଁ ଠିଆହୋଇଥିଲା। ବେକୁବ୍ କାହାଁକା– ଏତେ ବଡ଼ ଦୀର୍ଘ ରାତି କ'ଣ ଏମିତି ପାରି ହେବାକୁ ହୁଏ?

ଗାଡ଼ି ମାଲିକ ତା' ହିସାବ ନେଇଗଲା ପରେ ଆଉ କିଛି ବଳକା ରହିଲା ନାହିଁ। ଶହେ ଟଙ୍କା ମଶାଣିରେ ଲାଗିଗଲା। ରାତିରେ ଘରଖର୍ଚ୍ଚକୁ କିଛି ନାହିଁ।"

"ଆପଣଙ୍କର କୁଆଡ଼େ ଯିବାର ନାଇ ସାର୍?"

ଆଖି ତୋଲି ମୋତେ ଚାହିଁଲା।

ମୁଁ ରାଜୁ ଆଖିକୁ ଚାହିଁ ପାରିଲି ନାହିଁ। ତଳକୁ ମୁହଁ ପୋତିଦେଲି।

ସତେ ବା ରାଜୁ ପାଦତଳେ ଅପରାଧୀ ଈଶ୍ୱର ଟିକିଟିକି ହୋଇ ଭାଙ୍ଗି ପଡ଼ୁଥିଲେ।

ରୁନିପାଇଁ ନୀରବ ପ୍ରାର୍ଥନା

ଆସନ୍ତୁ, ଆମେ ସମସ୍ତେ ସେଠାରେ ଯୋଗଦେବା। ଅତତଃ ଗୋଟାଏ ଥର ଭାଷାର ବ୍ୟଭିଚାରରୁ ମୁକ୍ତ ହୋଇ, ଅଭିସନ୍ଧିର ଜାଲରୁ ମୁକୁଳି ଆସି ମୁହାଁ ପୋତି ଠିଆହେବା।

ଆଜି ଶନିବାର। ଆଜି ଦିନସାରା କୌଣସି ଅଘଟଣ ଘଟିନାହିଁ। କୌଣସି ଅସ୍ୱାଭାବିକତା ନାହିଁ ଏ ଛୋଟ ପୃଥିବୀର ପରିଧି ଭିତରେ। ଆଜି ବରଂ ସବୁ ଠିକ୍ ଚାଲିଛି। ସବୁ କେମିତି କେଜାଣି ସଜାଡ଼ି ହୋଇଯାଇଛି। ଆଜି ପାଇପରେ ପାଣି ଆସିଛି ଦୁଇଥର। ବିଜୁଳି ଆଲୁଅ ସଞ୍ଜବେଳେ ଦୁଇଘଣ୍ଟା ଉଡ଼ିଯାଇନାହିଁ। ବଜ୍ରପାତ ହୋଇ ନାହିଁ। ହେଲେ ବି ଏ ଅଞ୍ଚଳ ଲୋକେ କେବେ ପ୍ରତିବାଦ କରିନଥାନ୍ତେ- ବଜ୍ରପାତରେ ନୁହାଁ କି ଆଲୁଅ ଲିଭିଗଲେ ନୁହାଁ। କାରଣ ଆମେ ତୁମେ ତ ସେଠାପାଇଁ ଦାୟୀ ନୋହୁ ସେ ସବୁ ମାଲିକମାନଙ୍କର ଇଚ୍ଛା। ସେଠାରେ କ'ଣ ପ୍ରତିବାଦ କରାଯାଏ ?

କୃପା ମହାରଣାର ଦି'ବଖରିଆ ଭଡ଼ା ଘରେ ବି ଆଲୁଅ ଜଳୁଛି। ମହାରଣାର ସ୍ତ୍ରୀ ଏବଂ ବଡ଼ଝିଅ ଚାରି-ପାଞ୍ଚଥର ଦାଣ୍ଡ ଦୁଆରେ ଦେଖିଦେଇ ଚାଲିଆସିଛନ୍ତି। ରାସ୍ତା ସେମୁଣ୍ଡ ଯାଏଁ ବି କିଛି ସମୟ ଚାହିଁଛନ୍ତି। ସେମାନେ ସେତେବେଳେ ବୁଝିପାରି ନାହାନ୍ତି ରୁନି ଏବଂ ତା' ସ୍ୱାମୀ କାହିଁକି ଏମିତି ଅସ୍ୱାଭାବିକ ବିଳମ୍ବ କରୁଥିଲେ। 'ଲୁନା' ରେ ଦୁହେଁ ପାଞ୍ଚଟା ପୂର୍ବରୁ ଚାଲି ଆସିବା କଥା। ଆସୁ ଆସୁ ଆଗ ପଡ଼ିଶାରେ ରହୁଥିବା ମହାରଣା ମାଉସୀକୁ ହାତଠାରି ଡାକିବା କଥା। ଏସବୁ କିଛି ହେଲା ନାହିଁ କାହିଁକି, ଅଥଚ ଶନିବାର ସନ୍ଧ୍ୟାରେ ଅନ୍ୟ କିଛି ହେଲେ ଅସ୍ୱାଭାବିକ ନ ଥିଲା।

'ରୁନି ସାହୁ' କୁ ଦେଖିଲେ ହିଁ ଯେ କେହି ମୁଗ୍ଧ ହୋଇଯିବା ସ୍ୱାଭାବିକ୍। ସେ ଯେ ସେମିତି ଗୋଟାଏ ଅସାମାନ୍ୟ ସୁନ୍ଦରୀ ତା' ନୁହେଁ। ତା'ର ହସ ହିଁ ଅଲୌକିକ। ସତେ ବା ଧାରେ ହସରେ ସେ ସମଗ୍ର ପୃଥିବୀକୁ ସୁନ୍ଦର କରି ଦେଉଥିଲା। ସେ ଯେଉଁଦିନ ସେ ଭଡ଼ାଘରକୁ ତା' ସାମାନପତ୍ର ନେଇ ଆସିଲା- ଫୋଲ୍ଡିଂ ଖଟ,

ସୋଫା, ଟେବୁଲ ପଙ୍ଖା, ସିଲେଇ ମେସିନ, ଧଲାକଲା ଟି.ଭି.- ଦୁଆର ମୁହଁରେ ଠିଆହୋଇ ପଡୋଶୀମାନେ ଚାହିଁ ରହିଥିଲେ। ରୁନି ସମସ୍ତଙ୍କୁ ଚାହିଁ ହସିଦେଇଥିଲା। ଫଳରେ ସେ ସାଇ ସାରା ଦୁଇପଟେ ମଲ୍ଲୀ ଗଜଦନ୍ତ ଫୁଟିଯାଇଥିଲା ଧାଡ଼ି ଧାଡ଼ି ହୋଇ।

ଲୁନାଟିକୁ ଗଡେଇ ଗଡେଇ ଯେଉଁ ଛୋଟକାଟର ମଣିଷଟି ତା' ସାଙ୍ଗରେ ଚାଲିଥିଲା, ସମ୍ବଲପୁରୀ ପରଦା ଡିଜାଇନ ଥିବା କନାରେ ହାଲକା ବ୍ଲୁ ସାର୍ଟିକୁ ପିନ୍ଧିଥିଲା। ତା' ଉପରେ ଖଇରିଆ ରଙ୍ଗର ପେଣ୍ଟ। ଭାରି ମାନୁଥିଲା ତାକୁ। ସେ ବି ସମସ୍ତଙ୍କୁ ଚାହିଁ ସେମିତି ହସି ହସି ନୂଆ ଭଡ଼ା ଘରେ ପଶିଥିଲା। ସେ ରୁନିର ସ୍ୱାମୀ। କି ଚମକ୍କାର ଯୋଡ଼ିଟିଏ ବିଧାତା ଖଞ୍ଜିଥିଲା ସତେ। ମଣିକାଞ୍ଚନ ପରି ମାନୁଥିଲେ।

ସେମାନେ ସେମିତି ହସି ହସି ଜିନିଷ ସବୁ ଓହ୍ଲେଇ ଦେଇଥିଲେ-ପାଟିତୁଣ୍ଡ ନାହିଁ, ଘୋ ଗା ନାହିଁ। ଅତି ଭଦ୍ର ମାର୍ଜିତ ରୁଚି ଦୁଇଜଣ ଯାକର। ବାଃ, ସାଇବାଲା ଖୁବ୍ ଖୁସି।

ମହାରଣା ଘର ପିଲାଏ ତା' ଆର ଦିନ କହୁଥିଲେ, "ଜମା ପାଟିତୁଣ୍ଡ ନାଇଁ। ଆଖିରେ ନ ଦେଖିଲେ ଜଣେ କହିପାରିବ ନାହିଁ ଯେ ସେ ବଖରାରେ ଜଣେ କେହି ଆସି ରହିଛନ୍ତି।"

ସେଇ ଦିନ ତାଙ୍କ ବଡ଼ଝିଅ ରୁନିକୁ ଦେଖି ହାତଟେକି କହିଲା- "ଆସନ୍ତୁ ଆମ ଘରେ ଚା ଖାଇବେ।"

ରୁନି ହାତଟେକି କେବଳ ହସିଦେଲା। କିଛି କହିଲା ନାହିଁ।

ଆରେ ଭାରି ଗର୍ବୀ ତ! ଡାକିଲେ 'ହଁ ନାଇଁ' କିଛି ଉତ୍ତର ଦେଉ ନାହିଁ। ଭାରି ଜଣେ ତ! ଝିଅଟି ତମ ତମ ହୋଇ ଯାଇ ତା' ମା'କୁ କହିଲା।

ତା' ମା' ଆସି ପିଣ୍ଡାରେ ଠିଆହୋଇ ରୁନିକୁ କହିଲେ- "ଆସୁନାହାନ୍ତି। ଝିଅ ଆପଣଙ୍କୁ ଡାକିଲା, ଆପଣ ଶୁଣିପାରିଲେ ନାହିଁ ବୋଧହୁଏ।"

ରୁନି ପୁଣି ତାଙ୍କୁ ଚାହିଁ କେବଳ ହସିଲା-ଢଁ କି ଚୁଁ କିଛି କହିଲା ନାହିଁ।

ତା'ହେଲେ ଝିଅ ଠିକ୍ କହୁଥିଲା। ଏ ଗୋଟେ ମନମୋଟୀ କୋଉଠିକାର।

ସେ ଖପା ହୋଇଯାଇ ମହାରଣା ପାଖରେ କଥା ପହଞ୍ଚେଇଲେ, "କିଓ ତମକୁ କ'ଣ ଭଡ଼ାଟିଆ ମିଳୁନଥିଲେ? ଏମିତି ଗୋଟାକୁ ଆଣିଚ ଯେ ଜମା କଥା କହୁନାଇଁ। ମୁଁ ଏମିତି ପଡ଼ିଶାକୁ ନେଇ ଚଲିପାରିବି ନାଇଁ।"

"ଆରେ ନାଇଁ, ଏମାନେ ଭାରି ଭଲଲୋକ। ସକାଳ ହଉ, ଯାଇ ଘେରାଏ ବୁଲି ଆସିବା, ସୁବିଧା ଅସୁବିଧା ବୁଝି ଆସିବା।"

"ତମେ ଯାଅ- ମୁଁ ଆଉ ଅପମାନ ସହିବାକୁ ଯାଇପାରିବି ନାହିଁ।"

"ଆରେ ରହୁନା, ଦେଖିବା, ବୁଝିବା କଥା କ'ଣ?"

ସକାଳ ସାତଟାବେଳେ ଦୁହେଁ ଆସି ରୁନି ଦୁଆରେ ପହଞ୍ଚିଲେ। ଚମତ୍କାର ପରଦା ଝୁଲୁଥିଲା। ଭିତରକୁ ପଶିଗଲେ। ରାତିକ ଭିତରେ ସବୁ ଚକାଚକ୍ ସଜାହୋଇ ଯାଇଥିଲା। ସେମିତି କିଛି ଆଡ଼ମ୍ବର ନାହିଁ କିନ୍ତୁ ଦର୍ପଣ ପରି ସ୍ୱଚ୍ଛ ପରିଷ୍କାର। ରୁନି ଆସି ନମସ୍କାର କରି ସେମାନଙ୍କୁ ସୋଫା ଦେଖାଇଦେଲା।

"ଧନ୍ୟବାଦ ମିସେସ୍ ସାହୁ। ଆମେ ଆପଣଙ୍କୁ ସ୍ୱାଗତ ଜଣାଇବାକୁ ଆସିଛୁ।" କହିଲେ ମହାରଣାବାବୁ। ତଥାପି ରୁନି ସେମିତି ହାତଯୋଡ଼ି ରଖିଥାଏ। ସେମାନଙ୍କୁ ଚାହିଁ ସେମିତି ହସୁଥାଏ।

"ଆମେ ତା'ହେଲେ ଆସୁଛୁ। ଆପଣ ତ ଆମ ସହିତ କଥା ହେବା ବେଇଜ୍ଜତି ବୋଲି ଭାବୁଛନ୍ତି... ଆମେ ଆସୁଛୁ।" କହିଲେ ମିସେସ୍ ମହାରଣା।

ଏତିକିବେଳେ ରୁନି ଛପା ଅକ୍ଷରରେ କ'ଣ ଲେଖାହୋଇଥିଲା ଗୋଟିଏ କାଚ ବନ୍ଦେଇ ଫ୍ରେମ୍ ଆଣି ଟିପ୍ଏ ଉପରେ ଥୋଇଦେଲା- ଚମତ୍କାର ଗୋଲ ଗୋଲ ଅକ୍ଷରରେ ସେଥିରେ ଲେଖାଥିଲା, 'ଆମର ନୀରବତା ପାଇଁ କ୍ଷମା ମାଗୁଛୁ। ଆମେ ଦୁହେଁ ମୂକ ଓ ବଧିର।'

ମିଷ୍ଟର ମହାରଣା, ମିସେସ୍ ମହାରଣା ସତେବା ଟିକି ଟିକି ହୋଇ ଭାଙ୍ଗି ପଡ଼ୁଥିଲେ। ଏ ନିଷ୍ଠୁର ସତ୍ୟ ପାଖରେ ତାଙ୍କ ଭିତରେ ଭାବହାଟରେ ହୁଲସ୍ତୁଲ୍ ପଡ଼ିଯାଇଥିଲା। ସେ ଉଭୟେ ନୀରବ। ଥମ ଥମ ହୋଇ ରୁନିକୁ ଚାହିଁ ରହିଲେ। ମିସେସ୍ ମହାରଣା ହଠାତ୍ ଉଠିପଡ଼ି ରୁନିକୁ କୁଣ୍ଢେଇ ପକାଇଲେ। ତାଙ୍କ ଆଖିରୁ ବୋଧେ ନିର୍ମଳତମ ସ୍ନେହ ମୁକ୍ତାବିନ୍ଦୁପରି ଥୋପି ପଡ଼ୁଥିଲା। ସେଥିପାଇଁ କ'ଣ ଭାଷା ଅଣ୍ଟିଥାନ୍ତା?

କାହାରି କିନ୍ତୁ କିଛି ଅସୁବିଧା ହୋଇନାହିଁ। ରୁନି ଏବଂ ସାନୁ- ତା' ସ୍ୱାମୀ ଲୋକଙ୍କୁ ବୁଝିବାରେ ଏବଂ ନିଜକୁ ସେମାନଙ୍କ ପାଖରେ ବୁଝେଇଦେବାରେ କୌଣସି ଅସୁବିଧା ନଥିଲା। ରୁନି ଗୋଟିଏ କର୍ପୋରେସନ୍ରେ ଚାକିରୀ କରୁଥିଲା। ଖୁବ୍ ଦାୟିତ୍ୱପୂର୍ଣ୍ଣ କାମ। ସକାଳ ଦଶଟାରୁ ସନ୍ଧ୍ୟା ପାଞ୍ଚଟା ଯାଏଁ ଖଟଣି। ସାନୁର ଗୋଟିଏ ଷ୍ଟୁଡିଓ ସେଇଠାଇ- ସେ ପୋର୍ଟ୍ରେଟ୍ ଆଙ୍କୁଥିଲା। ବର୍ଗଫୁଟକୁ ୪୦୦ଟଙ୍କା ତୈଲଚିତ୍ର ପାଇଁ ଗିରାଖ ଅନେକ ଜମିଗଲେଣି ଆଜିକାଲି। ଏବକୁ ତା' ଫଟୋଚିତ୍ର ଯେମିତି ଚାହିଁବ ସେମିତି ମିଳିପାରିବ, ତା'ପୁଣି ରଙ୍ଗିନ୍। ତେବେ କଦରକରି ଜାଣିବା ଲୋକେ ତୈଲଚିତ୍ର ପାଇଁ ଅର୍ଡର ଦିଅନ୍ତି। ଏବେ ଦି'ଟା ଅର୍ଡର ଉପରେ ସାନୁ କାମ କରୁଛି।

ସେ ଚାରିଟାରୁ ବାହାରି ରୁନିକୁ ନେଇ ପାଣ୍ଠା ସୁଧା ବସାରେ ପହଞ୍ଚ
ଯାଏ। ସେଇଠୁ ଚା' ଟିକିଏ ଖାଇଦେଇ ସେମାନେ ଗାଧୋଇପାଧୋଇ ଟୋକି ଉପରେ
ବରଣ୍ଡାରେ ବସିଥାନ୍ତି। ସେମାନେ ସ୍ଥିର କରିଛନ୍ତି ରନ୍ଧାବଢ଼ା କରି ଗୁଡ଼ାଏ ସମୟ ଓ
ଶକ୍ତି ଅପଚୟ କରିବାର ଅର୍ଥ କିଛି ନାହିଁ। ଏଣୁ ଶୁକ ରେଷ୍ଟୁରାଣ୍ଟରେ ଦୁଇଓଲି ପାଇଁ
ଟିଫିନ୍ କେରିଅରରେ ଖାଇବା ବରାଦ କରିଦେଇଛନ୍ତି। ସକାଳେ ଚା' ବିସ୍କୁଟ ଖାଇ
ନଅଟା ପଇଁଚାଳିଶ ସୁଧା ଭାତ ମିଲ୍ ଦୁଇଟି ସାରିଦେଇ ବାହାରିପଡ଼ନ୍ତି। ଦି'ପହରରେ
ରୁନି ସେଇଠି ବରାପିଆଜି ଖାଇବାକୁ ପସନ୍ଦ କରେ। ସାନୁ ଖାଏ ଉପମା। ଅଲଗା
ଅଲଗା ଖାଆନ୍ତି। ସେଥିପାଇଁ ସେମାନେ ପଇସା ହିସାବକରି ରଖିଛନ୍ତି।

ଏଣୁ ସନ୍ଧ୍ୟାରେ ଖୁବ୍ କମ୍ ସମୟ ମିଳେ। ରୁନି ସାମନା ପଡ଼ୋଶୀ ମିସେସ୍
ଜେନାଙ୍କ ଘରକୁ ଯାଏ। ତାଙ୍କ ପୁଅ ବି.ଏ. ପରୀକ୍ଷା ଦଉଚି ତ। ରୁନି କିଛି ବହି
ବଜାରରୁ ଆଣିଦିଏ। କିଛି ନୋଟ୍ ତିଆରି କରିଦିଏ। ମିସେସ୍ ଜେନାଙ୍କ ପାଠରେ
ସେତେ ଜୋର୍ ନାହିଁ। ସେ ରୁନିକୁ ଦେଖି କିନ୍ତୁ ଖୁସିରେ କୁରୁଳନ୍ତି। ଠିଅଁଟାଏ ଦେଖି
ତା'ର ବୁଦ୍ଧି, ବିଦ୍ୟା ପାରିଲାପଣ। ସେ କୋଉଁ ମରଦଠୁ ଊଣା କୋଉ ଦିଗରେ ?

ସାଇପଡ଼ିଶା ଝିଅମାନଙ୍କୁ ରୁନି ଅପାଭଳି ଆଉ କେହି ଦିଶନ୍ତି ନାହିଁ। କଥା
କଥାକେ ରୁନିଅପା। ସେଇଠି ସିଲେଇ ବୁଣେଇ ଫ୍ରକ୍ ଜାମା କଟେଇ ଶିଖିବାକୁ ଭିଡ଼।

ପଦେ କଥା ରୁନି କହିପାରେ ନାହିଁ। ଅଥଚ ତା' ଆଖିରେ କୁହୁକରେ
ସମସ୍ତଙ୍କୁ ବଶୀଭୂତ କରି ରଖିଥାଏ। ତା' ନୀରବ ହସରେ ସମସ୍ତେ କିଶିହୋଇ
ଯାଇଥାନ୍ତି।

ଦିନେ ମିସେସ୍ ମହାରଣା ତା' ପାଖକୁ ସନ୍ଧ୍ୟାବେଳେ ଆସିଥାନ୍ତି। ଝିଅଙ୍କ
ଭିଡ଼ ଭାଙ୍ଗିଯାଇଥାଏ। ରୁନି ଝିଅମାନଙ୍କୁ ସାତଟା ପୂର୍ବରୁ ବିଦା କରିଦିଏ। ତାକୁ ଘଣ୍ଟା
ଦେଖେଇ ବିଶି ଆଙ୍ଗୁଠି ଟେକି ଆଖିରେ ଓଠରେ ବଡ଼ଅପାର ଆଦେଶ ଓ ସ୍ନେହ
ମିଶେଇ ସେ ସେମାନଙ୍କୁ ରାସ୍ତା ଦେଖେଇ ଦିଏ। ସେମାନେ ଠିକ୍ ବୁଝିଯାନ୍ତି। ରୁନି
ଦେହରେ ଗୋଲେଇ ହେଲାପରି ବିଦାୟ ନିଅନ୍ତି ତା' ପରଦିନ ଆସିବାକୁ।

ମିସେସ୍ ମହାରଣାଙ୍କୁ କପେ ଚା' ଥୋଇଦେଇ ରୁନି ପାଖ ସୋଫାରେ
ବସିଲା। ରୁନିର ଠାର ଅଙ୍ଗେ ବହୁତେ ସମସ୍ତେ ବୁଝିଯାଇଥାନ୍ତି; କିନ୍ତୁ ବେଲେବେଲେ
ତାକୁ ଲେଖି ଦେବାକୁ ହେଉଥାଏ।

ମିସେସ୍ ମହାରଣା ହସି ହସି ପଚାରିଲେ- "ତୁମ ବିଭାଘର ତ ଚାରିବର୍ଷ
ପୂରିଗଲା। କେବେ ଛୋଟ ଫୁଲଟିଏ ଫୁଟିବ ଏ ଘରେ ?" କିଛି ଠାର କିଛି ଭାବଭଙ୍ଗୀରୁ
ରୁନି ବିଷୟଟି ବୁଝିଗଲା। ତା' ମୁହଁ ଉପରେ ପ୍ରସ୍ତ ପ୍ରସ୍ତ ଫଗୁ ବୁଣିହୋଇଗଲା। ସେ

କିନ୍ତୁ ଖୁବ୍ ଡରିଗଲା ପରି ଜଣାଗଲା। ଖୁବ୍ ଘାବରେଇ ଯାଇଥିଲା। ସେ ହାତ ହଲେଇ ମୁଣ୍ଡ ଲଡ଼ି 'ନାହିଁ ନାହିଁ' କଲା। ମିସେସ୍ ମହାରଣା ଜୋର କରିବାରୁ ଲେଖିଦେଲା— "ନାଁ ମାଉସୀ, ଆଉ ଗୋଟିଏ ଅଭିଶପ୍ତ ମଣିଷ ଛୁଆକୁ ଏ ପୃଥିବୀକୁ ଆଣିବାକୁ ଚାହୁଁ ନାହିଁ।"

ମିସେସ୍ ମହାରଣା ଅନେକ ଭରସା ଉତ୍ସାହ ଦେଇ ତାକୁ ବୁଝେଇ ଥିଲେ ଯେ, ଏମିତି ବାପ ମା'ମାନଙ୍କର ଖୁବ୍ ସୁସ୍ଥ ପିଲାବି ହଉଛନ୍ତି। ସେମାନେ ଆଦୌ ମୂକ ବଧିର ହେଉନାହାନ୍ତି। ସେଥିପାଇଁ ଡାକ୍ତରଙ୍କୁ ପଚାରି ଆଗତୁରା ଔଷଧ ଖାଇବା କଥା। ରୁନି ତାଙ୍କ ହାତଯୋଡ଼ିକୁ ଧରି ତାଙ୍କ ମୁହଁକୁ ଚାହିଁଥିଲା। ତା' ଆଖି ଥମ ଥମ ହୋଇ ଯାଇଥିଲା ଲୁହରେ। ମିସେସ୍ ମହାରଣା ତାକୁ କୁଣ୍ଢେଇ ଧରି ପିଠି ଆଉଁସି ଦେଇଥିଲେ।

ତା'ପରେ ରୁନିର ହାବଭାବର ଅନେକ ପରିବର୍ତ୍ତନ ହୋଇଯାଇଥିଲା।

କର୍ପୋରେସନ୍‌ରେ କାମକରୁଥିବା ଟୋକାଦଳ ଖୁବ୍ ନିଘାରଖିଥିଲେ ରୁନି ଉପରେ। ରୁନି ସେମାନଙ୍କୁ ଚାହିଁଦେଇ ତାଙ୍କ ମନ କଥା ବୁଝିଯାଉଥିଲା। ତା'ର ସରଳ ନିର୍ମଳ ବ୍ୟବହାରରେ ସେମାନେ ଦିନବେଳେ ନିଶାଚର ପକ୍ଷୀପରି ଅସହାୟ ବୋଧ କରୁଥିଲେ। ତଥାପି ଜଣଜଣଙ୍କର କଟାସ ଆଖିରେ ସେ ଶଙ୍କିଯାଉଥିଲା। ତାକୁ ଲାଗୁଥିଲା ସତେବା ସେ ଚର୍ବ ଲାଗିଥିବା, ଅଣ୍ଟା ଧରିଥିବା ଚିକ୍କଣ କୁକୁଡ଼ାଟିଏ। ପାଟିରୁ ଲାଳ ଗଡ଼େଇ ସେମାନେ ଟାକି ବସିଛନ୍ତି, ସଜ ପାଇଲେ ଜାବିଦେବେ। ପର ଉଲାରି ତାକୁ ଭକ୍ଷିଯିବେ ଗୋଟାପଟେ। ସେ ସେମାନଙ୍କୁ ବୁଝିପାରୁଥିଲା; କିନ୍ତୁ କାହାକୁ କେମିତି ବା କ'ଣ କହିବ?

ସେଦିନ କାଣ୍ଟିନ୍‌ରୁ ପିଆଜି ବରାଦ କରି ସେ ଅପେକ୍ଷା କରିଥାଏ। ନବଘନ ମୁଦୁଲି ଆସି ତା' ସାମ୍ନାରେ ବସିଗଲା। ରୁନି ତାକୁ ଚାହିଁ ଅଳ୍ପ ହସି ସ୍ୱାଗତ ଜଣେଇଲା। ପିଆଜି ଆଣିଥିବା ଟୋକାକୁ ଆଉ ଗୋଟିଏ ପ୍ଲେଟ୍ ଆଣିବାକୁ ଠାରି ଦେଲା।

ନବଘନ ନିଜକୁ ଗୋଟେଇପୋଟେଇ କୌଣସି ପ୍ରକାରେ କହିଲା— "ଦେଖନ୍ତୁ ଏଇଟା ଅନ୍ୟାୟ। ଆପଣ ମୋତେ ଖୁଆଇବା କଥା ନା ମୁଁ ଆପଣଙ୍କୁ ଖୁଆଇବା କଥା। ମୁଁ ଆଜି ଉଭୟଙ୍କ ପଇସା ଦେଇ ଦଉଚି। ଆପଣ ନାହିଁ କଲେ ମୁଁ ଏଠୁଉଠି ଯାଉଛି।" ସେ ଉଠିବା ଉପକ୍ରମ କରିବାରୁ ରୁନି ବ୍ୟସ୍ତ ହୋଇ ତାକୁ ବସିବାକୁ ଅନୁରୋଧ କଲା। ବସିବାରୁ ଖୁସି ହୋଇ ତାକୁ ଚାହିଁ ହସିଲା। ପିଆଜି ଖାଇସାରି ଘଣ୍ଟା ଦେଖି ରୁନି ଚଞ୍ଚଳ ତା' ଖାଇନେଲା। ନବଘନ ଟା କପ୍ ଅଧାରେ ଛାଡ଼ିଦେଇ ଆଗ ଯାଇ କାଉଣ୍ଟରରେ ପଇସା ଦେଇ ପକେଇଲା।

ସେ ଦିନ ଦୁହେଁ ସାଙ୍ଗ ହୋଇ ଅଫିସକୁ ଆସିବାର ସମସ୍ତେ ଦେଖିଲେ, ନବଘନକୁ ଆଖି ଠାରି କେତେ ସାବାସି ଜଣେଇଲେ। ଜଣେ ତା' ଟେବୁଲ୍ ଉପରେ ହାମୁଡ଼ିପଡ଼ି ଫିସ୍ ଫିସ୍ କରି କହିଲା– କଂଗ୍ରାଚୁଲେସନ୍। ଏତେ ଦିନ ପରେ ବନହରିଣୀ ତୋ ଫାଂଦରେ ପଡ଼ିଲା। ନବଘନ କହିଲା, "ଯା'ବେ ଶଳା, ବାଜେ କଥାଯାକ କାଂଇ କହୁଚୁ?"

ରୁନି ତା' ଆଖି କଣରେ ସବୁ ଦେଖି ସବୁ କଲି ନେଉଥାଏ, ତା' କାନମୁଣ୍ଡ ଗରମ ହୋଇଯାଉଥାଏ। ସେ ସତେ କାଂଇଁକି ରାଜି ହେଲା? ସେ କ'ଣ ନିଜ ପଇସାଟା ଦେଇ ପାରିନଥାଂତା କିନ୍ତୁ ଏଇଟା ତ ସାଧାରଣ ଶିଷ୍ଟାଚାର। ସେ ଅପରିଚିତ ହୋଇଥିଲେ ଭିନ୍ନ। ଗୋଟାଏ ଅଫିସରେ କାମ କରୁଚି। କେମିତି ହେଲେ ତାକୁ ଏଡ଼େଇଦେଇହେବ। ହୁଏତ ନିଜେ ଆଗରୁ ପୁରା ପଇସାଟା ଦେଇଦେଇଥିଲେ ହୋଇଥାଂତା। ସେଥିରେ ହୁଏତ ଆଉ ପ୍ରକାରେ କଥା ପଡ଼ିଥାଂତା। ଅନେକ ଅର୍ଥ କରିଥାଂତେ କଟାସମାନେ। କ'ଣ କରାଯାଇପାରେ? ରୁନି ଖୁବ୍ କ୍ଲାନ୍ତ ହୋଇପଡ଼ିଥିଲେ। ତା'ର ଇଚ୍ଛା ହେଉଥିଲା କେମିତି ସମୟ ହୋଇଯାଆଂତା– ସେ ସେଇ ଜଂଜା ଭିତରୁ ମୁକୁଳିଯାଆଂତା।

ରୁନିର ଇତଃସ୍ତତଃ ଭାବ, କାହାକୁ ନଚାହିଁ ତଳକୁ ଅନେଇ ରହିବା ଖୁବ୍ ଅସ୍ୱାଭାବିକ। କ'ଣ ସେମିତି ଗୋଟାଏ କେଉଂଠୁ ଖସି ଆସିଛି ଏବଂ ରୁନି ଜାଣିପାରୁନାହିଁ ତାକୁ ନେଇ କ'ଣ କରିବ?

ସେ ହଠାତ୍ ଗୋଟାଏ ନିଷ୍ପତିରେ ପହଂଚି ଖୁବ୍ ଖୁସି ହୋଇଗଲା। ସେ ତା' ସ୍ୱାଭାବିକ ଢଂଗରେ ସମସ୍ତଂକୁ ଚାହିଁ ହସିଲା ଏବଂ ହାତଠାରି ଡାକିଲା। ଠେଲାପେଲା ହୋଇ ସମସ୍ତେ ମାଡ଼ି ଆସିଲେ, ନବଘନ ପଛେଇ ଗଲା। ଖଂଡେ କାଗଜରେ କ'ଣ ଲେଖି ରୁନି ସେମାନଂକୁ ବଢ଼େଇଦେଲା। ଜଣେ କିଏ ପଡ଼ିଲା, 'ଏ ରବିବାର ଦିନ ସକାଳବେଳା ଆପଣ ସମସ୍ତେ ମୋ ଘରେ ଖାଇବେ।' ରୁନିର ନିଷ୍ପାପ ହସ ଓ ଚାହାଣିରେ ସେମାନେ ଧାଇଧାଇ ହୋଇଗଲେ। ଆଉ କୌଣସି ତ୍ରୁଟାଚ୍ୟ କଥା ହେବାପାଇଁ ଅବକାଶ ରହିଲା ନାହିଁ। ରୁନିକୁ ମଧ ଖୁବ୍ ଉଷ୍ଣାସ ଲାଗିଲା। ଏଣିକି କାହା ସାଙ୍ଗରେ ବି ପିଆଜି ଖାଇଲେ ତା'ର ସଂକୋଚ କରିବାର କାରଣ କିଛି ନାହିଁ। ପଇସା ଯେ କେହି ଦେଲେ କିଛି ଯାଏ ଆସେ ନାହିଁ।

ରବିବାର ଦିନ ରୁନି ଘରେ ଭୋଜି ଖୁବ୍ ଜମିଥିଲା। ତା'ଉପର ଅଫିସର ବି ଆସିଥିଲେ। ଦୁଇଜଣ ସସ୍ତ୍ରୀକ ଆସିଥିଲେ। ନବଘନର ସ୍ତ୍ରୀ ଭାରି ବଢ଼ିଆ ମଣିଷ। ରୁନି ତାଂକର ବିଶେଷ ଯତ୍ନ ନେଉଥାଏ। କାରଣ ସେତେବେଳକୁ ତାଂକର ଟଳମଳ ଗର୍ଭାବସ୍ଥା, ତଥାପି ସେ ରୁନି ସାଙ୍ଗରେ ମିଶି କିଛି ବଢ଼ାବଢ଼ି କରିଦେଉଥିଲେ। କପାଳରୁ ଝାଲ

ଥୋପି ରୁନି ରୁମାଲରେ ପୋଛି ଦେଇଥିଲା। ଆଉ ଜଣେ ଅଫିସରଙ୍କ ସ୍ତ୍ରୀ। ସେ ବି ଉତ୍ତମ ମଣିଷ। ରୁନି ସାଙ୍ଗରେ ମିଶିଗଲେ। ସାନୁ ଫର ଫିର ସବୁକାମ କରୁଥାଏ। ଆଖିରେ ଶୁଣୁଥାଏ। ଆଖିରେ କଥା କହୁଥାଏ। ଚାଇଁ ଚାଇଁ ଟୋକା। ମେସିନ୍ ଭଳି କାମ। ମୁହଁରେ ସବୁବେଳେ ହସ।

ରବିବାର ଅପରାହ୍ନରେ ରୁନି ଆଉ ସାନୁ ମୁହାଁମୁହିଁ ବସି ପରସ୍ପରକୁ ଅନେକ ବେଳ ଚାହିଁଲେ। ହାତରେ ହାତ ରଖି ପରସ୍ପରକୁ ଅନୁଭବ କଲେ।

ସାନୁ ନବଘନର ସ୍ତ୍ରୀର ପେଟ ଅବସ୍ଥା ଠାରି ଦେଖାଇଲା। ଦୁହେଁ ହସିଲେ। ସେ ରୁନି ଆଡ଼କୁ ଟିପ ଦେଖାଇବାରୁ ସେ ଆଖି ତରାଟି ଜିଭ କାମୁଡ଼ି ମୁଣ୍ଡ ହଲେଇଲା। ସତେବା ସେ ସେମିତି ଅଚଳ ହେବାକୁ ଚାହେଁ ନାହିଁ। ସତେବା ସେଭଳି ଫଳବତୀ ହେବାପାଇଁ ସେ ମନେ ମନେ ସୁଖପାଏ; କିନ୍ତୁ ମାନିବାକୁ ଲାଜକରେ।

ସେଦିନ ରାତିରେ ରୁନି ଆଗରେ ଆଞ୍ଜୁଳା ପାତି ସାନୁ କ'ଣ ଭିକ୍ଷା କଲା ଭଙ୍ଗୀରେ ତାକୁ ଚାହିଁ ରହିଲା। ସେଇଭଳି ଭଙ୍ଗୀରେ ଗୋଟିଏ ଅଦୃଶ୍ୟ ଶିଶୁକୁ ହାତରେ ଝୁଲେଇବାର ଅଭିନୟ କଲା ଏବଂ ଦୁହେଁ ଦୁହିଁଙ୍କ ବିଭୋର ହୋଇ ଚାହିଁ ରହିଲେ। ପରସ୍ପରକୁ ନିବିଡ଼ ଭାବରେ ଭିଡ଼ି ଧରିଲେ ଅନେକବେଳଯାଏ।

ସୋମବାର ଠଉଁ ଦପ୍ତର। ରୁନି ନବଘନକୁ ଦେଖୁ ଦେଖୁ 'ଭାଉଜ'ଙ୍କ ଖବର ବୁଝିନେଲା। ଖୁବ୍ ଖୁସିହେଲା ସେ ଭଲ ଅଛନ୍ତି ଜାଣି।

ସୋମବାର ଠଉଁ ସାନୁର ନୂଆଚିତ୍ର ଆରମ୍ଭ। ସେ ତା' ବଡ଼ କାନ୍ଭାସରେ ମଦର ଆଣ୍ଡ ଚାଇଲଡ୍ ଆଙ୍କିବାକୁ ଯୋଜନା କଲା। ଆଙ୍କିଲା ରେମ୍ବ୍ରାଣ୍ଡଙ୍କ ଛାୟାରେ। ରଙ୍ଗ ସଜିଲ କଲା। ତୂଲି ଧୁଆଧୋଇ କରି ସଜିଲ କଲା। ସେ ଛନ୍ ଛନ୍ ଦେଖାଯାଉଥିଲା। ଖୁବ୍ ଖୁସି। ସତେବା ସେ ପୁନିଥ ଜନ୍ମଟାଏ ଦେଖି ପକେଇଛି। ବାସ୍ନାରେ ଭରପୁର ପବନ ତାକୁ ବହଲେଇଦେଉଚି।

ସୋମବାର ଫେରିବା ବାଟରେ ସେମାନେ ଗୋଟାଏ ବଡ଼ ପାକେଟ୍ ଚକଲେଟ୍ କିଣିଆଣିଥିଲେ। ସାହି ସାରା ପିଲାଙ୍କୁ ବାଣ୍ଟିଥିଲେ। ଏପରିକି ମିସେସ୍ ମହାରଣାଙ୍କୁ ଦୁଇଟି ଚକଲେଟ୍ ବଢ଼େଇଦେଇ ରୁନି ତାଙ୍କୁ ହିଁ ସତେବା କହିଥିଲା– 'ଆପଣ ସତେ ଭାରି ଭଲ ମଣିଷ।'

ମିସେସ୍ ମହାରଣା ରୁନିର ଗଲ ଟେକିଦେଇ ଚୁମା ଖାଇଥିଲେ। ଏଣିକି ସାବଧାନରେ ଚଲୁଥିବ। ବେଶୀ ପରିଶ୍ରମ କରିବ ନାହିଁ। ତୁମର ଚନ୍ଦ୍ରଉଦିଆ ପରି ପୁଥ ହବ। ଭାରି ସୁନ୍ଦର ଗୀତ ଗାଇବ। ପୁଲକିତ ହୋଇଥିଲା ରୁନି। ଲାଜରେ କିନ୍ତୁ ଡାହାଣ ହାତଟିକୁ ଛିଣ୍ଡାଡ଼ି ଠାରିଥିଲା– 'ଧେତ୍'।

ସେଇ ସପ୍ତାହର ଶନିବାର। ଘରୁ ବାହାରିଲା ବେଳକୁ ମିସେସ୍ ମହାରଣା ତାଙ୍କ ଦୁଆରେ ଠିଆ ହୋଇଥିଲେ। ପଞ୍ଚ ସିଟ୍‌ରୁ ରୁନି ତାଙ୍କୁ ହାତଠାରି ଟା' ଟା' କଲା। ଏପଟ ସେପଟ ସମସ୍ତଙ୍କୁ ଚାହିଁ ହସିଥିଲା।

ସାନୁ ତାଙ୍କୁ ତା' ଅଫିସ୍ ଗେଟ୍ ପାଖରେ ଓହ୍ଲେଇ ଦେଇ ଚାଲିଗଲା– ରୁନି ଦପ୍ତର ଭିତରେ ଆଖି ବୁଲେଇ ନେଲା। ଦେଖିଲା ନବଘନ ସିଟ୍‌ଟା ଖାଲି। ସେପାଖ ଲୋକକୁ ହାତଠାରି ପଚାରିଲା ତା'ର କ'ଣ ହେଲା ବୋଲି। ସେ ଯାହା କହିଲା, ସେଥିରୁ ସେ ବିଶେଷ କିଛି ବୁଝିପାରିଲା ନାହିଁ। ସେ ଆସି କାଗଜରେ ଲେଖିଦେଲା– wife serious in hospital. He is on leave.

'serious?'- ନୀରବ ପ୍ରଶ୍ନ।

'ହଁ କାଲି ରାତିଟୁ' କଷ୍ଟ ଆରମ୍ଭ ହେଲାଣି। ଆଜି ସେମାନେ କହିବାରୁ ନବଘନ ଛୁଟି ନେଇଛି। ସେ ଏବେଣା ଡାକ୍ତରଖାନାରେ ହିଁ ଥିବ।

ରୁନି ହଠାତ୍ ନିଜକୁ ଦେଖେଇ କହିଲା, 'ମୁଁ ବି ଛୁଟି ଦରଖାସ୍ତ କରି ଯାଉଛି। ଆପଣ କିଏ ଟିକିଏ ସାନୁକୁ ଡାକି ଆଣିପାରିବେ। ସେ ଗାନ୍ଧି ଛକ ପାଖରେ ସୁବାସ ରୋଡ୍ ଷ୍ଟୁଡିଓରେ ଥିବେ। ଆମେ ବି ଯିବୁ, କିନ୍ତୁ ଖାଇବା ଛୁଟି ଭିତରେ! ଆପଣ ଆମ ସାଙ୍ଗରେ ଚାଲୁନାହାନ୍ତି।

'ନା, ନା, ଆମେ ଦୁଇଜଣ ସେଠିକି ଯିବୁ।' କେହି ଦପ୍ତର ଛାଡ଼ି ଯିବାକୁ ଚାହୁଁନଥିଲେ। ରୁନି ତରତର ହୋଇ ଦରଖାସ୍ତ ଲେଖିଦେଲା। ଅଫିସରଙ୍କ ଟେବୁଲ ଉପରେ ଥୋଇ ବାହାରିଗଲା ବେଳେ ଦପ୍ତରକୁ ଚାହିଁଥିଲା। ତା' ଆଖିରେ କୌଣସି ଅଭିଯୋଗ ଆପେ ନଥିଲା। ସମସ୍ତେ ତାକୁ ଚାହିଁ ରହିଥିଲେ।

ବସ୍‌ରେ ରୁନି ପହଞ୍ଚିଲା। ସାନୁ ପାଖରେ। ସାଙ୍ଗେ ସାଙ୍ଗେ ଉଭୟେ ବାହାରିଗଲେ ଡାକ୍ତରଖାନା। ତିନ୍‌ନମ୍ବର କେବିନ୍‌ରେ ନବଘନ ସ୍ତ୍ରୀ ଶୋଇଥିଲା। ରୁନିକୁ ଦେଖିବାମାତ୍ରେ ତା' ମୁହଁରେ ମୁଚୁ‌ମୁଚୁଫୁଲ ଫୁଟିଗଲା। ରୁନିକୁ ସେ କହିଲା ଯେ, ଅପରେସନ୍ ହବ। ସେଥିପାଇଁ ରକ୍ତ ଦରକାର। ନବଘନ ବୋଧହୁଏ ସେଥିପାଇଁ ଯାଇଥିଲା, କିନ୍ତୁ ସାଢ଼େ ନ'ଠାରୁ କୁଆଡ଼େ ଗଲା? ସେତେବେଳେ ଏଗାରଟା ତିରିଶ ହେବାକୁ ଯାଉଥିଲା। ଡାକ୍ତର ଆସିଲେ। ନର୍ସ ଆସିଲେ। ରକ୍ତ ଅଧଘଣ୍ଟା ଭିତରେ ନଦେଲେ ଡେଲିଭରି ହେବା ଅସମ୍ଭବ। ସିଜେରିଆନ୍ କରିବା ମଧ୍ୟ ଅସମ୍ଭବ।

ରୁନି ସେମାନଙ୍କୁ ନୀରବ ଚାହିଁଲା। ସେମାନେ ବି ତାକୁ ଆଶ୍ଚର୍ଯ୍ୟ ହୋଇ ଚାହିଁଲେ। ରୁନି ଲେଖି ଜଣାଇ ଦେବାରୁ ସେମାନେ ସହଜବୋଧ କଲେ। ସେମାନେ ମଧ୍ୟ ଲେଖିଦେଲେ।

ରକ୍ତ ସେଇଟି ମିଳୁଥିଲା–ତା' ହେଲେ ନବଘନ ଗଲା କୁଆଡ଼େ ? ବୋଧହୁଏ ଟଙ୍କା ଯୋଗାଡ଼ କରିବାକୁ ଗଲା। ତା'ର କ'ଣ କେହି ନାହାନ୍ତି ? ଦପ୍ତରରେ କ'ଣ ତା'ର କେହି ନଥିଲେ ?

ଠିକ୍ ଅଛି। ରୁନି ସାନୁକୁ ଠାରିଦେବାରୁ ସେ ସାଙ୍ଗେ ସାଙ୍ଗେ ନର୍ସକୁ ରକ୍ତ ଭଣ୍ଡାରକୁ ବାଟ ଦେଖେଇ ନେବାକୁ କହିଲା। ସେ କ'ଣ ଗୁଡ଼ାଏ ବକ୍ ବକ୍ ହୋଇ ଆଙ୍ଗୁଠି ଦେଖେଇ ଦେଲା। ସେ ଜଣେଇ ଦେବାକୁ ଚାହୁଁଥିଲା ଯେ ଯାହାର ଦରକାର ସେ ନିଜେ ଯାଇ ସେ କାମ କରୁ।

ସାନୁ ରକ୍ତ ଆଣିଲା। ଇନ୍‌ଜେକ୍‌ସନ ଆଣିଲା। ଖାଇଲା ଛୁଟିରେ ଦପ୍ତରୁ କେହି ଆସିଲେ ନାହିଁ। "ଆହେ, ଗୋଟାଏ ଡେଲିଭରି କେସ୍ ତ। ଏଥିପାଇଁ ବେମତଲବ ଏତେ ଧାଁ ଦଉଡ଼ କାହିଁକି ? ପରେ ଘନିଆଠୁ ଭୋଜି ଆଦାୟ କରିବା ନାଇଁ।"

ଏଣୁ କେହି ଆସିଲେ ନାହିଁ। ନବଘନ ବି ଆସିଲା ନାହିଁ। ରୁନି ମନକୁ ପାପ ଛୁଇଁଲା। ନବଘନର କିଛି ଅଘଟଣ ହୋଇଯାଇ ନାହିଁ ତ ? ସେ ହାତଯୋଡ଼ି ସାଙ୍ଗେ ସାଙ୍ଗେ ପ୍ରାର୍ଥନା କଲା ମଙ୍ଗଳ ମନାସିଲା।

ରକ୍ତ ଦିଆ ଚାଲିଥାଏ। ରୁନି ଖଟ ଉପରେ ବସି ନବଘନ ସ୍ତ୍ରୀ ମୁଣ୍ଡ ସାଉଁଲି ଆଣିଲା। ଚାହିଁ ହସିଲା। ସେ ରୁନିର ହାତ ପାପୁଲିକୁ ଚାପି ଧରି କାନ୍ଦ କାନ୍ଦ ହୋଇଗଲା। ରୁନି ଏମିତି ପଚାରିଦେଲା, "ମା' ଆସିଲେ ନାହିଁ ?" ସେ ଜାଣିନଥିଲା ଯେ ଏ ପଦକ କଥାରେ ପୁରୁଣା ଘା' କଣ୍ଢା ହୋଇଯିବ। ନବଘନର ସ୍ତ୍ରୀ ତୁହାକୁ ତୁହା କୋହ ଉଠା କାନ୍ଦରେ ବିଲୀନ ହୋଇଯିବ ସତେବା। ବହୁ କଷ୍ଟରେ ରୁନି ତାକୁ ଆଉଁସା ସାଉଁଲା କରି ସାନ୍ତ୍ୱନା କଲା। ବୁଝିଲା ଯେ ତା'ର ମା' ନାହିଁ।

ତା' ଭିତରେ ରହି ରହି ଭାବାନ୍ତର ଦେଖା ଦେଲା। ଏଭଳି ଦିନେ ହୁଏତ ଖଟରେ ତାକୁ ଏକୁଟିଆ ପଡ଼ି ରହିବାକୁ ହେବ। ଏମିତି ରକ୍ତ ବୋତଲ ଝୁଲୁଥିବ ତଳମୁହାଁ। ତା' ପାଖରେ କେହି ନଥିବେ। ସାନୁ ହୁଏତ ବ୍ୟସ୍ତ ହୋଇ ସକାଳୁ ଯାଇଥିବ ଯେ ଦିନ ୨ଟା ଯାଏଁ ଆସି ନଥିବ। ତା'ର ତ ମା' ନାହିଁ।

ଦୁଇଟା ତିରିଶରେ ସେମାନେ ଆସି ତାକୁ ଅପରେସନ ପାଇଁ ନେଇଗଲେ। ନବଘନର ସ୍ତ୍ରୀ ରୁନି ହାତଟିକୁ ଧରି ଲୁହ ଗଡ଼େଇଲା। ଆସ୍ତେ ଆଖି ବୁଜିନେଲା। ରୁନି ସେଇଟି ଠିଆ ହୋଇ ରହିଲା ସ୍ତବ୍ଧ ନିସ୍ତବ୍ଧ। ଇସ୍, ମଣିଷଟା କେତେ ଅସହାୟ ସତେ।

ସାନୁ ଆଉ ସେ ମିଶି ହସ୍ପିଟାଲ ବାହାରେ ଜଳଖିଆ ଖାଇଲେ। ରୁନି

ଜାଣିଶୁଣି ଉପମା ପାଇଁ ବରାଦ କଲା। ସାନୁ ଉପମା ପ୍ଲେଟ୍ ଦେଖି ଅଳ୍ପ ଟିକିଏ
ହସିଲା। ରୁନି ବି ବୁଝିଗଲା, ସାନୁକୁ ଚାହିଁ ଆଖି ମୁଚ୍‌ମୁଚ୍ କଲା। ସେମାନେ
ଜଳଖିଆସାରି ଫେରିଲେ। ସମୟ ତିନିଟା ତିରିଶ। ତେବେ ବି ନବଘନର ଦେଖାନାହିଁ
ହେଲା କ'ଣ? ରୁନିକୁ ବିବ୍ରତ ହେବାର ଦେଖି ସାନୁ ତା' ପିଠି ଆଉଁସି ଦେଲା।
ପାଦେ ଆଗକୁ ରଖି ତା' ଚାହାଁଣୀରେ ପଚାରିଲା– 'ଯିବିକି ତାକୁ ଖୋଜିବାକୁ? 'ତା
ହାତ ଚାପି ରୁନି ମନାକଲା। ଶୂନ୍ୟକୁ ଚାହିଁ ରହିଲା।

କିନ୍ତୁ ସେମାନେ କରିବେ କ'ଣ? କେତେ ସମୟ ଅପେକ୍ଷା କରିବେ?
ଏଶେ ନବଘନର ସ୍ତ୍ରୀ ଅପରେସନ୍ ଟେବୁଲ୍ ଉପରେ। ତାକୁ ଛାଡ଼ି ଯିବେ କୁଆଡ଼େ?
ସାନୁ ବ୍ୟସ୍ତ ହୋଇ ଘଣ୍ଟା ଦେଖି କହିଲା, ଏବେ ବି ପାଞ୍ଚ ମିନିଟ୍ ଅଛି ପାଞ୍ଚଟା
ବାଜିବାକୁ। ଠାରି କହିଲା ରୁନିର ଅଫିସ୍‌କୁ ଫୋନ୍ କରିବ କି? ରୁନି ଫାଲେ ହସରେ
୩୦ ଲେଉଟେଇ ମୁଣ୍ଡ ହଲେଇଲା। 'ସେମାନେ କେହି ନଥିବେ। ଥିଲେ ବି ଆସିବେ
ନାହିଁ।' ସାନୁ ପାଖ ବେଞ୍ଚରେ ବସିପଡ଼ିଲା। ହତାଶ ଭଙ୍ଗୀରେ ପଛକୁ ଚାହିଁ ରହିଲା।

ଏତିକିବେଳେ ଖଣ୍ଡେ କାଗଜ ଧରି ଗୋଟିଏ ପୋଲିସ୍ କନେଷ୍ଟବଲ୍ ଦୁଆରେ
ଆସି ଠିଆ ହେଲା। କାବିନ୍ ନମ୍ବର ଦେଖି ନେଲା। ପଚାରିଲା, 'ଏଇଠି ନବଘନ
ମୁଦୁଲିଙ୍କ ସ୍ତ୍ରୀ ଅଛନ୍ତି?"

ରୁନି ସାନୁ ଉଭୟେ ହଡ଼ବଡ଼େଇ ଯାଇଥିଲେ। କ'ଣ ନିଶ୍ଚୟ ଅଘଟଣ
ଘଟିଗଲା– ନହେଲେ ପୋଲିସ୍ କାହିଁକି ଆସିଥାନ୍ତା? ସେମାନେ ପରସ୍ପରକୁ ଚାହିଁଲେ;
କେମିତି ଉତ୍ତର ଦେବେ। ଏତିକିବେଳେ ନର୍ସଟିଏ ପାରିହେଉଥିଲା। ସେଇ ନର୍ସ
ଡାକ୍ତରଙ୍କ ସାଙ୍ଗରେ ଆସିଥିଲା। ସେ ଠିଆହୋଇ ପଚାରିଲା, "କ'ଣ ଦରକାର?"

କନଷ୍ଟବଲ୍ କହିଲା– 'ନବଘନ ମୁଦୁଲିଙ୍କ ସ୍ତ୍ରୀ ଏଇଠି ଅଛନ୍ତି? ସେ ରୋଡ୍
ଆକ୍‌ସିଡେଣ୍ଟରେ ବେହୋସ ହୋଇ ଡାକ୍ତରଖାନାରେ ପଡ଼ିଛନ୍ତି। ଏବେ ସେ ଉଠିପାରିବେ
ନାହିଁ। ଏତୁ ଯଦି ତାଙ୍କ ସ୍ତ୍ରୀ ଯାଇପାରିବେ ତାଙ୍କୁ ନେବାକୁ ପୋଲିସ୍ ସାହେବ ମୋତେ
ପଠାଇଛନ୍ତି।"

ନର୍ସ କାଗଜରେ ଲେଖି ରୁନିକୁ ଧରେଇ ଦେବାରୁ ତା' ଆଖି ତରାଟି
ହେଇଗଲା। ସେ ଜିଭ କାମୁଡ଼ି ଭୟଭୀତ ହୋଇଗଲା। ଇସ୍ – ଏମିତି ବି କ'ଣ
ହୁଏ?

ସେ ନର୍ସକୁ ନମସ୍କାର କରି ଅନୁନୟ କଲା। ଲେଖିଦେଲା, "ଆପଣ
ଦୟାକରି ଅଧଘଣ୍ଟାଏ ଏଠା କଥା ବୁଝିଲେ ଆମେ ତାକୁ ଆଶ୍ୱସ୍ତ କରି ଚାଲିଯାଆନ୍ତୁ।
ଆପଣ କିନ୍ତୁ ତାଙ୍କ ସ୍ତ୍ରୀକୁ ଆକ୍‌ସିଡେଣ୍ଟ କଥା କହିବେ ନାହିଁ। ଆମେ ଆସିଲେ ବୁଝିବୁ।"

ନର୍ସ ପଚାରିଲା, "ଆପଣ ତାଙ୍କର କ'ଣ ହେବେ ?" ରୁନି ସାମାନ୍ୟ ହସିଲା । ଲେଖିଦେଲା, "ଆପଣ ଆମର କ'ଣ ହେବେ ?" ସେ ବୁଝିଗଲା । ରୁନି କାନ୍ଧରେ ହାତ ରଖି ପ୍ରତିଶ୍ରୁତି ଦେଲା ଏଠା ଦାୟିତ୍ୱ ସେ ଆସିବା ଯାଏଁ ସମ୍ଭାଳିବାପାଇଁ ।

ସାଙ୍ଗେ ସାଙ୍ଗେ ସାନୁ ଆଉ ରୁନି ବାହାରିଲେ ବଡ଼ଡାକ୍ତରଖାନା । ସଞ୍ଜବେଳେ, ବଜାର ଭିଡ଼ । ଏଠି ସେଠି ଟ୍ରାଫିକ୍ ଅଟକ । କୌଣସି ପ୍ରକାରେ ପହଞ୍ଚି କାଜୁଏଲଟି ପାଖରେ ବୁଝିଲେ । ସେ ଇମର୍ଜେନ୍ସି ୱାର୍ଡ୍‍କୁ ଦେଖାଇଦେଲେ ।

ଯାଇ ଦେଖିଲା ବେଲକୁ ମୁଣ୍ଡରେ ପଟି ଓ ଗୋଡ଼ରେ ପ୍ଲାଷ୍ଟର । ନବଘନ ମୁଦୁଲି ଏମାନଙ୍କୁ ଦେଖିବାମାତ୍ରେ ଉଦ୍‍ବିଗ୍ନ ହୋଇଉଠିଲା । ରୁନି ଯାଇ ତାକୁ ଶୋଇବାକୁ କହିଲା । ତାକୁ ଚାହିଁ ତା'ର ଅଲୌକିକ ହସରେ ତା' ମହିମଣ୍ଡଳକୁ ସ୍ଥିର କରିଦେଲେ । ଅଙ୍କ ଅଙ୍କ ଲେଖି ତାକୁ ସବୁ କଥା ଦୁହେଁ ମିଶି ଠାରିଦେଲେ । ତାକୁ ସମ୍ପୂର୍ଣ୍ଣ ନିଶ୍ଚିନ୍ତ ରହିବାକୁ କହି ରୁନି ଆଉ ସାନୁ ନିଜ ନିଜ ବୁକୁ ଉପରେ ହାତରଖି ନବଘନର ଦାୟିତ୍ୱ ବହନ କରିନେଲେ ।

ନବଘନ ଆଖିରୁ ଲୁହ ଗଡ଼ି କାନ ପାଖରେ ଠୁଲ ହୋଇଗଲା । ସେ ଗୋଟାଏ ହାତରେ ତା' ପର୍ସ କାଢ଼ି ପଇସାଦେବାକୁ କହିବାରୁ ସେମାନେ ହାତଟେକି ବାରଣ କଲେ । ପରେ ଦେଖିବା କହି ତରତର ହୋଇ ଚାଲିଗଲେ । ନବଘନ ପଛରୁ ସେ ଦୁଇଟି ଅଲୌକିକ ପ୍ରାଣୀକୁ ଚାହିଁ ରହିଲା ।

ସାନୁ ଭାରି ଅନ୍ୟମନସ୍କ ହୋଇ ଗାଡ଼ି ଚଲଉଥିଲା । ଟ୍ରକ୍ ପାଖରେ ଏମିତି ଘସି ହେଲାପରି ସୁତାଟିଏ ବ୍ୟବଧାନ ରଖି ସେମାନେ ପାରିହେଇଗଲେ । ପଛରୁ ରୁନି ତା' କାନ୍ଧ ଚିପି ତାକୁ ସଂଯତ ହେବାକୁ ଇସାରାକଲା ।

ଆଉ ଗୋଟେ ଜାଗାରେ ସେମିତି ସାନ ପିଲାଟିଏ ମାଡ଼ିଆସିଲା ଗାଡ଼ି ଉପରକୁ । ଆଖି ବୁଜିହୋଇଗଲା- କିନ୍ତୁ ସାନୁ ତାକୁ କଟେଇ ନେଇଗଲା ।

ସାନ ଡାକ୍ତରଖାନାରେ ପହଞ୍ଚି ସେମାନେ ଦୁହେଁ ତରବରରେ ତିନି ନମ୍ବର କ୍ୟାବିନ୍ ଆଡ଼କୁ ଯାଉଥାନ୍ତି । ଜଣକ ଦେହରେ ରୁନି ବାଡ଼େଇ ହୋଇଗଲା ।

ତା'ପରେ ବାରଣ୍ଡା ବୁଲାଣି ପାଖରେ ତିନିଟା ପାହାଚ- ରୁନି ଆଖିରେ ସେତେବେଳେ ନବଘନର ଶିଶୁ ସନ୍ତାନ, ତା'ର ମା', ସେମାନଙ୍କ ଭୋକଶୋଷରେ ଯନ୍ତ୍ରଣା, ସେମାନଙ୍କ ମୁଲାଏମ୍ ନବଜନ୍ମର ସ୍ୱର୍ଶ ବୋଝେଇ ହୋଇ ରହିଥିଲା । ସେଥିରେ ପାହାଚ ଦିଶିବ କୁଆଡ଼ୁ ?

ଗଛ କାଟିଲା ପରି ରୁନି ପଡ଼ିଗଲା ମୁହଁ ମାଡ଼ି । ସାନୁ ଯାଇ ତାକୁ ସାଉଁଟି ଧରିଲା । ରୁନି ନୀରବ ଯନ୍ତ୍ରଣାରେ ଛଟପଟ ହେଉଥାଏ । ଲୋକ ଜମିଗଲେ ଡାକ୍ତର

ଆସିଗଲେ। ସ୍ଟେଚର ମଗେଇ ରୁନିକୁ ସେଠାରେ ଶୁଆଇ ନେଇଗଲେ। ସାନୁକୁ ପଛକୁ
ଠେଲିଦେଇ କୌତୂହଳୀ ମଣିଷମାନେ ଆଗକୁ ପଶିଗଲେ। ସାନୁ କୌଣସି ପ୍ରକାରେ
ଭିତରକୁ ପଶି ଡାକ୍ତରଙ୍କୁ ଠାରି କହିଲା- ହାତ ପାପୁଲିରେ ଆଙ୍ଗୁଠିରେ ଲେଖିଲା-
'My wife'। ଡାକ୍ତର କେବଳ ତାକୁ ରଖିବାକୁ ସମସ୍ତଙ୍କୁ ବାହାର କରିଦେଲେ।

ବାହାରେ ଅନ୍ଧାର ଘନୀଭୂତ ହୋଇଆସିଲା। ରୁନିର କପାଳରୁ ଝାଳ ଝରି
ଯାଉଥିଲା। ସେ ଜୋର ନିଶ୍ୱାସ ନେଇଥିଲା। ତା'ର ଚେତା ବୁଡ଼ି ଯାଇଥିଲା।

ସାନୁ ଡବଡବ ଆଖିରେ ଚାହିଁ ରହିଲା। ଡାକ୍ତର ପରୀକ୍ଷା କରୁଥିଲେ। କ'ଣ
ଇନ୍ଜେକ୍ସନ୍ ଦେଲେ।

ତିନି ନମ୍ବର କ୍ୟାବିନ୍‌ରେ ନର୍ସ କୋଉଠୁ ଶୁଣି ଦୌଡ଼ି ଆସିଲା। ରୁନିକୁ
ଆଉଁସି ଦେଲା। ଡାକ୍ତରଙ୍କ ଇଙ୍ଗିତରେ ରୁନିର ନାକ ପାଖରେ କ'ଣ ଖୋଲି ଧରିଲା।
ଥଣ୍ଡାପାଣି ମୁଣ୍ଡକୁ ମୁହଁକୁ ଛିଞ୍ଚିଲା।

ରୁନି ଆଖ ଫିଟେଇ ଚାହିଁଲା। ତା'ର ସେ ଅଲୌକିକ ଆଖିରେ କୌଣସି
ଭାଷା ନଥିଲା। ଦୃଷ୍ଟି ନଥିଲା। ସାନୁ ପାଖରେ ଛିଡ଼ାହୋଇ ତା'ଗାଲ ଉପରେ ହାତ
ରଖିଲା। ତା' ପାପୁଲିର ଉଷ୍ଣମ ବାର୍ତ୍ତାର ଉତ୍ତରରେ ଆଖି ମଟକାପକେଇ ରୁନି ଚାହିଁଲା।

ସାନୁକୁ ଦେଖି ଅଳ୍ପ ହସିଦେଲା। ନର୍ସକୁ ଚାହିଁ ଚିହ୍ନିଲା। ତା'ର କୁଞ୍ଜେଇ
ଯିବାର ପ୍ରସ୍ତୁତି ବୁଝି ନର୍ସ କହିଲା- 'ପୁଅ ହୋଇଚି'।

ରୁନିର ମୁହଁରେ ଅଜସ୍ର ଫୁଲ ଫୁଟିଗଲା। ତା' ଆଖି ବୁଜିହୋଇଗଲା। ଲୁହ
ଝରିଗଲା। ତା'ପରେ ପାଖୁଡ଼ା ବୁଜି ହେଲାପରି ନିସ୍ତେଜ ହୋଇଗଲା ମୁହଁଟି। ଡାକ୍ତର
ଦେଖିଲେ- ପୁଣି ଚେତାବୁଡ଼ିଗଲା।

ସେ ସମସ୍ତଙ୍କୁ ଆଡ଼କରି ତାକୁ ଇଣ୍ଟେନ୍‌ସିଭ୍ କେୟାର ୟୁନିଟ୍‌କୁ ନେବାକୁ
ପରାମର୍ଶ ଦେଲେ। ନର୍ସ ସାନୁ ଅଣ୍ଟାରେ ବାହୁ ବେଢ଼େଇ ଅଖଣ୍ଡ ଭରସା ଦେଲାପରେ
ବାହାରକୁ ନେଇଗଲା। ସାନୁର ଆଖି ମୁହଁ ସର୍ବାଙ୍ଗରୁ ଗୋଟିଏ ନୀରବ ପ୍ରଶ୍ନ ସେ
ଶୁଣିପାରୁଥିଲା- 'ରୁନି ଭଲ ହୋଇଯିବ ତ' ନର୍ସଟି ଯଥାସମ୍ଭବ ଆଶ୍ୱାସନା ଦେଲା।

ରାତି ନଅଟା ବେଳେ ରୁନିର ସାଇପଡ଼ିଶାରୁ ସମସ୍ତେ ବାହାରି ଆସିଲେ।
ପରାମର୍ଶ କଲେ। ଫୋନ୍‌ଫାନ୍ କଲେ। ସାରା ପୃଥିବୀରେ କେଉଁଠି ହେଲେ ରୁନିକୁ
ଠାବ କରିବାକୁ ସେମାନେ ଅଥୟ ହେଉଥିଲେ; କିନ୍ତୁ ଖବର ଆସିଲା ଯେ, ରୁନି
ହସ୍ପିଟାଲରେ ବେହୋସ ହୋଇପଡ଼ିଛି। ସମସ୍ତେ ବ୍ୟଗ୍ର। ସମସ୍ତେ କାନ୍ଦ କାନ୍ଦ।
ସମସ୍ତେ ନୀରବ।

ଅଧଘଣ୍ଟା ଭିତରେ ସମସ୍ତେ ଆସି ହସ୍ପିଟାଲ ପିଣ୍ଢାରେ ଠିଆହୋଇଗଲେ।

କାହାରି ପାଦଶବ୍ଦ ଶୁଭୁନାହିଁ। ନିଶ୍ୱାସ ବି ଶୁଭୁନାହିଁ। ସାନୁକୁ ମୁଣ୍ଠଓଡ଼ ସାଉଁଲିଦେଲେ ମିସେସ୍ ମହାରଣା ୫ର୫ର କାନ୍ଦିପକେଇଲେ।

ଇଷ୍ଟେନ୍‍ସିଭ୍ କେୟାର୍ ୟୁନିଟ୍‍ର କବାଟ ଭିତରୁ ବନ୍ଦ ରହିଛି। ରୁନି–ରୁନି ଗର୍ଭରେ ସ୍ୱପ୍ନ ଯେ ତା' ଜୀବନର ସମସ୍ତ ନିରବତାକୁ ସଂଗୀତମୟ କରିବ ବୋଲି ତା'ର ବିଶ୍ୱାସ ଥିଲା। ଉଭୟେ ନୀରବ ଅନ୍ଧାର ଭିତରେ କୂଳ ପାଉନାହାନ୍ତି। ନବଘନ ମୁଦୁଲିର ସ୍ତ୍ରୀ ସବୁ ଶୁଣି ଆଖିବୁଜି ହାତଯୋଡ଼ି ପ୍ରାର୍ଥନା କଲେ। ସାଇପଡ଼ିଶାର ସମସ୍ତେ କରଯୋଡ଼ି ପ୍ରାର୍ଥନା କଲେ। ରୁନି କାଲି ସକାଳୁ ଆଖିମେଲି ନଚାହିଁଲେ କୌଣସି କଢ଼ ଫୁଟିପାରିବ ନାହିଁ। ସେ ହସିନଦେଲେ ସୂର୍ଯ୍ୟ ଉଇଁପାରିବ ନାହିଁ।

ସାହିର ଛୋଟ ଛୋଟ ଝିଅମାନେ କାହୁକୁ ଆଉଜି ଠିଆହୋଇଛନ୍ତି– ଯେ ଯେଉଁଠି ଅଛନ୍ତି ଚୁପ୍‍ଚାପ୍ ଠିଆ ହୋଇଛନ୍ତି। କାତର ଦରିଦ୍ର ଦୀନହୀନ ପୃଥିବୀରେ ମଣିଷମାନେ ସମସ୍ତେ। କାହା ତୁଣ୍ଡରେ ଭାଷା ନାହିଁ।

ଆପଣ ଏ ନୀରବ ପ୍ରାର୍ଥନାରେ ଯୋଗ ଦେଇପାରିବେ?

ନିମ୍ନ ପାହାଚ

ଆମେ ସମସ୍ତେ ଏକା ଏକା ଯିବାକୁ ଅମଙ୍ଗ ହେଉଥିଲୁ, ବୋଧହୁଏ ଡରୁଥିଲୁ। ବୋଧହୁଏ ସେ ନିଘଞ୍ଚ ଅନ୍ଧକାରକୁ ହିଁ ଡରୁଥିଲୁ। ଓଦା ଓଦା ପାହାଡ଼ପରି ନିସ୍ତବ୍ଧ ଅନ୍ଧାର। ଆକାଶ ଆଉ ପୃଥିବୀକୁ ଘୋଟି ରହିଥିବା ଅନ୍ଧାରର ତୃତୀୟ ପାଦପାଇଁ ମେଦିନୀ ନିଅଣ୍ଟ ହେଉଥିଲା। କାହାର ସାହସ ତା' ପାଇଁ ମୁଣ୍ଡ ପତେଇଦେବ ?

ସମୟ ଅପରିମେୟ ମନେହେଉଥିଲା। କେହି ଯଦି କହୁଥାନ୍ତା ସେତେବେଳେ ସତେଇଶ ହଜାର ବାଜିଛି ବୋଲି ମୁଁ ବିଶ୍ୱାସ କରିଥାନ୍ତି- ଘଣ୍ଟାରେ କିନ୍ତୁ ଦଶଟା ତିରିଶ। ଆମେ ଶହ ଶହ ଲୋକ ଆସିଥିଲୁ-ପ୍ରମୋଦ ଘରେ ଭୋଜି ଖାଇବାକୁ ସାତଟା ତିରିଶରେ। ପ୍ରମୋଦ ତା' ପୁଅର ଜନ୍ମବାର୍ଷିକୀ ଉତ୍ସବ କରୁଥିଲା। ଭୋଜିଭାତ, କୁକୁଡ଼ା, ପଲଉ, ଖିରି ମିଠା... ଗହଗହ ଆଲୁଅ, ଚହଚହ ସଙ୍ଗୀତ। ଆମେ ସବୁ ବିଭିନ୍ନ ,ବୟସର-ଟୋକା, ଦରବୁଢ଼ା, ବୁଢ଼ା, ପାକଲାବୁଢ଼ା, ଡେପୁଟି ଇନ୍‍ସ୍‍ପେକ୍‍ଟର, ଅଧ୍ୟାପକ, ପୋଲିସ, ବେପାରୀ, ଡାକଘର, ବିଜୁଳିଘରର ଲୋକମାନେ-ପ୍ରମୋଦର ସାଙ୍ଗ ସହୋଦର, ଶୁଭେଚ୍ଛୁ।

ଆମେ ଆସିଥିଲୁ, ଫୁଲତୋଡ଼ା, ରୂପାଗିନା, ସୁନାହାର, ମୁଦି, ବଳା, ଜାମା, ଜୋତା... ସବୁ ମୁଲାୟମ୍‍, ସାବ୍‍ଜ୍‍ା, ଛୋଟ ଛୋଟ।

ଆକାଶରେ ମେଘ ଜମିଥିଲା। ଚିକ୍‍ଚିକ୍‍ କରୁଥିଲା। ନିସ୍ତବ୍ଧ ନିଶାଚର ପକ୍ଷୀପରି ଘମାଘୋଟ ଅନ୍ଧାର। ଆମେ ଅନେକ ଆଲୁଅ ଜାଲି ତାକୁ ଉପହାସ କରୁଥିଲୁ, ଅରଣ୍ୟ ନାଭିରେ ବାମନଗୁଡ଼ିଏ ହୁଲାଟେକି ସେ ଅମାପ ଗହୀରକୁ ଚାହିଁଲାପରି।

ଡକ୍‍ଟର ଘୋଷାଲ ମୋ ପାଖରେ ପ୍ରେଟ୍ରୋମେକ୍‍ସ ଥୋଇଦେଇ ଦରି ଚାହିଁ ସିଗ୍‍ରେଟ୍‍ ଶୋଷୁଥିଲେ। ଆରପଟେ ଗୋଟାଏ ପେଟ୍ରୋମେକ୍‍ସ ଥୋଇଦେଇ ଦରି

ଉପରେ ବ୍ରିଜ୍ ଖେଳୁଥିଲେ ବ୍ରଜବାବୁ ଆଉ ତାଙ୍କ ସାଙ୍ଗମାନେ। ମଝିରେ ମଝିରେ ପାଟିତୁଣ୍ଡ କରୁଥିଲେ। ତା'ପରେ ହଠାତ୍ ଥମିଯାଉଥିଲେ।

ଏତିକିବେଳେ କିଏ ଜଣେ ଗୋଟାଏ ଟର୍ଚ ଧରି ଚାରିଆଡ଼େ କାହାକୁ ଖୋଜିଲା, ଆସି ଡାକ୍ତର ଘୋଷାଲଙ୍କୁ ଖପ୍କିନା ଦେଖାଧରି ବସେଇଦେଲା। ଡାକ୍ତର ସନ୍ଧ୍ୟାରେ ସାମାନ୍ୟ ନିଶାଖାଇ ମସଗୁଲ୍ ଥିଲେ। ଭାରି ସଉକିନ୍ ମଣିଷ। ଟିକୀଖାଇ ବିରକ୍ତ ହେଲେ। ହାତରୁ ସିଗ୍ରେଟ୍ ଖସିପଡ଼ିଲା। ଟର୍ଚ ଧରିଥିବା ଲୋକଟା କହିଲା– 'ଉଠନ୍ତୁ, ଆସନ୍ତୁ ଚଞ୍ଚଳ...।"।

ଗୋଟାଏ ହାଣ୍ଡିଭିତରୁ ଫିସ୍ କଥା କେମିତି ଭାରି ଭାରି ଜଣାଯାଉଥିଲା।

ମୁଁ ପଚାରିଲି, – 'କ'ଣ ହୋଇଚି ?'

ତାସ୍ ଖେଳ ପାଖରୁ ଶୁଭିଲା, 'ଥ୍ରୀ ହାର୍ଟସ୍!'

ଡାକ୍ତର ଘୋଷାଲ ଲମ୍ଭ। ଲମ୍ଭ। ପାହୁଣ୍ଡ ପକେଇ ଘର ଭିତରକୁ ପଶିଯାଉଥିଲେ। ମୋତେ କେମିତି ଅସ୍ଥିର ଲାଗିବାରୁ ମୁଁ ଉଠିପଡ଼ିଲି। ଏପଟ ସେପଟ ହେଲି।

ରାସ୍ତା ପାଖକୁ ଟୋକାଗୁଡ଼ାଏ ଟେପ୍ ରେକର୍ଡରେ ଡିସ୍କୋଗୀତ ଶୁଣୁଥିଲେ। ଗୋଟାଏ ସେଥିରୁ ହାତ ଗୋଡ଼ ଅଣ୍ଢା ଚମକାଉଥିଲା। ରନ୍ଧାଶାଳ ପାଖାପାଖି ଟିଶ ଚୌକିମାନଙ୍କରେ ଚାଦର ଘୋଡ଼ିହେଇ ବ୍ୟସ୍ତମାନେ ବସିଥିଲେ– ବୋଧହୁଏ କଥା ହେଉଥିଲେ ପଦେ ପଦେ। ତାଙ୍କ କଥାଗୁଡ଼ାକ ସନ୍ଧ୍ୟାରେ ବଡ଼ ଭାଗ ଶୂନ୍ୟ ପଶିଯାଉଥିଲା।

ଏତିକିବେଳେ ପ୍ରମୋଦ ଦେଖାଦେଲା। ତା' ମଲମଲ ଜାମା ଝାଲରେ ଲାଖିଯାଇଥିଲା। ତା' ପଛରେ କିଏ ଗୋଟାଏ ଗୋଡ଼ାଉଥିଲା। ପ୍ରମୋଦ ଆସିଲେ ଦାନ୍ତପରି ମାଡ଼ିଆସେ। ଖେଳୁଆଡ଼ ଟୋକା। ସେ ଆସି ମୋ ସାମ୍ନାରେ ଠିଆହୋଇ ତା ଢଙ୍ଗରେ କହିଲା– 'ଚାଲ୍ ଭାଇ, ସମସ୍ତଙ୍କୁ ଡାକି ବସେଇଦେ। ଫାଷ୍ଟ ବେଚ୍ ନଉଠିଲେ ବିଳମ୍ବ ହେଇଯିବ। ମେଘଟା ପରା ଟେକି ରଖିଛି।'

ଉଠ ଉଠ... ବସ, ବସ, ଶୁଣାଗଲା ଚତୁର୍ଦିଗରୁ। ଦରି ଲମ୍ଭାବାଗେ ଚଉଡ଼ାହୋଇ ପଡ଼ିଗଲା। ଧାଡ଼ି ଧାଡ଼ି ଜାତି–ଜାତି ଲୋକେ ଡକାଡକି ହେଇ ବସିଗଲେ। ମାତ୍ର ଦଶ ମିନିଟ୍ ଭିତରେ ପତ୍ରପଡ଼ିଗଲା। ଗୋଟାକ ପରେ ଗୋଟାଏ ମହକ ଏବଂ ସ୍ୱାଦର ପତୁଆର ପତ୍ରୁ ପତ୍ରକୁ ଆଗେଇଗଲା। ପତ୍ରୁ ବାଙ୍ଘଉଠିଲା, ବାସ୍ନା ଉଠିଲା, କଥାବାର୍ତ୍ତା ହଠାତ୍ ଥମିଗଲା।

ସମସ୍ତେ ମୁହାଁପୋତି ଖାଇବାରେ ଲାଗିଗଲେ। ପ୍ରମୋଦ ଗୋଟାଏ ବଡ଼

ପରାତରେ ମାଂସ ଆଉ ଜଣଙ୍କ ହାତରେ ଧରେଇ ଆସି ପହଞ୍ଚିଲା। ସମସ୍ତଙ୍କ ପତ୍ରରେ ବାଛି ବାଛି ବଡ଼ ବଡ଼ ଖଣ୍ଡ ଦେଇ ଆସୁଥାଏ। ଆଉ ଦୁଇଜଣଙ୍କୁ ପାରିହେଲେ ସେ ମୋ ପାଖକୁ ଆସିଯିବ- ଏତିକିବେଳେ କାକର ପବନ ବହିଲା। ଦୁଇ - ଚାରିଟୋପା ପାଣି ମୋ କାନ୍ଧରେ ପିଠିରେ ପଡ଼ିଲା। ବରଫପରି ଥଣ୍ଡା। ମୋତେ ଅସୁସ୍ଥ ଲାଗିଲା।

କେମିତି କେଜାଣି ଉଦ୍‌ବିଗ୍ନ ଲାଗିଲା। କୌଣସି ପ୍ରକାରେ ହାତଟେକି ଉଠିଯିବାକୁ ଇଚ୍ଛା ହେଲା।

ପ୍ରମୋଦ ମୋ ପାଖଲୋକ ପାଖେ ପହଞ୍ଚିଥାଏ। ବଡ଼ ଚାମଚରେ ମାଂସ ଲେଉଟାଉଥାଏ ବାଛି ବାଛି ଦେବାପାଇଁ। ସେଇ ଟର୍ଚ୍ଚ ଧରିଥିବା ଲୋକ ଟାଉଟାଉ ଆସି ତା' ସାମନାରେ ଠିଆହେଲା।

- 'ଆପଣ ଭିତରକୁ ଆସନ୍ତୁ।'

ମାଂସ ଉପରୁ ନଜର ନଟେକି ପ୍ରମୋଦ ଅଡ଼ାଳିଆ ସ୍ୱରରେ କହିଲା, 'କିବେ କାହିଁକି ? କ'ଣ ବିପଦ ପଡ଼ିଲାପରି ଡାକୁ !'

ସେ କିଛି ନକହି ପ୍ରମୋଦର ପରସୁଥିବା ହାତର ମଣିବନ୍ଧକୁ ଧରିପକେଇଲା। ପ୍ରମୋଦ ତା' ମୁହଁକୁ ଚାହିଁବାରୁ କହିଲା- 'ପିଲା ଦେହ ଖରାପ... ସିରିଅସ୍- ଆପଣ ଆସନ୍ତୁ।"

'ଆରେ ଡକ୍ଟର ଘୋଷାଲକୁ ନେଇଯା। ସେ ସେକାମ ସମ୍ଭାଳିବ।'

'ନାଇଁ ଆପଣ ଆସନ୍ତୁ।'

ପ୍ରମୋଦ ଆଉ କିଛି ନ କହି ଉଠିପଡ଼ିଲା। ଖୁବ୍ ଭିତରେ ବିରକ୍ତିଟାକୁ ଲୁଚେଇ କହିଲା- 'ଚାଲ୍ ଚାଲ୍ ମୁଁ ଯିବି। କ'ଣ ହେଇଚି ଦେଖିବା।' କିଛି ସମୟ ପରେ ଆହୁରି ଦମକାଏ କାକର ପବନ ଭୋଜିଖାଉଥିବା, ଲୋକଙ୍କ ଉପର ଦେଇ ବହିଗଲା।

ବାଙ୍ଗ ଛାଡ଼ୁଥିବା ଭୋଜିପତ୍ରଯାକ ହିମଜର୍ଜର ମନେହେଲା। ମୁଁ ମାଂସ ଖଣ୍ଡେ ପାଟିରେ ପୁରେଇ ଜମା ଢୋକିପାରିଲି ନାହିଁ। ଏକଦା ଗୋଟିଏ ପୋଷା ମୟୂରୀକୁ ଡାହାଲକୁକୁର ଧରିନେଇଥିଲା। ମୋର ମନେହେଲା, ସେ ମୟୂରୀର ସ୍ୱରଧାର ପରି ଶାଣିତ ଆର୍ତ୍ତନାଦ ପବନକୁ ଖିନ୍‌ଭିନ୍ କରି ଚିରିଦେଲା।

ପ୍ରମୋଦର ସ୍ତ୍ରୀ କାନ୍ଦୁଚି ବୋଲି କିଏ ଗୋଟିଏ ଫିସ୍‌ଫିସ୍ କରି କହିଲା।

କିଏ ପୁଣି କହିଲା- ଯାହାପାଇଁ ସେ ଉତ୍ସବ ହଉଥିଲା ସେ ଚାଲିଗଲା। ତେଣିକି କେବଳ ବର୍ଷା ବତାସିର ସମୟ। ଦୀପ ସବୁ ଲିଭିଯିବାର ବେଳ। ଦଳ ଦଳ ହୋଇ ଫେରିଯାଉଥିବା ଅର୍ଦ୍ଧମୁକ୍ତ ମଣିଷଙ୍କର ପଟୁଆର ଅନ୍ଧାରରେ ଲୀନ ହୋଇଯାଉଥିବା ଦୃଶ୍ୟକୁ ଚାହିଁରହି ଅପେକ୍ଷା କରିବାର ଅମାପ ସମୟ।

ରାତି ଦଶଟା ତିରିଶ୍। ଆମେ ଛ'ଜଣ ଶେଷକୁ ରହିଥାଉ। ପ୍ରମୋଦର ଘର ଆଗରେ ସେ ନିମ୍ବ ଗଛଟା ଏତେ ଉଚ୍ଚ ଆଉ ଭୟାବହ ବୋଲି ମୁଁ ଆଗରୁ କେବେ ଭାବି ନଥିଲି। ଆମେ ତା'ରି ମୂଳରେ ଠିଆହୋଇଥାଉ। ବର୍ଷା ସେମିତି ଟୋପି ଟୋପି ପକାଉଥାଏ। ପବନ ବହୁଥାଏ-କେତେବେଳେ ଛେଚିଦେବ ଠିକଣା ନାହିଁ।

ଆମେ ସମସ୍ତେ ଦୂରଦୂରାନ୍ତରୁ ଆସିଥାଉ। ପ୍ରମୋଦ ଗୋଟାଏ ଭ୍ୟାନ୍‌ରେ ଆମକୁ ଗୋଟେଇଆଣିଥିଲା। ସେଇ ଭ୍ୟାନ୍‌ଟା ଯାଇଥିଲା ଭୋଜିପାଇଁ ମିଠା ଆଣିବାକୁ। ଫେରିଲେ ଆମକୁ ନେଇ ଛାଡ଼ିଦେବ ବୋଲି ଆମେ ଅପେକ୍ଷା କରିଥାଉ।

ଡାକ୍ତର ଶ୍ୟାମାପ୍ରସାଦ ଘୋଷାଲ ପେଣ୍ଟମୁଣାରୁ ଛୋଟ ବୋତଲଟିଏ କାଢ଼ି ପୁଣି ରଖିଦେଉଥାଏ। ସିଗ୍ରେଟ୍ ଶୋଷୁଥାଏ ଗୋଟାକ ପରେ ଗୋଟାଏ।

ଅଲକା ବହିଦାର, ସ୍କୁଲ ଡେପୁଟି ଇନ୍‌ସପେକ୍ଟର। ପ୍ରମୋଦର ବାନ୍ଧବୀ। ଗୋଟିଏ ଟିଣ ଚୌକିରେ ବସି ତଳକୁ ଚାହିଁ ରହିଥାଏ। ବାରମ୍ବାର ଗୋଡ଼ ଉପରେ ଗୋଡ଼ ବଦଳ କରୁଥାଏ। ମୁରାରୀ ବାରିକ ପୋଷ୍ଟମାଷ୍ଟର ଆଉ ଗୋଟିଏ ଚୌକିରେ ବସିଥାଏ। ଚନ୍ଦା ମୁଣ୍ଡକୁ ଆଉଁସୁଥାଏ ଏବଂ ହାଇମାରୁଥାଏ।

ସୁରେନ୍ଦ୍ର ସାହାଣୀ ସଙ୍ଗୀତ ମାଷ୍ଟର। ତା'ର ଲମ୍ବା ପଞ୍ଜାବୀ ଆଉ ପାଇଜାମା। ନିମ୍ବଗଛକୁ ଆଉଜି ଠିଆହୋଇ ରହିଥାଏ। ମଝିରେ ମଝିରେ ତା'ର ଦୀର୍ଘଶ୍ୱାସ ଶୁଭୁଥାଏ। ଅଖ୍‌ତାର ଅଲି ବହିଦୋକାନୀ। ସବୁଠୁ ଅଧିକ ଡରକୁଲା-ଚ୍ଛାନିଆ ମଣିଷ। ତା'ର ସାଦିକୁ ଦୁଇବର୍ଷ ପୁରି ଯାଇଥିଲା। ତା'ର ପିଲାପିଲି କିଛି ନାହିଁ। ସେ ଛନ୍‌ଛନ୍ ହଉଥାଏ। ମୋ ପାଖ ଛାଡୁନଥାଏ।

"ୟା ଆଲ୍ଲା, କ'ଣ ସତେ ହେଇଗଲା କୁମାର ବାବୁ ୟା ଆଲ୍ଲା!"

ମୁଁ କୁମାର ସାମନ୍ତରା। ପ୍ରମୋଦର ଖେଳ ସାଙ୍ଗ। ମୋତେ ଲାଗୁଥାଏ କ'ଣ ସବୁ ମୋ ଭିତରେ ରୁନ୍ଧି ହୋଇଯାଉଥିଲା। ମୁଁ ସେଠି ରହିବାକୁ ଆଦୌ ଚାହୁଁ ନଥିଲି; ପ୍ରମୋଦକୁ ଆଦୌ ଭେଟିବାକୁ ଚାହୁଁ ନଥିଲି। କିନ୍ତୁ ପ୍ରମୋଦ ଲଣ୍ଠନଟାଏ ଧରି ଘରୁ ବାହାରି ଆସିଲା। ଭୋଜିପତ୍ରମାନଙ୍କରେ କୁକୁର ବେଢ଼ିଯାଇଥିଲେ।

ଅଲକା ବହିଦାର ଉଠି ଠିଆହେଲା। ପୋଷ୍ଟମାଷ୍ଟର ବି।

ପ୍ରମୋଦ ଗୋଟାଏ ଚୌକିରେ ଲଣ୍ଠନ ଥୋଇ ମୋତେ ତା'ର ପରିହାସ ଢଙ୍ଗରେ କହିଲା- "the rascal had no manners..." ମୁଁ ତା' ପାଇଁ ଭୋଜି ଦେଲାବେଳେ ଚାଲିଗଲା। ମୋ ସାଙ୍ଗମାନେ ମୋ ଘରୁ ଅଧାଖିଆରେ ଉଠି ଚାଲିଗଲେ।"

ମୁଁ ଜାଣିପାରୁଥିଲି, ତା' ଭିତରେ କ'ଣ ଘାରିହେଉଥିଲା। ମୁଁ ତାକୁ କୁଣ୍ଢେଇ ଧରି ପିଠି ଆଉଁସିଦେଲି। ମୋ କାନ୍ଧରେ ମୁହଁ ରଖି ସେ ଲୁହ ଗଡ଼େଇଦେଲା। ସେ

ମୋ ଜାମା ଉପରେ ହିଁ ମୁହଁ ଘସିନେଲା । ମୋତେ ଚାହିଁ ଅଙ୍କ ହସିଦେଲା ।

ଏତିକିବେଳେ ମିଠା ବୋଫେଇ ଭ୍ୟାନ୍ ଆସି ପହଞ୍ଚିଲା । କ'ଣ ଭାବିଲା କେଜାଣି କହିଲା– "ଚାଲ୍ ମୁଁ ତତେ ତୋ ଘରେ ଛାଡ଼ିଦେଇ ଆସିବି ।"

ମୁଁ ଆସିଥାଏ ସବୁଠୁ ଦୂର ଜାଗାରୁ । ବସ୍ ଆସିଯିବାରୁ ଆମେ ତରବରରେ ଭିତରେ ଜାକିଜୁକି ହେଇ ବସିଗଲୁ । ଆମ ଦିହିଙ୍କ ମଝିରେ ଅନ୍ଧାରରେ ଅଲକା ବହିଦାର ବସିଯାଇଥିଲା । ମୋ ଆଖପାଖେ ଅଖ୍ତାର୍ ମିଞ୍ଜା ।

ଖାଲ-ଢିପ ରାସ୍ତା । ଘମାଘୋଟ ଅନ୍ଧାର । ଆଉ ଝରଝର୍ ବର୍ଷା । ଗାଡ଼ି ଛେଚିକଟି ହେଉଥାଏ । ଆମେ ଜଣକ ଉପରେ ଜଣେ ଅଜାଡ଼ି ହେଇପଡ଼ୁଥାଉ । ଗୋଟାଏ ମୋଡ଼ ପାଖରେ ଅଲକା ବହିଦାର ପ୍ରମୋଦ ଉପରେ ବାଡ଼େଇ ହୋଇଗଲା । ସେ ପଡ଼ିଯିବ କାଲେ ବୋଲି ଆମେ ତାକୁ ଧରିନେଲୁ । ସେ ଅନ୍ଧାର ଭିତରେ ମୋର କିମ୍ଭୁତ ଗୋଟାଏ ବିକଟାଳ ଅନୁଭବ ହେଲା ।

ତା'ପରେ ଆସିଲା ସ୍କୁଲ୍ ଛକ । ସେଇ ପାଖରେ ଅଲକା ବହିଦାର ଓହ୍ଲେଇଯିବା କଥା ।

ପ୍ରମୋଦ ଉପରଦେଇ ସେ ଓହ୍ଲେଇଗଲା । ପ୍ରମୋଦ ଘୁଞ୍ଚିଆସିଲା ମୋ ପାଖକୁ । ବାହାରେ ବର୍ଷା । ଡ୍ରାଇଭର ପାଖରୁ ଛତା ନେଇ ପ୍ରମୋଦ କହିଲା "ରହନ୍ତୁ, ମୁଁ ଆପଣଙ୍କୁ ଘରେ ଛାଡ଼ି ଦେଇଆସିବି ।" ପ୍ରମୋଦ ଓହ୍ଲେଇଲାବେଳେ ମୁଁ କେଜାଣି କାହିଁକି କହିଲି– "ଆଛା ତୁ ବରଂ ଏଠା । ମୁଁ ଗାଡ଼ି ପଠେଇଦେଉଚି । ଡ୍ରାଇଭର, ଗାଡ଼ି ଛାଡ଼ ।"

ଘଟଣାଟି ଆସ୍ତେ ସମସ୍ତଙ୍କୁ ସେଇ ଅନ୍ଧାରରେ ଟିପାମାରି ଛୁଇଁଲାବେଲକୁ ମିଞ୍ଜାର ବସା ଆସିଗଲା । ସେ ନଇଁପଡ଼ି କହିଲା– "ରୋକୋ ରୋକୋ ।"

ମୋ ଉପର ଦେଇ ଲେସିହେଇ ଓହ୍ଲେଇଲାବେଲେ କହିଲା– "ତୁ ପ୍ରମୋଦକୁ ସେଠି ଓହ୍ଲେଇଦେଲୁ କାହିଁକି ?"

ସେ ଓହ୍ଲେଇଗଲା । ଗାଡ଼ି ଆଲୁଅରେ ସେ ଟିପେଇ ଟିପେଇ ଧାଇଁଗଲା ତା' ପିଣ୍ଡା ପର୍ଯ୍ୟନ୍ତ । ତା' ଶୋଇବା ବଖରାରେ ଆଲୁଅ ଜଳୁଥିଲା ।

ତା' ଉଭାରୁ ଶାଲବଣ । ସେଇଠି ଘରଦ୍ୱାର କିଛି ନାହିଁ । ମୋ ଧାଡ଼ିରେ ମୁଁ ଏକୁଟିଆ ବସିଥାଏ । ମୋତେ ଦିଶୁଥାଏ ଗୋଟିଏ ଛତାତଳେ ପ୍ରମୋଦ ଆଉ ଅଲକା ରାସ୍ତାରୁ ଓହ୍ଲେଇ ଗଲେ । ଦିଶୁଥାଏ ଅଲକା ବୋଧେ ପ୍ରମୋଦର ଅଣ୍ଟାରେ ହାତ ବେଢ଼େଇ ଥିଲା... ।

ପୋଷ୍ଟମାଷ୍ଟର ବୁଢ଼ା ଓହ୍ଲେଇଯିବା କଥା । ସେ ଅନ୍ଧାରରେ କହିଲା– 'ରଖହେ,

ସେ ଖୁଣ୍ଟ ପାଖରେ। ଭାରି ବର୍ଷା... ଛତାଟା ତ ରହିଗଲା।"

ଓହ୍ଲେଇଲାବେଲେ ମୋତେ ଲକ୍ଷ୍ୟ କରି କହିଲା- "ଏଇଟା ଠିକ୍ କଥା କଲ ନାହିଁ କୁମାରବାବୁ।"

ମୁଁ ତାକୁ ବି କିଛି କହିଲି ନାହିଁ...

ତା'ପରେ ଡାକ୍ତରଖାନା ଛକ ପଡ଼ିବ। ଡାକ୍ତର ଘୋଷାଲ ମୋ ପାଖକୁ ଉଠିଆସି ବସିଲା। ତା' ମୁହଁରୁ ନିଶା ବାସ୍ନା। ସେ ମୋ କାନ୍ଧରେ ହାତରଖି ମୋ କାନ ପାଖରେ କହିଲା- "you did the best thing"... ମୋ କାନ୍ଧରେ ସେମିତି ହାତରଖି ସେ ବସିରହିଲା।

ଓହ୍ଲେଇଲାବେଲେ ମୋ ପିଠି ଥାପୁଡ଼େଇ ଦେଇ ଚାଲିଗଲା। ବର୍ଷାରେ ବି ଘୋଷାଲ ସେମିତି ଲମ୍ବା ପାହୁଣ୍ଡ ପକେଇ ତା' ମର୍ଯ୍ୟାଦାରେ ଚାଲି ଚାଲି ଗଲା।

ହାତ ପାଖରେ ସଙ୍ଗୀତ ମାଷ୍ଟରର ବସା।

ସେ ସେମିତି ଆର ହାତ ମେଲେଇ ବସିଥାଏ।

ଓହ୍ଲେଇଗଲାବେଲେ ମୋ ଜଂଘ ଉପରେ ଥାପୁଡ଼ିମାରି କୁର୍ କୁର୍ ହସିଲା। ମୋ ଦିହ ଶିତେଇ ଉଠିଲା ସେ ହସ ଶୁଣି।

"ମୁଁ କାଲି ଅଲକା ପାଖରୁ ସବୁ ବୁଝିନେବି।"

ମୁଁ ଚମକିଗଲାପରି ଡ୍ରାଇଭର ଆଡ଼ିକି ଘୁଞ୍ଚିଗଲି। ଝରୁଝର ବର୍ଷା। କିଟିକିଟି ଅନ୍ଧାର। ମୋ ଦେହ ମୁଣ୍ଡରେ ଗୋଟାଏ ବୁଢ଼ୀଆଣି ଜାଲ ଲାଗିଲାପରି ମୁଁ ଅନୁଭବ କରିବାରୁ ହାତରେ ମୁଣ୍ଡଠୁ ଗୋଡ଼ଯାଏ ଝାଡ଼ିହୋଇଗଲି।

ଗାଡ଼ି ଘାଇଁ ଘାଇଁ ଚାଲିଥାଏ।

ବି.ଡ଼ି.ଓ. କଲୋନୀର ମୋଡ଼ ଭାଙ୍ଗିଲାବେଲକୁ ମୁଁ ଡ୍ରାଇଭରକୁ କହିଲି- "ଥଣ୍ଡା ପାଗ ହୋଇଛି। କଫି କପେ ଖାଇଦେଇ ଯାଥ।"

"ବାବୁକୁ ଯାଇ ପହଞ୍ଚାଇବାକୁ ହବ- ଡେରି ହେଇଯିବ।"

ମୁଁ ହସି କହିଲି- "କିଛି ଚିନ୍ତାନାହିଁ-ମୁଁ ସେ କଥା ବୁଝିବି।"

ଡ୍ରାଇଭର କଫି ପିଇସାରି କହିଲା- "ସାଇବ ଛୁଆଟାପରି ସେ ପିଲା ଭାରି ସୁନ୍ଦରଟିଏ ହୋଇଥିଲା ସାର।"

ମୋ ଅଜାଣତରେ ମୋ ଆଖି ଜକେଇଗଲା। ବୁକୁ ଭାରି ଲାଗିଲା।

ମୁଁ ତା' ଆରଦିନ ସୁରେନ୍ଦ୍ର ସାହାଣୀଠୁ ଶୁଣିଲି ଯେ ଗାଡ଼ି ପହଞ୍ଚିଲାବେଲକୁ ପ୍ରମୋଦ ବର୍ଷାରେ ଧାଇଁ ଧାଇଁ ଘରେ ପହଞ୍ଚସାରିଥିଲା। ସେ ଭୁଲିଯାଇଥିଲା ଛତାଟା ଅଲକା ବହିଦାର ଘରେ।"

ଏଇ ବୋଧେ ଶେଷ ଦୁଃଖ

ମୁଁ ସ୍ଥିର କରିପାରୁନଥିଲି ଘରୁ   ଗୋଡ଼ କାଢ଼ି ଯିବି ନା ନାହିଁ? ନାଗଫେଣୀ କଣ୍ଢା ଉପରେ ଗୋଡ଼ ଥାପି ବସିରହିବା ସାଧ୍ୟ ସମ୍ଭବ ନଥିଲା। କୌଣସି ଦିଗକୁ ସାହସରେ ଚାହିଁ ମୁକାବିଲା କରିବାକୁ ଦମ୍ଭ ନଥିଲା।

ସକାଳ ପହରଟାରେ ଲାଗୁଥିଲା ଯେମିତି ଗୋଟାଏ ବାଲିସରସର ଅଠାଳିଆ ଜାଲ ଘେରି ରହିଛି ଚତୁର୍ଦ୍ଦିଗ। ପିଠି ମଞ୍ଜିଚରେ ଲାଖିଯାଇଛି; ଫୋଡ଼ି ହେଉଛି ସରୁ ସରୁ ସହସେ ଛୁଞ୍ଚିପରି। ହାତ ପାଉନାହିଁ। ହାତରେ ଜାଲ ବେଢ଼ି ରହିଛି, ଆଙ୍ଗୁଠି ଫିଟୁନାହିଁ। ଗୋଡ଼ ଛନ୍ଦି ହୋଇଯାଇଛି– ଘୁଞ୍ଚ ପାରୁନାହିଁ।

ମୁଁ ରାଗରେ କୁହୁଳୁଥିଲି। କାହା ଉପରେ ରାଗୁଥିଲି କେଜାଣି, କିନ୍ତୁ ହାତ ମୁଠାକରି ଗୋଡ଼ ବାଡ଼ଉଥିଲି ଭୁଇଁରେ। ଧପଧପ ଚାଲିଯାଇ କାନ୍ଥକୁ ଘୁସି ମାରିଥିଲି। ମାଗୁଣି ମିଶ୍ର ଭାବି।

...ମାଗୁଣିଆ... ଗଦ୍ଦାର ଶାଳା, ରାସ୍କେଲ, ହାରାମିକା ବଚ୍ଚା। ତୋ ନାକ ଫଟେଇ ଦେବି। ତୋ ଦାନ୍ତ ଝାଡ଼ିଦେବି!... ରୁ... ରୁ... ହାତ କାଟିଲା। ଆଖିରେ ଲୁହ ଭରିଗଲା। ମାଗୁଣି ଘୁଞ୍ଚଗଲା ଆକାଶକୁ। ତା' ଦସ୍ତୁରୁ– ସେଠି ସେ ପୁଣି ରାଜଗାଦି ଉପରେ ମାଡ଼ିବସିଲା। ହାତ ଗୋଡ଼ ପାଉନଥିବା, ପିଆଦା ସନ୍ତ୍ରୀ ଜଗିଥିବା ଅଗମ୍ୟ ଆକାଶିଆ ଅଞ୍ଚଳ। ମୁଁ ତଳେ ଥାଇ ଛଟପଟ ହେଲେ ତା'ର କ'ଣ ଯାଏ ଆସେ? ସେ ପୁଣି ମୋ ଇଜ୍ଜତ୍କୁ ଦି'କଦାର କରି ଗୋଇଠା ମାରିପାରେ।

ମୋ ଭିତରେ ପୁଣି ଟକମକ ଫୁଟିଲା। ମୁଁ ଦାନ୍ତ କାମୁଡ଼ି ମାଡ଼ିଗଲାବେଲେ ସେ ମୋ ଝରକା ବାଟେ ପାରିହେଉଥିଲା... ମାନେ ମାଗୁଣି ମିଶ୍ର ନୁହେ-ଆଉ ଜଣେ କିଏ।

ମୁଁ ତାକୁ କେବେ ଦେଖିନଥିଲି। ସେ ଅଞ୍ଚଳକୁ ସେ ପ୍ରଥମେ ବୋଧେ ଆସିଥିଲା।

ପ୍ରାୟ ମୋ'ରି ବୟସ ହେବ ନା' କ'ଣ! ଏଇ ପଇଁତିଶରୁ ଚାଳିଶ। ହାରାମ୍‌ଜାଦା କେଡ଼େ ବଢ଼ିଆ ନିଶ ବାଗେଇଚି। କେମିତି ବେପରୁଆ ପୃଥ୍ୱୀ ଜୟ କଲାପରି ଚାଲିଛି। ଖାତିର୍‌ ନାହିଁ।

ସେ ସେମିତି ମୁରୁକି ମାରୁଚି କାହିଁକି? ଶାଳା କ'ଣ ଭାବିଚି ସବୁ ଦୁଃଖ... ସବୁ ଜ୍ୱାଲା ମୋର, ଆଉ ସବୁ ଛେନା ସରପୁଲି ତା'ର? ଏଠୁ ଯାଉ ଯାଉ ଆର ଛକରେ କ'ଣ ତାକୁ ଗାଡ଼ିଟାଏ ଧକ୍କା ମାରି ଗଡ଼େଇ ଦବନାହିଁ। ତା'ର ଡାହାଣ ଗୋଡ଼ର ନଳି ହାଡ଼ ଭାଙ୍ଗି ଦି'ଖଣ୍ଡ ହୋଇଯିବ ନାହିଁ। ଶାଳା, ହସୁଚି କ'ଣ!

ତା' ମା' ଗାଁକୁ ଧାନ ଅମଲ ପାଇଁ ଯାଇ ସେଇଠୀ ଆମ୍ବଗଛ ମୂଳେ ମରିଯିବ ନାହିଁ। ଗାଁଲୋକେ ମିଶି ଜମି ଦିହ ତା'ଠୁ ମିଛ ଦଲିଲରେ ଟିପଚିହ୍ନ ମାରି ନେଇଯିବେ ନାହିଁ?

ଶାଳା, ବେକୁବ୍‌ କାହାଁକ। ହସୁଚୁ କ'ଣ ବେ? ମୋ ସୁକୁଟ ଦେଖି ହସୁଚୁ?

ମୁଁ ତାକୁ କଟମଟ କରି ଚାହିଁ ରହିଥାଏ। ସେ ସେମିତି ମନକୁ ମନ ହସି ହସି ଚାଲି ଯାଉଥାଏ।

ତା' ମୁହଁ ଦର୍ପଣପରି ଜଳୁଥାଏ। ଫୁଲଫୁଟି ଝରିଯାଉଥାଏ ଅଜସ୍ର। କ'ଣ ଗୋଟାଏ ଗୁପ୍ତଧନ ପାଇଗଲା ପରି ସେ ଦିଶୁଥାଏ। ପରମ ତୃପ୍ତିରେ ସାରା ସାମ୍ରାଜ୍ୟ ତା' ପାଦତଳେ ଲୋଟିପଡ଼ିବାର ଦେଖି ସେ ମୁରୁକି ମାରୁଥାଏ।

ମୋ ହାତ ଜଳିଲା ତାକୁ ଦେଖି। ମୁଁ ତାକୁ ତା' ସଂସାର ସଙ୍ଗେ ଏକାଠି ଜାଳି ଦେବାକୁ ଇଚ୍ଛା କଲି। ସେ ସେମିତି ଆକାଶରେ ନୂଆ ମେଘପରି ଭାସି ଚାଲିଗଲା।

ତା'ପରେ ରିକ୍ସା ଟଣର ଟଣର କରି ମୋଡ଼ ପାଖରେ ବୁଲିପଡ଼ିଲା ଭୀମା। ତା' କପାଳରୁ ଝାଳ ଛିଡ଼ି ପଡ଼ୁଥାଏ। ବହୁଦୂରରୁ, ବୋଧେ ଷ୍ଟେସନରୁ ଭଡ଼ା ନେଇ ଆସିଥାଏ।

ତାକୁ ତା' ମାଇପ ସବୁଦିନ ସଞ୍ଜବେଳେ ବକେ। ସେ ମହୁଲି ଗନ୍ଧରେ ଟଳି ଟଳି ଯାଇ କାନ୍ଥକୁ ଆଉଜି ବସିପଡ଼େ। ଦାନ୍ତ ନିକୁଟି ଗାଳି ଶୁଣେ। ତା' ମାଇପ ବୁକୁ ବାଡ଼େଇ ବାହୁନି ବାହୁନି କାନ୍ଦେ। ଭୀମା କିଛି କହେ ନାହିଁ। ତା' ଆଖିରୁ ଦୁବ ଦୁବ ପାଣି ନିଗିଡ଼ିଯାଏ।

ତା'ର ଗୋଟିଏ ବୋଲି ଝିଅ। ପାଞ୍ଚବର୍ଷର କନ୍ଧେଇ। ତାକୁ ରିକ୍ସାରେ ବସେଇ ସେ କନ୍‌ଭେଣ୍ଟରେ ପଢ଼ଉଥିଲା। ଦିନେ ରାସ୍ତା ହଣା ହୋଇଥିଲା। ଭୀମା ରୋକିପାରିଲା ନାହିଁ ସେଇଠି ସେ ଛିଟିକିପଡ଼ିଲା। ସେଇଠି ମରିଗଲା।

ଭୀମାକୁ ମୁଁ ଜାଣିଛି। ଭୀମା ନିଶା ଖାଇଲେ ବି ସେମିତି ହସିପାରିବ ନାହିଁ। ତା ଭିତରେ ଘା' ଏବେ ବି ଲସା ଝରଉଚି।

ସେ ତୁରଙ୍ଗମୁହାଁ କଣ୍ଟାକ୍ଟର ବେଣୁ ପ୍ରଧାନ। ତା'ର ଏବେ ନୂଆ ଗାଡ଼ି ତିନିଟା ଆସିଲା। ସେ ତା' ବାୟାଣୀ ମାଇକୁ ତାଲାଦେଇ ପଦକୁ ବାହାରେ। ତା' ଦୁଃଖ ସେ ବାଷ୍ପପାରେ ନାହିଁ। ବର୍ଷକୁ କୋଟିଏ ଟଙ୍କା ଉପାର୍ଜନ କଲେ ସୁଦ୍ଧା ସେ ସେମିତି ହସିପାରେ ନାହିଁ।

ଆର୍ମି ଅଫିସର ଜେନା– ସେ ବି ସେଆ। ତା' ପୁଅକୁ ବ୍ଲଡ୍ କେନ୍‌ସର।

ଆଉ ସବୁ ଯେତେ ଅଛନ୍ତି ମୋ ପୃଥ୍ବୀରେ ସମସ୍ତେ ସେଆ। ପାଇକରାୟର ବିଧବା ସ୍ତ୍ରୀ... ଶ୍ରୀପତି ଗୋସ୍ୱାମୀ... ମାନୁ ମହାନ୍ତି... ଅମ୍ବିକା ଦାସ... ଓଗେର ଓଗେର।

ସେ ସେମିତି ହସିଦେଇ ଚାଲିଗଲା ପରେ ମୁଁ ଥମ୍ ହେଇ ରହିଗଲି କିଛି ସମୟ।

ଆର ବଖରାରୁ ସକ୍‌ସକ୍ କାନ୍ଦଣା ଶୁଣାଗଲା। ମନୋରମା ବୋଧେ କାନ୍ଦୁଥିଲା। ମନୋରମା ମୋ ସ୍ତ୍ରୀ। କାହିଁକି ସେ ବେକୁବ୍ ମାଇକିନା କାନ୍ଦୁଥିଲା ?... ତା' ଚାକିରୀ ଚାଲିଗଲା ବୋଲି ? ଛୁଟିରେ ଯାଇଥିବା ଲୋକଟା ଫେରିଆସିଲା। ଯାକୁ ଆଉ କୌଣ ହିସାବରେ ସେ ମାଗୁଣି ମିଶ୍ର କାମରେ ରଖିଥାନ୍ତା ?

... ରଖିଥାନ୍ତା, ଯଦି ମନୋରମା ତା' ହିସାବକୁ ଆସିଥାନ୍ତା। ମୁଁ ପୁଣି ଫାଉଣ୍ଟିନା ରାଗରେ ଜଳିଗଲି। ପାଉଁଶର ଛାଣ୍ଟିଟି ସେମିତି ଠିଆହୋଇ ରହିଥିଲା। ତା' ଗାଲ ଲୁହରେ ଓଦା ସରସର ହୋଇଗଲା। ମୁଁ ସେଇଦିନ ଜାଣି ହାରିଯାଇଥିଲି। ମୋର ସମସ୍ତ ଟାଣପଣ ଭାଙ୍ଗି ଯାଇଥିଲା।

ମନୋରମା ଚାକିରୀ କରିବା ନିହାତି ପ୍ରୟୋଜନ। କାରଣ ତିନିଟା ଝିଅ ପାଠ ପଢ଼ିବେ। କନଭେଣ୍ଟରେ ପଢ଼ିବେ। ମନୋରମାର ଅରମାନ ଥିଲା ଡ୍ରେସ୍, ଟାଇ, ଜୋତା ପିନ୍ଧି ପଢ଼ିବାକୁ ଯାଉଥାନ୍ତା। ସାଇବି ଇଂରାଜୀ କହିଥାନ୍ତା। ସେଇଟା ଏବେ ଝିଅଙ୍କଠି ମେଣ୍ଟିବା ଦରକାର। ତା'ହେଲେ ଚାକିରି ନ କରି ଗତି କାହିଁ ?

ମୋ ମା' ଗାଁକୁ ଯାଇ ଆଉ ଫେରିଲା ନାହିଁ। ଆମ୍ବତୋଟା ପାଖରେ ବସି ମରିଗଲା। ବାପକୁ ଦେଖିବାର ମୋର ମନେ ନାହିଁ। ମୋର ଭାଇ ଭଉଣୀ କେହି ନାହାନ୍ତି।

ମା'କୁ ମନୋରମା ସହିପାରୁନଥିଲା। ମନୋରମା ଚାକିରୀ କରିବା ମା'କୁ ସୁଖ ଲାଗୁନଥିଲା। ମୋ ଜାଣିବାରେ ନଜାଣିବାରେ ସେମାନଙ୍କର ବହୁବାର ୟଗଡ଼ା ହେଉଥିଲା। ମୋ ପାଇଁ ପକ୍ଷ ଗ୍ରହଣ କରିବା ସମ୍ଭବ ନଥିଲା, ଗ୍ରହଣ ନକରି ଉପାୟ କି ନଥିଲା। ମା' ଗାଁକୁ ଗଲା ଏବଂ ଫେରିଲା ନାହିଁ।

କ'ଣ ବା ଚାକିରି ମନୋରମାର ? ମୁଁ କେତେ କହିଲି ଛାଡ଼ିଦେବାକୁ– ଶୁଣିଲା ନାହିଁ। ଶେଷକୁ ଏମିତି ତଡ଼ାଖାଇବାକୁ ଯୋଗ ଥିଲା।

ଆମେ କରଜ କରି ଚଳୁ– ଲୁଗାପଟା, ଚାଉଳ, ଡାଲି, ପରିବାପତ୍ର, ମାଛ ଅଣ୍ଡା ସବୁ। ମାସକୁ ମାସ ଦରମା ସେଠ୍ଠୁରେ ଅଜାଡ଼ି ଦେବା ପରେ ପୁଣି ଦାନ୍ତ ନିକୁଟି ବାକିଆ ଆଣିବାକୁ ପଡ଼ିବ। ଦୋକାନୀମାନେ ଦୟାକଳାପରି ଜିନିଷ ଦିଅନ୍ତି। କାହାକୁ ତୁଟି କରି ପଦେ କହିହୁଏ ନାହିଁ– ସହି ବି ହୁଏ ନାହିଁ।

ଝିଅମାନେ ବୁଝିଲେଣି। ସେମାନେ ବି ବଟିଆ ଦୋକାନୀ ପାଖରେ ଝୋଲା ଧରି ଠିଆହୋଇ ରହନ୍ତି ତା'ର ନଗଦି ଗରାଖଙ୍କ ଭିଡ଼ ଭାଙ୍ଗିବା ପର୍ଯ୍ୟନ୍ତ।

ବଡ଼ଝିଅ ଗଲେ ତା' ମୁଣ୍ଡାରେ ଦ'ଟା ଅଧିକା ପରିବା ସେ ପକାଇଦେବା କଥା ମୁଁ ଶୁଣିଥିଲି। ଝିଅକୁ ଦୋକାନ ବାସନ୍ଦ କରିହେବ ନାହିଁ। ଏଣେ ସେ ଶାଳା ବଟିଆକୁ ବି ଛାଡ଼ିହେବ ନାହି। ମୁଁ ଦେଖିବି ଯଦି ଆଉ ଥରେ କ'ଣ ସେମିତି ହୋଇଚି, ମୁଁ ସେ ଗୋଧ୍କୁ ଦୁଇଫାଳ କରି ଚିରିଦେବି। କାଲି ସେ ବାକି ପଇସା ମାଗେଇ ପଠେଇଥିଲା– ସାତଶ' ତେପନ ଟଙ୍କା। ସେ କିଛି ନହେଲେ ପାଞ୍ଚଶ ଟଙ୍କା ନପାଇଲେ ଆଉ ପଇସାଟାର ବାକିଆ ଦବନାଇଁ।

ଭାବୁଥିଲି ଗୋଟାଏ ମାସ କୋଉଠୁ ଟଙ୍କା ତିନି ହଜାର ମିଳିଗଲେ ସବୁ ଶୁଝିଦେଇ ଯାହାହେଲା ଦୁଃଖେସୁଖେ ନଗଦରେ ଚଳିଯାନ୍ତ; କିନ୍ତୁ ସେ ମିଳୁଚି କାହୁ? ମିଳନ୍ତା ଯଦି ମୁଁ ମାଗୁଣି ମିଶ୍ର ହୋଇଥାନ୍ତି। ଚାକିରୀ ଆଗରୁ ମନୋରମା ସାହସ ଦେଇ କହୁଥିଲା ତା' ଏକମାତ୍ର ସୁନାମାଲିଟିକୁ ବନ୍ଧାଦେଇ ଟଙ୍କା ଆଣି ବାକିଆ ଶୁଝିଦେବାକୁ। ସେ କ'ଣ ଗୋଟାଏ କଥା! ଆରେ ସେ ବନ୍ଧକବାଲା ପରା ମାସକୁ ମାସ ସୁଧ କଷିଦିବ! ଶେଷକୁ ମାଲିଟିକୁ ମୁକୁଲେଇବାକୁ ବଳ ନଥିବ! କ'ଣ କରିବା? ଆଜି ବଟିଆ ପଇସା ନପାଇଲେ ପରିବାପତ୍ର ଦବନାଇଁ। ଓଳିଏ ଚଳିଯିବାକୁ ମୁଷ୍ଟି ବାଇଗଣଟାଏ ବି ନାହିଁ।

ଆମ ଗାଁ ଜମିପାଇଁ କଚେରୀରେ ତାରିଖ-ଛୁଟି ନେଇ ସେଇଠି ହାଜର ହବାକୁ ପଡ଼ିବ। ଓକିଲ ସାମସୁଲ ମିଞାଁକୁ ତା' ଫିସ୍ ନଦେଲେ ଆରପଞ୍ଚ ଆଡ଼େ ସବୁ ମୋଡ଼ିଦିବ। ତା' ଆଖି ପେକୁଆ, ଦୃଷ୍ଟି ସ୍ଥିର, ସେ ଝିଟିପିଟିଏ ପରି ଦିଶେ– ନିଶ୍ଚଳ, ବିପଜ୍ଜନକ! ଗୋଟାଏ ଝାଂପରେ ସେ ପତଙ୍ଗକୁ ଧରିନେଇ ପୁଣି ସ୍ଥିର ହୋଇଯାଏ। ପତଙ୍ଗ ଫଡ଼ୁଫଡ଼ୁ ହେଉଥାଏ ପ୍ରାଣ ଥରାଯାଏଁ।

ସେ ପଚାଶ ଟଙ୍କା ନ ଧରିଲେ କୋର୍ଟରେ ଠିଆହେବ ନାହିଁ। ଜମି ମୋର। କ'ଣ ବାପାଙ୍କ ନାଁରେ କରଜ କାଗଜଟାଏ ଦେଖାଇ ସେ ଚାଉଟର ଦଳ ପାଞ୍ଚମାଣ ହଡ଼ପ କରିବାକୁ ବସିଛନ୍ତି। ନ୍ୟାୟ ମାଗିଲେ କିଏ ଦଉଚି? ପଚାଶ ଟଙ୍କା କିଏ ଦବ? ସୁବୁଦ୍ଧିର ହାତଉଧାରି ଦୁଇଶ ତିରିଶ ଟଙ୍କା। ଆଉ ସତୁରି ମାଗିଲେ ତିନିଶ ହେଇଥାନ୍ତା, ସେ କ'ଣ ରାଜିହେବ?

ଆଜି ମାଗୁଣି ମିଶ୍ରର ତାଗିଦା–ଗୋରୁମୁଣ୍ଡ ଗଣତି କାଗଜଟାଏ କ'ଣ ତିଆରି ନକଲେ ଆସେମ୍ବ୍ଲିରେ ମନ୍ତ୍ରୀ ଉତ୍ତର ଦେଇପାରିବ ନାହିଁ। ଆଜି ସମସ୍ତଙ୍କୁ ଛୁଟିନେବା ମନା। ମୋ କାମ ସେଥିରେ କିଛି ନାହିଁ: ହେଲେ କାହିଁକି ଭୋଳି ମହାପାତ୍ର ଆସିନାହିଁ ବୋଲି ହୁରି ପଡ଼ିଯିବ। ଗୋଟାଏ ଡାକ୍ତରୀ ସାର୍ଟିଫିକେଟ୍ ଦେଇ ରହିଥିବି।

ସକାଳୁ ବାଷଠି ଥର ତରଲ ଝାଡ଼ା ହେଲେ କ'ଣ କିଏ ଅଫିସ୍ ଯାଇପାରେ ? କାଲି ସାହୁ ଡାକ୍ତର ବର୍ମାଁଫେରନ୍ତା। ସବୁ ମିଛଖତ ଲେଖି ମୋହର ମାରିଦେବ। ନବ ତିନି ଟଙ୍କା... ନେଲେ ନଉ ପଛେ ସେଥ୍ରୁ ଖଣ୍ଡେ କାଗଜ ନ ଯୋଡ଼ିଲେ ଦରଖାସ୍ତ ଖାରଜ କରିଦବ ମାଗୁଣିଆ। ହେଲେ ସେ ବୁଢ଼ା ଖରୁଆ ତା' ଦୋକାନରେ ଅଛି ନା ନାହିଁ କେଜାଣି। ଗାଁରେ କ'ଣ ନୂଆ ଜମି କିଣିତି କହୁଥିଲା। ତା' ପଛରେ ଲାଗିଥିବ ଯଦି ସକାଳୁ ଉଠି ଚାଲିଯିବଣି– ତେବେ...!

ହଁ, ଘରବାଲା ନୋଟିସ୍ ଦେଲାଣି ଖାଲି କରିବାକୁ। ସେ ଆସୁଚି ନିଜେ ରହିବ। ଶାଲା, ଆଉ କୋଉଠି ତତେ ମଶାଣି ମିଳିଲା ନାହିଁ ? ପଇସା ତ ନଉଚୁ କୋଉ ମାହାଲିଆ ଘର ଦେଇଚୁ କି ?

ଆଜିକାଲି ଭଡ଼ାଟିଆ ଘର ଛାଡ଼ୁନାହାନ୍ତି। କୋର୍ଟ କଚେରୀ କଲେ ଭଡ଼ାଟିଆ କିଣୁଚନ୍ତି। ଭଡ଼ା ଦବାଯାଏ ତାକୁ କେହି ତଡ଼ିପାରିବେ ନାହିଁ। ହେଲେ ସୁଗ୍ରୀବ ଦଣ୍ଡପାଣି କ'ଣ ସେମିତି ମାନିବ। ସେ ଯେଉଁ ତିନିଜଣ ମାଗୁରନିଶିଆ ଭେଣ୍ଡିଆ ନୋଟିସ୍ ଧରି ଆସିଥିଲେ– ତାଙ୍କୁ ଦେଖିଲା ପରେ କୋଉ ସାହସରେ ଘର ଜବରଦଖଲ କରି ରହିବ ? ଏ ଅଞ୍ଚଳରେ ଆଉ ଘର ବା କାହିଁ ? ବର୍ଷାକାଳ। ଦିନେ ଛାଡ଼ନାହିଁ– ମେଘ ଘୋଟି ରହିଛି ସବୁବେଳେ।

ମନୋରମା କାନ୍ଦୁଚି। ମୋର ସାରା ସଂସାର ସକ୍ସକ୍ କାନ୍ଦୁଚି।

ମୁଁ ଗୋଡ଼ କାଢ଼ି ବାହାରିପାରୁନାହିଁ। କୁଆଡ଼େ ଯିବି ? ମୋର ମନ ଦେହ ପ୍ରାଣ ଶିଢ଼ୁଚି ପ୍ରବଲ ଉଭାପରେ। ଏତିକିବେଳେ ଝରକାବାଟେ ଦେଖିଲି ସେ ହସହସ ବଦନ... ଶାଲା ଇଡ଼ିଅଟ୍ ଫେରୁଚି। ମୁଁ ଚାରି ଖେପାରେ ରାସ୍ତା ଉପରକୁ ଚାଲିଗଲି ଠିକ୍ ଘର ସାମ୍ନାସାମ୍ନି।

ସେ କିଛି ନକହି ମୋତେ ଚାହିଁ ଆସ୍ତେ ଟିକିଏ ହସିଦେଲା। ଆଃ, କି ଦାନ୍ତ ଶିଲାର। ମୁକ୍ତାପରି ଚକ୍‌ଚକ୍। ସେ ଆଡ଼ହୋଇ ଚାଲିଗଲାବେଲେ ମୁଁ ବାଟ ଜଗିଲାପରି ଠିଆ ହୋଇଗଲି। ଚାହିଁଲି ତା'ର ମୁଚୁକି ମାରୁଥିବା ଆଖିକି।

– "ଆପଣ କିଏ ? ସେ ଅଞ୍ଚଳକୁ କାହିଁକି ଆସିଥିଲେ ?"

ସେ ବୋଧେ ତାଚ୍ଛଲ୍ୟରେ, ଅବହେଲାରେ ଟିକିଏ ହସିଦେଲା। ମୋର ପ୍ରଶ୍ନ

କରିବା ଅଧିକାରକୁ ହସିଦେଲା। ଆଢ଼ ହୋଇ ଚାଲିଯିବାକୁ ବସୁଥିଲା, ମୁଁ ଯିବାକୁ ଦେଲି ନାହିଁ ବାଟ ଜଗି ଠିଆହେଲି। ଅଶିଷ୍ଟର, ଅଭଦ୍ରତା, ଅନନ୍ଧକାର! ତଥାପି ମୁଁ ସେ ହସର ରହସ୍ୟକୁ ଭେଦିବାକୁ ଚାହୁଁଥିଲି।

ସେ ମୋ ଆଖିକୁ ଚାହିଁ ପଚାରିଲା, 'ମୋତେ ଆପଣ ଜାଣିବାର ପ୍ରୟୋଜନ କ'ଣ?'

"ନାଁ ଏମିତି, ଆପଣଙ୍କୁ ଦେଖି ଆପଣଙ୍କ ପରିଚୟ ପାଇବାକୁ ଭାରି ଇଚ୍ଛା ହେଲା। ଆପଣଙ୍କ ଭଲି ଏଠି କେହି ନାହାନ୍ତି।"

ସେ ଦାନ୍ତମାଡ଼ି ହସିଲା। ଦାନ୍ତରେ ଖରାପଡ଼ି ହୀରାଖଣ୍ଡ ପରି ଝଟକିଲା– "ଆପଣଙ୍କ ଭଲି ବି ନାହାନ୍ତି।"

'ଆପଣ ବୋଧେ ଠଟ୍ଟା ମଣିଲେ। ମୁଁ କିନ୍ତୁ ସତ କହୁଚି ଯେ, ଆପଣ ଆମ ସମସ୍ତଙ୍କଠାରୁ ଭିନ୍ନ। କାରଣ, କାରଣ... ଆପଣ କିଛି ମନେ କରିବେ ନାଁ... ଆମର ଏଠି କେହି ଆପଣଙ୍କ ଭଲି ହସନ୍ତି ନାଁ... ହସିପାରନ୍ତି ନାହିଁ– ହସି ଜାଣନ୍ତି ନାହିଁ।"

"ଏଇଆ କହିବାକୁ କ'ଣ ଆପଣ ମୋତେ ବାଟ ଜଗି ଅଟକାଇଛନ୍ତି?"

ମୁଁ ଅପ୍ରତିଭ ହେଲା ପରି ଆଢ଼ ହୋଇଗଲି। ସେ କିନ୍ତୁ ଆଢ଼ହୋଇ ଚାଲିଗଲେ ନାହିଁ ବରଂ ଠିଆହୋଇ ମୋତେ ସେମିତି ଚାହିଁ ରହିଲେ।

"ମୁଁ ଜଣକୁ ଖୋଜି ଖୋଜି ଏଠି ପହଞ୍ଚିଛି, ଘରପାଉନାହିଁ, ଆପଣ ଜାଣିବେ କି?"

"କାହାକୁ ଖୋଜୁଛନ୍ତି।"

"ମାରୁଣି ମିଶ୍ରଙ୍କୁ! ଆପଣ ତାଙ୍କୁ ଜାଣନ୍ତି?" ମୁଁ ଚାକିରି ଚାହିଁ ରହିଲି ମୋର ସବୁ ଯେମିତି ଶୂନ୍ ମାରିଗଲା।

"ମୁଁ ପଚାରିଦେଲି, "ଆପଣ ମାରୁଣି ମିଶ୍ରଙ୍କୁ କେମିତି ଜାଣିଲେ?"

"ସେଇଟା! ଶୁଣି ଆପଣଙ୍କର ଲାଭ କ'ଣ? ବାଟ ଜାଣିଥିଲେ କହିଦିଅନ୍ତୁ– ମୁଁ ଯାଏ।

"ହଁ ମୁଁ କହିଦେବି, କାରଣ ମୁଁ ତାଙ୍କୁ ଖୁବ୍ ଭଲଭାବରେ ଜାଣେ। ସେଥିପାଇଁ ଆଶ୍ଚର୍ଯ୍ୟ ଲାଗୁଚି ଯେ ଆପଣଙ୍କ ଭଲି ଜଣେ ଲୋକ ତା' ସହିତ କେମିତି ମିଶିପାରିଲେ?

ସେ କିଛି ନକହି ସେମିତି ମୁରୁକିମାରି ଚାହିଁ ରହିଲେ।

"ଆପଣ ତାଙ୍କ ବିଷୟରେ କିଛି ଜାଣିଥାଇପାରନ୍ତି; କିନ୍ତୁ ମୋ ବିଷୟରେ ଆପଣ କ'ଣ ଜାଣନ୍ତି?"

ମୁଁ ସାମାନ୍ୟ ଅପ୍ରସ୍ତୁତ ହେଲାପରି କହିଲି– "କିଛି ଜାଣିନାଇଁ ନିଶ୍ଚୟ; କିନ୍ତୁ ଯେତିକି ଜାଣିଛି ତାହା ଯଥେଷ୍ଟ।"

"ଆଛା ହଉ, ସେକଥା ପରେ ଦେଖିବା । ଏବେ ମାଗୁଣି ମିଶ୍ରଙ୍କ ଘର ଠିକଣା କହିଲେ ମୁଁ ଟିକିଏ ସେଠିକି ଚଞ୍ଚଳ ଯିବାକୁ ଚାହୁଁଛି ।"

"ମୁଁ ଆଉ କହିବି କ'ଣ, ଚାଲ୍‌ନାହାନ୍ତି ମୁଁ ଆପଣଙ୍କ ସାଙ୍ଗରେ ଯାଇ ଦେଖେଇ ଦେବି । ଟିକିଏ ରୁହନ୍ତୁ- ମୁଁ ଖାଲି ସାର୍ଟଟା ଗଲେଇଦେଇ ଆସେ ।"

ମୁଁ ଜାଣିଥିଲି ଯେ ମୁଁ ସେ ଅଦୃଶ୍ୟ ଜାଲରୁ ଖସିଯିବାକୁ, ବିନା କାରଣରୁ ଗୋଟାଏ ଆଳ ଦେଖାଇ କିଛି ସମୟ ମୁକୁଳିଯିବାକୁ ଚାହୁଁଥିଲି । ତଥାପି ବାହାରିଲି ।

ଆମେ ସାଙ୍ଗ ହୋଇ ଗଲୁ କିଛି ବାଟ । ସେ ହିଁ ଆଗ ପାଟିଫିଟାଇଲେ- "ମୁଁ ଜାଣିଚି ଆପଣ ଜଣେ ଅସାଧାରଣ ଲୋକ । ନୂଆ ଜାଗାରେ ଅପରିଚିତ କାହାକୁ ଏମିତି ସାହାଯ୍ୟ କରିବା ସାଧାରଣ କଥା ନୁହେଁ । ଆପଣଙ୍କ ନାଁ ?"

"ଭୋଲି ମହାପାତ୍ର... ମାନେ ଭୋଲାନାଥ ମହାପାତ୍ର ।"

"କଣ କରନ୍ତି ?"

"ହେଇ ଏମିତି ଛୋଟ ଚାକିରିଟିଏ କରେ ।"

କିଛି ସମୟ ପରେ ମୁଁ କହିଲି- "ଆପଣଙ୍କ ପରିଚୟ ?"

ସେ ଆଗଭଳି ହସିଦେଇ ମୋତେ ଚାହିଁଲେ- "ଆପଣ ଯାହା ଜାଣିଛନ୍ତି ସେତିକି ଯଥେଷ୍ଟ ପରା !"

ମୁଁ ବି ସଂକ୍ରମିତ ହେଲାପରି ହସିଦେଇ । ଭାବିଲି, ବେଶ୍ ଚାଲାକ୍ ତ ! ଜମା ନିଜ ନାଁ ଗାଁ କିଛି କହୁନାହିଁ । ପଚାରିଲି- "ଆପଣଙ୍କ ନାଁ ଜାଣିପାରିଲି କି"

"ନାଁ । ଜାଣି କ'ଣ କରିବେ ?"

ଆରେ ତା' ହେଲେ ତ ଯା ଉପରେ ସବୁ ବିପଦ ପଡ଼ିବା ଉଚିତ୍ । ଏଇଟା ଗୋଟାଏ ପୁରୁଣା ଝୁଆଚୋର । ମୁଁ ଅଯଥା ଏତେ କଷ୍ଟପାଉଛି ଏଇଟା ପାଇଁ । ଯାଉ ଏଇଟା ସୁଆଡ଼େ ସିଆଡ଼େ । ତାକୁ ଏଇଠି ଛାଡ଼ିଦେଲେ ପୁଥ ପାଠ ଶିଖିଯିବ ।

ଏତିକିବେଳେ ଦେଖିଲି ଯେ ମାଗୁଣି ମିଶ୍ର କୋଠା ସାମ୍ନାରେ ଆମେ ପହଞ୍ଚିଯାଇଛୁ । 'ଏଇ ମାଗୁଣି ମିଶ୍ରଙ୍କ ଘର' କହି ମୁଁ ଫିଙ୍କିନା ବୁଲିପଡ଼ୁଥିଲି ।

"ଆରେ ରହନ୍ତୁ ନା'-ମୁଁ ଆପଣଙ୍କୁ ମାଗୁଣି ମିଶ୍ରଙ୍କ ସହିତ ପରିଚିତ କରାଇ ଦେବି ।"

ମୋର ସେ ପରିଚୟ ଲୋଡ଼ା ନାହିଁ । ମୁଁ ଚାଲିଲି । ପଛରୁ ଶୁଭିଲା- "ଆରେ ଭୋଲିବାବୁ କି ? ଆସନ୍ତୁ !"

ବୁଲି ଚାହିଁଲି । ମାଗୁଣି ମିଶ୍ର ମଠା ପିଣ୍ଡି ମେଲା ଦିହରେ ଠିଆ ହେଇଛି ।

"କେବେ ତ ଆସନ୍ତି ନାହିଁ, ଏତେ ପାଖରେ ଥାଇ ମୁଁ ବି ଯାଇପାରୁନାହିଁ। ଆସନ୍ତୁନା'– ଆପଣଙ୍କ ସଙ୍ଗେ କଥା ଅଛି।"

ଅଗତ୍ୟା ଫେରିଲି। ସେ ଜଣକ ସେମିତି ମୁଚୁକି ମାରୁଥାଏ–ଆମୋଦିତ ହେଉଥାଏ ନିଶ୍ଚୟ। ମୁହଁ ପୋତୁନି ଶଳାତାର– ଅନ୍ୟଆଡ଼େ ଚାହିଁରହିଲି। ସେ ଦି'ଜଣ ବୋଧହୁଏ ଖୁବ୍ ଘନିଷ୍ଠ ଖ୍ରୀନରିର– ସେ ସାଙ୍ଗ ହୋଇ ଘର ଭିତରକୁ ପଶିଗଲେ।

ମୁଁ ବୈଠକ ଘରେ ବସିରହିଲି। ମାତ୍ର ଦୁଇ – ତିନି ମିନିଟ୍ ପରେ ମାଗୁଣି ମିଶ୍ର ଆସି ପାଖ ସୋଫାରେ ବସିଲା। ସେ ବି ପ୍ରାୟ ସେମିତି ହସୁଥିଲା– "ଆଉ କ'ଣ ଭୋଲିବାବୁ, କେମିତି ଏଆଡ଼େ ଚାଲିଆସିଲେ ? ଆପଣଙ୍କର ସବୁ ଭଲ ତ ?"

"ମୁଁ ଏଇ... ମାନେ.."

'ମୁଁ ବୁଝିଗଲି– କ'ଣ କରିବା କୁହନ୍ତୁ ? ଲିଭ୍ ଭେକ୍ନସିରେ ତାକୁ ଆଉ ରଖିହେଲା ନାହିଁ; କିନ୍ତୁ ଆଜି ଗୋଟେ ପୋଷ୍ଟ ଆସିପାରେ। ତାଙ୍କର ତ ଆଗରୁ ଇଣ୍ଟରଭ୍ୟୁ ହୋଇଯାଇଛି– ଦେଖିବା।'

ମୋ ଭିତର ଓଲଟପାଲଟ ହେଉଥିଲା। ମାଗୁଣି ମିଶ୍ର କ'ଣ ବିନା ମତଲବରେ ଏତେ ସବୁ କରିପକେଇବ ? ସେ ବୋଧେ ଏବାଗେ ପାଲରେ ପକେଇବାକୁ ଚେଷ୍ଟା କରୁଛି। ... ଶାଲା ! ମୁଁ ନିଆଁ ଖଣ୍ଡପରି ତଲୁ ମୁହଁ ଟେକି ଚାହିଁଲି।

ମାଗୁଣି ମିଶ୍ର ମଠା ପିନ୍ଧି ଆଉ ପ୍ରକାରେ ଦିଶୁଥିଲା। ତା'ପାଖରେ ସେ ସେମିତି ମତେ ଅନେଇ ରହିଥିଲା। ତା' ଆଖିକୁଣରେ କୁଞ୍ଚ କୁଞ୍ଚ ହସ। ସେ ଆମୋଦିତ ହେଉଥିଲା। ମୋ ଭିତର ବୋଧହୁଏ ତା' ଆଖିକୁ ଦିଶିଯାଉଥିଲା ନା କ'ଣ।

ମୁଁ ନରମିଗଲି। କ'ଣ କହିବାକୁ ଯାଉଥିଲି, ଜିଭ ଲେଉଟିଲା ନାହିଁ। ଆସ୍ତେ ଉଠିଲି। ମାଗୁଣି ମିଶ୍ର ମୋ ଆଖିକୁ ଅନେଇ ବିଶ୍ୱାସ ଦେଲାପରି କହିଲା– "କିଛି ଚିନ୍ତା କରିବାର ନାହିଁ। ସବୁ ଠିକ୍ ହୋଇଯିବ ବୋଲି ମୁଁ ଭାବୁଛି।"

ମହାପ୍ରତାପୀ ମାଗୁଣି ମିଶ୍ର ଯାହା ଚାହିଁଲେ ତାହା ହୋଇଯିବ। ଏଇଟା କି ଛାର କଥା ! କିନ୍ତୁ କାଇଁକି ?

'ମୋତେ ମିସେସ୍ ମହାପାତ୍ର ସବୁ କଥା କହିଛନ୍ତି... ଆପଣ କିନ୍ତୁ ତା' ଖାଇଯିବେ।'

ନା', 'ମୁଁ ବରଂ ଆସୁଛି। ମୁଁ କେବଳ ଏଇ...'

ସେ ଲୋକଟା' ବିଷୟରେ ଏଥର ବି ମୋତେ ସେ କୁହାଇ ଦେଲାନାହିଁ। ମଝିରୁ କହିଲା– "ମୁଁ ଜାଣେ... ଆପଣ ନିଶ୍ଚିତ ରହନ୍ତୁ..."। ସେ ଲୋକଟି ହସୁଥିଲା।

ମୁଁ ଅଗତ୍ୟା ସାମାନ୍ୟ ହସିଦେଇ ରାସ୍ତା ଉପରକୁ ଚାଲି ଆସିଲି। ମୋତେ

ହଠାତ୍ ମନେହେଲା ଯେ କ'ଣ ଗୋଟାଏ ଅସ୍ୱାଭାବିକ ଘଟିଗଲା, ଅଥଚ ମୁଁ କଥାଟାକୁ ଠିକ୍ ସମୟରେ ଜାଣିପାରିଲି ନାହିଁ। ଆଛା, ମୁଁ ଯାହାକୁ ଘର ଦେଖେଇବାକୁ ଆସିଥିଲି ସେ ତ ଏପର୍ଯ୍ୟନ୍ତ ମାଗୁଣି ମିଶ୍ର ସାଙ୍ଗରେ ପଦଟିଏ ବି କଥା ହେଲାନାହିଁ। ମାଗୁଣି ମିଶ୍ର ବି ନଥିଲେ କିଛି ଯାଏ ଆସେ ନାହିଁ। ସେମାନେ କ'ଣ ଏତେ ଘନିଷ୍ଠ ଯେ ସାମାନ୍ୟ ସମ୍ଭାଷଣର ମଧ ପ୍ରୟୋଜନ ନାହିଁ? ସତେବା ପ୍ରତିଦିନ ପ୍ରତି ମୁହୂର୍ତ୍ତରେ ଦେଖା ସାକ୍ଷାତ୍ ଏବଂ ଏକାଠି ରହିବାର ଅନୁଭବ ଏତେ ପ୍ରଗାଢ଼ ଯେ ହଠାତ୍ ଦେଖାହୋଇଯିବାର ପ୍ରତିକ୍ରିୟା ବି ହେଉନାହିଁ... ଆଉ ଯଦି ସମ୍ପର୍କ ଏତେ ନିବିଡ଼ ତେବେ ସେ କେମିତି ତା' ଘର ଠିକଣା ପର୍ଯ୍ୟନ୍ତ ଜାଣିନାହିଁ? ମାଗୁଣି ମିଶ୍ର ଏ ସରକାରୀ ଘରେ ରହିବାର ପ୍ରାୟ ତିନିବର୍ଷ ହୋଇଯିବ। ଯା ଭିତରେ ସେ ଅନ୍ତତଃ ଥରେ ଆସିଥିବାର ଲକ୍ଷଣ ନାହିଁ, ଆସିଥିଲେ ତ ସେ ବଲେ ଘର ଖୋଜି ପହଞ୍ଚ୍ୟାଇଥାନ୍ତେ।

ଚାଲିବା ବାଟରେ ମୋ ପାଦ ଅଟକିଗଲା।

ତେବେ? କିଏ ସେ ଲୋକଟା? ମୋତେ ନାଁ ଗାଁ ଠିକଣା କିଛି ହେଲେ କହି ନାହିଁ। ଅଥଚ ମୋର ସବୁ କଥା ଆଦାୟ କରିନେଇଛି। ଗୋଟାଏ ଅସାମାନ୍ୟ ଇଙ୍ଗିତରେ ମୁଁ ଶିରଶିରେଇଗଲି।

ମୋର ମନେହେଲା ସେଇଠୁ ଫେରିଯାଇ ମାଗୁଣି ମିଶ୍ରକୁ ତା' ବିଷୟରେ ପଚାରିବି। ପୁଣି ମନେହେଲା ଯେ ସେଭଳି କୌଣସି ପ୍ରୟୋଜନ ନାହିଁ। ଆଜି ଅଫିସରେ କ'ଣ ହଉଚି ଆଗ ଦେଖାଯାଉ- ତା' ପରେ ବୁଝିବା।

ଘର ଦୁଆର ମୁହଁରେ ଆସି ପହଞ୍ଚ୍ୟାମାତ୍ରେ ସେ ସେଇଠି ଠିଆହୋଇ ରହିଥିବାର ଅନୁଭବ ହେଲା। ଅସମ୍ଭବ ହାଲୁକା ମନେହେଲା। କୌଣସି ସମସ୍ୟା ଆଉ ଅସାଧ୍ୟ ମନେହେଲା ନାହିଁ।

ମୁଁ ଘର ଭିତରକୁ ପଶିଗଲି। ମୋ ସ୍ତ୍ରୀ ଗାଧୋଇବାକୁ ଯାଉଥିଲେ। ମୋତେ ଦେଖି ମୋ ମୁହଁକୁ କିଛି ସମୟ ଚାହିଁ ରହିଲେ। କୌଣସି କାରଣରୁ ଉନ୍ମୁଖ କଢ଼ଟିଏ ପରି ସେ ପାଖୁଡ଼ା ମେଲିଯିବାର ମୁଁ ଅନୁଭବ କଲି।

- 'ତୁମେ କାନ୍ଦୁଥିଲ କି?'

ସେ ଭୁରୁ କୁଞ୍ଚେଇ କହିଲେ- 'ମୁଁ? କାନ୍ଦୁଥିଲି? କାହିଁକି?'

- 'ମିଳା, ମୁଁ ପରା ବାଟଘରେ ଥାଇ ତୁମ କାନ୍ଦଣା ଶୁଣିଛି।'

- 'ତୁମର ପୁଣି ଗୋଟେ କ'ଣ ବିଗିଡ଼ିଗଲାଣି ଦେଖୁଛି। କିଓ କାହିଁକି? ମୁଁ ତ ବସି କୋବି କାଟୁଥିଲି। ପୁଞ୍ଜାଏ କୋବି ଆଉ ପନିପରିବା ତିରିଶିଟଙ୍କାର ତା' ଟୋକା ହାତରେ ପଠେଇ ଦେଇଚି। ତମେ ତାକୁ କହିଥିଲ କି?'

– 'ତମ ମୁଣ୍ଡ ବିଗିଡ଼ିନାଇଁ ତ! କିଓ ବଟିଆ ପରା ଟାକିବସିଛି ତା'ର ବାକିଆ ପଇସା ନ ପାଇଲେ ସେ ଆମକୁ କିଛି ହେଲେ ଦବନାଇଁ। ତମେ କାହା ହାତରେ ଖବର ଦେଇଥିଲ କି?'

– 'ଶୁଣ, କିଓ ମତେ ବେଲ କାହିଁ ଖବର ଦେବାକୁ? ଦେଖ, ତମେ ଏ ନବରଙ୍ଗା ଲଗେଇଚ– ଲୋକ ହାତରେ ପରିବା ପଠେଇ ଆଉରି ଚତୁରେଇ ହଉଚ ଏତି। ମୋର ବେଲ ନାଇଁ'– ସେ ହସିଦେଇ ଗାଧୁଆଘରକୁ ପଶିଗଲେ। ମୋ କାନ୍ଧ ଉପରୁ ପଦରବର୍ଷର ବୋଝ ଖସିପଡ଼ିଲା। ମନୋରମା ଦେଖାଗଲେ ଅପୂର୍ବ!

କିନ୍ତୁ ମୁଁ ଜମା କିଛି ବୁଝିପାରୁନଥିଲି। ମୋ ଉପରୁ ପର୍ବତ ଓହ୍ଲେଇ ଯିବାର ହାଲୁକାପଣରେ ମୋ ବୁକୁ ଭରିଯାଉଥିଲା। ପୁଅ ଆର ଘରୁ ଆସି ଚିଠିଟାଏ ବଢ଼େଇ ଦେଲା ହାତକୁ। କହିଲା – 'କିଏ ଜଣେ ଏ ଚିଠି ତମକୁ ଦବାକୁ କହି ଚାଲିଗଲେ।'

ମୋ ବୁକୁ ଦାଉଁଦାଉଁ ହେଲା। କିଏ କାହିଁକି ଚିଠିଦେଲା? ଖୋଲିଦେଲାବେଲକୁ ଲେଖାଅଛି – 'ମୁଁ ଆପଣଙ୍କଭଳି ଭଦ୍ରଲୋକଙ୍କ ମନରେ କଷ୍ଟଦେଇ ଦୁଃଖିତ। ମୋର ଆଉ ଦୁଇବର୍ଷ ଯାଏ ଚାକିରୀ ବଢ଼ିଯିବାରୁ ମୁଁ ମୋ ଘରକୁ ଯିବାର ପ୍ରଶ୍ନ ଉଠୁନାହିଁ। ଆପଣ ଦୟାକରି ଅନ୍ୟ ବ୍ୟବସ୍ଥା ବାତିଲ କରି ମୋ ଘରେ ରହିବାର ଅନୁଗ୍ରହ କରିବେ କି ଇତି। ସୁଗ୍ରୀବ।' ମୋ ଆଖି ବାଙ୍କରେ ତରଳିଗଲା ଇଟାକାନ୍ଥ ଆଉ ଛାତ... ମୁଁ ବିଭୋର ବିମୂଢ଼।

ଝିଅ ଆସି କହିଲା– 'ଆଜି କଚେରିରେ କେସ୍ ନାହିଁ– ଘୁଞ୍ଚିଗଲା। ଓକିଲ ଲୋକ ଆସି କହିଦେଇଗଲା।' ମୋ ବଗିଚାଯାକ ବିଭିନ୍ନ ରଙ୍ଗର ଗୋଲାପ ଫୁଟିଗଲା। ଆକାଶ ନଇଁ ଆସିଲା ନୀଲପଦ୍ମପରି।

'ଏ ପାର୍ଶ୍ଵଲତା ନିଅ ବାପା'। କହି ଆର ଝିଅ ମୋତେ ଗୋଟାଏ ସରକାରୀ ଖାମ୍ ବଢ଼େଇଦେଲା।

ଖୁବ୍ ମୋଟା ଲାଗୁଥିଲା। ସେଥିରେ କ'ଣ ସତକୁ ସତ ମୁଁ ଯାହା ଭାବୁଛି ତାହା ଥାଇପାରେ?

ଇସ୍! ଏଗୁଡ଼ାକ ତ ଶହେଟଙ୍କିଆ ନୋଟ୍। କ'ଣ ହେଲା? ପାଞ୍ଚହଜାର ଟଙ୍କା! କିଏ ଲେଖିଛି... ଓ, ଗୋବିନ୍ଦ ଟାଉଟର! କ'ଣ ନା ମୋ ଜମିର ଫସଲ ଏତେ ବର୍ଷ ଭୋଗ ଦଖଲ କରିଥିବାରୁ ଏ ଟଙ୍କା। ଆଂଶିକ ପଇଠଦେଉଛି – ଆଉରି ଦବ! ଆଉରି...

ମୋର ମନେପଡ଼ିଲା ମୋ ମୁଣ୍ଡ ଯାଇ ଛାତକୁ ଛୁଆଁଯାଉଛି। ଆଉ ପରବାଏ ନାଇଁ। ମୁଁ ଏଣିକି ନିଧଡ଼କ ବଞ୍ଚିପାରିବି। ମୋ ପିଲାଏ ଭଲ ପିନ୍ଧି ପାରିବେ। ମୁହଁଟେକି ହସିପାରିବେ। ଓଃ... ମୋ ଆଗରେ ସେମିତି ମୁଚୁକି ମାରି ହସୁଥିବା ସେ ମୁହଁ ଦିଶିଗଲା।

ମୁଁ ତା' କାନ୍ଧକୁ ଜୋର୍‌ରେ ଧରି ଝୁଙ୍କିଦେଲି– ତୋରି ସବୁ ସୁନ୍ଦର ! କହ ତୁ କିଏ ?
କହ... କହ...

ମୋ ସାମ୍ନାରେ ଖବ୍‌ ନିକଟରେ ମୋ ବାଟ ରୋଧ ସେଇ କାନ୍ତୁଟା
ଛିଡ଼ାହୋଇଛି । ମୁଁ ତାକୁ ମାଗୁଣି ମିଶ୍ର ଭାବି ଘୁସିମାରି ଠିଆହୋଇଛି । ଏବେ ତାକୁ
ହଲାଇ ପଚାରୁଛି– ତୁ କିଏ ?

ଆର ବଖରାରୁ ମନୋରମାର କାନ୍ଦ ଶୁଭୁଛି ।

ଆକାଶ ସାରା ଜାଲ ରୁଦ୍ଧ ହୋଇ ରହିଛି । ମୁଣ୍ଡ ଉପରେ ପାହାଡ଼ ମଡ଼େଇ
ହୋଇ ରହିଛି । ଆଖି କୁଣରେ ଟଲମଲ ଲୁଣ ସମୁଦ୍ର । ମୁଁ ତଥାପି ଫେରକା ବାଟେ
ଲୁଟେଇ ଲୁଟେଇ ଚାହିଁ ଦଉଛି ରାସ୍ତାକୁ... ବେକୁବ୍‌ କାହାଁକା ।

■

ଘର ନିଲାମ ହଉଚି

ଆପଣ ଡାକିଥାନ୍ତେ କି ?

ଚାଲୁନାହାନ୍ତି । ଏଇଠୁ ଏ ବଡ଼ ରାସ୍ତାରେ ଡାହାଣେ ମୋଡ଼ିଗଲେ ସରକାରୀ କୁକୁଡ଼ା ଫାର୍ମ । ତା'ପରେ କିଛି ବୁଢ଼ବୁଢ଼ିଆ ଅନାବାଦି ଜମି ପାରିହୋଇଗଲେ ପୁରୁଣା ଆୟତୋଟା । ତା'ପାଖକୁ ତ ଲାଗିଛି ସେ ଦେଢ଼ଏକର ଜାଗା ଉପରେ ବଗିଚା ଆଉ କୋଠା । ରାସ୍ତାକୁ କିଛି ବାଟ ଛାଡ଼ି ପାଟେରୀ । ତା' ସାମ୍ନାରେ ଦୁଇଧାଡ଼ି ଇଉକାଲିପଟ୍ସ୍ । ଗେଟ୍ ପାଖରେ ସାମ୍ନା ଘର । ଗାଡ଼ି ଯିବାକୁ ଗୋଲେଇ ରାସ୍ତା । ମଝିରେ ଲନ୍- ଦୁଇପାଖେ ନଡ଼ିଆ ଗଛ- ଫୁଲ ବଗିଚା । ଘରଟା ବଙ୍ଗାଲା ଢଙ୍ଗରେ ତିଆରି । ବେଶ ପ୍ରଶସ୍ତ ଖୋଲା ଖୋଲା- ନୂଆ ରଙ୍ଗ ଦିଆହୋଇଥିବାରୁ ଛବିଭଳି ସୁନ୍ଦର ଦେଖାଯାଉଛି । ଭିତରେ କାର୍ପେଟ, ସୋଫା, ପଲଙ୍କ ସବୁ ମହଜୁଦ୍ ଅଛି । ପୋଛାପୋଛି ହୋଇ ଚକ୍‌ଚକ୍ ।

ସହରଠୁଁ ଟିକିଏ ଦୂରରେ ନିଶ୍ଚୟ - କିନ୍ତୁ ନିଛାଟିଆ ନୁହେଁ । ତା' ପାଟେରିକୁ ଲାଗି ବଉଳପୁର । ବେଶ୍ ପାଞ୍ଚଶ ଘର ବସ୍ତି । ଦୋକାନ ବଜାର... ସେଇଟା ବି ଏ ମ୍ୟୁନିସିପାଲିଟି ଭିତରକୁ ଆସିଯାଉଛି ଅଳ୍ପ ଦିନ ଭିତରେ । ଆୟତୋଟା ଉପରେ ଗୋଟାଏ ହୋଟେଲ ହଉଛି । ଦେଣନେଣ ସରିଗଲାଣି- କାମ ଆରମ୍ଭ ହେବା ଉପରେ । ଆଉ ସେ ଅନାବାଦୀ ଜମିଖଣ୍ଡକରେ ଷ୍ଟାଡ଼ିୟମ୍ ହେବାର ଯୋଜନା ସରିଲାଣି । ଆଉ ତା' ହେଲେ କ'ଣ ରହିଲା ? ସେଇଆଡ଼କୁ ସହର ବଢ଼ିଚାଲିଛି । ସେ ଘର ଆଉ ଡିହ ପନ୍ଦର-କୋଡ଼ିଏ ଲକ୍ଷ ଟଙ୍କାର ସମ୍ପତ୍ତି । ଏମିତି ଅଦ୍ଧେକେ ନିଲାମରେ ଉଠିଯାଉଛି । ଯଦି ଚାହୁଁଛନ୍ତି ଉଠନ୍ତୁ ଯିବା । କିଛି ନହେଲେ ଦେଖି ତ ଆସିବା- ଏକି ଏତେ ବଡ଼ ସମ୍ପତ୍ତିର ମାଲିକ ହୋଇଯିବ ଆଉ କେତେ ଘଣ୍ଟା ଭିତରେ ।

ଠିକ୍ କଥା । ଏଡ଼େ ଚମତ୍କାର ଘରକୁ ନିଲାମରେ ବିକ୍ରିକରି ଦେଉଥିବା ମାଲିକ ନିଶ୍ଚୟ ବେକୁବ୍ । ସେଇଟା ଖାଲିଆପଣ ନୁହଁନ୍ତି, ଯେ କେହି ଲୋକ କହିବ । କାରଣ

ଆପଣତ ତାକୁ ଜାଣନ୍ତି ନାହିଁ। ସେଥିପାଇଁ ଆପଣ ଉପରୋଉପରିଆ ସେମିତି ମତବ୍ୟ ଦେବା ଆଦୌ ଅସ୍ୱାଭାବିକ ନୁହେଁ। ମୁଁ ତାକୁ ଜାଣିଛି କି ବୋଲି ଆପଣ ପଚାରୁଛନ୍ତି ? ସେ କଥା ଜାଣିବା ନଜାଣିବାରେ ଆପଣଙ୍କର ଲାଭ କ'ଣ? ଅବଶ୍ୟ ଯେକୌଣସି ଗରାଖର କିଛି କିଛି ଜାଣିବାର ଅଧିକାର ଅଛି ? ସେ ଘରେ କୌଣସି ଦୁର୍ଘଟଣା ଘଟିଯାଇ ନାହିଁ ତ ? ସେ ଘରେ ଆଉ କୌଣସି ଦୁର୍ଭାଗ୍ୟ ଜଡ଼ିତ ରହି ନାହିଁ ତ ? ଏତେ ସୁନ୍ଦର ଘର କରି ଜଣେ ସେଇଠି ରହିବ ନାହିଁ- ଘରଛାଡ଼ି, ଗାଁ ଛାଡ଼ି କାହିଁ କୁଆଡ଼େ ରହିବ। ସେଇଠୁ ତା' ଓକିଲ ଜରିଆରେ ଘରଟାକୁ ନିଲାମ କରାଇଦେବ- ଏଇଟା ଯାହାକୁ ହେଲେ କେମିତି ଅଡ଼ୁଆ ଲାଗିବା କଥା।

ରହସ୍ୟ କିଛି ନାହିଁ- ଯଦି ବା ଥାଏ ମୁଁ ସମ୍ପୂର୍ଣ୍ଣ ଜାଣିନାହିଁ। ହଁ, ମୁଁ ଅବଶ୍ୟ ଏପରି କେତେ କଥା ଜାଣିଛି ଯେଉଁଠୁ ଆପଣ ବାକି ଅନୁମାନ କରିନେଇପାରିବେ। ଆପଣ ଖୋଲାମନ ନେଇ ନିଲାମ ଡାକିବାକୁ ଯାଇଥିଲେ ବରଂ ଭଲ ହୋଇଥାନ୍ତା। ଆପଣ ଯଦି କିଣନ୍ତି କୋଠାଟାକୁ ହିଁ କିଣିବେ, ତା' ମାଲିକକୁ ତ ନୁହେଁ। ତେବେ ଆପଣ ଯଦି ନିହାତି କଟାଳ କରୁଛନ୍ତି ତାହେଲେ ଶୁଣନ୍ତୁ ସେ ରାମପୁର କୋଠିର ଇତିହାସ- ଅନ୍ତତଃ ମୁଁ ଯେତିକି ଜାଣେ।

ତା'ର ମାଲିକ ହେଉଛନ୍ତି ରାମପୁର ଜମିଦାର ସ୍ୱରାଜ ସିଂହ। ସେ ମୋଟୁ ବେଶୀ ନୁହେଁ- ଏଇ ଚାରି-ପାଞ୍ଚ ବର୍ଷ ସାନ। ମୁଁ ବି.ଏ. ପଢୁଥିବାବେଲେ ସେ ମେଟ୍ରିକ୍ ଛାତ୍ର। ମୁଁ ତାଙ୍କ ଟିଉସନମାଷ୍ଟର। ତାଙ୍କୁ ଗଣିତ ପଢ଼ାଉଥିଲି-ବିଶେଷକରି ଜ୍ୟାମିତି ଆଉ ଆଲ୍‌ଜେବ୍ରା। କଲେଜରୁ ଘରୁ ଫେରିବା ରାସ୍ତାରେ କିଛି ବୁଲାଣି ପଡ଼ୁଥିଲା। ମୁଁ ସିଧା ତାଙ୍କ ପିଉସୀ ଘରକୁ ଯାଉଥିଲି। ସେ ସେଇଠି ରହିପାଠ ପଢ଼ୁଥିଲେ। ମୁଁ ପହଞ୍ଚିବାମାତ୍ରେ ହସି ହସି ମୋତେ ପାଛୋଟି ନେଉଥିଲେ। ଟେବୁଲରେ ଦୁଇଟି ରସଗୋଲା ଏବଂ ଗ୍ଲାସେ ପାଣି ନିଶ୍ଚୟ ଥୁଆ ରହୁଥିଲା। ଗୋଟିଏ ଛୋଟ କଲାପଟା, ଚକ୍, ଡଷ୍ଟର ପ୍ରସ୍ତୁତ ରହୁଥିଲା। ଯାହା ବୁଝିଲେ ସେ ଖୁବ୍ ଚଞ୍ଚଳ ବୁଝିପାରୁଥିଲା। ମୋତେ ପରିଶ୍ରମ କରିବାକୁ ପଡ଼ୁନଥିଲା। ମୁଁ ସେତେବେଲୁ ତାଙ୍କୁ ଗଭୀରଭାବରେ ଭଲପାଇ ଯାଇଥିଲି। ମୁଁ ଚାହିଁଥିଲେ ସେ ତାଙ୍କ ପରିବାରର ଟିକିନିଖି କଥା କହିଦେଇଥାନ୍ତେ ବୋଲି ବିଶ୍ୱାସ କରୁଛି। କିନ୍ତୁ ସେ ବୟସରେ ଏସବୁ ଜାଣିବାକୁ ମୋର ଆଦୌ ଆଗ୍ରହ ନଥିଲା।

କିନ୍ତୁ ଦିନେ ଏମିତି ବଜାରରେ ହଠାତ୍ ଦେଖାହୋଇଗଲା। ମୁଁ ତାଙ୍କ ଆଡ଼କୁ ଖୁବ୍ ଆତ୍ମୀୟତାରେ ପାଖେଇଯାଇ ତାଙ୍କ ସ୍ଥିର ଆଖିକୁ ଚାହିଁ ଚମକିପଡ଼ିଥିଲି। ସେ ମୋତେ ଚିହ୍ନିବାରେ କୌଣସି ଲକ୍ଷଣ ପ୍ରକାଶ କଲେ ନାହିଁ। ମୋତେ ଦେଖିବାମାତ୍ରେ ତାଙ୍କ ନିଜ

ଢଙ୍ଗରେ ସେ ହସି ହସି ନମସ୍କାର କରିବେ ବୋଲି ଆଶାକରିଥିଲି। କିନ୍ତୁ ସମ୍ପୂର୍ଣ୍ଣ ଅପରିଚିତ ଭଳି ପାଟିଟିପି ଠିଆହୋଇ ରହିବାରୁ ମୁଁ ଭାରି ଅପ୍ରତିଭ ବୋଧକଲି। ତଥାପି ପଚାରିଲି– ଯେଉଁ କଷ୍ଟ କଷ୍ଟ ଦୁଇଟି ତ୍ରିଭୁଜ ଅଙ୍କନ ତା' ପୂର୍ବଦିନ ବୁଝାଇଥିଲି ସେ ତାକୁ ମନେ କରିଛନ୍ତି ନା ନାହିଁ। ତଥାପି ସେ ମୋତେ ନଚିହ୍ନିଲାପରି ଚାହିଁରହିବାରୁ ମୁଁ ଅପମାନିତ ବୋଧକଲି ଏବଂ ମୁହଁ ବୁଲାଇ ଚାଲିଗଲାବେଲେ ସ୍ଥିରକଲି ଯେ, ଆଉ ନୁହେଁ ତା' ବଡ଼ଲୋକି ତା'ଘରେ। ତା' ଜମିଦାରି ତାକୁ ବଡ଼– ମୋର ସେଥିରେ କ'ଣ ଥାଏ ?

ସେ ମୋତେ ସେତିକିବେଲେ କହିଲେ– 'ଆପଣ ବୋଧହୟ ଭାଇଙ୍କ କଥା କହୁଛନ୍ତି। ମୁଁ ଆଜି ଘରୁ ଆସିଛି। ମୁଁ ଆପଣଙ୍କୁ ଜାଣିପାରୁନଥିବାରୁ ମୋତେ ଆପଣ ମାଫ୍ କରିବେ। ଏମିତି ଭୁଲ ଅନେକ ସମୟରେ ହୁଏ। ମୋ ନାଁ ସ୍ୱାଧୀନ ସ୍ୱରୂପ ସିଂହ। ଆମେ ଦୁହେଁ ଯାଆଁଳା।'

ମୁଁ ହାଁ କରି ଅନେଇରହିଲି। ଗୋଟିଏ ଛାଞ୍ଚରେ ତିଆରି ଦୁଇଟି ଜାପାନୀ କଣ୍ଢେଇ ଭଳି ଅବିକଳ ଚେହେରା। ଅଳ୍ପ ଗଜେଇ ଆସିଥିବା କଅଁଳ ନିଶ, ଠିଆନାକ, ବଡ଼ ବଡ଼ ଟାଣିଲା ପରି ଆଖି, ପ୍ରଶସ୍ତ କପାଲ। ସେମିତି ଶ୍ୟାମଲ ବର୍ଣ୍ଣ। ନାକ ବାଁ ପାଖେ ସେମିତି ତିଲ ଚିହ୍ନ– ସେମିତି ଧୋତି ପାଇକଛା। ପିନ୍ଧା, ସେମିତି ସିଲ୍କ ପଞ୍ଜାବିରେ ସୁନା ବୋତାମ। କାହାର ଶକ୍ତି ଅଛି ଚିହ୍ନଟ କରିଦେବ ? କଥା, ସ୍ୱର ଚେହେରା, ହସ ଏତେ ଟିକେ ବୋଲି ଫରକ୍ ନାହିଁ!

ମୁଁ ଏକଥା ଶୁଣି ଖୁବ୍ ହାଲୁକା ବୋଧକଲି। ଖୁବ୍ ଖୁସିହେଇଗଲି। ଏମିତି କ'ଣ ଟିକେ ଶିଷ୍ଟାଚାର ଆଲାପ ପରେ ଚାଲିଗଲି।

ସ୍ୱରାଜ ଆଉ ସ୍ୱାଧୀନ। ଏମାନଙ୍କୁ ତାଙ୍କ ମା' ସୁଦ୍ଧା ବାରିପାରୁଥିଲେ କି ନାହିଁ ସନ୍ଦେହ। ମୋର ଭାରି କୌତୂହଲ ହେଲା ତା' ଆରଦିନ ଦୁହିଁଙ୍କୁ ଏକାଠି ଦେଖିବାକୁ। ସହଜ ସରଲ ପହଞ୍ଚିଗଲି। କିନ୍ତୁ ଶୁଣିଲି ଯେ ସ୍ୱାଧୀନ ଗାଁକୁ ଚାଲିଯାଇଥିଲେ।

– 'ଆଛା, ତମେ ଦୁହେଁ ଏମିତି ଅବିକଲ ନକଲ ଯେ କେହି ନଦେଖିଲେ ବିଶ୍ୱାସ କରିବ ନାହିଁ। ମୁଁ ତ କାଲି ବେକୁବ୍ ବନିଗଲି।'

ସେ ମୃଦୁ ମୃଦୁ ହସି ମୋତେ ଚାହିଁ ରହିଥାନ୍ତି।

– 'ଗାଁରେ, ଘରେ ସମସ୍ତଙ୍କୁ ଅସୁବିଧା ହଉଥିବ ତ ? 'ମୁଁ ପରିହାସରେ ପଚାରିଲି ନାଁ କହିଲେ କଥା ଆରମ୍ଭ କରନ୍ତି– ନହେଲେ ପ୍ରାୟ ଭୁଲ କରିପକାନ୍ତି। ପ୍ରଥମେ ପ୍ରଥମେ ସ୍ୱାଧୀନ ଭାରି ଚିଡ଼ିଥିଲା। ମୁଁ ତାକୁ ବୁଝେଇଥିଲି ଅନ୍ୟମାନଙ୍କର ଅସୁବିଧା; କିନ୍ତୁ ମା' କେବେ ବି ଅସୁବିଧା ହେଇନାହିଁ। ସେ ଆମଆଡ଼େ ନଚାହିଁ ଠିକ୍ ଚିହ୍ନିଯାଇଛି।'

– 'ଆଛା, ତାଙ୍କର କ'ଣ ଗୋଟାଏ ଚିହ୍ନଟ କରିବାର ଉପାୟ ଥିବ ନା।'

– ' ସେ କହୁଥିଲେ ଯେ, ଆମର ପାଦଶଢ଼ କୁଆଡ଼େ ଅଲଗା– ସେ ସେଥିରୁ ଜାଣିଯାଆନ୍ତି। ସେଇଟା ମୁଁ ବି ଲକ୍ଷ୍ୟ କରିଛି। ଆମେ ଦୁହେଁ ଏକାଟି ଚାଲିଲେ ସ୍ୱାଧୀନକୁ ଟିକେ ଅଡ଼ୁଆ ଲାଗେ। ତା'ର ପାହୁଣ୍ଡଗୁଡ଼ାକ ଟିକିଏ ଲମ୍ବା। ସେ ଚାରିପାହୁଣ୍ଡ ଗଲେ ମୋତେ ଛ' ପାହୁଣ୍ଡ ଯିବାକୁ ହୁଏ।'

– 'ଭାରି ଇଣ୍ଟେଷ୍ଟିଂ! ଆଉ କ'ଣ ତଫାତ୍ ଅଛି ? ଆମେ ବି କିଛି ଜାଣିଥିଲେ ଭବିଷ୍ୟତକୁ କାମରେ ଲାଗିପାରେ।'

– 'ଏମିତି ଅନେକ ଟିକିନିକି ଫରକ ସବୁ ଅଛି। ସେ ମୋଠୁ ପାଞ୍ଚ– ଛ' ପାଉଣ୍ଡ ଓଜନରେ ବେଶୀ। ଖୁବ୍ ଲକ୍ଷ୍ୟକଲେ ସେ ମୋଠୁ ସାମାନ୍ୟ ବଡ଼ ଦେଖାଯାଏ; ଯଦିବା ସେ ଦୁଇଘଣ୍ଟା ସାନ।'

ମୁଁ ହସିପକାଇଥିଲି। ଦୁଇଘଣ୍ଟା ସାନ ବଡ଼ କଥା ମୁଁ ସେଯାଏଁ ଶୁଣି ନଥିଲି।

– ସେ ଆଉ କେବେ ଆସିବେ ? ସେ କ'ଣ ପାଠ ପଢ଼ୁନାହାନ୍ତି ?' ଏ ପ୍ରଶ୍ନ ଏମିତି ଖାଲି କୌତୁହଲରେ ପଚାରିଦେଇଥିଲି। ସ୍ୱରାଜ ସିଂହ ସେଥିରେ ଖୁବ୍ ବିଚଲିତ ଜଣାଗଲେ। ଖୁବ୍ ଗମ୍ଭୀର ହୋଇ ଗୋଟାଏ ଆଢ଼େ ଚାହିଁରହିଥିଲେ।

ଅନିଚ୍ଛାସତ୍ତ୍ୱେ ତାଙ୍କୁ ବୋଧହୁଏ କହିବାକୁ ପଡ଼ିଲା। ଯେ– ସେ ପଢ଼ିବାକୁ ଚାହିଁଲେ ନାହିଁ। ତାହେଲେ ସ୍ୱାଧୀନ ଏମିତି କ'ଣ ଟିକିଏ ଗାଁରେ ଓଡ଼ିଆ ପଢ଼ାପଢ଼ି ପରେ– ସେଇଠି ରହି ଜମିଦାରୀ ବୁଝାବୁଝି କରନ୍ତି।

ସେଦିନ ଆମେ ଆଉ କିଛି ଅଙ୍କ କଲୁ। ତା'ପରେ ସେ ପରୀକ୍ଷାପାଇଁ ପ୍ରସ୍ତୁତ ହେଲେ। ମୁଁ ବି। ଉଭୟେ ପରୀକ୍ଷାରେ ଭଲ କରିଥିଲୁ। ମୁଁ ଚାଲିଗଲି ଆହ୍ଲାବାଦ। ସ୍ୱରାଜ ବୋଧହୁଏ ବାହାରକୁ କୁଆଡ଼େ ଗଲୋ। ସାଇନ୍ସ ପଢ଼ି ଇଂଜିନିଅରିଂ କରି ଆସିଲେ। ତା'ପରେ ମୋର ସାଙ୍ଗେ ଦେଖାହେଇନଥିଲା।

ଦିନେ ହଠାତ୍ ବସଷ୍ଟାଣ୍ଡରେ ସେ ନମସ୍କାର କରି ଠିଆ ହେବାରୁ। ମୁଁ ଖୁସି ହୋଇଗଲି। କହିଲି– 'ତୁମେ ଚାଲିଲେ ସିନା ଜାଣିବି ତୁମ ପାହୁଣ୍ଡ ଛୋଟ ନା ଲମ୍ବା।'

ସେ ପାଟି ଘୋଡ଼େଇ ଖୁବ୍ ମର୍ଯ୍ୟାଦାରେ ହସିଲେ।

ମୁଁ ସେତେବେଲକୁ ଅଧ୍ୟାପକ; ଦଶବର୍ଷ ଚାକିରୀ। ମୋ ସହିତ ମୋ ସ୍ତ୍ରୀ, ଦୁଇ ପୁଅ। ସେ ନିଜ ଗାଡ଼ିରେ ଆସିଥିଲେ– ଏକୁଟିଆ।

– 'ମୁଁ ବି ଯାଉଛି ରାଜଧାନୀ। ସେଇଠି କାମ ଅଛି– ଏଇ ବସରେ ଚାଲିଯିବି। ଗାଡ଼ି ଘରକୁ ଫେରିବ।'

– 'ତା'ହେଲେ ବେଶ୍ ସମୟ ମିଳିବ ଗପିବାକୁ। ଭାରି ବଢ଼ିଆ ହେଲା।'

ସେମାନେ ମା' ପୁଅ ମିଶି ଗୋଟାଏ ଦି'ଟିକିଆ ସିଟ୍‌ରେ ବସିଗଲେ। ତା'ପଛ ସିଟ୍‌ରେ ମୁଁ ଏବଂ ସ୍ୱରାଜ।

ବସ୍ ଛାଡ଼ିଲାବେଳକୁ ବାହାରେ ଅନ୍ଧାର। ମୁଁ ଝରକା ପାଖକୁ ବସିଥାଏ। ଗୋଟାଏ ଖବରକାଗଜ ଉପରେ ଆଖି ରଖି ଖୁବ୍ ସହଜ ଏବଂ ଅନନ୍ତକାଳ ହାତରେ ଥିବା ଢଙ୍ଗରେ ପଚାରିଲି– 'ଆଉ କ'ଣ ସ୍ୱରାଜ– ତୁମର ସବୁ ଭଲ ତ?'

– 'ହଁ ସାର, ପ୍ରାୟ ସବୁ ଭଲ।'

– 'ସବୁ ଏକ୍‌ସଲେଣ୍ଟ ବୋଲି କହନ୍ତୁ। ଏମିତି କାହିଁକି ଅସନ୍ତୋଷିଆ କଥାକହୁଛ? ଭାବିଲ ଟିକିଏ– ତୁମ ଭଳି କେତେ କଣ ଅଛନ୍ତି? ତୁମର କ'ଣ ନାହିଁ? ସମ୍ପତ୍ତିବାଡ଼ି, ଗାଡ଼ିଘୋଡ଼ା, ନଉକର-ଚାକର-ଅଭାବ କ'ଣ ତୁମେ ଜାଣିନାହିଁ। ତଥାପି କ'ଣ ନା, ପ୍ରାୟ ସବୁ ଭଲ। ଆଶ୍ଚର୍ଯ୍ୟ! ଆଉ କ'ଣ ହେଲେ ସ୍ୱଚ୍ଛଭାବରେ କହିପାରିବ 'ଭଲ ଅଛି'।

– 'ଠିକ୍ କହିଛନ୍ତି ସାର; କିନ୍ତୁ ଏଗୁଡ଼ା ସବୁ ରିଲେଟିଭ୍ କଥା। ମୁଁ ଯେଉଁ ପରିସ୍ଥିତିରେ ଅସନ୍ତୁଷ୍ଟ ବୋଧ କରୁଛି, ଆଉ ଜଣେ ହୁଏତ ଖୁବ୍ ଖୁସିରେ ସେଥିରେ ରହିପାରିବ।'

– 'ମୁଁ ବୁଝିଚି, ତେବେ ଗୋଟିଏ କଥା ଚିନ୍ତାକରି କହିବ। ତୁମେ ଯେଉଁ ପରିସ୍ଥିତିରେ ବର୍ତ୍ତମାନ ଅଛ, ତା'ର କୌଣସି ବିକଳ୍ପ ଅଛି କି?'

– 'ସେଇଠି ମୁଁ ପହଞ୍ଚିବା ପରେ ହୁଏତ ନାହିଁ। କିନ୍ତୁ ତା' ପୂର୍ବରୁ ତ ଅନେକ ଅଲ୍‌ଟରନେଟିଭ୍ ଅଛି। ଏମିତି ନହୋଇ କଥାଟା ଆଉ ହଜାରେ ପ୍ରକାର ହୋଇପାରିଥାନ୍ତ।'

ମୁଁ ମନେ ମନେ ତାରିଫ୍ କଲି। କହିଲି– 'ଆଚ୍ଛା, ମୁଁ ବୁଝିଲି। କିନ୍ତୁ ଆମେପରା ଘଟିସାରିଥିବା ଘଟଣା ଆଉ ପରିସ୍ଥିତି ଉପରେ ମନ୍ତବ୍ୟ କରୁଛେ।'

– 'ହଁ ସାର! କିନ୍ତୁ ନିଜ ଚାହିଦା ଅନୁସାରେ ନହୋଇ ଆଉ ଅନ୍ୟପ୍ରକାର ହୋଇଥିବାରୁ ଗୋଟାଏ ଅବଶୋଷ ତ ରହୁଛି– ସେଥିପାଇଁ ଖୋଲାଖୋଲି ଏ ପରିସ୍ଥିତିକୁ ଗ୍ରହଣ କରିହେଉନାହିଁ।'

– 'ବାଃ ବଢ଼ିଆ ଯୁକ୍ତି। ମୁଁ ଦେଖୁଚି, ତମେ ଇଂଜିନିଅରିଂ ଅପେକ୍ଷା ଡାଇଲେକ୍‌ଟିକ୍‌ସ ପଢ଼ିଆସିଛ ନା କ'ଣ।'

ତା'ପରେ ଆମେ ଚୁପ୍‌ଚାପ୍ ଅନେକ ସମୟ ବସିରହିଲୁ। ଗାଡ଼ି ଚାଲିଥାଏ। ପିଲାଏ ଶୋଇଯାଇଥାନ୍ତି ନା କ'ଣ। ରାତି ଦଶଟା... ଗୋଟାଏ ଜାଗାରେ ଗାଡ଼ି ରହିଲା। ଖାଇବା ପାଇଁ କଣ୍ଡକ୍‌ଟର କହିଦେଇ ଚାଲିଗଲା।

- 'ଆଛା ସ୍ୱରାଜ, ତୁମେ କ'ଣ ଖାଇବ ତ ?'

- 'ନାଁ ସାର, ମୋର ଖାଇବାର ନାଁ ।'

ସେ ଜମା କିଛି ନକହିବାରୁ ମୁଁ ବି ଆଉ କିଛି କଥା ଉଠାଇଲି ନାହିଁ ।

ରାତି ବାରଟାରେ ଗୋଟାଏ ଛୋଟ ଜାଗାରେ ପୁଣି ବସ୍ ରହିଲା । ଆମେ ଉଭୟେ ଓହ୍ଲାଇଗଲୁ । ନିରୋଳା ଦେଖି ସେ ମୋ କାନ ପାଖରେ ଆସ୍ତେ କହିଲାପରି ଲାଗିଲା– ମୁଁ ଖୁବ୍ ସଙ୍କଟରେ ପଡ଼ିଛି ସାର ।

ମୁଁ ଚମକିପଡ଼ିଲି । ତା' ପିଠିରେ ହାତରଖି ଆଖିକୁ ଚାହିଁଲି ।

- 'ମୋ ଭାଇ ସ୍ୱାଧୀନ... ମନେ ହେଉଛି ସାର ?'

- 'ହଁ କହ, କହ ।' ମୁଁ ହଠାତ୍ ଅନୁଭବ କଲି ଯେ, ସେ ଗୋଟାଏ କ'ଣ ପାହାଡ଼ ପରି କଥା କହିନପାରି ଟଳମଳ ହେଉଛନ୍ତି ।

ମୋଠାରୁ ଉସ୍ତାହ ପାଇ ସେ ଆସ୍ତେ କହିଲେ– 'ମୋର ମନେହେଉଛି, ହୁଏତ ସେ ବଞ୍ଚିବ କିମ୍ବା ମୁଁ ବଞ୍ଚିବି । ଆମେ ଦୁହେଁ ବୋଧହୁଏ ଏକାଠି ବଞ୍ଚିପାରିବୁ ନାହିଁ ।'

- 'କ'ଣ କହୁଚ ସ୍ୱରାଜ ?'

- 'ମୁଁ ଠିକ୍ କହୁଛି ସାର ଏବଂ ଏଇ କିଛିଦିନ ମାତ୍ର ମୁଁ ସମୟ ନେଇଛି, ତା'ପରେ ଫଇସଲା ହୋଇଯିବ ।'

- 'କ'ଣ କିଛି ମାଲିମକଦମା କଥା ପଡ଼ିଛି କି ?'

'ନା ସାର– ସେମିତି ହୋଇଥିଲେ ତ ମୁଁ ମୋର ଭାଗତକ ତାକୁ ଦେଇ ଚାଲିଯାଇଥାନ୍ତି ଖୁସିରେ ।'

- 'ତେବେ କାହିଁକି ଏମିତି ତୁମ ଦୁହିଁଙ୍କ ପାଇଁ ଏଭଳି କଥାଟାଏ ଉଠିଲା ?'

- 'କଥା କ'ଣ କି ସାର– ମୁଁ ଆପଣଙ୍କୁ ଯଥେଷ୍ଟ ସମ୍ମାନ କରେ, ସେଥିପାଇଁ କହିଦେବାକୁ ଇଚ୍ଛା ହେଉଛି–ଏକୁଟିଆ ଆଉ ସମ୍ଭାଲି ହେଉନାହିଁ । ମୋ ସ୍ତ୍ରୀ ଛନ୍ଦା– ହଁ ସାର ମୋର ବିବାହ ହୋଇଯାଇଛି– ମୁଁ ତାକୁ ଭଲପାଇ ବିବାହ କରିଛି । ସେ ହିନ୍ଦୁସ୍ତାନୀ ଝିଅ । ଘର ଭାଗଲପୁର । ଛନ୍ଦା ସେମିତି କିଛି ବୋକୀ ନୁହଁ– କିନ୍ତୁ ସେ ପ୍ରଥମେ ହତବଢ଼େଇ ଗଲା ସ୍ୱାଧୀନକୁ ଦେଖି । ଅବିକଳ ମୋରି ନକଲ ଦେଖି ସେ ହାଁ କରି ଚାହିଁରହିଥିଲା । ସ୍ୱାଧୀନ ବି ତାକୁ ଚାହିଁ ରହିଲା । ତା'ପରେ ସବୁ ସହଜ ହୋଇଗଲା । ହସଖୁସି ଭିତରେ ଦିନ ଗଲାପରେ ମୁଁ କେତେଗୁଡ଼ାଏ କଥା ଲକ୍ଷ୍ୟ କଲି । ମୁଁ ଆଉ ବାହାରକୁ ନିଧଡ଼କ ଯାଇପାରିଲି ନାହିଁ । ମୋତେ କେମିତିକେମିତି ଲାଗିଲା । ଆଉ ଆସ୍ତେ ମୋର ସନ୍ଦେହ ପ୍ରମାଣିତ ହୋଇଗଲା ।'

ବସ୍ ଷ୍ଟାର୍ଟ ହେବାରୁ ଆମେ ଉଠିଆସିଲୁ । ମୋତେ ଭାରି ଉଦାସ ଲାଗିଲା ।

ଆଉ କିଛି ଶୁଣିବାକୁ ଇଚ୍ଛାହେଲା ନାହିଁ। ମୁଁ ସତେବା ତେଣିକି ବାକିସବୁ ବୁଝିଗଲି।

'ମୁଁ ପ୍ରଥମ ଦିନ ହିଁ ବନ୍ଧୁକ ଉଠାଇଥିଲି ଉଭୟଙ୍କୁ ଏକାଟି ଗୁଳିକରିଦେବାକୁ; କିନ୍ତୁ ପାରିଲି ନାହିଁ। ନିଜକୁ ଗୁଳି କରିବାକୁ ଚେଷ୍ଟା କଲି। ପାରିଲି ନାହିଁ। ମୁଁ ଚିତ୍କାର ବି କରିପାରିଲି ନାହିଁ। କିନ୍ତୁ ଜନ୍ତୁଟାଏ ଭିଲ ସ୍ୱାଧୀନ ଖେଁ ଖେଁ ହସୁଥିଲା। ମୁଁ ବଗିଚାକୁ ଓହ୍ଲେଇଯାଇଥିଲି। ସାରାରାତି ମୁଁ ସେଇଠି ବନ୍ଧୁକ ହାତରେ ବସିରହିଥିଲି। ସ୍ଥିର କରିପାରୁନଥିଲି କ'ଣ କରିବି?'

ମୁଁ ସ୍ୱରାଜ ପିଠିରେ ହାତରଖି କିଛି କହିପାରିଲି ନାହିଁ। ସେ କିନ୍ତୁ ଟିକିଏ ସ୍ଥିର ହେଲା ପରେ କହିଲେ- 'ମୋର ଅସୁବିଧାଟା ହେଲା ଯେ, ମୁଁ ସ୍ୱାଧୀନକୁ ମୋଠୁ ଅଲଗା କରି ଚିନ୍ତାକରିପାରୁନାହିଁ। ଆମକୁ ପ୍ରାୟ କଥା ହେବାକୁ ପଡ଼େ ନାହିଁ। - ଆମେ ପରସ୍ପରକୁ ଏମିତି ବୁଝିଯାଉ। ଆମେ ଏକାଟି ଏକ ପ୍ରକାର କାମ କରୁ। ମୁଁ ଯାହା ଭାବେ, ସେ ବି ସେଇଆ ଭାବେ। ତା'ର ପାଠ ହେଲା ନାହିଁ। ମୋର ବି ହେଇନଥାଇ। ମୁଁ ବି ସେମିତି ହୁଣ୍ଡାହୋଇ ରହିବାକୁ ଏବେ ବି ଚାହୁଁଛି। ଏଠି ପାଠ ପଢ଼ା ହିଁ ଶେଷକୁ ଆମ ଦୁହିଁଙ୍କୁ ଅଲଗାକରିଦେଲା। ମୁଁ ଦୂରରେ ରହିଗଲି। ସେ ଗାଁରେ ରହିଲା। ତେବେ ସ୍ୱାଧୀନ ତ ମୋର ଫାଲେ। ଆମର କୋଟା, ଜାମା, ଧୋତି ଚାଦର ବାରଣ ନଥାଏ। ଯେ ଯେତେବେଳେ ଯାହା ପିନ୍ଧିପାରିଲା ସ୍ୱାଭାବିକ ଅଧିକାରରେ। ସ୍ୱାଧୀନ ଅବିକଳ ସେଇଢଙ୍ଗରେ ଛଦାକୁ ବି ନିଜର ବୋଲି ଭାବିବା କିଛି ବିଚିତ୍ର ନୁହେଁ।'

ସ୍ୱରାଜ ପୁଣି ଚୁପ୍ ହୋଇଗଲେ କିଛି ସମୟ।

'ଛଦା ତ ପ୍ରତିବାଦ କରିଥାନ୍ତା- ସେ କ'ଣ ଜାଣିପାରିଲା ନାହିଁ? ସେ ଠିକ୍ ଜାଣିଚି। ସ୍ୱାଧୀନ ମୋଠୁ ସାମାନ୍ୟ ଭାରି। ତା' ପାହୁଣ୍ଡ ଲମ୍ୱା। ସେ ମୋଠୁ ସାମାନ୍ୟ ବେଶୀ ବଳୁଆ। ମୁଁ ଛଦାକୁ ଖୁବ୍ ଭଲପାଏ। ସେ ଜାଣିଶୁଣି ଆମକୁ ନେଇ ଖେଳୁଛି। ମୁଁ ତାକୁ ମାଫ୍ ଦେବିନାହିଁ। ମୁଁ ସ୍ୱାଧୀନକୁ ବି ମାଫ୍ ଦେବି ନାହିଁ।'

ସେ ମନକୁମନ ବିଡ୍ ବିଡ୍ ହେଲାପରି ଶୁଭିଲା। ମୁଁ ଆଉ ଶୁଣିନାହିଁ। ସେ ହୁଏତ ଆଉ କ'ଣ କହିଥିବେ। ମୁଁ ଢୋଲେଇପଡ଼ିଥିଲି।

ପାହାନ୍ତିଆକୁ ମୁଁ ସାଧାରଣତଃ ଉଠିଯାଏ। ଆଖି ଖୋଲିଲାବେଳକୁ ରାଜଧାନୀରେ ବସ୍ ପହଞ୍ଚସାରିଥିଲା। ମୁଁ ଆଉ ସ୍ୱରାଜକୁ ଦେଖିପାରିଲି ନାହିଁ। ପିଲାଙ୍କୁ ନେଇ ବ୍ୟସ୍ତ ରହିଗଲି। ସେ ବି ବୋଧେ ଅନ୍ୟମନସ୍କ ହୋଇ ଚାଲିଗଲେ।

ଏ ହେଲା କୋଡ଼ିଏ ବର୍ଷ ତଳର ଘଟଣା।

ତା'ପରେ ଆପଣ ମନେପକାନ୍ତୁ। ସେ ସମୟରେ ସତୁରି ମସିହା ପାଖାପାଖି ଗୋଟାଏ ଖବର ବାହାରିଥିଲା ପତ୍ରିକାରେ। ଭାରି ରୋମାଞ୍ଚକର ଆଉ ରହସ୍ୟମୟ–

...'ବିବାହିତ ସ୍ତ୍ରୀର ଅଦ୍ଭୁତ କାଣ୍ଡ। ସ୍ୱାମୀକୁ ହତ୍ୟା କରିବାକୁ ଯାଇ ପ୍ରେମିକକୁ ଗୁଳିକରିଦେଲା ଏବଂ ଭୁଲ୍ ବୁଝିପାରି ନିଜକୁ ହତ୍ୟାକଲା। ତା' ଗର୍ଭରୁ ଜିଅନ୍ତା ସନ୍ତାନଟାଏ ଉଦ୍ଧାର କରାଗଲା।'

ମୋର ମନେହୁଏ ସେଇ ବୋଧେ ଏ ରାମପୁର ପରିବାରର ଘଟଣା– ସେତେବେଳେ ଘରୋଇ ଇଜ୍ଜତ୍ ପଦରେ ନ'ପଡ଼ିବା ପାଇଁ କାହାରି ନାଁ ବାହାରି ନଥିଲା। ବାହାରିଥିଲେ ମୁଁ ନିଶ୍ଚୟ ଜାଣିଥାନ୍ତି।

ତା'ପରେ ଏବେ ଯେଉଁ ନିଲାମ ନୋଟିସଟାକୁ ବି ଆପଣ ପଢ଼ିଥିବେ– ସେଥିରେ ଲେଖାଅଛି ଯେ, ମାଲିକ ନିରୁଦ୍ଦିଷ୍ଟ। ବକେୟା ରଣ ଆଦାୟ କରିବାକୁ ଏ ନିଲାମ ଡାକରା। ମୋର ମନେହୁଏ, ସ୍ୱରାଜ ସିଂହ ନିରୁଦ୍ଦିଷ୍ଟ ନୁହଁନ୍ତି; କିନ୍ତୁ କୌଣସି କାରଣରୁ ସେ ଅଜ୍ଞାତ ରହିବାକୁ ଚାହାନ୍ତି ଏବଂ ସ୍ତ୍ରୀ ପରେ ସେ ସତକୁସତ ଦେଶାନ୍ତର ଚାଲି ଯାଇପାରନ୍ତି।

ହୁଏତ ସେ ଜୀବନରେ ଦୁଃଖର ନଈ ଲଂଘିପାରୁନାହାନ୍ତି।

ହୁଏତ ସେ ନିଜେ ସେ ଦୁଇଟିଯାକ ହତ୍ୟା କରିଛନ୍ତି ଏବଂ ନିଜ ପାଖରେ ନିଜେ ଲୁଚିପାରୁ ନାହାନ୍ତି। ସେ ହୁଏତ ପ୍ରାୟଶ୍ଚିତ କରିଛନ୍ତି। ସେ ପିଲାଟାକୁ ପାଳନ କରିବାରେ। ଯା ପରେ ତ ସେ ସ୍ୱତଃ ତା' ନାଁରେ ସବୁ ସ୍ଥାବର ଅସ୍ଥାବର ସମ୍ପତ୍ତି କରିଦେଇ ବାନପ୍ରସ୍ଥରେ ଚାଲିଯାଇପାରନ୍ତି।

କିନ୍ତୁ ଯାକୁ ସେ ନିଲାମ କରୁଥିଲେ କାହିଁକି ?

ହୁଏତ ସ୍ୱରାଜ ସତକୁସତ ରଣ ଶୁଝି ନ'ପାରି ଲୁଚି ପଳେଇଛନ୍ତି। ସ୍ୱାଧୀନର ହତ୍ୟା ପରେ ସେ ଭାରସାମ୍ୟ ହରେଇ ଉଚ୍ଛୃଙ୍ଖଳ ହୋଇଯାଇଛନ୍ତି। ପିଲାଟାକୁ ହୁଏତ ବାହାରକୁ ପଠେଇ ଦେଇଛନ୍ତି ପାଠ ପଢ଼ିବା ପାଇଁ। ନିଜେ ଅନ୍ଧାର ଭିତରେ ଭୟଙ୍କର ଗୁଲିଖିଆ ଜନ୍ତୁ ଭଳି ବଞ୍ଚୁଛନ୍ତି। ପିଲାଟାକୁ ନିକଟ କରିପାରୁନାହାନ୍ତି। – ଦୂରେଇ ବି ପାରୁନାହାନ୍ତି। ସେ ଫେରିବା ପୂର୍ବରୁ ଏ ଘରଛାଡ଼ି ଚାଲିଯାଇଛନ୍ତି। ସବୁ ପଇସା ହୁଏତ ନିଶା ଖାଇଦେଇଛନ୍ତି, ଜୁଆ ଖେଲିଦେଇଛନ୍ତି। ଏ କୋଠା ଉପରେ ରଣ ନେଇ ଉଡ଼େଇ ଦେଇଛନ୍ତି।

କିନ୍ତୁ ଏ କୋଠାଟାକୁ ରାଜଧାନୀ ପାଖରେ ସେ ତୋଲିଲେ କେତେବେଳେ ଏବଂ କାହିଁକି ? ଏ କୋଡ଼ିଏ ବର୍ଷ ଭିତରେ ତ ଥରେହେଲେ କାଁ ଭାଁ ତାଙ୍କ ସଙ୍ଗେ ଭେଟ ହେଇଯାଇଥାନ୍ତା। କିନ୍ତୁ ତାଙ୍କୁ ମୁଁ ଜମା ଦେଖିନାହିଁ।

କୋଠାଟା ନୂଆ। ଏଇ ଦଶ-ବାରବର୍ଷ ଭିତରେ ତୋଲା ହେଇଛି। ସୁନ୍ଦର ଡିଜାଇନ୍। ଘରର ଆସବାବପତ୍ର ଅତି ଦାମୀ। ଖୁବ୍ ଗୁରୁତ୍ୱପୂର୍ଣ୍ଣ। ମନେହେଉଛି ସତେ

ବା ସ୍ୱରାଜ ତାଙ୍କର ସବୁ ଇଂଜିନିୟରିଂ ବୁଦ୍ଧି, ସବୁ ଅର୍ଥ, ଆଉ ସବୁ ସ୍ୱପ୍ନକୁ ନେଇ ଏଇ କୋଠାଟାକୁ ତୋଳେଇଛନ୍ତି। ସେ ହୁଏତ ସନ୍ୟାସୀଭଳି ଅପେକ୍ଷା କରିଛନ୍ତି ଏଇଟି ସେ ପାଳିତ ପୁଅଟିର ନୀଡ଼ ରଚନା କରିବାପାଇଁ। ଘର, ଜମିଦାରିଠାରୁ ଦୂରରେ ଭୟଙ୍କର ଅତୀତର ଛାୟାକୁ ଏଡ଼େଇଦେବାପାଇଁ ସେ ଚାହିଁଛନ୍ତି।

ହୁଏତ ସେ ନିରାଶ ହେଇଯାଇଛନ୍ତି। ପୁଅ ଆମେରିକାରେ ସିନେସୋଟାରୁ ଆଉ ଫେରିନାହିଁ। ସେଇଠି ହୁଏତ ରାତି ଦି'ଟାରେ ଗାଡ଼ି ଚଳେଇ ଆସୁଥିବାବେଳେ ଦୁର୍ଘଟଣାରେ ମରିଯାଇଛି।

ତା'ପରେ ଆଉ କ'ଣ ଥାଏ? ଓକିଲ ଜରିଆରେ ତାଙ୍କର ଶେଷ ସ୍ୱପ୍ନକୁ ନିଲାମ କରିବାକୁ ସେ ବାଧ୍ୟ ହେଇଛନ୍ତି। ସେ ହୁଏତ ଦେବପ୍ରୟାଗ ପାଖରେ ଏକ ବିତସ୍ପୃହ ସନ୍ୟାସୀ। ସେଇଠି ଥାଇ ସେ ଶେଷବନ୍ଧନ ଛିନ୍ନ କରିଛନ୍ତି। ମୁକ୍ତହେବାରୁ ଶୁଭ୍ର ହିମାପାତରେ ଏ ପୃଥିବୀ ଉପରୁ ସବୁ ଲୁହଲହୁର ଦାଗ ଘୋଡ଼େଇ ଦେବାକୁ।

ତେବେ କୋଉ କଥାଟା ଏଥରୁ ଠିକ୍ ବୋଲି ଜାଣିବ? ମୋଟ ଉପରେ କୋଡ଼ିଏ ବର୍ଷ ତଳର ସେ ଖବରଟା ବି ଏ ପରିବାରର ନହୋଇଥାଇପାରେ। ମୁଁ ସିନା ଅନୁମାନ କରିନେଲି। ତା'ହେଲେ ତ କଥା ସମ୍ପୂର୍ଣ୍ଣ ଆଉ ପ୍ରକାର ବି ହେଇପାରେ।

ସେ ଯାହାହେଉ ସୁଖୀ ଆପଣଙ୍କର ସେଥିରେ କଣ ଥାଏ? ଆପଣ ତ ନିଲାମ ଡାକିବା ଲୋକ। ଥରେ ଡାକ ଦେଇ ପାରିଲେ ଘରର ମାଲିକାନା ଆପଣଙ୍କ ମୁଣ୍ଡ ଉପରେ ଟଳମଳ ଫଟକିବ; ଆଉ ଜଣେ ଆପଣଙ୍କୁ ବେଦଖଲ ନକଲା ପର୍ଯ୍ୟନ୍ତ ସେମିତି ଘରକୁ ସାମାନାରେ ଦେଖି ଆପଣ କ'ଣ ନଡାକି ରହିପାରିବେ?

ନା, ମୁଁ ଡାକିବି ନାହିଁ, କାରଣ ମୁଁ ଡାକିପାରିବି ନାହିଁ। ମୋର ସାହସ କୁଲଉ ନାହିଁ।

ସେ ତୁମ ମା' ପରା

ଜହ୍ନରାତିରେ ଧଳା, ଗୋଲାପୀ କେଶର ରଙ୍ଗର ବେଶ୍ ଭଦ୍ର ଇଜ୍ଜତ୍‌ଦାର୍ ଏକତାଲା
ଦି'ତାଲା କୋଠାମାନ ଖୁବ୍ ମନ ଉଣା କଳାପରି ପରସ୍ପରକୁ ଉଦାସ ଭଙ୍ଗୀରେ
ଚାହିଁରହନ୍ତି । ସହରର ଏ ଅଭିଜାତ ଅଞ୍ଚଳରେ ସତେବା ସେମାନଙ୍କୁ ଖୁବ୍ ବାଧୁଛି;
ମର୍ମାହତ ପ୍ରିୟମାଣ ବୋଧକରୁଛନ୍ତି ସେମାନେ ।

ଏଇଆଡୁ ତିନିଟା ଘର ଛାଡ଼ି ଗୋଟାଏ ଅଳମ୍ବୁଷା ନଅଥାଲା କୋଠା ମୁଣ୍ଡଟେଇ
ଉଠିଛି । ଇଟା ସିମେଣ୍ଟର ଗୋଟାଏ ଅଶ୍ଳୀଳ ଅତିବୃଦ୍ଧି । ଯେତେପ୍ରକାର କୁତ୍ରିମ
ହୋଇପାରିଲେ ତା' ଦେହସାରା ଖଞ୍ଜା ଚାଲିଛି । କାମ ସରିନାହିଁ । ଗୁଡ଼ାଏ ଚର୍ବିଲ
ମାଂସ ଖାଇଦେଇ ମେଦବହୁଳ ରାକ୍ଷସଟାଏ ସତେବା ଜହ୍ନ ଆଲୁଅରେ ହାଇ ମାରୁଛି ।
ତା'ର ଏଭଳି ବିଷମାନୁପାତିକ ଆକାର ଏବଂ ଆକୃତିରେ ପାଖଆଖ ବାକୀ ସମସ୍ତେ
ଦଳିଚକଟି ହେଲାପରି ନ୍ୟୁନ ଅନୁଭବ କରୁଛନ୍ତି ।

ପାହାନ୍ତା ପହରକୁ ଗୁଡ଼ାଏ ସିମେଣ୍ଟ ବୋଝେଇ ଟ୍ରକ୍ ସେଇ ଛୋଟ
କୋଠାମାନଙ୍କ ସାମ୍ନାରେ, ସେମାନଙ୍କର ଛାଇନିଦଭାଙ୍ଗି ଗର୍ଜିଗର୍ଜି ଯାଉଛନ୍ତି ସେ ପଥର
ଘର ପାଖକୁ । କେତେ ଗୋଡ଼ି, କେତେ ବାଲି, କେତେ ଲୁହାଇସ୍ପାତ ବୁହାହୋଇ ଆସୁଛି,
ତା'ର କଳନା ନାହିଁ ।

କେତେ ବାଟ ଆଉ ତୋଲାହବ ? କ'ଣ ଅଠରତାଲା ହବ ? ବାକିସବୁ
ଭୁଇଁ ଭିତରେ ପଶିଯିବେ ତା'ର ପ୍ରାଦୁର୍ଭାବରେ ? ଏଇଟା କ'ଣ ଘର ? ଏଠି
କ'ଣ କିଏ ରହୁଛି ? କିଏ ୟାର ମାଲିକ ? କ'ଣ କରିବ ସେ ଏଡ଼େ ରାକ୍ଷସୀ ଘର
କରି ?

ଆମେ କ'ଣ ଜାଣୁ ସେ କ'ଣ କରିବ ? କିଏ କହୁଥିଲା ସେ ଏଇଟାକୁ ହୋଟେଲ
କରିଦେବ । ଏଠି ସବୁ ବାରଜାତି ଲୋକ ସଞ୍ଚହେଲେ ଗରାକ ସାଜି ଆସିବେ । ଯାକୁ

ଉପଭୋଗ କରିବାକୁ ଘଣ୍ଟା ଗଣତିରେ ପଇସା ଦେବେ। ଓ, ତା'ହେଲେ ସେକଥା
କହନ୍ତୁ...।

ଛୋଟ ଛୋଟ ଇଜ୍ଜତଦାର କୋଠାମାନ ଆଶ୍ୱସ୍ତବୋଧ କଲେ। ସତେବା
ଏଣିକି ସେଇଟା ଯେତେ ବଡ଼ ହେଲେ ବି ଏମାନଙ୍କର ସେଥିରେ ନ୍ୟୁନ ଅନୁଭବ
କରିବାର କିଛି ନାହିଁ। ଖାଲି ଏତିକି ଯେ, ତା' ବ୍ୟବସାୟ ପାଇଁ ସେ କାହିଁକି ଏ
ଅଭିଜାତ ଗଲିଟିକୁ ବାଛିଲା? ସେ ଯାଇଥାନ୍ତା ଜନପଥକୁ, ଷ୍ଟେସନ ରୋଡ଼ ବା ବିଟ୍
ରୋଡ଼କୁ, ସେଇଠି ଜାତି ବେଉସା ପାଇଁ ତହୁଁ ବଳି ତହୁଁ ବଳି କୋଠା। ଗରାକ ବି
ଅନେକ। ତେବେ କିଛି କହି ହଉନାହିଁ। ଏଇଟାତ ଆଉରି ତୋଲା ଚାଲିଛି। ସେ
ଯାହାହଉ ତେଣିକି, ଏମାନେ ନିଜ ମହତ ଜଗି ଚଲିଗଲେ ହେଲା।

କୋଠା ସାମ୍ନାରେ ଲନ୍ ଫୁଲ୍ ବଗିଚା ଧାଡ଼ି ଧାଡ଼ି ଦେବଦାରୁ। କୋଠା କାନ୍ଥରେ
ରାଜାରାଣୀଆ ପଥର ଛାଉଣୀ। ମୁଖଶାଳାରେ କାରୁକାର୍ଯ୍ୟ। କାରିଗର ସବୁ ଲାଗିଛନ୍ତି।
ଭିତରେ ସମଗ୍ର କୋଠା ଏୟାର କଣ୍ଡିସନ୍ କରିବାର ପ୍ରସ୍ତୁତି। ଭିତର କେମିତି ସଜାହବ
ସେଥିପାଇଁ ଜାତି ଜାତି ଡିଜାଇନ୍। ନୂଆ ନୂଆ ବିନ୍ୟାସ, କାଗଜ କଲମରେ ଚିତ୍ରକରି
ଖୁବ୍ ଜାଣିବା ଲୋକ ମୁଣ୍ଡ ଖଟେଇ ଚାଲିଛନ୍ତି।

'ପଇସାକୁ ପରବାଏ ନାହିଁ।'

"ଏମିତିକରି ଗଢ଼ିବ ଯେ, ଦେଶରେ କେହି ତା'ର ମୁକାବିଲା କରିପାରିବ
ନାହିଁ।"

'ଏ ଯୁଗର କୋଣାର୍କ; ବେଜୋଡ଼ – ବିଉଟିଫୁଲ୍' ଏ ଉଦ୍ବୋଧନ ଦେବା
ଲୋକଟି ବୋଧେ ଚିଫ୍ ଡିଜାଇନର। ତା' ଟିକିଏ ଛାଡ଼ି ଯେ ଛିନାହୋଇଛି ସେ
ବାଙ୍ଗରା କାଳିଆ ମଣିଷଟା... ସେ କିଛି ନକହି କେବଳ ଶୁଣୁଚି। ମଝିରେ ମଝିରେ
ଛାତକୁ କାନ୍ଥକୁ ଅନେକ ଆଖି ଫେରେଇ ଆଣୁଚି। ପାଇପରୁ ଧୁଆଁ ଛାଡୁଚି।

'ଆଉ ଦେଖ, ଏଇଟା ହେଲା ରିସେପ୍ସନ୍ ହଲ। ତଳେ ତ ମାର୍ବଲ ରହିବ,
କିନ୍ତୁ ଭିତରକୁ ପଶିଗଲେ, ଲାଗିବ ଯେମିତି– ମାନେ ଲାଗିବ ଗୋଟାଏ ଗୋଟାଏ,

'ମନ୍ଦିର ପରି।' – ବାଙ୍ଗରା ମାଲିକର ନିଷ୍ପତ୍ତି।

"ୟେସ୍ ସାର, ୟେସ୍ ସାର–ମନ୍ଦିର ମାନେ ଟେମ୍ପଲ ପରି!" ଚିଫ୍ଡିଜାଇନରଙ୍କ
ନୂଆ ଯୋଜନାରେ ବାରୁଦ ଲାଛି ହୋଇଗଲା– ସେ ଡେଙ୍ଗ ଡେଙ୍ଗ ଉଦ୍ବେଜିତ ସ୍ୱରରେ
କହିଚାଲିଲେ।

"ଏଠି ଛାତରୁ ଲମ୍ବିଆସିବ ବଡ଼ ବଡ଼ ପିତଳର ଘଣ୍ଟ। ଏଠି କାନ୍ଥରେ
ଲାଗିବ ପାର୍ଶ୍ୱ ଦେବତାମାନଙ୍କର ମୂର୍ତ୍ତି। ସେଇ ସାମ୍ନାରେ ଦେବଙ୍କ ମୂର୍ତ୍ତି; ତା' ପାଖରେ

ସବୁବେଳେ ଇଲେକ୍ଟ୍ରିକ୍ ଦୀପ ଜଳୁଥିବ। ଧୂଆଁ ଉଠିଲା ପରି ଦିଶୁଥିବ; ଅଥଚ ଧୂଆଁ ଉଠୁନଥିବ। ସବୁ ନାଚୁରାଲ୍ – ନାଚୁରାଲ୍– କିନ୍ତୁ ପ୍ଲାଷ୍ଟିକ୍ ପେଷ୍ଟରେ କାରିଗରମାନେ ଫିନିସ୍ କରିବେ। ଏଠି କାର୍ପେଟ୍ ପଡ଼ିବ; କିନ୍ତୁ ପ୍ଲେନ୍ ପଥର ରଙ୍ଗର କାର୍ପେଟ; ସ୍ପେଶାଲ୍ ଅର୍ଡର ଦିଆଯିବ– ଆଉ ଦେବୀଙ୍କ ମୁହଁ ଆଗରେ ବାର। ଡାହାଣପାଖକୁ ଲାଉଞ୍ଜ। ସାହେବମାନେ ମୂର୍ତ୍ତିକୁ ଦେଖିବେ, ଦୂରରୁ ପାଖରୁ। ସେମାନଙ୍କୁ ମନ୍ଦିର ଭଳି ଏଠି ବାରଣ ନଥିବ। ସେ ଦେବୀକୁ ଛୁଇଁ ପାରିବେ; ଯୋଉଟି ମନ ସେଇଟି ସାଉଁଳି ପାରିବେ, ତାଙ୍କ ହାତରେ ଟିକିଏ ଯେମିତି ମଇଳା ନ ଲାଗେ !

ପାଇପର ଧୂଆଁ ଛାଡ଼ି ମାଲିକ ପଚାରିଲେ– "ମୂର୍ତ୍ତିକାମ କେତେ ବାଟ ଗଲା ?"

"ସବୁ ବଡ଼ ବଡ଼ ଆର୍ଟିଷ୍ଟମାନଙ୍କ କୋଟେସନ୍ ଆସିଯାଇଛି ସାର୍ ! ବୟେର କୁଲକର୍ଣ୍ଣ– କଲିକତାର ଚୌଧୁରୀ ମାଡ୍ରାସ୍ର ସନ୍ମୁଖମ୍– ସମସ୍ତେ ବିଖ୍ୟାତ କାରିଗର ! ପଥର ବ୍ରୋଞ୍ଜ ପିତଳ ଯେଉଁଥିରେ ଚାହିଁବେ ସେମାନେ କରିଦେବେ। ଖାଲି ମୂର୍ତ୍ତିର ଚାରିଟା କି ଛ'ଟା କି ଦଶଟା ହାତ ହବ ତାକୁ ଠିକ୍ କରି ଆଗରୁ କହିଦବାକୁ ପଡ଼ିବ।'

"ଏଠି ଗୋଟେ କୈଲାସ ମହାରଣା କିଏ ଭଲ ପଥର କାଟୁଛି ତାକୁ ଦେଖା କରିଛ ?"

"ମହାରଣା ଫହାରଣା କ'ଣ ଏଠି କାମ କରିପାରିବେ ସାର୍ ? ତାଙ୍କର ତାଲିମ କାହିଁ ? ଡିଗ୍ରୀ କାହିଁ ?"

ପାଇପରୁ ଧୂଆଁ ଛାଡ଼ି ମାଲିକ ପାଦ ବଢ଼ାଇଲେ ଯିବାପାଇଁ, ପାଇପ୍ ଧୂଆଁରେ ନିଷ୍ପତ୍ତି ଦେଇଗଲେ– "ଏ କାମ କୈଲାସ ମହାରଣା କରିବ।"

ଚିଫ୍ ଡିଜାଇନର୍ ସ୍ତବ୍ଧ ହୋଇଗଲେ ମିନିଟିଏ। ତା'ପରେ ରୁମାଲରେ ମୁହଁ ପୋଛିଦେଇ ଅନ୍ୟମାନଙ୍କୁ ଚାହିଁ କହିଲେ– "ମୁଁ ମୂଳରୁ ପରା ଚାହୁଁଥିଲି ସେଇଆ। ଖାଲି ସେ ମେନେଜର ଅଡ଼ିବସିଲା ବୋଲି। ମୁଁ କିନ୍ତୁ ଜାଣେ ସାର୍ ଠିକ୍ ଧରିଦେବେ। କୈଲାସ ମହାରଣା ଗୋଟାଏ ପ୍ରତିଭା, ତାକୁ କେହି ଜାଣିଲେ ନାହିଁ। କି ଦୁର୍ଭାଗ୍ୟ। ଏଇଥର କିନ୍ତୁ ତା'କପାଳ ଫିଟିଲା। ସେ ଏ ଦେବୀ ମୂର୍ତ୍ତି କରିଦେଲେ ସାରା ବିଦେଶରେ ବିଖ୍ୟାତ ହୋଇଯିବ। ବାକି ଖାଲି ନାମ ବଡ଼। ଆର୍ଟିଷ୍ଟ ଡାକ। ସେମାନେ କୈଲାସର କୋଉ ପାସଙ୍ଗରେ ପଡ଼ିବେ ?"

ସେ କୈଲାସ ମହାରଣା ପାଖକୁ ପ୍ରଥମ ସାକ୍ଷାତ ପାଇଁ ବାହାରିଲେ।

"ଆପଣ କୈଲାସ ମହାରଣା ?"

ପଇଁଚାଳିଶ ବର୍ଷର ପ୍ରୌଢ଼। ଦରପାଟିଲା ଦାଢ଼ି। ବାବୁରି ବାଳ। ମେଲା ଲୋମଶ ଦେହ।

"ଆପଣଙ୍କୁ ଗୋଟାଏ ବଡ଼ ଧରଣର କାମ ଦେବାକୁ ଆସିଛି ।"

କୌଣସି ଉତ୍ତର ନାହିଁ ।

"କଥା କ'ଣ କି ରାଜଧାନୀରେ ଭାରତବର୍ଷର ସବୁଠାରୁ ବଡ଼ ହୋଟେଲ ତିଆରି ଚାଲିଛି । ସେଠି ଓଠି ଗୋଟାଏ ଦେବୀମୂର୍ତ୍ତି ଦରକାର ପଡୁଛି କଳା ମୁଗୁନିରେ ହବ । ଚାରିଟା କିୟା ଛଟା ହାତ ହେଲେ ଭଲ । ମୁହଁଟା ଖୁବ୍ ସୁନ୍ଦର ଦେହ... କଟି..."

"ବାଥାସ୍- ମୁଁ କରିପାରିବି ନାହିଁ ।"

ଡିଜାଇନର ପରିସ୍ଥିତି ଅନୁପାତରେ ସମ୍ପୂର୍ଣ୍ଣସ୍ୱର ଢଙ୍ଗ ବଦଲେଇ ହାତମାଡ଼ି କହିଲେ ।

"ଆପଣଙ୍କ ଖ୍ୟାତି ସାରା ଦେଶରେ ବ୍ୟାପିଚାଲିଛି । ମତେ ପରା ଖୋଦ୍ ମାଲିକ ପଠାଇଛନ୍ତି । ତାଗିଦ କରିଛନ୍ତି ଯେ ସେ କଲିକତା ବୟେଇ କାରିଗର କେହି କାମ ପାରିବେ ନାହିଁ । ଏ କାମ କେବଳ ଆପଣ କରିବେ । ଦେବୀ ମୂର୍ତ୍ତି ଆପଣଙ୍କ ହାତରେ ଜୀବନ୍ତ..."

"ମୁଁ କରିବି ନାହିଁ । ହୋଟେଲରେ ମୋର କ'ଣ କାମ ? ଦେବୀ ପ୍ରତିମାର ବା କ'ଣ କାମ ? ଆପଣ ଆଉ କୋଇଠି ବରାଦ ଦିଅନ୍ତୁ ।"

"କାମ ଦେଖି ଏଥରେ ପଚାଶ ହଜାର ଯାଁ ମୂଲ୍ୟ ଦେବାକୁ ଆମ ମାଲିକ ପ୍ରସ୍ତୁତ ଅଛନ୍ତି । ଆପଣ ଖାଲି ରାଜିହେଲେ ହେଲା ।"

"ମୁଁ କହିଲି ପରା କରିବି ନାହିଁ । ମୁଁ ମନ୍ଦିର କାରିଗର । ପୁରୁଣା କାଳିଆ । ଆପଣଙ୍କ ମନଲାଖି ମୋ ପାଖରେ କାମ ନାହିଁ । ଦେବୀ ପ୍ରତିମା ମନଇଚ୍ଛା ଗଢ଼ିହେବନାହିଁ । ଦେବୀ ଜାଣି ଆୟୁଧ, ସେଇଭଲି ଭୁଜ । ଆପଣଙ୍କ ପାଇଁ ଚାରି ହେଉ ଛ' ହଉ ଭୁଜଥିବା ଗୋଟାଏ କ'ଣ କଣ୍ଢେଇ ଦରକାର । ମୁଁ ତା' କରିପାରିବି ନାହିଁ ।"

"ଓ ମୋର ଭୁଲ୍ ହୋଇଗଲା- ହେଇ କାନ ଧରୁଚି । ଆପଣଙ୍କ ଭଲି କାରିଗରଙ୍କୁ ମୋର ସେହିପରି କରିବାର ନଥିଲା । ଆପଣ ଯେମିତି ଚାହିଁବେ ସେମିତି ଗଢ଼ନ୍ତୁ- ଆଉ ଏ ମୂର୍ତ୍ତି ହୋଟେଲ ପାଇଁ ନୁହେଁ । ସେଇ ଭିତରେ ଗୋଟାଏ ମନ୍ଦିର ରହିବ । ସେଇଟି ଉପରୁଘଣ୍ଟି ଓହଲିବ । କାନ୍ତରେ ପାର୍ଶ୍ୱଦେବତା ରହିବେ । ସିଂହାସନରେ ଦେବୀ ବିଜେ ହେବେ । ସବୁବେଲେ ଧୂପ-ଦୀପ ଜଲିବ ।"

"ମାନେ ?"

"ହଁ ଆଜ୍ଞା, ପୂରାପୂରି ମନ୍ଦିର ।"

"ଆଚ୍ଛା, କି ମନ୍ଦିର ? କାହା ମନ୍ଦିର ?"

"ହୋଟେଲ ବିକ୍ରମର ମନ୍ଦିର– ଅମର ଯୋଷୀଙ୍କ ନଅଡାଳା ହୋଟେଲର ମନ୍ଦିର।"

"ଆହୋ ତା' ନୁହେଁ– କାହା ମନ୍ଦିରମାନେ ବିମଳା, ମଙ୍ଗଳା, ଦୁର୍ଗା ନା ସରସ୍ୱତୀ– କାହା ମନ୍ଦିର?"

"ଓ... ସେଥିରେ କିଛି ଯାଏ ଆସେ ନାହିଁ। ଆପଣ ଯେମିତି ଚାହିଁବେ... ଦେବୀ ମନ୍ଦିର ସେମିତି ହେବ!"

କୈଳାସ ମହାରଣା ହସିଲେ। କୌଣସି କାରଣରୁ ଗୋଟାଏ ଚଉରସ୍ ମୁଗୁନି ଉପରେ ହାତ ସାଉଁଳି ଆଣି କହିଲେ– "ହଉ ଦେଖିବା, ଆପଣ ଆଉ କିଛିଦିନ ଛାଡ଼ି ବୁଝାବୁଝି କରି ଆସନ୍ତୁ।"

"ଆଉ ବୁଝିବାର କିଛି ନାହିଁ। ଆପଣ ଏଇ ପାଞ୍ଚହଜାର ଅଗ୍ରିମ ରଖନ୍ତୁ ଏବଂ ତୁରନ୍ତ କାମ ଆରମ୍ଭ କରିଦିଅନ୍ତୁ। ଆପଣଙ୍କ ଖ୍ୟାତି ଏଣିକି ଦେଶବିଦେଶରେ ପହଞ୍ଚିବ। ସବୁ ବାହାରୁ ଆସିବା ଲୋକେ ତା'ର ଚିତ୍ର ନେଇ ପ୍ରଦର୍ଶନୀ କରିବେ– ଆପଣ ବିଖ୍ୟାତ ହୋଇଯିବେ। ଏଇ ଗୋଟିଏ ମୂର୍ତ୍ତିରେ।"

କୈଳାସ ମହାରଣା କେବଳ ସ୍ଥିର ଦୃଷ୍ଟିରେ ଚାହିଁଲେ ଗୋଟାଏ ଦିଗକୁ। ଚିଫ୍ ଡିଜାଇନର ସନ୍ତର୍ପଣରେ ସେଇଠୁ ଆସ୍ତେ ଖସିଗଲେ।

ତେଣିକି ମହାରଣା ସବୁଦିନ ସେଇ ପଥର ଦାଡ଼ରେ ସମୁଦ୍ରକୁ ଅପେକ୍ଷା କଲେ, କେବେ ଢେଉ ଆସି ତାଙ୍କୁ ଓଦା କରିବ। ନହେଲେ ସେ ନିଜକୁ ମୁଗୁନିରେ ନିହାଁ ଦାଗମାରିବେ କିପରି? ତାଙ୍କୁ ଦେବୀ ରୂପ ଦିଶିଲେ ସିନା! ଦେବୀଭାବ ଆସିଲେ ସିନା! ସେ ବାବୁ ଜଣକ ତିନି ଚାରିଦିନ ଛାଡ଼ି ଆସି ପଚାରିଯାଉଥାନ୍ତି। କାମ ହେଉନଥିବାରୁ ହାତ ମଟୁ ବିରକ୍ତ ହେଉଥାନ୍ତି। କିନ୍ତୁ କିଛି ତୁଟି କହିଦେବାକୁ ବଳ ପାଉନଥାନ୍ତି।

ଶେଷରେ ଦିନେ ପାହାନ୍ତିଆ ପହର ହୋଇଥାଏ। ମହାରଣା ଦୂରରୁ ଦେଖୁଥିବାବେଳେ କଜଳପାତିଆଏ ସେ ମୁଗୁନି ପଥର ଉପରେ ବସି ଚମକୁଥିଲା। ରାବୁଥିଲା କ'ଣ ସବୁ ତା ଭାଷାରେ। ମହାରଣାଙ୍କୁ ହଠାତ୍ କ'ଣଟାଏ ଦୃଶ୍ୟ ହେଇ ଉଭେଇଗଲା। ପୁନି ଦିଶିଲା, ପୁନି ଉଭେଇଗଲା। ସେ ଏକଲୟରେ ଚାହିଁଥାନ୍ତି। ଦିଗମ୍ବରୀ ମହାକାଳୀ, ଚତୁର୍ଭୁଜା, ଉଗ୍ରା, ଅତି ପ୍ରାଞ୍ଜଳରୂପେ ଦେଖାଗଲେ। ମହାରଣା ବହୁ ସମୟ ଧରି ସେ ପଥରଟିକୁ ଏକଲୟରେ ଚାହିଁରହି ବିନମ୍ର ପ୍ରଣାମ କଲେ।

ସେଇ ଦିନଠାରୁ ଜାରିହେଲା ମନର ରେଖା ସହିତ ପାଷାଣର ରେଖାକୁ ମିଶାଇବାର ଅଖଣ୍ଡ ପ୍ରୟାସ।

ଲୋକ ଆସି ଦେଖିଦେଇ ଚାଲିଗଲେ। ପ୍ରଥମେ କିଛି ବୁଝିପାରିଲେ ନାହିଁ। ପରେ ପରେ ରୂପ ଉକୁଟି ଆସିଲା। ଅଧିକ ଅଧିକ ଲୋକ ଆସିଲେ। ସାହିଟୋକା ପାଖ ଛାଡ଼ିଲେ ନାହିଁ। ଯିବା ଆସିବା ଲୋକ ଘଡ଼ିଏ ଠିଆହେଇ ଦେଖିଲେ।

ସମସ୍ତେ କିନ୍ତୁ ଫିସ୍ ଫିସ୍ କଥା ହେଉଥିଲେ। ମହାରଣାଙ୍କ ପିଠିରେ ଧାର ଧାର ଝାଳ, ଚମକୁଥିବା ମାଂସପେଶୀ, ନିହାଣ ମୁଗୁରର ମାଡ଼- ଦେଖି କେହି ନକହିଲେ ବି ଚୁପ୍‌ଚାପ୍ କିଛି ସମୟ ପରେ ଚାଲିଯାଉଥିଲେ।

ସେ କାମରୁ ବିଶ୍ରାମ ନେଲାବେଳେ ମୁଗ୍‌ଧହୋଇ ଚାହିଁ ରହିଥିଲେ ମୂର୍ତ୍ତିକୁ। ପାଦ, ପେଣ୍ଡା, ଜଙ୍ଘ, କଟି, ବକ୍ଷ, ଗ୍ରୀବା, ଲଲାଟରେ ଅପୂର୍ବ ରୂପ ଫୁଟି ଉଠୁଥିଲା। ମନେ ହେଉଥିଲା ଯେମିତି ସେ ଉଗ୍ରରୂପ ଦ୍ରହଦ୍ରହ ତାତିଛି-କମୁଛି କ୍ରୋଧରେ। ବାମ ହାତରେ କଟାମୁଣ୍ଡ, ଡାହାଣରେ ଖପର କାମ। ସରିଆସିଲାବେଳକୁ ଚାହିଁ ସହିଲା ନାହିଁ; ମୁହଁ ଘୋଡ଼େଇ ଦିଆଗଲା। ହୋଟେଲର ଲୋକ ଆସି ଫେରିଯାଉଥିଲେ। ଅନେକ ଦୂର ଗଲାପରେ କଥା ହେଉଥିଲେ, ହସି ହସି ଗଡ଼ିଯାଉଥିଲେ- ଇସ୍ କି ହୋଇଚିବେ !- ଖାଲି ଚାରିଟା ହାତ କରି ବିଗାଡ଼ିଦେଲା।

ଦିନେ ଚିଫ୍-ଡିଜାଇନର ଆସି ମୂର୍ତ୍ତିକୁ ନେଇଗଲେ ପାଦରୁ ମୁଣ୍ଡଯାଏ ଲୁଗା ଘୋଡ଼େଇ... ବାକି ଟଙ୍କା। ମହାରଣା ହାତକୁ ବଢ଼େଇଦେଇ ରସିଦ୍ ନେଇଗଲେ। ଗାଡ଼ି ଚାଲିଯିବାଯାଏଁ କୈଳାସ ମହାରଣା ମୂର୍ତ୍ତି ଚାରିପାଖେ ଗଢ଼ାହେଇଥିବା ପଥର ଗୁଣ୍ଡକୁ ମୁଠା ମୁଠା କରି ବସିରହିଲେ ଅନେକ ବେଳଯାଏ। ବେଳ ରଟ ରଟ ସମୟ।

ମହାରଣାଙ୍କୁ ସମସ୍ତେ ଜାଣିଛନ୍ତି। ସେ ସେଇ ଦିନ ନୁହଁ, କିଛିଦିନଯାଏ ସେମିତି ଉଦାସ ରହିବେ। ସେଇଠି ବସି ପଥରଗୁଣ୍ଡକୁ ମୁଠା ମୁଠା କରୁଥିବେ, କେହି ଡାକିଲେ ଶୁଣିବେ ନାହିଁ।

ହୋଟେଲରେ ରିସେପ୍‌ସନ୍ ହଲ୍‌କୁ ଲାଗି ପ୍ରଶସ୍ତ ଲାଉଞ୍ଜ। ତା'ର ଗୋଟାଏ ପାଖକୁ ବାର୍। ସେ ବି ମନ୍ଦିର ଡିଜାଇନ- ଆରପାଖେ ଇଷତ୍ ଆଲୁଅରେ ମୁଗୁନି ମୂର୍ତ୍ତି। କଳା ମର୍ ମର୍- ଚିକ୍‌କଣ -ଚିକ୍‌କଣ।

ବିଦେଶୀ ବିଦେଶିନୀଙ୍କ ଭିଡ଼ ସେଇଠି। ବାଁ ହାତରେ ଗ୍ଲାସଧରି ଡାହାଣ ହାତରେ ପାଞ୍ଚଫୁଟ୍ ଚାରିଇଞ୍ଚର ମୂର୍ତ୍ତିକୁ ସାଉଁଲିବା ସେମାନଙ୍କ ପାଇଁ ଏକ ଅଭୁତ ରୋମାଞ୍ଚକର ସଂଯୋଗ।

ବିଦେଶୀଙ୍କ ପରି ଆଚରଣରେ କାଣିଚାଏ ଉଣାପଡ଼ୁନଥିବା ମିଷ୍ଟର ମିସେସ୍ ଦାସ, ଚୌଧୁରୀ, ମଲ୍ଲିକ, ମହାପାତ୍ରମାନଙ୍କର ବି ଭିଡ଼ ମିସେସ୍‌ମାନେ ବେଶୀ ସମୟ ଚାହିଁ ନପାରି ଚାଲିଆସନ୍ତି। ମିଷ୍ଟରମାନେ ପଥରର ଉଷ୍ଣାପ ଶୋଷୁଥାନ୍ତି ଅନେକ ସମୟ ପର୍ଯ୍ୟନ୍ତ।

ତାଙ୍କ ଦୃଷ୍ଟିର ନିଆଁ ମୁଗୁନି ପଥରକୁ ନରମ କରିଦେଉଥାଏ । ହୋଟେଲ ବିକ୍ରମର ଏ ନୂତନ ଆକର୍ଷଣର ଅନେକ ଫଟୋଚିତ୍ର ସହ ବିଜ୍ଞାପନମାନ ଛପାହୋଇଗଲା ।

ଭିଡ଼ ଜମିଲା । ବ୍ୟବସାୟ ତେଜିଲା । ବାର୍‌ରେ ତୁଷାର ମାତ୍ରା ବେଶୀ । ଲାଉଞ୍ଜରେ ଉଭାପ ବେଶୀ ଦିନୁଦିନ ବଢ଼ିବାରେ ଲାଗିଲା ।

ପାଖାଆଖ ଅଭିକାତ କୋଠାମାନଙ୍କରେ ଦିହସୁହା ହୋଇଗଲା । ଆସ୍ତେ ଆସ୍ତେ ସେମାନେ ଉଭୟ୍ତ ଅନୁଭବ କଲେ । ତାଙ୍କ ପରିବେଶରେ ଛୋଟ ଛୋଟ ବିପଣୀ ଗଢ଼ିଉଠିଲା । ଦାଣ୍ତ ବଖରାରେ କାଚ, ମୁଦି, ମାଳି, ବିକ୍ରୀପାଇଁ ସଫା । ଦାନ୍ତ ସଫା ଚମଡ଼ାର ଝିଅମାନେ ନିଯୁକ୍ତ ହେଲେ । ସାରା ସାହିରେ ସଞ୍ଜବେଳେ ବଜାର ବସିଗଲା ।

ମାତ୍‌ଲାମି ସୌଖୀନ୍‌ ଆଚରଣରେ ସ୍ୱାଭାବିକ ମନେହେଲା । ନଅତାଲା କୋଠାର ରାତିସାରା ଜଳୁଥିବା ରୋଷଣୀ ଦିନବେଳେ ବି ଲଜ୍ଜିତ ହେଲାନାହିଁ ।

ସକାଳ ପହରଟା– କିନ୍ତୁ ସେ ଅଞ୍ଚଳ ଶୂନ୍‌ଶାନ୍‌ ।

ଖାଲି ରାସ୍ତାରେ ସକାଳ ଖରା ଭାରି ନିରୀହ, ଏକାକୀ, ଆତ୍ମୟିତ ପିଲାଟିଏ ପରି ଅସହାୟ ।

ସେଦିନ କିନ୍ତୁ ସୂର୍ଯ୍ୟ ଉଇଁ ଆସିଲାବେଳକୁ ହୋଟେଲ ବିକ୍ରମ ପାଖରେ ଘାଁଇ ଘାଁଇ ଜିପ୍ ଗାଡ଼ିମାନ ଆସି ଲାଗିଗଲା । ପୋଲିସ୍ କୁକୁର ଜିଭ ଲହଲହ କରି ଓହ୍ଲେଇ ଆସିଲା । ଖପ୍‌ଖାପ୍ ଓହ୍ଲାଇଗଲେ ଖାକି ପୋଷାକ ଆଉ ପିତଳ ବୋତାମମାନେ ।

ଭିଡ଼ ଆସ୍ତେ ବଢ଼ିଲା । ପଚରାପଚରି ହେଲା । ହୋଟେଲ ବିକ୍ରମର ପଥର ମୂର୍ତ୍ତିକୁ କିଏ ଚୋରେଇ ନେଇଛି । ମାଲିକ ଅମର ଯୋଇଟୀ ସ୍ୱୟଂ ସେଇଠି ଉପସ୍ଥିତ ରହି ପୋଲିସ୍ ଅଫିସରଙ୍କ ସାଙ୍ଗେ ଆଲୋଚନା କରୁଛନ୍ତି ।

"ମୋ ସାଙ୍ଗରେ ମୋ ପବ୍‌ଲିକ୍ ରିଲେସନ୍ ଅଫିସର ସମସ୍ତେ ଲଗେଇଛନ୍ତି ପ୍ରାୟ ମାସେ ହେଲା ଯେ ବିଦେଶୀ ଗରାଖଙ୍କୁ ସନ୍ତୋଷ କରିବାକୁ ହେଲେ ସେ ମୂର୍ତ୍ତିର ଉପର ଦୁଇଟା ହାତ କାଟିଦେବାକୁ ହବ । ସେମାନଙ୍କୁ ସେ ମୂର୍ତ୍ତି ପାଗଳ କରିଛି । କିନ୍ତୁ ଚାରିଟା ହାତ ସେମାନଙ୍କୁ ଅଡ଼ୁଆ କରୁଛି । କେତେକ କୁଆଡ଼େ କହିଛନ୍ତି ଯେ, ଛ'ଟା ଗୋଡ଼ ହାତ ଥିବାରୁ ସେଇଟା ବିରାଟ ମାଙ୍କଡ଼ସା ପରି ଦିଶିଯାଉଛି । ସାମାନ୍ୟ ନିଶା ଲାଗିଲାବେଳେ ଅନେକ ଭୟରେ ପ୍ରଲାପ କରିଛନ୍ତି । ଦୌଡ଼ି ପଳାଇ ଯାଇଛନ୍ତି । ବ୍ୟବସ୍ଥା ନକଲେ ବ୍ୟବସାୟରେ ଆଞ୍ଚ ଲାଗିପାରେ । ଏଣୁ ମୁଁ ହଁ କରିଦେଇଥିଲି ହାତ ଦି'ଟା କାଟି ଦେବାକୁ । ଆଜି ସେ କାମ ହୋଇଥାନ୍ତା । ସେଇସାଲ କରତ ନେଇ କଲିକତ କାରିଗର କାଲି ସଞ୍ଜବେଳେ ପହଞ୍ଚିଯାଇଛନ୍ତି । ଆଜି ଦେଖିଲାବେଳକୁ ଅବସ୍ଥା ଏଇଆ ।"

ସେ ମୁଣ୍ଡରେ ହାତଦେଇ ଗୋଟାଏ ଚୌକିରେ ବସିପଡ଼ିଲେ। କୁକୁର ସେଠି ଘେରା ଘେରା ବୁଲିଲା।

ସିମେଣ୍ଟ ପିଣ୍ଡ ଉପରୁ ଆସ୍ତେ ମୂର୍ତ୍ତିଟାକୁ କିଏ ସବୁ ମିଶି ଟେକିନେଇଛନ୍ତି। ଅନ୍ତତଃ ମଜବୁତ୍ ଚାରିଜଣ ନହେଲେ ଏକାମ ସହଜ ନୁହେଁ– ଏଟା ଜଣକର କାମ ନୁହେଁ। ଜଗୁଆଳି ମୁଣ୍ଡରେ ମାଡ଼ ହୋଇଛି। ଚେତା ବୁଡ଼ିଥିବା ଅବସ୍ଥାରୋ ତାକୁ ଡାକ୍ତରଖାନା ଟେକି ନିଆହୋଇଚି।

ଜଣାଯାଉଚି ଗୋଟାଏ କିଏ ତା' ଖପୁରି ଫଟେଇ ଦେଇଚି। ସେ ବଞ୍ଚିବ କି ନାହିଁ ଜଣାନାହିଁ।

ଜେରା ଚାଲିଲା–ରୋଷ ଶାଲରେ–ବେହେରା ଶାଲରେ। ପାଖାଖ ଚାରିଆଡ଼େ। ଜଣାଗଲା ଆଠନମ୍ବର ବେହେରା କୈଲାସ ମହାରଣା ପିଉସୀ-ପୁଅ-ଭାଇ। ଜଣାଗଲା ରୋଷଣଶାଳାର ଛ'ନମ୍ବର ଖାନ୍ ସାମାର ତିନି ନମ୍ବର ମସାଲଚି, ଝାଡ଼ୁଦାର ଦୁଇଜଣ ଆଉ ଦୁଇନମ୍ବର ଗେଟ୍‌ର ରାତି ଡ୍ୟୁଟି ୱାଚମେନ୍ ସବୁ ସେଇ ବେହେରାର ପାଖାଖ ଗାଁ ଲୋକ। ଛୁଟିହେଲେ ଏମାନଙ୍କର ବେଲେବେଲେ ଏକାଠି ତାସ୍‌ଖେଲ ଜମେ ଖିଆପିଆ ବି ହୁଏ।

ଜଣାଗଲା ସେଦିନ କୁଆଡ଼େ ସେଇ ଆଠ ନମ୍ବର ବେହେରା ସାଙ୍ଗରେ କୈଲାସ ମହାରଣା ଆସିଥିଲା।

ଜଣାଗଲା ସେଦିନ ସକାଳୁ ଜେରା ଆରମ୍ଭ ହେଲାବେଲକୁ ସେମାନେ ସମସ୍ତେ ଶୋଇଥିଲେ– ବାକି ସମସ୍ତେ ହାଜର ଥିଲେ। ସେମାନଙ୍କୁ ଉଠେଇ ଅଣାଯାଇଥିଲା।

ବିଚକ୍ଷଣ ପୋଲିସ ଅଫିସର ବଲିଆରସିଂହ ଅଚାନକ କୈଲାସ ମହାରଣାଙ୍କ ପାଖରେ ଜିପ୍ ନେଇ ପହଞ୍ଚିଗଲେ

"ତମେ କୈଲାସ ମହାରଣା?"

"ହଁ"

"ତମେ ହୋଟେଲ ବିକ୍ରମ ପାଇଁ ସେ ମାଇକିନା ମୂର୍ତ୍ତିଟା କରିଥିଲ?"

"ମୁଁ କୌଣସି ମାଇକିନା ମୂର୍ତ୍ତି କେବେ କରେ ନାହିଁ।"

"ସେଇଟା ତା'ହେଲେ କ'ଣ?"

"ସେଇଟା କ'ଣ ଚିହ୍ନେଇବାକୁ ପଡ଼ିବ? ହାତକେ ଖର୍ପର, ହାତକେ କଟାମୁଣ୍ଡ, ମୁକ୍ତକେଶ। ଚତୁର୍ଭୁଜା ସେ ଉଗ୍ରରୂପ କାହାର ମତେ ବୁଝେଇବାକୁ ପଡ଼ିବ?"

"ଅଡ଼ୁଆ ତ ସେଠି। ତମ ମନେମନେ ତମେ ଦେବୀମୂର୍ତ୍ତି କରିଛ– ହୋଟେଲ ଗରାଖଙ୍କ ପାଇଁ ସେଇଟା ଲଙ୍ଗଳା ମାଇକିନା। ତାକୁ କଟାମୁଣ୍ଡ ବା କଟୁରୀକୁ ପରବାଏ

ନାହିଁ । ସେ ଆର ଦି'ଟା ହାତ ତାଙ୍କୁ ଅଠୁଆ କରିଛି । ସେ ଦି'ଟାକୁ ମାଲିକ କଟେଇ ଦେଇଥାନ୍ତେ । କାରିଗର ଆସିଥିଲେ । ଏତିକିବେଳେ ସବୁ ଭଣ୍ଡୁର ହେଇଗଲା ।"

କୈଳାସ ମହାରଣା ତଳକୁ ମୁଣ୍ଡପୋତି କାଠହୋଇଯାଇଥାନ୍ତି । ଦାନ୍ତ ଜାବି, ହାତମୁଠାକରି ସହିଯାଉଥାନ୍ତି, ବଜ୍ରପାତ ।

"ସେ ଚୋରି ବିଷୟରେ ତମେ କ'ଣ ଜାଣିଚ ?"

କୌଣସି ଉତ୍ତର ନାହିଁ ।

"ଶୁଭୁଚି ନା ନାହିଁ ?" ପାଟିକଲା ରାଜଶକ୍ତି ।

"ମୁଁ କିଛି ଜାଣିନାହିଁ ।" ଗମ୍ଭୀର ପଥର ମୂର୍ତ୍ତିର ଉତ୍ତର ।

"ବସ୍-ଗାଡ଼ିରେ ଥାନାକୁ ଚାଲ ।"

ବେଲ ରତ ରତ ସମୟ । ଖଣ୍ଡେ ଚାଦର ଗୋଡ଼ଠୁଁ ମୁଣ୍ଡଯାଏଁ ଘୋଡ଼େଇ ହୋଇଥିବା କୈଳାସ ମହାରଣାଙ୍କୁ ଗାଡ଼ିରେ ବସେଇ ସେମାନେ ନେଇଗଲେ । ସହରଟାରୁ ବାହାରିଥିବା ଉପରମୁହାଁ ଜାତୀୟ ରାଜପଥ । ତା' ଉପରେ ଶାସନ, ଅପଶାସନ, ଦେଶୀ-ବିଦେଶୀ ପର୍ଯ୍ୟଟନ ଦିନରାତି ଚାଲିଥାଏ । ନଈ ପୋଲ କମ୍ପୁଥାଏ ଗାଡ଼ିମାନଙ୍କର ଦୁମୁକାଣିରେ । ନଈ କୂଲେ କୂଲେ ଗାଁ ରାସ୍ତା । ସାଇକେଲ, ଶଗଡ଼, ବେଲେବେଲେ ଜିପ୍ ପ୍ରୟୋଜନ ହେଲେ ଚାଲେ, ନହେଲେ ନଈପରି ନିଛାଟିଆ ସେ ରାସ୍ତା ।

କିଛି ବାଟ ନଈକୁ ସାକ୍ଷୀକରି ଚାଲିଗଲେ ପୁରୁଣା ପାଟଣା । ଏଇମାତ୍ର ତିନିଶ ଘର ବସ୍ତି । ଗାଁ ମୁଣ୍ଡେ ବରଗଛ । ଗଛମୂଲେ କିଛିଦିନ ହେବ ମେଲା ଗହଲି । ଆଗକୁ ରକ୍ତପକ୍ଷ, ଦେବୀପୂଜା ।

ଗାଁ ପ୍ରଧାନ କହୁଛି ଦେବୀ ଶୂନ୍ୟରୁ ଆବିର୍ଭୂତା ହେଇଛନ୍ତି । କଳା ମଚମଚ ମୁଗୁନି ପଥର ଚତୁର୍ଭୁଜା କାଳୀମୂର୍ତ୍ତି । ସିନ୍ଦୂର ଆଉ ମନ୍ଦାର ମାଲରେ ମଣ୍ତି ହୋଇଛନ୍ତି, କାଡେଶୀ କରି ପିନ୍ଧିଛନ୍ତି କଳାଛିଟ । ଲୋକେ କହୁଛନ୍ତି ସେ ଦେବୀ ଡାକିଲେ ଓ କରୁଚି । ଦେହୁରୀ କହୁଛି ଅଙ୍ଗ ଛୁଇଁ ଦେବାକୁ ଡର ମାଡୁଛି । ମନେହେଉଛି ନିଆଁ ଖଣ୍ଡପରି ତାତିଛି ଦେବୀଙ୍କ ଦେହ ।

କି ସେ ମୁହାଁ! ସେ ତରାଟି ଥିବା ଆଖି, ସେ ଲହଲହ ଜିଭ! ସେ କଟାମୁଣ୍ଡ ଆଉ ସେ କଟୁରୀ । ବାବାରେ, ମା' କାଳୀ କରାଳୀ ରକ୍ଷାକର ମା'! ଏ ଅଧମ ଅକ୍ଷମକୁ ରଖିଯା' ତୋ ପାଦତଲେ ।

ଧୂଣୁଧୂପ କୁହୁଳୁଛି । ଚୁଆ ଚନ୍ଦନ ମହକୁଚି- ଘଣ୍ଟ, ଶଙ୍ଖ, ମହୁରୀ ବାଜୁଛି- କିଏ କହୁଥିଲା ମହାଷ୍ଟମୀ ଦିନ ବଲି ପଡ଼ିବ ।

କହୁଥିଲା କିଏ ଜଣେ କୈଲାସ ମହାରଣା ସଙ୍କଟରେ ପଡ଼ି ଗଜାମୁଆଁ, ନଡ଼ିଆ ମହାରମାଲ ପଠେଇଚି ।

ଏ ଠାକୁରାଣୀ ଡାକିଲେ ଓ କରୁଛି । ସମସ୍ତଙ୍କର ଆର୍ତ୍ତି ଦୂରହେବ । ଅବଶ୍ୟ ଦୂରହେବ ।

ମେଘ ଟେକିଛି । ବଟଗଛ ସନ୍ଧିରେ ଅନ୍ଧାର ଭରିରହିଛି । ଗୁମ୍ ହୋଇଯାଇଛି ଆକାଶ । ବିପନ୍ନ ବୋଧକରୁଛନ୍ତି ଗାଁଲୋକେ । କ'ଣ ହୋଇଯିବ ରାତିଟା ଭିତରେ କେଜାଣି ।

କିନ୍ତୁ ଦେହୁରି କହୁଛି କିଛି ଡରିବାର ନାହିଁ । ଏ କାଳରାତ୍ରି ପାରିହେଇଯିବ । ଯାରି ଉପରେ ସବାର ହୋଇ ପରା ମା' ଆମ ପାଖକୁ ଆସିଛି । ଏଇଟା ତା' ବାହାନ ! ଆଦେଶ ପାଇଲେ ସେ ବଳେ ଗୁଞ୍ଜିଯିବ ନାଇଁ । ହୋଇପାରେ ଦେହୁରି ଠିକ୍ କହୁଛି ।

ତିଲିଛ ମହାପାତ୍ର

ତିଲିଛ ମହାପାତ୍ରଙ୍କ ମଥାରେ କୁମ୍ଭ ପରି ଶ୍ରୀମନ୍ତ କୁଡ଼ା। ସେଥିରେ ଦରଫୁଟା ଯୋଡ଼ିଏ ଚମ୍ପା। ଦୁଧ ପିଠଉ ପରି ଦେହରେ ଡାଲିୟ ରଙ୍ଗର ପାଟ ପାଞ୍ଚ। ଓସାର ବୁକୁ ଉପରେ ଲୟମାନ ଦୁଇସୋରା ରୁଦ୍ରାକ୍ଷମାଲ। ଦର୍ପଣ ପରି କପାଳରେ ଚନ୍ଦନ ଟୋପା। ତରବର ହୋଇ ପଶିଯାଉଛନ୍ତି ଶ୍ରୀମନ୍ଦିର ସିଂହଦ୍ୱାର ଭିତରେ ପ୍ରଭୁଙ୍କ ଅଙ୍ଗଲାଗି ସେବକ। ସକାଳ ନୀତି ବଢ଼ିବାକୁ ଆଉରି ଘଡ଼ିଏ ବାକି। ମାଲ ସେବକ ଆଉରି ଧଡ଼ା ନେଇ ପହଞ୍ଚି ନାହିଁ। ଉଞ୍ଚର ହେଇଯାଉଛି ସେବା। ପହୁଡ଼-ଭଙ୍ଗା। କୀର୍ତ୍ତନ ଜଗମୋହନରୁ ଉଠିନାହାନ୍ତି। ତିଲିଛ ମହାପାତ୍ରେ ସାତ ପାବଚ୍ଛ ବାଟେ ଚଢ଼ିଗଲାବେଲକୁ ମନରୁ ଶଙ୍କା। ଓଜ୍ଢ଼ା ଦେଲେ- "ମୁଁ ଛାର କିଙ୍କରର ଅପ୍ରାଧ କ୍ଷମା ହୋଇଯାଉ ମଣିମା। ମୁଁ କି ବୁଝେ ତୋର ଅନନ୍ତ ଗତି। ରତ୍ନପୀଢ଼ା ଉପରୁ ଯାହାକୁ ଯେଭଳି ଆଖି ମିଳିବ ସେଇଭଳି ସିନା ଇନ୍ଦ୍ର କୁବେର ଖଟିବେ। ଶ୍ରୀଅଙ୍ଗ ସେବାକୁ ମୁଁ କାହୁଁ ଭାଜନ ଠାକୁରେ, ମଣିମା ଖଟଣିକୁ ମୁଁ କାହୁଁ ସମର୍ଥ ? ମନହେଲା ଟେକିନେଲୁ। ଏ ଅଧମକୁ କୃତାର୍ଥ କଲୁ। ନହେଲେ କି ଏଭଳି ଭାଗ୍ୟ କାହାକୁ ମିଳେ ?" ଗରୁଡ଼ ପଞ୍ଚରୁ କରଯୋଡ଼ି ହୋଇ ଦୁଃଖ ଜଣାଉଥାନ୍ତି। ତିଲିଛ ମହାପାତ୍ରେ। ମନରେ ବିକଳ୍ପ ଆଉ ନାହିଁ, ଉଦ୍‍ବେଗ ନାହିଁ। ସେ କ'ଣ ବୁଝାଇବେ ଜଗନ୍ନାଥଙ୍କ ନୀତି ? ଛୋଟ ମୁହଁରେ ବଡ଼କଥା। ଚଉଦ ବ୍ରହ୍ମାଣ୍ଡ ଯା'ର ନିଶ୍ୱାସରେ ଆତଯାତ ସେ କ'ଣ ଯାଙ୍କୁ ଚାହିଁ ବସିଚି ? ତା' କଥା ସେ ନିଜେ ସମ୍ଭାଳିବ। ନ ହେଲେ କି ଏମିତି ବିଶାଳ ଭୁଜ ଲୟେଇ ତୁଚ୍ଛାକୁ ବସିଚି ? ମହାପାତ୍ରଙ୍କ ଆଖି ଜକେଇ ଗଲା। ନାକପୁଡ଼ା ଜଳିଲା ଲୁହରେ। ସେ ନିଷ୍ଠିତ ମନରେ ଆଉଜି ପଡ଼ିଲେ ପ୍ରଭୁର ଅଘଟନ-ଘଟନ-ପଟୀୟସୀ ଇଚ୍ଛା ଉପରେ। ଯାହା ସେ ଚାହିଁବ, ତାକୁ କାହାର ଆୟତ ଅଛି ?

ଋଷି, ଖୋଲ ଟେକି କୀର୍ତ୍ତନିଆ ଉଠିଗଲେ। କାଁ-ଭାଁ ଗଣ୍ଡେ ଲୋକଙ୍କୁ

ଛାଡ଼ିଦେଲେ ଗରୁଡ଼ଖମ୍ଭଠୁଁ ରତ୍ନବେଦୀ ଯାଏଁ ଏତେ ବଡ଼ ଶ୍ରୀମନ୍ଦିର ମେଲା। ଉପରେ ବସିଛି ମାଲିକ। ନିରାଭରଣ ଶ୍ରୀଅଙ୍କୁ ମହାପାତ୍ରେ ଚାହିଁପାରୁନାହାନ୍ତି। ମାଲାଲାଗି ବାପୁଡ଼ାକୁ ଟିକିଏ ଦକ ଥିଲେ ସିନା ହୁଅନ୍ତା। ତା'ପିଲା ମାଇପଙ୍କ ପାଇଁ ଅନ୍ନବସ୍ତ୍ର ମିଳିଗଲେ ହେଇଗଲା। ବେଲ ସହଜ ନିଜେ ଗଣ୍ଠିଏ ଉତ୍ତମ ପକେଇଦେଇ, ଖରାପିଟିଆ କୃଷ୍ମା ଶିଲ ଠଉଁ ଝିଙ୍କ ହେବାରେ ହେଲା ନାହିଁ। ଏଣେ ଠାକୁରଙ୍କ ନୀତି ହୁଡ଼ିଗଲେ କ'ଣ ହେଇଯାଉଚି?

ଦି'ଟା ଫୁଲ ଆଣିଦେଲେ ମାଜଣା ଉଭାରୁ ଅଙ୍ଗଲାଗି ହୁଅନ୍ତା। ଚଣ୍ଡାଲ ଏତେବେଲଯାଏ ସାହି ଛାଡ଼ିଲା ନାହିଁ। କ'ଣ ଆଉ କରାଯାଏ? କ'ଣ ଆଉ ତାଙ୍କର ଆୟତ୍ତ। ଏଠି ଏ ଡ଼େଙ୍କାଆଖିଆ ଫାଡ଼ୁଙ୍ଗା ପାଟି ମେଲେଇ ଦେଇ ବସିଚି। ଯାହାକୁ ଦେଖିଲେ ତ ହସ ବୋହିପଡ଼ୁଚି। ଏଗୁଡ଼ାକ ଉଦ୍ୟାତ ହେଲେ କିଏ କ'ଣ କରିବ? ବାଞ୍ଛାବତ ଆଦିକି ଚାହିଁ ଏମିତି ଭାବନା କରୁଥାନ୍ତି ମହାପାତ୍ରେ। ଶ୍ୟାମାକାଲୀଙ୍କ ଆଡୁ ସେ ସବୁଦିନ ଆସେ ଧଙ୍ଣା ନେଇ। ସେଇଆଡ଼େ ସେ ରହେ। କ'ଣ ହେଲା ସେ ବନମାଲିଆର? ଭାରି ଛନ୍ ଛନ୍ ହେଉଥାନ୍ତି ମହାପାତ୍ରେ। ଠାକୁର ଶ୍ରୀଅଙ୍କରେ ଫୁଲଲାଗି ହେଲା ନାହିଁ କେତେ କୃତ୍ୟ ହେଲା? ବିପତ୍ତି ପଡ଼ିଯିବ। ଅଚାନକ ଚଢ଼କ ଖସିପଡ଼ିବ। କ'ଣ କରିପାଇଲ କି ତାକୁ? ଓହ୍ଲେଇ ଯାଉଥିଲେ ବଟମୂଲ୍ୟାଏଁ, ପୁଣି କ'ଣ ଭାବି ପାହାଚ ଚଢ଼ି ଜଗମୋହନକୁ ପଶିଆସିଲେ। ଖମ୍ୟ ଉହାଡ଼ରୁ ଝଲମଲ ଆଖି ଯୋଡ଼ିକୁ ଚାହିଁ କରଯୋଡ଼ ହେଲେ, "ଅଶରଣକୁ ଶରଣ, ବିପଦ ବାରଣ ହରି, ତୋର ଯାହା ଇଚ୍ଛା।" ତାଙ୍କ ମନକୁ ପାପ ଛୁଇଁଚି। ଯେତେ ବୁଝାଇଲେ ମଧ୍ୟ ଅକାରଣ ଭୟରେ ମଞ୍ଜ ଥରିଯାଉଛି। ଏଭଳି କେତେକ ଅପ୍ରାଧ ଭଲା ନଘଟିଚି। କେତେ ନୀତି ପାଇଁ କେତେ ବିଲମ୍ବ ନ ହୋଇଚି। ହେଲେ, ଏମିତି ଡର ତାକୁ କେବେ ମାଡ଼ିନାହିଁ। କ'ଣ ଅଘଟଣ ଘଟିଯିବ କି? ମହାପାତ୍ରଙ୍କୁ ଛନକା ଘୋଟିଚି, ସେ ଏଣେ ତେଣେ ଚାହିଁ ଲାଗିଛନ୍ତି।

ସିଂହଦ୍ୱାର ଆଡୁ ଗହଳିଟାଏ ଶୁଭିଲା। କ'ଣ ହେଲା ବୋଲି ସେ ସାତ ପାହାଚ ଆଡ଼କୁ ମୁହେଁଇଲା ବେଳକୁ ଛାମୁଛାଟିଆ ଆସି ଠିଆହେଇଗଲା। ଭଙ୍ଗ ଟହ ଟହ ଆଖି। ମୋଟା ବଗଡ଼ା ନିଶ କାନମୂଲେ ଖୋସା ହୋଇଛି। ନାଲି ପାଟ ଜାମା ଫାଟି ପଡ଼ୁଚି ପାହାଡ଼ ପରି ଡିମା ବୁକ ଉପରୁ। ଗୁଲା ଗୁଲା ଲୁହା ଖମ୍ୟ ପରି ଡେଣା ଦିହରେ ବାଜି ଶାଲ ଶିଲ ଛତୁ ହେଇଯିବ। ମହାପାତ୍ରଙ୍କୁ ଦେଖିବାମାତ୍ରେ କରଯୋଡ଼ ହୋଇ କହିଲା– "ଠାକୁର ଦର୍ଶନକୁ ଖୋଦ୍ ମଣିମା ମହାର୍ଜୀ ବିଜେ ହେଉଛନ୍ତି ସାଆନ୍ତେ।"

ତିଳିଚ ମହାପାତ୍ରଙ୍କୁ ଅତର୍ଜ୍ଜ ଲାଗିଲା। ସେଇଟା ଛାଟିଆ ନୁହେଁ ଯମଦୂତ।

ଏଥର ଆଉ ଏ ମୁଣ୍ଡ ଖଣ୍ଡ ରହିବ ନାହିଁ। ରାଜା ମାଡ଼ିଯିବ ପୋଖରୀଆ ଦର୍ଶନକୁ। ସେଇଠି ଦେଖିବ ତା' ଠାକୁର ଲଙ୍ଗଳା। ପାଖୁଡ଼ା ଛଡ଼ା ଫୁଲକୁ ମଧ ସେ ଯୋଗ୍ୟ ହେବନାହିଁ। ସେ କି ଆଉ ତିଲିଛ ମହାପାତ୍ରକୁ ଏ ପୁରେ ରଖିବ। "ଆହେ ପ୍ରଭୁ, ବିପଦଭଞ୍ଜନ, ବିପଦତାରଣ, ଜଗନ୍ନାଥ–" କହି ଏକା ନିଶ୍ୱାସକେ କଲା ପାବଚ୍ଛ, ଭିତର ଅର୍ଗଳ, ପାରିହୋଇ ସିଂହାସନ ଉପରେ ମୁଣ୍ଡ ଥୋଇ ଦେଲେ ମହାପାତ୍ରେ। "ସରିଗଲା ପ୍ରଭୁ, ରାଜକ୍ରୋଧରୁ ମୁକୁଳିବି ନାହିଁ। ରାଜା ଗୋଜା–ହାବୁଡ଼େ ପଡ଼ିଲେ ସାତ ଖଣ୍ଡ। ଆଜି କି ବୋଲି ତାକୁ ଭକ୍ତି ଝାଙ୍କିଲା। ମୋତେ ହାଣ ମୁହଁରେ ଦେବାକୁ ଏ ସବୁ ଘଟଣା।"

ତଳେ ଠିଆହୋଇ ଚାହିଁଲେ ବଳିଆର ଭୁଜକୁ–ଡରମାଡ଼ିଲା। ଏ ଯଦି ମାରିବ, ତେବେ ରଖିବ କିଏ? ଚାହିଁଲେ ଆଖିକୁ। ମହାଶୂନ୍ୟରେ ଅନନ୍ତ ବ୍ରହ୍ମାଣ୍ଡକୁ କଳିଯାଉଛି ସେ ବର୍ତ୍ତୁଳ ଡୋଲା। ସେ କି ଚାହିଁଛି ତିଲିଛ ମହାପାତ୍ର ପଦର ଗଣ୍ଠା ମଲେ କେତେ ଗଲେ କେତେ। ଚାହିଁଲେ ନାଲି ଜର ଜର ଓଠକୁ। ହସରେ ଫାଟିଫଟୁଛି ଠାକୁର। ତାଙ୍କ ଅତର୍କିପଣକୁ ହସୁଛି, ଅବୁଝାପଣକୁ ହସୁଛି। କିରେ, ତୋ'ର କିଏ କ'ଣ କରିପାରିବ? ମୋ ଶରଣରେ ଥାଉ ଥାଉ କୌଡ଼ ରାଜା ତୋର କ'ଣ ବିଗାଡ଼ିବ?

ଦମ୍ଭ ବଢ଼ିଆସିଲା ମହାପାତ୍ରଙ୍କ ଦେହକୁ, ମନକୁ, ବୁକ୍ ଭିତରକୁ। ସେ ଚାରିଆଡ଼କୁ ଚାହିଁଲେ। ପ୍ରଭୁର ଛଡ଼ାଫୁଲ ତଳେ ବସିଥିବ, ସେଥିରୁ ଦି'ଟା ହାତରେ ଧରି ରତ୍ନ ସିଂହାସନ ଉପରେ ଠିଆ ରହିଯିବେ। ଗଜପତି ହାତ ବଢ଼େଇଦେଲେ ତାକୁ ଥୋଇଦେବେ ତା' ଆଙ୍ଗୁଳାରେ। ...ସର୍ବନାଶ! ଏତେ ଟିକେ ବୋଲି ଛଡ଼ାଫୁଲ ଏକାଟି ନାହିଁ। ସବୁ ପୋଛିପୋଛି ସଫା କରିନେଇଛି। କ'ଣ କରିବେ ତିଲିଛ ମହାପାତ୍ରେ? ସାତ ପାହାଚ ଠେଲି ରଜା ପହଞ୍ଚଗଲାଣି। ଗରୁଡ଼ ଖମ୍ଭ ଉପରେ ମୁଣ୍ଡ ଲଗେଇ ଦେଇ ସିଧା ମାଡ଼ି ଆସିବ। ଆଉ ବେଳ କାହିଁ? ପ୍ରାଣ ବିକଳରେ ସେ ବଢ଼ିଗଲେ ରତ୍ନ–ସିଂହାସନ ଉପରକୁ। ପ୍ରଭୁ ଭୁଜତଳେ ଶରଣ ପଶିଯିବେ। ବଡ଼ବାଟ ଖମ୍ଭ ପଛପଟେ ଲୁଚିଯିବେ।

ତାଙ୍କ କପାଳରୁ ଝାଳ ଛିଡ଼ିପଡ଼ୁଥାଏ। ତାଙ୍କୁ ଚାହୁଲିଆ ଢଙ୍ଗରେ କିଏ ଫୁସ୍‌ଫୁସ୍‌ କରି କହିଲା ପରି ଲାଗିଲା– "ତୋ' ମୁଣ୍ଡରୁ ଚମ୍ପାଫୁଲ କାଢ଼ି ରଜାକୁ ଦେଇଦେ।" ତାଙ୍କ ମନରେ ଭୂତ ପଶି ଏଇଆ କରୁଛି। ମୁଣ୍ଡ ଯାହା ଟିକିଏ ବଙ୍କାରେ ଛିଡ଼ିଥାନ୍ତା, ଏମିତି କଲେ ସଲଖେ ଛିଣ୍ଡିଯିବ। କେଡ଼େ ଅପରାଧ କଥା। ପ୍ରଭୁ ପ୍ରସାଦରେ ଛଲ ଆଚରଣ କଲେ ଆଇ କି ରକ୍ଷାଅଛି? ପୁଣି ଶୁଭିଲା ପରି ଲାଗିଲା, ଆଉ ବେଳ ନାହିଁ ବେଗୀ ବେଗୀ। ଠକ୍ ଠକ୍ ଥରିଲା ହାତରେ ସେ ପ୍ରଭୁର ଭୁଜକୁ ଧରିପକାଇଲେ, ବାଁ

ହାତରେ ନିଜ ମୁଣ୍ଡରୁ ଚମ୍ପା ଯୋଡ଼ିକ ଭିଡ଼ି ଆଣିଲା ବେଳକୁ ରଜା କଳାପାବଚ୍ଛ ପାରି ହେଇ ଆସୁଛି । ହାତଟି ବଳେ ଚାଲିଗଲା ପ୍ରଭୁ ମୁଣ୍ଡ ଉପରକୁ । ସେ ଭୁଲିଗଲେ ଯେ ତାଙ୍କ ଉଗରା ଫୁଲ ନେଇ ସେ ଠାକୁରଙ୍କୁ ମଣ୍ଡିଦେଲେ । ତାଙ୍କ ସ୍ୱପ୍ନରେ ପହଁରିଲା ପହଁରିଲା ପରି ଅନୁଭବ ହେଉଥାଏ । କେତେବେଳେ ରଜା ଆସି ମୁଣ୍ଡ ଲଗେଇ ଠିଆଣେଲା, କୁଣ୍ଢାଇ ହାତ ପତେଇଲା, ତା ଆଙ୍ଗୁଳାରେ କେତେବେଳେ ସେ ପ୍ରଭୁର ଛଡ଼ା ଫୁଲ ଥୋଇଦେଲେ ଏବଂ ସେ ପଛେଇ ପଛେଇ ଆଢ଼ ହୋଇଗଲା ମହାପାତ୍ରେ ସମ୍ପୂର୍ଣ୍ଣ ଚେତା ରହି ଜାଣି ପାରିଲେ ନାହିଁ । ତାଙ୍କର ଦେହ ମୁଣ୍ଡ ଥୟ ହେଲା । ସେ ଗାମୁଛାରେ ଦେହମୁହଁ ପୋଛିଲେ । ଚାହିଁଲେ ଭୁଜ ଉପରୁ ଶ୍ରୀମୁଖକୁ । ମହୁ ଝରିଲାପରି ଓଠରୁ ଥୋପି ପଡ଼ୁଛି ହସ । ଆଖିରେ ତା' ଡଙ୍ଗରେ ସେ ତେରେଛି ଚାହିଁ ହସୁଛି । ତାଙ୍କ ଆତ୍ମା ଉପରେ ଅମୃତ ବର୍ଷିଗଲା । ଅପ୍ରାଧ ଭାବ ଆଉ କୁହୁଳିଲା ନାହିଁ । ପ୍ରଭୁ କହିଲା, ସେ ଦେଲେ । ସେଥିରେ ଦୋଷ କୋଉଠି ?

ଲସରପସର ହେଇ ମାଳ ଲାଗି ସେବକ ଆସି ପହଞ୍ଚିଲା । ତାକୁ ଚାହିଁଲେ ମହାପାତ୍ରେ । ଠାକୁରଙ୍କୁ ଚାହିଁଲେ । ଅଛ ହସିଲେ । ଦଣ୍ଡେ ଆଗରୁ ଆସିଥିଲେ ଏମନ୍ତ ହିନସ୍ତାରୁ ତ ତିଳିଛ ମହାପାତ୍ର ବଞ୍ଚିଯାଇଥାଆ । ହଉ, ହଟିଆ ଠାକୁର ହଟ ଲଗେଇବାକୁ ଚାହିଁଲୁ ଲଗେଇଦେଲୁ ।

ପରମ ଯତ୍ନରେ ମହାପାତ୍ରେ ମଣ୍ଡିଦେଲେ ବିପୁଳ ଭୁଜ ଉପରେ ଚମ୍ପା ଆଉ ତୁଳସୀର କେରି କେରି ମାଳ । ଚୂଳରେ ଜାଣି ଶୁଣି ଖଞ୍ଜିଦେଲେ ଖାଲି ଚମ୍ପା ଆଉ ଚମ୍ପା । ଭିତରେ ଅର୍ଗଳ ଠଉଁ ଗରୁଡ଼ ଖମ ଯାଏ କେତେ ଭକ୍ତ ଆସି କୁଆଡ଼ୁ ରୁଣ୍ଡ ହେଇ ଚାହିଁଥାନ୍ତି ଠାକୁର ସେଦିନ ଦିଶୁଥାନ୍ତି ନାହିଁ ନ ଥିବା ସୁନ୍ଦର ।

ମହାପାତ୍ରେ ଓହ୍ଲାଇଲେ ପିଢ଼ା ଉପରୁ । ଆଢ଼ ହୋଇ ଚାଲିଗଲେ ଗୁରୁଡ଼ ପଚ୍ଚକୁ ଚାହିଁଦେଲାରୁ ଆଖିରୁ ଧାର ଧାର ଲୁହ ନିଗିଡ଼ିଗଲା । ଏଭଳି ମନୋହର ମଣ୍ଡଣି, ଏମିତି ଚୂଳ, ଏମିତି ମାଳ, ତାଙ୍କ ଦିହକରେ ସେ କେବେ ଦେଖି ନଥିଲେ । ସାଷ୍ଟାଙ୍ଗ ପ୍ରଣିପାତ ହେଇ ସେ ସେଇଠି ପଡ଼ିରହିଲେ ଅନେକ ବେଳଯାଏ ।

ସେ ଚାଲ ଚାଲ ହୋଇ ଆନନ୍ଦବଜାର ଆଢ଼େ ବାହାରିଗଲେ । ତାଙ୍କୁ ବେଢ଼ିଗଲେ ଯାତ୍ରୀ । କିଏ ପାଦଛୁଇଁଲା । କିଏ ମୁଣ୍ଡିଆ ମାଇଲା । କିଏ ପାଦ ଉପରେ ଥୋଇଲା ଟଙ୍କା । ମହାପାତ୍ରେ ଶୋଲ ପରି ଉଶ୍ୱାସ ବୋଧକରୁଥାନ୍ତି । ସବୁ ଦେଖୁଥାନ୍ତି, ଶୁଣୁ ନ ଥାନ୍ତି । କେମିତି ଟିକିଏ ବିଭୋର ବିଭୋର ଭାବ । ଏତିକିବେଳେ ଦେଖିଲେ ଯେ କଳା ଘୋଡ଼ାଟାଏ ପରି ଖେପାକେ ପାହାଡ଼େ ଧାଇଁ ଆସୁଛି ଛାଟିଆ । ଆଗ ଅପେକ୍ଷା ବେଶୀ ବାଘୁଆ ଦିଶୁଛି ତାର ମୁହଁ । ମହାପାତ୍ରଙ୍କୁ ଠିଆ ଭଙ୍ଗିରେ କେମିତି

ଟିକିଏ ଓଲଟ ଠାରିଦେଇ ଗର୍ଜିଲା ପରି କହିଲା– "ହାଦେ, ମଣିମା ଗଜପତି ମହାଙ୍କାଙ୍କ ଶ୍ରୀଛାମୁରେ ଆପଣଙ୍କୁ ବିଜୁଳୀ ମାର୍ଗେ ପହଞ୍ଚେଇବାକୁ, ସାଙ୍ଗରେ କଟେଇ ନେବାକୁ ଆଜ୍ଞା ଘେନି ଆମେ ଆସିଛୁ । ଆପଣ ଆମ ସହିତ ଏଇମାତ୍ର ଚାଲିବାହେବେ ।"

ତିଳିଛ ମହାପାତ୍ରେ କଥାକୁ କଥା ଯୋଡ଼ି ପାରିଲେ ନାହିଁ ପଛକୁ ଫେରିଲେ ନାହିଁ । ଦୋସଡ଼ା ଖଣ୍ଡି ଜାକିଜୁକି ଘୋଡ଼େଇ ହେଇ ପାହାଚ ପାହାଚ ହେଇ ଖସିଗଲେ ବଢ଼ଦାଣ୍ଡକୁ । ଓହ୍ଲେଇଗଲେ ନୀଳାଚଳରୁ ରଜାନଅର ଆଡ଼େ । ତାଙ୍କର ମନ୍ଥର ଚାଲି ସାଙ୍ଗରେ ପାହୁଣ୍ଡ ପକେଇ ବାଗ ଦଉଡ଼ି ଭିଡ଼ା ହେଇଥିବା ବଳଶାଳୀ ଘୋଡ଼ା ପରି ରଜା ପିଆଦା କୁତ୍କୁତ ଥାଏ । ଛାଡ଼ିଦେଲେ ଆଖି ପିଚୁଳାକେ ଇହଲୋକକୁ ମାଡ଼ି ଯାଆନ୍ତା । ହୁବ ପାଇଲେ ମହାପାତ୍ରଙ୍କୁ ଗୋଟେଇ ନେଇ ଧାଇଁଯାଆନ୍ତା ।

ରଜା ନଅରରେ କାନୁ ଲଗାତ୍ ଛାନିଆ ଜଣାଗଲା । ସିଂହଦ୍ୱାର ଜଗୁଆଳିମାନଙ୍କ ମୁହଁ ଭୟରେ ଶେତାପଡ଼ିଯାଇଥିଲା । ବାହାର ପିଣ୍ଡା ଉପରେ ବାଗ ପରି ଗଜପତି ପଇଁତରା କାଟୁଥାଏ । ତିଳିଛ ମହାପାତ୍ରଙ୍କୁ ଦେଖିବା ମାତ୍ରେ ତାଙ୍କୁ ଆଉ ତର ସହିଲା ନାହିଁ ।

ମେଘ ରଡ଼ିଲା ପରି ଶୁଭିଲା– "କିହେ ! ମହାପାତ୍ରେ, କେଡ଼େ ସାହସ ତୁମର, ନାଗ ସାପ ଲାଙ୍ଗୁଡ଼ରେ ହାତ ମରିଦେଲ ! ଆମ୍ଭେ ବିଶ୍ୱାସରେ ଜଗନ୍ନାଥଙ୍କ ଆଗରେ ଆଣ୍ଠୁଲା ପତେଇ ଦେଲୁ ବୋଲି, ତୁମର ଏଡ଼ିକି ବହଳ, ନିଜ ମୁଣ୍ଡରୁ ଫୁଲଟାଏ ଫୋପାଡ଼ି ଦେଲ ।"

ମହାପାତ୍ରଙ୍କ ବୁକୁ ଭିତରୁ ସବୁ ରକ୍ତ ନିଗିଡ଼ିଗଲା । ଭୂଇଁ ଉଭେଇ ଗଲା ପାଦ ତଳକୁ ପାଟିରେ କଥା ନାହିଁ । ଆଖିରେ ପଲକ ନାହିଁ । ଆଗରେ ଲହ ଲହ କ୍ରୋଧରେ ଜଳୁଛି ଗଜପତି ସମ୍ରାଟ । ପଛରେ କଟୁଆଳ । ଏପାଖେ ଭାଲ । ସେପାଖେ ଖଣ୍ଡା ! "ହରି ହରି-ତ୍ରାହି ତ୍ରାହି– ଜଗନ୍ନାଥ" ଡାକିଲା ମହାପାତ୍ରଙ୍କ ଅନ୍ତରାତ୍ମା ।

"ଠାକୁର ପ୍ରସାଦକୁ ମୁଣ୍ଡରେ ବୋହି ଆସି ଉଆସରେ ଦେଖିଲାବେଳକୁ କଣ ନା' ଚମ୍ପାଫଳ ଦେହରେ ବାଲ ଗୁଡ଼େଇ ହେଇଚି । ଠାକୁର ଫୁଲରେ ବାଲ ଆସିଲା କାହିଁ ?" ଗର୍ଜିଲା ଗଜପତି, "କେଉଁଠୁ ଜଗନ୍ନାଥଙ୍କ ମୁଣ୍ଡରେ ବାଲ ଉଠିଲାଣି ହେ ତିଳିଛ ମହାପାତ୍ରେ ?"

"ଅଛି ମଣିମା; ଠାକୁରଙ୍କ ମୁଣ୍ଡରେ ବାଲ ଅଛି ।" ନିଜ ତୁଣ୍ଡକୁ ନିଜେ ବିଶ୍ୱାସ କରିପାରିଲେ ନାହିଁ ମହାପାତ୍ରେ । କ'ଣ ସେ କହିପକେଇଲେ ସତେ ? କେମିତି କହିଲେ ? ଗଜପତିର ଆଖି ତରାଟି ହୋଇ ଖସିପଡ଼ିବ ସତେ ବା ! "ହଉ ମହାପାତ୍ରେ, ତୁମ କଥାକୁ ଆମ କଥା ! କାଲି ଅବାକା ଦର୍ଶନ ବେଳେ ଆମ୍ଭେ ଠାକୁରଙ୍କ କେଶ ନ ଦେଖିଲେ ତୁମ ଅବସ୍ଥା ଗାଆଣୀ ଗାଇବ ନାହିଁ– ଯାଅ ! ମନେରଖ ପ୍ରତାପରୁଦ୍ର ସାଙ୍ଗରେ ପିଲାଖେଲ ଚଲିବ ନାହିଁ ।"

"କେଡେ ହୁବ! କେଡେ ସାହସ! କେଡେ ମିଛ!" ମହାପାତ୍ରଙ୍କୁ ଏଭଳି ଶଢର ହାବୁକା ପିଆଦାମାନେ ମାରି ବଡ଼ଦାଣ୍ଡରେ ଛାଡ଼ିଦେଲେ। ସେଇଠି ଚକ୍ଟିରାଲକୁ ଚାହିଁଦେଇ ମୁହଁ ଘୋଡ଼େଇ କାନ୍ଦିପକେଇଲେ ମହାପାତ୍ରେ। "ଏଡ଼ିକି କର୍ଦ୍ଦର୍ଶନା କପାଳରେ ଥିଲା। ଯାହା ସେବାରେ ଖଟିଥିଲି ତା'ରି ନାଁରେ ମିଛ କହି ଦୋହ ଆଚରଣ କରି ମିଲି। ଏ ଜୀବନ ଆଉ ରହିବା ବୃଥା। ଗ୍ଲାନି ପରାଭବ କ୍ଷୋଭରେ ତିଲିଛ ମହାପାତ୍ରେ ବଡ଼ଦାଣ୍ଡରେ ମୁଣ୍ଡଟେକି ଚାଲିପାରୁନାହାନ୍ତି। ସିଂହଦ୍ୱାର ପାଖରେ ପହଞ୍ଚ ଭିତରକୁ ପଶିବାକୁ ପାଦ ଗୁଞ୍ଛିଲା ନାହିଁ। ଆଉ କ'ଣ ଅଛି ସେବାର ମୂଲ୍ୟ? ଲାଜରେ ସେ ମୁହଁ ତୋଲି ଚାହିଁଲେ ନାହିଁ। ବାଟଭାଙ୍ଗି, ଖରା ନଇଁ ଆସିଲା ବେଲକୁ ବସାରେ ପହଞ୍ଚଲେ। କାହାକୁ କିଛି କହିଲେ ନାହିଁ। ଦେହ ଅସୁଖ ଅଛି ବୋଲି ପିଣ୍ଡାରେ କାନିପାରି ଶୋଇଗଲେ। ରାତି ପାହିଲେ ତିଲିଛ ମହାପାତ୍ର ଆଉ ନଥିବ। ସରିଯିବ ତାର ବ୍ୟର୍ଥ ଜୀବନ- ଦି' କଡ଼ାର ହୀନମାନ ଜୀବନ।

ସଞ୍ଜ ହେଲା। ଗୋଡ଼ ହାତ ଧୋଇ ଦିଅଘରେ ମୁଷ୍ଠିଆଟିଏ ମାରି ଉଠି ଆସିଲେ। ସେଇ ବାହାର ପିଣ୍ଡାଟିରେ ହାତରଖି ବସି ରହିଲେ ଅନ୍ଧାରରେ। ଭାବିଲେ, "ଭଲହେଲା, ଯାହାହେଲା। ଅଧମମାନଙ୍କର ଏଭଳି ବିନାଶ ନହେଲେ ତାଙ୍କ ହୁବ ବଢ଼ିଯିବ ନାଇଁ? ଛୋଟ ଲୋକଙ୍କୁ ବଡ଼ ଅଧିକାର ଦେଲେ ସେମାନେ ଏମିତି ମୁଣ୍ଡରେ ଚଢ଼ନ୍ତି। ନିଜ ମୁଣ୍ଡର ଫୁଲକୁ ଠାକୁର ପ୍ରସାଦ କରିବାରେ ଯାହା ଅପରାଧ ହୋଇଥିଲା ଏମିତି ଧରାପଡ଼ି ନଥିଲେ ଖସିଯାଇଥାନ୍ତା। ଏବେ ଠାକୁର ମୁଣ୍ଡରେ ବାଲ ଅଛି ବୋଲି ଡାହାମିଛ କହିବାରେ ମରଣ ଓସୁଅ ବେକରେ ବନ୍ଧାହେଲା। ଏଥୁରୁ ତ୍ରାଣ କାହିଁ ରଜା ଆଗରେ ଅପଦସ୍ତ ହବା ଆଗରୁ ବିଷଖାଇ ପ୍ରାଣ ହାରିଦେବା ଭଲ।"

ବହୁ ଦୁଷ୍ଟିନ୍ତାରେ ମୁଣ୍ଡ ବୋଝପରି ଭାରିଲାଗିଲା। ଆଖିବୁଜି ବସିଥିଲେ ମହାପାତ୍ରେ ସେମିତି ଶୋଉ ଶୋଉ ଶୋଇଗଲେ। ଅନ୍ଧାର ଘୋଡ଼େଇ ହୋଇଗଲା ଭିତରେ ବାହାରେ। ଚାଉଁକିନା ଲାଗିଲା ମହାପାତ୍ରଙ୍କୁ। ହାଲୋଲମୟ ହୋଇଗଲା ତାଙ୍କ କନ୍ଦରା। ସେଇଠି ମୁହୂର୍ତ୍ତେ ଦାଉ ଦାଉ ହୋଇ ଦିଶିଗଲେ ଚକାଢୋଲା। ସେମିତି ନିଦରେ କରଯୋଡ଼ି ହୋଇ କାନ୍ଦିଲେ ମହାପାତ୍ରେ। ଲାଜରେ ସଙ୍ଗିଗଲେ। ତାଙ୍କୁ ଶୁଭିଲା ଠାକୁରେ ହସୁଚନ୍ତି ଅତି ମଧୁରିଆ ହସ। କହୁଚନ୍ତି, "କିହୋ ତିଲିଛ ମହାପାତ୍ର, ତତେ କିଏ କହିଲା ଆମ୍ଭେ ଲମ୍ବା ବୋଲି? ରଜା ଆମ୍ଭର କେଶ ଦେଖିବ କହୁଚି? ସେଥୁକୁ ତୁ ଚିନ୍ତା କାହିଁକି କରୁଛୁ? ଯେ ଯେଭଳି ଚାହୁଁଚି ସେଭଳି ଦେଖିବ। ତୁ ଭୋକ ଉପାସରେ ଶୋଇଲେ ଆମ୍ଭର ମନୋହି ହୋଇପାରୁ ନାହିଁ।" ପୁଣି ମଧୁର ହସ ହସି ଆଦ୍ରହୋଇଗଲେ।

ଚମକି ଉଠିଲେ ମହାପାତ୍ରେ। ସତପିର ବୋଧହେଲା ସ୍ୱପ୍ନ। ପିଣ୍ଡାର ଯେଉଁ
ଦାଢ଼ରେ ଠାକୁର ଉଭାହୋଇଥିଲେ ତାକୁ ବାରମ୍ବାର ସାଉଁଟି ଆଣି ମଥାରେ ବୋଳିଲେ।
ଦେହ କମ୍ପିଲା। ରୋମଟାଙ୍କୁରିଲା। ସେ ଭାବ ବିହ୍ୱଳ ହୋଇ ହାଉଁ ହାଉଁ କାନ୍ଦିଲେ।
"ଆହା, ମୋ ସହଣିକ ଠାକୁର, କି ଛାର ସେବାକାରି ପାଇଁ କେତେ ପ୍ରଭୁପଣ? ମୁଁ
ପରା କିଙ୍କର ପାଇଁ କେତେ ମମତା, କେତେ ସ୍ନେହ। ମୁଁ ନଖାଇଲେ ମୋ ପ୍ରଭୁର
ମଣୋହି ହଉନାହିଁ।" ସେଇଠୁ ଉଠି ଛଳଛଳ ଆଖିରେ ଲୁଣିଆ ଲୁହମିଶା ଅନ୍ନ କିଛି
ସେବା କଲେ ମହାପାତ୍ରେ। ସାରାରାତି ଅଣ୍ଟ ପଲକରେ ବିତିଗଲା।

ସକାଳ ପାହୁ ପାହୁ ତରବରରେ ଗାଧୁଆ ସାରି ତିଳିଛ ମହାପାତ୍ରେ ସିଂହଦ୍ୱାରେ
ପହଞ୍ଚିଲା ବେଳକୁ ରଜା ନଖରରେ କାହାଳିଆ ଛାଉଁଛଡ଼ ଫୁଙ୍କୁଛି। ରଜାକୁ ମଧ ରାତିଯାକ
ନିଦ ନାହିଁ। ମୁଷ୍ଠିଆମାରି, ମହାପାତ୍ରେ କରଯୋଦି ଠିଆ ହୋଇଛନ୍ତି କି ନାହିଁ ଗଜପତି
ଆସି ପହଞ୍ଚିଗଲା। ଚାହିଁଲା କଟମଟ ମହାପାତ୍ରଙ୍କୁ। ଗାଧୋଇପାଧୋଇ ପ୍ରଭୁ ସେବକ
ଝଟକୁଥାନ୍ତି। ମୁହଁରେ ଅଖଣ୍ଡ ବିଶ୍ୱାସର ମୃଦୁ ମଧୁର ହସ। ତାଙ୍କ ଟୁମା ଟୁମା ଆଖି,
ଦାଉ ଦାଉ ମୁହଁ, ରଜା ଦେଖି ଚମକିପଡ଼ିଲା। ସ୍ୱର ବଳେ ନରମି ଗଲା " ଚାଲ
ମହାପାତ୍ରେ, ଠାକୁରଙ୍କୁ ଦର୍ଶନ କରାଅ।"

କୋଲପ ଫୁଟିଲା। ରାଜା ଆଦେଶରେ ଦିହୁଡ଼ି ଲାଗିଲା। ଗମ୍ଭିରାକୁ ବିଜେ
କଲେ ଗଜପତି ପରମ ସନ୍ଦେହରେ ଏବଂ ତିଳିଛ ମହାପାତ୍ରେ ଗଭୀର ବିଶ୍ୱାସରେ।
ଗଜପତିର ବୁକ୍ ଉଦ୍‌ବେଗରେ ଧଡଧଡ ପଡ଼ଥାଏ ଉଠ୍‌ଥାଏ। ମହାପାତ୍ରେ କିନ୍ତୁ ନିଷ୍କଳ।
କୌଣସି କେନ୍ଦ୍ରରେ ଟିକିଏ ହେଲେ କମ୍ପନ ନାହିଁ। ଦୁହୁଡ଼ି ଟେକାହେଲା। ଗଜପତି
ଠାକୁରଙ୍କ ପଞ୍ଚପଟେ ରହି ଚାହିଁଲା। ଆଖି ମିଟିକାମାରି ପୁନି ଚାହିଁଲା। କଳା ଭଁରିଠୁ
ବଳି ମହମହ ବାସୁଥିବା ଗୋଛାଏ କେଶ ପ୍ରଭୁଙ୍କର କଟି ଦେଶ ପର୍ଯ୍ୟନ୍ତ ଲମ୍ବିଥିବାର
ଦେଖି ଗଜପତି ସ୍ଥାଣୁପରି ଘଡ଼ିଏ ଠିଅରହିଗଲା। ମହାପାତ୍ରେ ଥରେ ଚାହିଁଦେଇ ଆଖି
ବୁଜିଦେଲେ ବାଡ଼ ଉପରକୁ। ମାନଉଦ୍ଧାରଣ ରୂପ ସ୍ୱଚକ୍ଷୁରେ ଦେଖି ତାଙ୍କ ପ୍ରାଣ ପୁଲକି
ଉଠୁଥାଏ। ଉଲ୍ଲସି ଉଠୁଥାଏ ହିଆ।

ଗଜପତି ପୁନି କେମିତି କାଠେଇ ଗଲା ଏଇଟା ଜଡ କରାଲରେ ଖଣ୍ଜା ବାଲ ନୁହେଁ
ତ? ହାତ ବଢ଼େଇଲା ପରୀକ୍ଷା କରିବାକୁ ଅବିଶ୍ୱାସୀ ରଜା। ଅଧମ, ଢିଙ୍କି ଦେବ କି ଆଉ !

"ଆହା, ଆହା"– କହି ଚିକ୍ଲାର କରିଉଠିଲେ ତିଳିଛ ମହାପାତ୍ର। ପୁଞ୍ଜିଏ
କେଶ ଉପାଡ଼ି ଆଣି ହାତରେ ଧରି କାଠପରି ଠିଆ ହୋଇଗଲା ଗଜପତି। ଥରିଲା ଠକ
ଠକ ହେଇ। ଆଖିରେ ମଟକା ନ ପକେଇ ଚାହିଁ ରହିଲା ଶ୍ରୀମୁଖକୁ। ଚିତା ପାଖରୁ
ଧାରେ ରକ୍ତ ବୋହି ଆସୁଛି କପାଳ ପାରିହେଇ ଚକାଡ଼ୋଲା ଉପରକୁ।

'କି କଲୁରେ ଅଧମ– କହି ହାଉଳିଖାଇ କାନ୍ଦି ପକାଇଲେ ମହାପାତ୍ରେ। ଗଭୀର ଯନ୍ତ୍ରଣାରେ, ନିର୍ବାକ ଗଜପତି ଠିଆ ରହିଲା। ହାତ ମନ୍ଦ, ବେକ ନୁଆଁଇ ଠକ୍ ଠକ୍ ଥରୁଥିବା ଦୋଷିଟିଏ।

"ଅପ୍ରାଧ କଲି ମଣିମା। ଅଜ୍ଞାନରେ, ଦର୍ପରେ ଦ୍ରୋହ ଆଚରିଲି।" ତଳକୁ ମୁହଁ ପୋତି ମନକୁ ମନ ସକସକ ହେଉଥାନ୍ତି ପ୍ରତାପରୁଦ୍ର। ଅନୁତାପରେ ଛିନ୍ନଭିନ୍ନ ହେଉଥାନ୍ତି ଖଣ୍ଡ ଖଣ୍ଡ ହୋଇ। ଠାକୁର ମଥାରେ ରକ୍ତ ଦେଖି ତିଳିଛ ମହାପାତ୍ରଙ୍କ ଦଶଦିଗ ଅନ୍ଧାର ଦିଶିଲା। ସେଇଠି ନିଜ ବୁକୁ ବିଦାରି ଦେଇ ଲୋଟିପଡ଼ିବାକୁ ସେ ବିକଳ ହେଉଥାନ୍ତି। "ମୋ ଛାର ଅଧୀନ ପାଇଁ କ'ଣ ନ ହେଲା ଆଜି।"

ଅଧା ହାଣିଖିଆ ମୃଗ ଶିଶୁ ପରି ଛଟପଟ ହେଉଥାନ୍ତି ମହାପାତ୍ରେ।

କେତେବେଳେ ଅବସ୍ଥା ସମ୍ଭାଳିପଡ଼ିଲା। ଗଜପତି ମୁହଁ ଟେକି ଚାହିଁଲା ଶ୍ରୀମୁଖକୁ। ରକ୍ତର ଧାର ଆଉ ଦିଶିଲା ନାହିଁ। ବୁଲି ଚାହିଁଲା। କଳା ଭଅଁର ପରି ସେ କେଶଗୁଚ୍ଛ ଆଉ ଦିଶିଲା ନାହିଁ। ସେ ଗଭୀର ଆଶ୍ୱସ୍ତି, ଆନନ୍ଦ ଏବଂ କୃତଜ୍ଞତାରେ ଆଣ୍ଠୁ ମାଡ଼ି ମୁଣ୍ଡ ଲଗେଇଲା ରତ୍ନ ସିଂହାସନରେ। ମହାପାତ୍ରେ ଚାହିଁଲେ। ଝଲମଲ, ନିର୍ମଳ, ଶ୍ରୀମୁଖରେ ମୃଦୁମୃଦୁ ହସ। ରକ୍ତର ଚିହ୍ନ ନାହିଁ। ବୋଝ ଓହ୍ଲେଇଗଲା ବୁକୁ ଉପରୁ। ସେ ବାହୁ ତୋଳି ଉନ୍ମତ୍ତ ହୋଇ ନାଚି ଉଠିଲେ। ଜାଣିପାରିଲେ ନାହିଁ କେତେବେଳେ ଗଜପତି ତାଙ୍କ ଆଗରେ କରଯୋଡ଼ ହୋଇ ଠିଆ ହୋଇଛି।

ପୋଖରୀଆ ଭିତରୁ ଉଠି ଆସିଲେ ଉଭୟେ ଜଗମୋହନକୁ। ଏ କ'ଣ ମହାପାତ୍ରଙ୍କ ଦର୍ପଣ ପରି ପ୍ରଶସ୍ତ କପାଳ ଉପର ଦେଇ ଝରିଆସିଛି ଧାରେ ରକ୍ତ। ଗୋଟାଏ ମୁହୂର୍ତ୍ତରେ ତାଙ୍କୁ ଦିଶିଗଲା ଭକ୍ତ–ଭଗବାନଙ୍କର ଅଭେଦ ରୂପ। ମହାପାତ୍ରଙ୍କର ପାଦ ଧରି ପଡ଼ିଗଲେ। ମହାପାତ୍ରଙ୍କୁ ସବୁ ଭେଲିକି ପରି ଲାଗୁଥାଏ। ଏ କ'ଣ ସେଇ ଗଜପତି ଯେ କାଲି ଗର୍ଜୁଥିଲା ? ଏ କ'ଣ ସେଇ ତିଳିଛ ମହାପାତ୍ର ଯେ ସଢ଼ି ଯାଉଥିଲା ଗ୍ଲାନି, ଅପରାଧ, ମିଥ୍ୟାରେ। ଚାହିଁଲେ ରତ୍ନ ସିଂହାସନ ଉପରେ ମାନଉଦ୍ଧାରଣ ଭକ୍ତଜନବାନ୍ଧବ ଶରଣ ସୋଦରଙ୍କୁ। ଭାବ ପୁଲକରେ ଦେହ କମ୍ପିଲା। ତାଙ୍କୁ ମନ ଭିତରେ ଶୁଭିଲା– "ମୋତେ ଆଉକି ଜାଣିଲେ ମୁଁ ସମ୍ଭାଳିବାକୁ ସମର୍ଥ। ମୋ ସେବକର ମାନ ରକ୍ଷା ପାଇଁ ମୁଁ ପଣ କରିଛି। ତାକୁ ଆଉଥାଳ କରିବାକୁ ମୋ ଚକ୍ର, ତା'ର କୀର୍ତ୍ତି ଉଡ଼େଇବା ପାଇଁ ମୋ ବାନା। ମୁଁ ଗୋଟିଏ ପଣେ, ତା'ରି ତା'ରି।"

ଅବକାଶ ପାଇଁ ମୃଦଙ୍ଗ କାହାଳୀ ଖୋଲ କରତାଳରେ ତୁମୁଲ କୀର୍ତ୍ତନରେ ମହାପାତ୍ରଙ୍କ ଆଖି ଘୋଡ଼େଇ ହୋଇ ଆସିଲା।

ଦୀନବନ୍ଧୁ ଦାସ

ସେଦିନ ଦାସଙ୍କ ଘରେ ବିପତ୍ତି କହିଲେ ନ ସରେ। ଏଡ଼େ ଗୁଣବନ୍ତ ପୁଅ ଜିଅନ୍ତେ ପୋଷିଥାଆନ୍ତା, ମରନ୍ତେ ପାଣିଦେଇଥାଆନ୍ତା। କ'ଣ ନା, ଠୋ କିନା ମରିଗଲା। ତାକୁ ସାପ ଦଂଶିଦେଲା। ଘରେ ଦିହୁଡ଼ି ଜଳିଲା ପରି ଭୁଆଶୁଣୀ ବୋହୂ। ସଂସାର କ'ଣ ଜାଣିବା ଆଗରୁ ତା' ମୁଣ୍ଡରୁ ସିନ୍ଦୂର ଲିଭିଗଲା। ଗର୍ଭଧାରିଣୀ ମା' ଅନେଇଥିଲା ବଡ଼ ପୁଅ ପିଣ୍ଡକୁ କାରଣ ହେବ। ଅଁଧାର ରାତିରେ ବାଘ ହାବୁଡ଼ିଗଲା ପରି ଦୀନବନ୍ଧୁ ଦାସ ତାଟକା ହେଇଗଲେ। ତାଙ୍କ ଜ୍ଞାନ ହଜିଗଲା। ଦରିଦ୍ର ଜୀବନରେ କେତେ କଷ୍ଟ ପାରି ନ ହେଇଛି ତାଙ୍କ ଦିହକରେ। ହେଲେ କଷିଲା ଠେଙ୍ଗ କ'ଣ କେବେ ହେଲେ ଦୟା ନାହିଁ? ଏଡ଼େ ବଡ଼ ବିପତ୍ତି ପୁଣି ଭାଗ୍ୟରେ ଲେଖାଥିଲା? ବନସି କଣ୍ଢାର ଶୋଲ ପରି ତାକୁ ସୁଅ ତଡ଼ି ନେଇଗଲା ବଡ଼ିପାଣିରେ ଉଜାଣି କାଟିଲେ। ଧର୍ମକୁ ଆଶ୍ରିତ ଏ ପରିବାର କେବଳ ଗୋଟିଏ ମାତ୍ର ଭରସାରେ ବଞ୍ଚୁଛନ୍ତି। ସେ ହେଲେ ଠାକୁରେ। ସୁଖ ଦୁଃଖ, ମାନ, ଅଭିମାନ, ସଂପଦ ବିପଦରେ ସେଇ ମାତ୍ର ଜଣେ। ତା'ରି ବଳରେ ହମାପେଲି ଆସିଛନ୍ତି ଦୀନବନ୍ଧୁ ଦାସ ଆଜକୁ ପଚାଶ ବର୍ଷ ହେଲା। ଚଢ଼େଇ ଛୁଆ ମୁହଁରେ ଆହାର ଦେଲା ପରି ଦୁଇଟି ପୁଅକୁ କେଡ଼େ କଷ୍ଟରେ ପାଲି ଆଣିଥିଲେ ତା'ର ସାହାଯ୍ୟ ଉପରେ। ଯେଡ଼େ ଗରିବ ହେଲେ ମଧ୍ୟ ଗୃହୀ ହେଲାଥ ତାଙ୍କ ଧର୍ମ ସେ କେବେ ହୁଡ଼ିନାହାନ୍ତି। ତାଙ୍କ ଦୁଆରୁ ଅଭ୍ୟାଗତ କେବେ ଫେରିନାହାନ୍ତି। କେତେଥର ଭଲା, ସେଇପୁଅ ସେଇ ବୋହୂ, ତାଙ୍କ ସ୍ତ୍ରୀ, ସେ ନିଜେ ଓପାସରେ ଶୋଇ ଭୋକିଲା ଅତିଥି ମୁହଁରେ ଆହାର ଯୋଗେଇ ନାହାନ୍ତି? କିନ୍ତୁ ଆଜି ତାଙ୍କ ବଡ଼ପୁଅକୁ ସାପ ଦଂଶିଦେଲା। ଏଇଆ କ'ଣ ପ୍ରଭୁଙ୍କ ଇଚ୍ଛା...? ଦାସଙ୍କ ଦେହ ବାଙ୍କେଇଗଲା କୋହରେ।

"ବିପତ୍ତି ଦେଲ ପ୍ରଭୁ– ତୁମ ଇଚ୍ଛା, ହେଲେ ବଳ ଦିଅ ଜଗନ୍ନାଥ, ନ ହେଲେ ଭାସିଗଲି। ବଳଦିଅ। ବଳଦିଅ। ମନଦୃଢ଼ କରିଦିଅ। ବୁକୁ ପଥର କରିଦିଅ।" ଏଭଳି

ଜପ କରିକରି ଦାସେ ଘରେ ପଶିଲେ। କ'ଣ ବୋଲି କାହାକୁ ବୋଧ କରିବେ ? କାହା ମୁହଁକୁ ଚାହିଁବାକୁ ଆଖିଟେକି ପାରିଲେ ନାହିଁ। କେତେ ସହସ୍ର ଥର ସେମାନଙ୍କୁ ସେ ବୁଝେଇଛନ୍ତି ଶାସ୍ତ୍ର କଥା। ଏ ସଂସାର ଗୋଟାଏ ଖେଳଘର। କେହି କାହାର ନୁହଁନ୍ତି। ସମସ୍ତେ ବାଟୋଇ। ମନ ଛନ୍ଦିବାକୁ ଏକାଟି ଗୋଡ଼ ବାନ୍ଧି ବସିଛନ୍ତି- ବାପ, ଭାଇ ପୁଅ ମାଇପ। ହେଲେ ଆଖି ଉପରକୁ ଘୋଡ଼େଇ ହୋଇ ଆସୁଛି ଧାରା ଶ୍ରାବଣର ମେଘ। କିଛି ଆଉ ଦିଶୁନାହିଁ। ନିଜେ ଟଳମଳ ହେଉଛନ୍ତି ଦାସେ- ଆଉ କାହାକୁ କଣ ବଳଦେବେ ? ସେ ଏକମୁହାଁ ଠାକୁରଘରେ ଯାଇ ହାମୁଡ଼ି ପଡ଼ିଲେ।

କେତେବେଳେ ଧୂଆଁ ଓହେଲଇଗଲା। ମନ ଦମ୍ଭ ଧରିଗଲା। ଦାସେ ଆଖି ତୋଲି ଚାହିଁଲେ। ଠାକୁରେ ତାଙ୍କ ଫାଟୁଙ୍ଗା ପାଟଣୀ ମେଲେଇ ହସୁଛନ୍ତି। ତାଙ୍କ ଆତ୍ମା ଶୀତଳ ହୋଇଗଲା। ସେ ମୁହଁ ବୁଲେଇଲେ। ଆଖିରୁ ଲୁହ ପୋଛି କେତେବେଳେ ଆସି ତାଙ୍କ ପଛରେ ବସିଛନ୍ତି ତାଙ୍କ ସ୍ତ୍ରୀ, ବୋହୂ, ସାନପୁଅ। ସେମାନେ ଓହେଲିଛନ୍ତି ସେଇ ଗୋଟିଏ ସୂତା ଉପରେ। ଧନ୍ୟ ଏ ପୁଣ୍ୟାତ୍ମାମାନେ। ଏ ରୂପ ନେଇ ତାଙ୍କ ଘରେ ଆସି ପରିବାର ଗଢ଼ିଛନ୍ତି। ସେମାନେ ନିର୍ମଳ ଆଖିରେ ଚାହାଁଚାହିଁ ହେଲେ। କଥା କହିଲେ ବନ୍ଧ ଭାଙ୍ଗିଯିବ ବୋଲି ସମସ୍ତଙ୍କର ଭୟ। କିଛି ବେଳ ବସିଲେ ଠାକୁରଙ୍କ ବାହୁ ଛାୟାର ବଟଗଛ ମୂଲେ।

ଏତିକିବେଳେ ତାଙ୍କର ଗାଁ ମୁଣ୍ଡ ନିରୋଲା କୁଢ଼ିଆଟିକୁ ଚମକେଇଲା। ପରି ଶୁଭିଲା 'ଆହେ, କିଏ ଅଛ ଦାତା ଏ ଘରେ- ମୁଠାଏ ଖାଇବାକୁ ଦିଅ-ଭୋକରେ ପ୍ରାଣ ଉଡ଼ିଯାଉଛି।'

ଜାଗ୍ରତ ହୋଇଉଠିଲେ ଦାସଙ୍କ ଅବଶିଷ୍ଟ ପରିବାର। ଦାସେ ଶୁଣିଛନ୍ତି, ସେମାନେ ମଧ୍ୟ ଶୁଣିଛନ୍ତି, ସନ୍ଥମାନଙ୍କ ମୁହଁରୁ ସେ ମନ ଦୃଢ଼ ଥିଲେ ଦିନେ ପ୍ରଭୁ ଆସି ଅତିଥି ରୂପରେ ଦୁଆରେ ଉଭାହେଇଯିବେ। ପୂର୍ବକାଳରେ ଦେବତାମାନଙ୍କୁ କୁହା ହେଇଥିଲା ଅସୁରମାନଙ୍କୁ ଦମନ କର, ନହେଲେ ଦର୍ପୀ ଅହଂକାରୀ ହୋଇଯିବ। କୁହା ହେଇଥିଲା ଦୟାକର, ନହେଲେ ନିଷ୍ଠୁର ହିଂସ୍ର ହୋଇଯିବ ମଣିଷମାନଙ୍କୁ କୁହାଗଲା-ଦାନକର, ନହେଲେ ସାଙ୍କୁଡ଼ିଯିବ, ଜନ୍ତୁ ହୋଇଯିବ। ଦୁର୍ଲଭ ମଣିଷ ଜନ୍ମ ସାର୍ଥକ ହେବ। ତୁମ ଦୁଆରେ ସେ ଅଜ୍ଞାତ ଅତିଥ କିଏ ତୁମେ ଜାଣନା। ତୁମକୁ ଡାକୁଛି ଉଦ୍ଧାର କରିବାକୁ। ତାକୁ ନମସ୍କାର ହୁଅ। ଅତିଥିଦେବ ହୁଅ।

ଦୀନବନ୍ଧୁ ଦାସ ତରବର ହୋଇ ଦୁଆରକୁ ଗଲାବେଳେ ମୁହୂର୍ତ୍ତେ ଠିଆହୋଇ କହିଲେ, "ଏ ସଂସାରକୁ ଆସିବା ଯିବା ମାଲିକର ଇଚ୍ଛା। ତା'ର ମା�1କ ପୁରିଗଲା ସେ ଚାଲିଗଲା। ଆମେ ରହିଗଲେ। ଥବାଯାଏଁ ସାଧୁମତେ ବଞ୍ଚିବା। ଧର୍ମ ହୁଡ଼ିବ

ନାହିଁ। ଦୁଆରେ ଅତିଥି ରୂପରେ ଆଜିପରା ଦିନରେ କିଏ ଆସିଛି କିଏ କହିବ ?"

ସମସ୍ତେ ପ୍ରଭୁ ସ୍ମରଣ କରି ମନକୁ ଦୃଢ଼ କଲେ। ସତକଥା- ଯେ ଗଲା ସେ ତ' ଆଉ ଫେରିବ ନାହିଁ। ଯାହା ବ୍ରତ କରି ମାନି ନେଇଛନ୍ତି, ସେଥିରେ କାହିଁକି ଅବହେଳା କରିବେ ? କିଏ କଣ ଆଜି ଯେ ଅତିଥି ଆସିଛନ୍ତି ସେ କିଏ ?

ଦାସେ ଦୁଆରେ ପହଞ୍ଚ ଦେଖିଲେ ଜଣେ ସନ୍ୟାସୀ ଠିଆ ହୋଇଛନ୍ତି। ବାରମ୍ବାର ପ୍ରଣିପାତ ହୋଇ ଦାସେ ନିସ୍ତରିଲି ନିସ୍ତରିଲି କହି ତାଙ୍କୁ ଚାହିଁଲେ। କୌପୀନବନ୍ତ ସନ୍ୟାସୀ। ହାତରେ କେବଳ ଖଣ୍ଡିଏ ଦଣ୍ଡ ଧରିଥାନ୍ତି। ପାଣିରେ ପଦ୍ମପତ୍ର ପରି ସଂସାରରେ ଡ଼ଲଡ଼ଲ ହେଉଛନ୍ତି ସେ ନିଷ୍ପାପ ରୂପ।

"ଆମେ ପରିବ୍ରାଜକ। ବହୁ ଦୂରରୁ ଆସିଛୁ। ଆମକୁ ଗଣ୍ଡିଏ ଖାଇବାକୁ ଦେଇ ପାରିବ ?"

"ଯଥାଶକ୍ତି ଆପଣଙ୍କ ସେବା କରିବି।" ବଦ୍ଧାଞ୍ଜଳି ହୋଇ ଦାସେ ଏତକ କହିଲାବେଳେ ମନରେ ଛାୟାଟିଏ ପଶରିଗଲା। ଘରେ ମୃତାହ ଅଶୁଚି। ଅନ୍ନ ଛୁଇଁଲେ ମାରା। କିଭଳି କଥା ଗୋପନରଖି ଏ ପବିତ୍ର ପୁରୁଷଙ୍କୁ ଖାଇବାକୁ ଦେବେ ?

ମନରେ ଦୋଦୋପାଞ୍ଚ ହୋଇ ଦାନ କଲେ ଫଳ ମିଳେନାହିଁ। ସନ୍ୟାସୀ ତାଙ୍କ ଭିତରର ଦ୍ୱନ୍ଦ୍ୱ ବୁଝି ଉତ୍ତର ଦେଲା ପରି ଶୁଭିଲା। ସେ ସ୍ଥିର ସଂକଳ୍ପ ହୋଇ ପିଣ୍ଡା ଉପରେ ଅତିଥିଙ୍କ ପାଇଁ ଆସନ ନିର୍ଦ୍ଦେଶ କରି ଭିତରକୁ ଯାଉଛନ୍ତି, ପଛରୁ ଶୁଭିଲା-

"ଆଉ ଶୁଣ, ବହୁଦିନରୁ ଆମିଷ ଖାଇବାକୁ ଆମର ଇଚ୍ଛା। ଆଜି ତୁମ ଘରେ ଖାଇବା। ଆମିଷ ନ ହେଲେ ବରଂ ଆମେ ଯାଉଛୁ।"

ଦାସଙ୍କ ଭୁରୁ କୁଞ୍ଚେଇ ଗଲା। ଘୋର ଅନୀତି କଥା। ଘର ମଡ଼ା ପଡ଼ିଛି। ଚୁଲା ଲାଗିବା ବିଧ୍ ନୁହେଁ। ସେଥିରେ ପୁଣି ଆମିଷ ରନ୍ଧା ହେବ ?

"ତା'ହେଲେ ଆମେ ଯାଉଛୁ।"

"ନାଇଁ ନାଇଁ, ଆପଣ ଆସି ମୋ ଦୁଆରୁ ନିରାଶ ହୋଇ ଫେରିଗଲେ ଆମେ ବଞ୍ଚ ଆଉ କି ଲାଭ ! ଆପଣଙ୍କ ଇଚ୍ଛା ପୂରଣ ହେବ।"

"ଆମେ ତୁମକୁ କଲ୍ୟାଣ କରୁଛୁ। ତୁମର ସର୍ବଶୁଭ ହେବ। ତୁମେ ଶୀଘ୍ର ଭୋଜନ ପ୍ରସ୍ତୁତ କର।"

ଘର ଭିତରକୁ ଯାଇ ଦୀନବନ୍ଧୁ ଦାସ ସବୁ ବିସ୍ତାର କରି କହିଲେ। ବୁଝାଇଦେଲେ ଯେ ଅତିଥି ଫେରିବେ ନାହିଁ। ସମସ୍ତେ ବୁଝିଗଲେ। ଦାସଙ୍କ ପରିବାରରେ କେହି ସେଭଳି ନାହିଁ ଯେ ଏ ପୁଣ୍ୟ କାର୍ଯ୍ୟର ବିରୋଧ କରିବ। ତା ବାହାରେ କିଏ ଜାଣେ, ଆଜିର ଅତିଥି ରୂପରେ କିଏ ବିଜେ କରିଛନ୍ତି ?

ମଲାପୁଅକୁ ପଟି ଖଣ୍ଡିକରେ ଗୁଡ଼େଇ ଦାସେ ଗୋଟାଏ କୋଣକୁ ଲୁଚେଇ ରଖିଦେଲେ। ଘର ଧୁଆଧୋଇ ହୋଇଗଲା। ଚଞ୍ଚଳ ଶୌଚହୋଇ ଶାଶୁ ବୋହୁ ରନ୍ଧାଘରେ ପଶିଲେ। ପୁଅ ଗଲା ଆମିଷ ପାଇଁ। ଦାସେ କଦଳୀ ପତ୍ର କାଟିବା ପାଇଁ ବାଡ଼ିକୁ ଗଲେ।

ଯଥା ସମୟରେ ସବୁ ପ୍ରସ୍ତୁତ ହୋଇଗଲା। ମନ ଭିତରେ ବାଘ ଶୋଇଲା ପରି ଲୁଚିରହିଥାଏ ପୁତ୍ରଶୋକ। ମାଟିଗଲେ ସେ ଲହୁଲୁହାଣ କରିପକେଇବେ। କିନ୍ତୁ କେମିତି କେଜାଣି ସେ ଜମା ଉଠୁନଥାଏ। ଘରେ କେବଳ ଦୀନବନ୍ଧୁ ଦାସ ନୁହନ୍ତି ଆଉ ସମସ୍ତଙ୍କୁ ମଧ୍ୟ ଲାଗୁଥାଏ ଯେ ବଡ଼ପୁଅ ଶୋଇଚି। କେହି ଆଉ ସେ ଆଡ଼କୁ ମନ ଦେଉନଥାନ୍ତି। ନିଜେ ନିଜେ ବିସ୍ମିତ ହେଉଥାନ୍ତି ସମସ୍ତେ ଏ ଘଟଣାରେ। ଦୌବାତ୍ ପଟି ଗୁଡ଼ା ହୋଇଥିବା ମଡ଼ାଟିକୁ ଦେଖି ଦେଲେ ମଧ୍ୟ ବିଶ୍ୱାସ ହେଉନଥିଲା ଯେ ସେ ସତକୁସତ ମରିଯାଇଛି। କାଳୁଆ ବଧିରା ହୋଇଯାଇଥାଏ ଭିତର। ସ୍ୱପ୍ନପରି ଲାଗୁଥାଏ। ସମସ୍ତେ ସେଇଭଳି ପହରୁଥାନ୍ତି। କାମ ଚାଲିଥାଏ। ଦାସେ ପାଣିଥାଳ ଧରି ପିଣ୍ଡାକୁ ଗଲେ। ସନ୍ନ୍ୟାସୀ ସ୍ଥିର ହୋଇ ଆଖିବୁଜି ବସିଥାନ୍ତି। ଦାସେ ଚାହିଁଲେ ସେ ମୁହଁକୁ, ସେ ଦେହକୁ। ତାଙ୍କୁ ଅପୂର୍ବ ପରି ଲାଗିଲା। କିଏ ଏ ଅତିଥି? ଏଭଳି ଭାବନା ମନକୁ ଆସିଛି ନା ନାହିଁ ଆଖି ଫିଟିଗଲା। ସେ ଦାସଙ୍କୁ ଚାହିଁ ଅଳ୍ପ ହସି ପଚାରିଲେ-

"କ'ଣ ଭୋଜନ ପ୍ରସ୍ତୁତ ହୋଇଗଲା?"

"କିବା ଭୋଜନ ଏ ଅଧମ ଆପଣଙ୍କ ସେବାରେ ଦେଇପାରିବ? ମୁହଁ ଧୋଇ ବିଜେ କରିବା ହୁଅନ୍ତୁ।"

"ଆମେ ସଦାଶୁଚି-କିଛି ଧୋଇବା ପ୍ରୟୋଜନ ନାହିଁ। ଚାଲ କୋଉଠି ଭୋଜନ ଥୋଇଛ।"

ଦାସେ ବାଟ କଡ଼େଇ ନେଲେ। ରନ୍ଧାଘରକୁ ଲାଗି ପା' ଭାଗରେ ଠାଆ ହୋଇଥାଏ।

ଦେଖିବାମାତ୍ରେ ସନ୍ନ୍ୟାସୀ କହିଲେ- 'ଏ କ'ଣ ଅନ୍ନଶାଳା-ଯେଉଁଠି କରଡ଼ି ଦେଇ ଅନ୍ନ କିଣାଯାଏ? ଏ ପରା ଗୃହସ୍ଥର ଯଜ୍ଞଶାଳା। ଏଠି ସମସ୍ତେ ଏକାଠି ବସି ଭୋଜନ କରିବା ବିଧି।" ଅଳ୍ପ ହସି ପୁଣି କହିଲେ- "ଆହାରରେ ବିଷ ପ୍ରୟୋଗ କରିବାକୁ ଥିଲେ ଏଇଭଳି ଜଣକୁ ଅଲଗା କରି ଖାଇବାକୁ ଦିଆଯାଏ?"

କଥାଶୁଣି ସମସ୍ତେ ଚାହାଁଁଚାହିଁ ହେଲେ। ନିରୁପାୟ ପରିବାର ଅଗତ୍ୟା ଆଉ ଚାରୋଟି ପତ୍ର ବାଢ଼ି ଅତିଥିଙ୍କ ସହିତ ବସିଲେ।

ଗଭୀର ସନ୍ତୋଷରେ ସନ୍ନ୍ୟାସୀ ଚାହିଁଲେ। ହଠାତ୍ କହିଲେ- "ତୁମେ ଆମ

ସହିତ କପଟ କରୁଛ । ଆମେ ଅନ୍ନ ସ୍ପର୍ଶ କରିବୁ ନାହିଁ । ତୁମେ ନିଜ ପତ୍ରରେ କାହିଁକି ଆମିଷ ବାଢ଼ି ନାହିଁ ?"

ଆମିଷ ବଢ଼ାହେଲା । କିନ୍ତୁ ଦାସେ ମନରେ ଏତେ ଦୃଢ଼ ଆଉ ରହିପାରିଲେ ନାହିଁ । ଅତିଥି ସେବା ଅବଶ୍ୟ ତାଙ୍କ ଧର୍ମ । ଘରେ ବଡ଼ ପୁଅ ମରିପଡ଼ିଥିଲେ ସୁଦ୍ଧା ସେ କର୍ତ୍ତବ୍ୟ କରିଛନ୍ତି । ହେଲେ କ୍ରିୟା ନକରି କେମିତି ସେ ଏଡ଼େ ବଡ଼ ଅନୀତି କରିବେ ? ଆତ୍ମାର ସଦ୍‌ଗତି ପାଇଁ ସଂସ୍କାର କରିବା ବିଧ୍ୟ । ସେ ହାତ ଟେକି ବସିଥାନ୍ତି ।

ଶେଷକୁ ଆଉ ସମ୍ଭାଳିପାରିଲେ ନାହିଁ । କହିଲେ- "ହେ ଅତିଥିଦେବ ! ଆପଣଙ୍କୁ ଶତ ଶତ ପ୍ରଣାମ । ଆପଣଙ୍କ କୃପାରୁ ଆମେ ବିପତ୍ତିରେ ବିହ୍ୱଳ ନହୋଇ ଆପଣଙ୍କ ସେବା କରିପାରିଛୁ ଏହା ଆମର ପରମ ଭାଗ୍ୟର କଥା । କିନ୍ତୁ ସାମାଜିକ ବିଧାନ ରହିଛି, ଆମେ ଆମିଷ ଭୋଜନ କରିପାରିବୁ ନାହିଁ । ଆଜି ସକାଳୁ ଆମର ବଡ଼ପୁଅକୁ ସାପ କାମୁଡ଼ି ଦେଇଛି । ତା'ର ଶବ ସଂସ୍କାର ହୋଇନାହିଁ ।"

ମୁଣ୍ଡ ତଳକୁ ପୋତି ଚାରିଜଣ ବସିରହିଲେ । ହୁଡ଼ା ହୁଡ଼ା ହୋଇ ପାରିହୋଇଗଲା କଳା କଳା ମେଘ । ସନ୍ନ୍ୟାସୀ କହିଲେ- "ଏକଥା ଏ‌ଯାଏଁ କାହିଁକି ନକହି ରହିଥିଲ ? ତାକୁ ଆଣ- ଆମେ ଦେଖିଲେ ସିନା ବିଶ୍ୱାସ ‌ଯିବା ।"

ଦାସଙ୍କ ଆତ୍ମା-ପଞ୍ଜୁରୀ ଦୋହଲିଲା । ସେ କାତର ହୋଇ ମନେ ମନେ ଡାକି ଲାଗିଲେ, 'ଏମିତି କ'ଣ ପରୀକ୍ଷା କରା‌ଯାଏ ପ୍ରଭୁ ! ଅଜ୍ଞାନ ମଣିଷ । ଦୁର୍ବଳ ମନ । ହୃଦୟ ବିଦାରି ହୋଇ‌ଯିବ । ଦମ୍ଭ ଧରି ରହିହେବ ନାହିଁ । ସମ୍ଭାଳି ‌ଯାଅ ପ୍ରଭୁ । ଶକ୍ତି ଦିଅ !'

ପିଣ୍ଡଟିକୁ ଆଣି ଶୁଆଇ ଦିଆହେଲା । ପତି ‌ଫିଟିଗଲାରୁ ‌ଯେ ‌ଯାହା କୋହ ସମ୍ଭାଳି ବସି ରହିଲେ । ଆଶ୍ରୟ ନେଲେ ବିଶ୍ୱାସରେ । ହଠାତ୍‌ ଆଖିକୁ ଆସିଲା ନୂଆ ଦୃଷ୍ଟି । ମନକୁ ଆସିଲା ନୂଆ ବଳ । ଶବ ଦିଶିଲା ଶବପରି । ‌ଯାହା ସବୁ ଦୋହଲୁଥିଲା ସ୍ଥିର ହୋଇଗଲା । ମେଘାଚ୍ଛନ୍ନ ଆକାଶ ନିର୍ମଳ ହୋଇଗଲା । କ'ଣ ହେଲା, କେମିତି ହେଲା, କାହାକୁ ଜଣାଗଲା ନାହିଁ । ସମସ୍ତେ ଦେଖିଲେ ‌ଯେ ସନ୍ନ୍ୟାସୀ ତାଙ୍କୁ ଚାହିଁ ଅଳ୍ପ ଅଳ୍ପ ମଧୁରିଆ ହସ ହସୁଛନ୍ତି ।

କଟୁ ପରିହାସ କଲା ପରି ଶୁଭିଲା- "ତୁମେ ପରା ବାପ ! ବଡ଼ ପୁଅ ମରିଶୋଇଛି । ତୁମେ ଏଡ଼େ ନିର୍ମମ, ଏଡ଼ିକି ନିଷ୍ଠୁର ‌ଯେ ଆମିଷ ଅନ୍ନ ଭୁଞ୍ଜିବସିଛ । ତୁମ ତୁଣ୍ଡକୁ ହାତ ‌ଯାଆନ୍ତା କିପରି ?"

ଏଭଳି ପରିହାସରେ ଆହତ ହେଲେ ନାହିଁ ଦୀନବନ୍ଧୁ ଦାସ । ତାଙ୍କୁ ବାଧିଲା ନାହିଁ । ସେ ଧୀର ସ୍ଥିର ହୋଇ ସନ୍ନ୍ୟାସୀଙ୍କ ମୁହଁକୁ ଚାହିଁ କହିଲେ- "ମୁଁ ଜ୍ଞାନୀ ନୁହେଁ ।

ଏ ସଂସାର ବେଭାର ବଡ଼ ବିଚିତ୍ର। ଏ ରହସ୍ୟ ବୁଝିବା ମୋ ଆୟତ୍ତରେ ନାହିଁ। ମୋତେ ଯାହା ଦିଶୁଛି ଶୁଣନ୍ତୁ। ଫଗୁଣ ମାସରେ ଆୟ ବଉଲେ। ପତ୍ର ଦିଶେ ନାହିଁ। ତା' ରତୁରେ ବଉଲ ଆସେ। କୋଟି କୋଟି ଫୁଲ କଢ଼ରୁ କିଏ ରହେ କିଏ ଯାଏ। ଯେ ଡେଙ୍କରେ ଲାଗିରହିଲା ତାକୁ ଗଛ ବାରଣ କରେ ନାହିଁ। ଯେ ପବନରେ ଝଡ଼ିଗଲା, କୁହୁଡ଼ିରେ ମଉଳିଗଲା, ତାକୁ ରଖିପାରେ ନାହିଁ। ଗଛର ଅଣାୟତ୍ତରେ ଯେମିତି ବଉଲ ଆସିଥିଲା, ସେମିତି ଅଣାୟତ୍ତରେ ଝଡ଼ିଗଲା। ସେଥୁରୁ ଗଛର କିବା କର୍ତ୍ତବ୍ୟ ? ଗଛ ତ ଗଛ ହୋଇ ରହିବ।"

ସନ୍ୟାସୀ ସେମିତି ହସି ହସି ଚାହିଁଲେ ମା'କୁ– "ତୁମେ ଗର୍ଭଧାରିଣୀ। ଦଶମାସ ବୋହିଛ। ରକ୍ତ ମାଂସ ଦେଇ ଏ ପିଣ୍ଡ ଗଢ଼ିଛ। ତୁମର ହୃଦୟ କିପରି ସମ୍ଭାଳିଲା। ବଡ଼ପୁଅ ପରି ଶୋଇଛି, ତୁମେ ଆମିଷ ବାଢ଼ି ବସିଛ, ଖାଇବ ବୋଲି। ସଂସାରରେ ଲୋକେ କ'ଣ କହିବେ।"

ସେ ଚାହିଁଲେ ସନ୍ୟାସୀଙ୍କୁ। ସ୍ଥିର ଆଖି। ନିଷ୍କମ୍ପ ସ୍ୱର। କହିଲେ– "ହେ ଅତିଥି ତୁମକୁ ନମସ୍କାର। ଲୌକିକ ବ୍ୟବହାରରେ ସେ ମୋ ପୁଅ ମୁଁ ତା' ମା'। କିନ୍ତୁ ଏଟି କିଏ କାହାର ? ଯେ ଯାହା ବାଟରେ ଅଛନ୍ତି ଏଟି ଖେଳ ସାରି ଚାଲିଯାନ୍ତି। କୁମ୍ଭାରଚକ ବୁଲୁଥାଏ। ସେ କଣ୍ଢାମାଟି ପିଣ୍ଡରୁ କଲସୀ ଗଢ଼ିହୁଏ। ଲାହି କାଟିଲାପରି ତାକୁ ଆଣି ଅଲଗା ଥୋଇଦିଏ ସେ। ସେଥୁରୁ କିଏ ସେଇଠି ଭାଙ୍ଗିଯାଏ। ଆଉ କିଏ ଶୁଖିବା ଯାଏଁ ରହେ– ପୁଣି ଭାଙ୍ଗିଯାଏ। କିଏ ପୋଡ଼ କାଇ ବାହାରେ, ତେବେ ସୁଦ୍ଧା ଭାଙ୍ଗିଯାଏ। ଚକ ଉପରୁ କାଟିନେଲା ଉଭାରୁ କଲସୀ ଯେ ଯାହା ଭାଗ୍ୟ ନେଇ ବାହାରିଲେ ସେଥିରେ କୁମ୍ଭାରଚକର କ'ଣ ଥାଏ ?"

ସନ୍ୟାସୀଙ୍କ ଆଖି ମୁହଁ ଉଜ୍ଜଳିଉଠିଲା। ସେ ଭାଇକୁ ଚାହିଁ କହିଲେ– "କିହେ, ତୁମେ ପରା ସହୋଦର ! କେତେ ସ୍ନେହ ଆଦର ସେ ତୁମକୁ ନ ଦେଇଛି– ତୁମେ କେମିତି ସେସବୁ ଭୁଲିଗଲ ? କେମିତି ଭଲା ଭାଇକୁ ଆଡ଼ କରିଦେଇ ବସିଛ ଅନ୍ନ ଖାଇବାକୁ ?"

ଅଙ୍ଗ ବୟସର ତରୁଣ ଗମ୍ଭୀର ହୋଇ ଚାହିଁଲା ମୃତପିଣ୍ଡକୁ। ଚାହିଁଲା ସନ୍ୟାସୀଙ୍କୁ। କହିଲା– "ହାଟ ଭିତରେ ସହସ୍ର ଲୋକ। ପାଖେ ପାଖେ ପସରା ମେଲି ବସିଲେ, ଅଚିହ୍ନା ବେପାରୀ ମଧ ଭାଇ ଭାଇ ଡକାଡକି ହୁଅନ୍ତି। ପସରା ଉଠିଗଲେ ସେ ଭିତରୁ ଜଣେ ତା' ବାଟରେ ଚାଲିଯାଏ। ଆଉ ଜଣକର ଉଠିବାକୁ ଚାରା ନଥାଏ। ତା' ପସରାକୁ ଜଗି ସେ ବସିରହେ। ତା'ର ଆଉ ଉପାୟ କ'ଣ ?"

ସନ୍ୟାସୀ ଚାହିଁଲେ ବୋହୂ ମୁହଁକୁ। କ୍ଲାନ୍ତ ଅଥଚ ଧୀର ଗମ୍ଭୀର ମୁହଁଟିଏ।

ଆଖିରେ ପ୍ରାଞ୍ଜଳ ଦୃଷ୍ଟି । ସନ୍ୟାସୀ କହିଲେ– "ପ୍ରଥମ ଯୌବନରେ ସ୍ୱାମୀକୁ ହରାଇବା ଭଳି ଦୁର୍ଭାଗ୍ୟ ସ୍ତ୍ରୀ ପକ୍ଷରେ ଆଉ କିଛି ନାହିଁ । ସ୍ତ୍ରୀ ସହଧର୍ମିଣୀ । ସ୍ୱାମୀ ତା'ର ସର୍ବସ୍ୱ । ଦାମ୍ପତ୍ୟ ପ୍ରେମଠାରୁ ବଳି ଘନିଷ୍ଠ ସମ୍ପର୍କ ଆଉ ନାହିଁ । ଏହା ବଡ଼ ଆଶ୍ଚର୍ଯ୍ୟର କଥା ଯେ ପତି ବିୟୋଗରେ ତୋ ମନରେ କୌଣସି ଦୁଃଖ ନାହିଁ । ବରଂ ସ୍ୱାମୀର ଶବ ସଂସ୍କାର ପର୍ଯ୍ୟନ୍ତ ମଧ ଧୈର୍ଯ୍ୟ ନରଖି ତୁ ଆମିଷାନ୍ନ ଭୋଜନ କରିବାକୁ ବସିଛୁ ।"

ଖୁବ୍ ସରଳ ନିରାଡ଼ମ୍ବର ଭଙ୍ଗୀରେ ଯୁବତୀ କହିଲା – "ହେ ମହାତ୍ମା, ତୁମେ କିଏ ଆଜି ଅତିଥି ରୂପରେ ଆସି ବିଜେ କରିଛ ମୁଁ ଜାଣେ ନାହିଁ । ତୁମକୁ ଏଠି ପାଇଲା ଭଳି ସବୁ ସମ୍ପର୍କ ଏ ସଂସାରରେ ଅକସ୍ମିକ । ପ୍ରବଳ ନଦୀ ସ୍ରୋତରେ ଦୁଇଖଣ୍ଡି କାଠ ଲଗାଲଗି ଭାସିଯାଉଥାଏ । ବାଟରେ ସେଥୁରୁ ଖଣ୍ଡିଏ ଲତା ଜାଲରେ ଛନ୍ଦି ହୋଇଯାଏ, ଅନ୍ୟଟି ଭାସିଯାଏ ସ୍ରୋତରେ । କେହି କାହାପାଇଁ ଦାୟୀ ନୁହଁନ୍ତି । କେହି କାହାପାଇଁ ଅପେକ୍ଷା କରନ୍ତି ନାହିଁ ।"

ସନ୍ୟାସୀଙ୍କ ମୁଖମଣ୍ଡଳ ଉଜ୍ଜ୍ୱଳ ହୋଇଉଠିଲା । ସେ କାହାକୁ କିଛି ନକହି ଊର୍ଦ୍ଧ୍ୱକୁ ସ୍ଥିର ଦୃଷ୍ଟିରେ କିଛି ସମୟ ଚାହିଁଲେ । ଆଖି ଦୁଇଟି ତାଙ୍କର ଅଭୁତ ଶୀତଳ ଆଲୋକରେ ଭରିଗଲା । ସେ ନୀରବ ଅମୃତ ଦୃଷ୍ଟି ବର୍ଷିଗଲେ ମରି ଶୋଇଥିବା ବଡ଼ପୁଅ ଉପରେ । ଥିର ଥିର ଜୀବନ ପଲ୍ଲବି ଆସିଲା । ନିଶ୍ୱାସ ବୋହିଲା । ଆଖି ଫିଟିଗଲା । ନିଦରୁ ଉଠିଲା ପରି ସେ ଉଠିବସିଲା । ଚାହିଁଲା ବିସ୍ମୟରେ ସମସ୍ତଙ୍କୁ ସମସ୍ତେ ତାକୁ ଚାହିଁ ରହିଲେ ନିଷ୍ପଳକ । ସନ୍ୟାସୀ ମୃଦୁମଧୁର ହସଭିତରେ ପଚାରିଲେ– "ଆଃ଼ ଦେଖ, ତୁମ ପରିବାର କ'ଣ କରୁଥିଲେ ? ଆଜି ସକାଳୁ ତୁମକୁ ସର୍ପାଘାତ ହେବା ପରେ ତୁମର ମୃତ୍ୟୁ ହୋଇଥିଲା । ତୁମର ନିର୍ଜୀବ ଦେହକୁ ଲୁଚାଇଦେଇ ଏମାନେ ସମସ୍ତେ ଏକାଠି ଆମିଷାନ୍ନ ଭୋଜନ କରିବାକୁ ବସିଛନ୍ତି– ତୁମେ କ'ଣ ଏମାନଙ୍କୁ ଏବେ ମଧ ସ୍ୱଜନ ବୋଲି ବିଶ୍ୱାସ କରୁଛ ?"

ଅଚିହ୍ନା ପ୍ରବାସୀ ନୂଆ ରାଜ୍ୟରେ ତଟସ୍ଥ ହେଲାପରି ସେ ଚାରିଆଡ଼କୁ ଚାହିଁଲା । ତା' ଆଖିରୁ ନିଦ ଓହ୍ଲେଇ ନଥାଏ । କହିଲା– "ସ୍ୱଜନ କିଏ ? ସହଯାତ୍ରୀ ବା କିଏ ? ଗଛ ଛାଇରେ ହାଲିଆ ମାରିବାକୁ ବାଟୋଇମାନେ ଏକାଠି ବସନ୍ତି । ଯେ ଯାହା ଗରଜ ବେଳ ଦେଖି ଉଠି ଚାଲିଯାଏ । ଗୋଟି ଗୋଟି ହୋଇ ସବୁ ବାଟୋଇ ଉଠିଯାନ୍ତି, ପୁଣି ନୂଆ ବାଟୋଇ ଆସନ୍ତି । ସେମାନେ ବି ଯାଆନ୍ତି । ଏମିତି ଚାଲିଥାଏ– ଗଛଥାଏ, ଗଛ ଛାଇଥାଏ– ସଂସାର ଥାଏ । ଆମେ ବାଟୋଇ– ଆସୁ ଏବଂ ଯାଉ ।"

ସନ୍ୟାସୀ ପ୍ରସନ୍ନ ମୁଦ୍ରାରେ ଦୀନବନ୍ଧୁ ଦାସଙ୍କର ଆଷ୍ଟ୍ର ପରିବାରକୁ ଦୁଇହାତ ଟେକି ଆଶୀର୍ବାଦ ଦେଲେ । ଗଦ୍ଗଦ କଣ୍ଠରେ କହିଲେ– "ତୁମେ ସମସ୍ତେ ଜୀବନ୍ମୁକ୍ତ ।

ତୁମ ହୃଦୟରେ ଯେଉଁ ଦିବ୍ୟଜ୍ଞାନ ବିକଶିତ ହୋଇଛି ତାକୁ ସ୍ମରଣ ରଖ। ତାହାହିଁ ତୁମର ଗୁରୁମନ୍ତ୍ର। ଯେତେଦିନ ସଂସାରରେ ଥିବ ତୁମର ସଂସାର ଘାରିବ ନାହିଁ। ତୁମ ଦୃଷ୍ଟି ନିର୍ମଳ ରହିବ, ମନ ସ୍ଥିର ରହିବ। ପରମାଶ୍ରୟ ପାଇ ତୁମେମାନେ ଧନ୍ୟ ହୋଇଛ। ଆମେ ତୁମ୍ଭଙ୍କୁ ପରୀକ୍ଷା କରୁଥିଲୁ। ତୁମପରି ନିର୍ମଳ ଆତ୍ମା ସଂସାରରେ ଦୁର୍ଲଭ।"

ସନ୍ୟାସୀଙ୍କ ସ୍ୱର ଆସ୍ତେ ଅପସରି ଗଲା। ରୂପ ଲିଭିଆସିଲା। ଦୀନବନ୍ଧୁ ଦାସଙ୍କ ଧ୍ୟାନ ଭଙ୍ଗ ହେଲା। ସେ ଚମକିପଡ଼ି ପ୍ରଣିପାତ ହେଲେ। ସମସ୍ତେ ସ୍ୱପ୍ନରୁ ଉଠିଲା। ପରି ଚଞ୍ଚଳ ସଚେତନ ହୋଇ ପ୍ରଣିପାତ ହେଲେ।

ଆନନ୍ଦରେ ଦୀନବନ୍ଧୁ ଦାସଙ୍କ ଆଖି ଛଳଛଳ। ବାପ-ମା' ପୁଅ-ବୋହୂ ସମସ୍ତେ ବିଭୋର ହୋଇ କୋଳାକୋଳି ହେଲେ। ଜୀବନ ସାର୍ଥକ ମଣିଲେ। ସବୁ ଜଣାଗଲା ଅଖଣ୍ଡ ସ୍ୱପ୍ନ ପରି। ସାକ୍ଷାତ ପ୍ରଭୁ ଦର୍ଶନ ପାଇ ଆନନ୍ଦ ପୁଲକରେ କ୍ରନ୍ଦନ କଲେ। କେତେବେଳେ ଏଭଳି ବିତିଯିବା ପରେ ପରସ୍ପର ପଚରାପଚରି ହେଲେ- ସତେ କ'ଣ ପ୍ରଭୁ ଅଜ୍ଞାତ ଅତିଥି ରୂପରେ ଆସିଥିଲେ? ସତେ କ'ଣ ଆମ ମୁହଁରୁ ସେପରି ପରମ ଜ୍ଞାନ ସ୍ୱରିଲା? ସେ ଯେ ପୁଅ ଅଚେତ ହୋଇ ପଡ଼ିଥିଲା- ସେଇଟା ମୃତ୍ୟୁ ନା ନିଦ୍ରା? ଯାହା ଦଂଶନ କଲା ବୋଲି ଆମେ ଭାବିଥିଲେ, ତାହା ସାପ ନା ଦଉଡ଼ି? ଏହିପରି ବିଶ୍ୱାସର ପ୍ରଶ୍ନ, ଏହିପରି ପ୍ରଭୁ ଦର୍ଶନର ସ୍ମୃତି, ତାଙ୍କର ଅବଶିଷ୍ଟ ଜୀବନକୁ ଆଛନ୍ନକରି ରଖିଲା। ଶରଣାପନ୍ନ ପରିବାର ଏହିପରି ସଂସାର କାଟିଲେ।

ଛୁଇଁଲେ ଉଭାନ ହୋଇଯିବି

ମୋଟ ଉପରେ ମୁଁ କାହିଁକି ସେଭଳି କଥା ଚିନ୍ତା କରିଥାନ୍ତି ? ମୋରା ପରିପୂର୍ଣ୍ଣ ଜୀବନରେ ସବୁ ଯେ ଯାହା ସ୍ଥାନରେ ଖଞ୍ଜିହୋଇ ସାରିଥିଲେ। କିଛି ବେଖାପ ବେମତଲବ ମନେ ହେଉନଥିଲା। ପରିବାରର ସମସ୍ତେ ଯେ ଯାହା କକ୍ଷରେ ବୁଲୁଥିଲେ। କୌଣସି ବ୍ୟତିକ୍ରମ ନାହିଁ କିୟ। ବିଶୃଙ୍ଖଳା ନାହିଁ।

ତେବେ ସେଦିନ ଅପରାହ୍ନରେ ମୁଁ ସେ ବଖରାରେ ଏକୁଟିଆ ଠିଆରହିଥିବା ବେଳେ ଉପରକୁ ଚାହିଁଥିଲି ଏବଂ କୌତୁହଲରେ ଚାହିଁ ରହିଥିଲି ସେ ଲୁହା ଫାନ୍ଦଟାକୁ କିଛି ସମୟ ପାଇଁ। ସେଇଟି ପଙ୍ଖା। ଲଗେଇବା ପାଇଁ ବ୍ୟବସ୍ଥା ଥିଲା- କିନ୍ତୁ ଲାଗିନଥିଲା। ସେଇ ଲୁହାଫାନ୍ଦଟା ଛାତ ଭିତରେ ବୁଡ଼ି ରହିଥିଲା। ଖୁବ୍ ମଜବୁତ ଦିଶୁଥିଲା। ସେ ଫାନ୍ଦ ଭିତରେ କ'ଣ ମୋ କାନ୍ଧରେ ପଡ଼ିଥିବା ଗାମୁଛାଟା ଗଳିଯାଇପାରିବ ? ନିଶ୍ଚୟ ପାରିବ। ତାକୁ ମାଇଫାଶ ପକେଇ ଟାଣିଦେଲେ ସେ ତାକୁ ଜାବୁଡ଼ି ଧରିବ, ଜମା ଫିଟିବ ନାହିଁ। ତା'ପରେ ଗାମୁଛାର ଏ ମୁଣ୍ଡରୁ ଓହଲି ଝୁଲିଲେ ବି କିଛି ହେବ ନାହିଁ।

ସତେନା ? କିଛି ହବନାଇଁ ? ଦେଖିବା କି ଚେଷ୍ଟାକରି ?

ମୁଁ ବେଳେବେଳେ ଏମିତି ରୁଲୁବୁଲିଆ କାମ କରେ। ହାତରେ ଖୁଚୁରା ସମୟ ଥିଲେ ଏମିତି ଖଲବଲ ଲାଗେ, ସବୁଆଡ଼େ ଖିଆଲ ମାଡ଼ିଗଲା। ଇସ୍, କିଏ ସେଇଟା ସବୁ ଭଣ୍ଡୁର କରିଦେଲା ?

ମୁଁ ଭୟଙ୍କର ଚିଡ଼ିଗଲି। ତା'ପରେ କିନ୍ତୁ ଗାମୁଛାର ଦୁଇ ମୁଣ୍ଡକୁ ମୁଁ ଏକାଠି କରି ତାକୁ ଟାଣି ପରୀକ୍ଷା କରୁଥିଲି- ସେ ଲୁହା ଫାନ୍ଦଟାର ବଳ କେତେ ? ଏ ଗାମୁଛାର ଟାଣ କେତେ ? ଏତିକିବେଳେ ଦୁମ୍‌ଦାମ୍ ପାଦଶବ୍ଦ ସବୁ ଶୁଣାଗଲା। ଘରର ସମସ୍ତେ ଏକାଠି ଆସି ସେ ବଖରା ଦୁଆରେ ରୁଣ୍ଡହୋଇଗଲେ। ଧାଇଁଆସିଲାରୁ ଧଇଁସଇଁ

ହେଉଥିଲେ। ଯାହା ଦେଖୁଥିଲେ ସେଥିରେ ବିଶ୍ୱାସ ନଥିବାରୁ ଏଡ଼େଟାମାନ ଆଖିକରି ଅନେଇ ରହିଥିଲେ।

ଗୋଟାଏ ସେଥରୁ ସ୍କୁଲ ପାଖକୁ ଚାଲିଆସିଲା, କହିଲା- "ଓହ୍ଲାଅ, ଓହ୍ଲାଅ ଚଞ୍ଚଳ – ଇଏ କି ଅଭାଗ୍ୟ କଥା! ଓହ୍ଲାଅ, ତୁମକୁ ମୋ ରାଣ! କ'ଣ ଟିକିଏ କଥା କଟାକଟି ହୋଇଗଲା ବୋଲି ତମେ ଏଡ଼େବଡ଼ କାଣ୍ଡ କରିବାକୁ ବସିଚ? ଓହ୍ଲାଅ, ନହେଲେ ତମରି ଆଗରେ ମୁଣ୍ଡ ପିଟିଦେବି!"

କ'ଣ କହୁଚି ସେ ମାଇକିନା? ମୁଁ ଜମା ବୁଝିପାରୁନଥିଲି ଯେ କାହିଁକି ସେମିତି ହାଉଳି ଖାଉଥିଲା। କାହିଁକି ସେ ସମସ୍ତଙ୍କୁ ରଡ଼ିଛାଡ଼ି ଡାକୁଥିଲା- ପୁଅ ବୋହୂ ଝିଅମାନଙ୍କୁ।

ସେମାନେ ବି ଧାଉଁ ଧାଉଁ ଆସି ଧଇଁସଇଁ ହେଲେ। ଗୋଟାଏ ସେଥରୁ କହିଲା- "ତମେ ଯାହା କହିଥିଲା ତ ଆମେ କରିଦେଇଥାନ୍ତୁ। ତମର କ'ଣ ଅଭାବ ଥିଲା? ତମେ କାହିଁକି ଏମିତି କରିବାକୁ ଯାଉଥିଲ?

ସେମାନେ ମୋ ହାତ ଧରି ଟାଣିଲେ। ଗୋଡ଼ଧରି ଟାଣିଲେ। ଚାରିଆଡ଼େ ପାଟିଗୋଳ କଲେ। ଶେଷରେ ସମସ୍ତେ ରଡ଼ିଛାଡ଼ି କାନ୍ଦିଲେ।

ମୁଁ ସେତିକିବେଳେ ବୁଝିଲି ଯେ ସେମାନେ ଆଉ ପ୍ରକାରେ ଭାବିନେଇଥିଲେ। ମୁଁ ଆସ୍ତେ ଗାମୁଛାଟିକୁ ସେ ଫାନ୍ଦରୁ ହୁଗୁଲେଇ ଆଣିଲି। ଝିଡ଼ିଦେଇ କାନ୍ଧରେ ପକେଇଲି ଏବଂ ତଳକୁ ଚାହିଁ ଅଛ ହସିଲି।

ମୁଁ ସ୍କୁଲରୁ ଓହ୍ଲେଇଗଲା ପରେ ମୋତେ ସେମାନେ ଘେରିଗଲେ। ଜଣେ କିଏ ମୋ କାନ୍ଧରୁ ଗାମୁଛାଟା ନେଇଗଲା। ମନେହେଲା ସେମାନେ ଖୁବ୍ ରାଗିଯାଇଥିଲେ। ମନେହେଲା ସେମାନେ ମୋତେ ଦଣ୍ଡ ଦେବାକୁ ହିଁ ବାଟ କଟେଇ ନେଉଥିଲେ। କଇଦି ଭଳି ମୁଁ ମଝିରେ ଯାଉଥାଏ। ମୋତେ ଏକ ପ୍ରକାର ଆମୋଦିତ ଲାଗୁଥାଏ। ଖୁସି ଲାଗୁଥାଏ ଯେ, ମୋର ଏଡ଼େବଡ଼ ପରିବାର ମୋତେ କେତେ ତୀବ୍ର ଭାବରେ ଭଲପାଏ।

ମୋତେ ଗୋଟାଏ ସୋଫା ଉପରେ ବସାଇ ସେମାନେ ବେଢ଼ିଗଲେ। ଛୋଟ ପିଲାମାନଙ୍କୁ ଦୂରକୁ ଆଡ଼େଇ ଦେଇ ସେମାନେ ମୋତେ ଅସୁସ୍ଥ ମଣୁଥିଲେ। ମୋର ସେବାକରୁଥିଲେ। କେହି ଜଣେ ମୋତେ ଚା' ବଢ଼େଇଦେଲା। ମୁଁ ବୋଧେ ଆସ୍ତେ ଆସ୍ତେ ଖୁବ୍ ଗମ୍ଭୀର ହୋଇଯାଉଥିଲି। ମୋତେ ସେମାନେ ଜେରା କରିବା ଆରମ୍ଭ କରିଦେଲେ।

– ଆମକୁ ସବୁ ମନ ଖୋଲି କହିଦିଅ। ଆଜି ସକାଳେ ତ ସବୁ ଠିକ୍ ଥିଲା। ତମେ ଠିକ୍ ସମୟରେ ଖିଆପିଆ କରିଚ। ଖାଇସାରି ଶୋଇଛ। ଖବରକାଗଜ ପଢ଼ିଚ।

ଟି.ଭି. ଦେଖିଛ। କ'ଣ ତମ ମନ ଭିତରେ ଥିଲା- ତମେ କାହିଁକି ଏତେ ଅଭାଗ୍ୟ
କଥା କରିବାକୁ ଯାଉଥିଲ ?

— ରଣ ତ ଶୁଖ। ହଉଛି। ଆଉ କିଛି ବର୍ଷରେ ଶୁଖ। ହୋଇଯିବ। ଜମି
ବାବଦରେ ମକଦମା ତ ତଳ କୋର୍ଟରେ ଆମ ପକ୍ଷରେ ହୋଇଛି। ଦିଗମ୍ବର ସେକଥା
ବୁଝୁଛି- ସେଥିରେ ତୁମକୁ କିଛି କରିବାକୁ ପଡୁନାହିଁ। ତୁମକୁ କିଏ କ'ଣ କହିଲା କି ?
କାଲି କାହାକୁ ନ କହି ଡାକ୍ତର ପାଖକୁ ଯାଇଥିଲ– ସେ କ'ଣ କହିଲା କି ? ସେଇଟା
କ'ଣ ଜାଣେ ? ଆମେ ଆଉ ବଡ଼ ଡାକ୍ତର ପାଖକୁ ଯିବା, ଯାହାହବ ଚିକିତ୍ସା କରିବା।

ମୁଁ ଦେଖିଲି, ସେ ସମସ୍ତଙ୍କ ଜ୍ୱାଲାକୁ ବଞ୍ଚାଇବାକୁ ଗୋଟାଏ କ'ଣ କରିବାକୁ
ପଡ଼ିବ। ମୁଁ ବଡ଼ପାଟିରେ କହିଲି- 'ଚୋପ୍!'

ସାନପିଲାମାନେ ଚମକିପଡ଼ିଲେ। ବଡ଼ ସମସ୍ତେ ଦାତବ୍ୟ ହୋଇଗଲେ।
ବାଆସ ! ଶାଲା... କ'ଣ ବୋଲି ପାଇଛନ୍ତି ମତେ ? ତ

ତା'ପରେ ସେମିତି ଚଡ଼ାଗଲାରେ କହିଲି– "ମୋ ମନ ମୁଁ ଯାହାକଲି, ସେଥିରେ
ତମର କ'ଣ ଗଲା ? ମୁଁ କ'ଣ ତମକୁ ସବୁ ପଚାରି ଯାହାହେଲେ କହିବି ? ମୋ ମନ
ହେଲା ମୁଁ ସେ ଫାଦରେ ଗାମୁଛା ବାନ୍ଧି ଝୁଲିବାକୁ ଚାହିଁଲି।" 'ନାଇଁ' ବୋଲି ପାଟି
କରି ଦୁଇ ତିନିଜଣ ମୁହଁ ଘୋଡ଼େଇ କାନ୍ଦିଲେ।

"ଆବେ ଚୋପ୍! ମୁଁ କ'ଣ ବେକରେ ଫାଶ ଲଗେଇ ଝୁଲିଥାନ୍ତି ? ମୁଁ ସେମିତି
ହାତରେ ଧରି ଓହଲିଥାନ୍ତି। ଦେଖିଥାନ୍ତି ଗାମୁଛା ସମ୍ଭାଳୁଚି ନା କାହିଁ ? ସେ ଲୁହାଫାନ୍ଦ
ସମ୍ଭାଳୁଚି ନା ନାହିଁ ?"

"କାହିଁକି ?"

"କାହିଁକି ମାନେ ଏମିତି"– ମୁଁ ଦେଖିଲି ଲୁହାଫାନ୍ଦଟାଏ ଅଛି। କାନ୍ଧରେ
ଗାମୁଛାଟା ଅଛି। ଇଚ୍ଛା ହେଲା ତା' ଭିତରେ ଗଲେଇ ପରୀକ୍ଷା କରିବାକୁ। ମୋ ଇଚ୍ଛା
ହେଲା କଲି। ତମେ କ'ଣ ଭାବୁଛ ମୁଁ ବେକୁବ୍ ଭଳି ବେକରେ ଲଗେଇ ଝୁଲିଥାନ୍ତି।"

ନାତିଟୋକାକୁ ପାଖକୁ ଡାକିଲି। ସେ ଡରିଲାପରି ଚାହିଁଲା। ସେ ବୋଧେ
ଭାବୁଥିବ ଜେଜେକୁ କ'ଣ ରୋଗବାଗ ହେଇଛି ଯେ, ତାକୁ ସମସ୍ତେ ଏମିତି ଘେରି
ବସିଛନ୍ତି।

ମୁଁ ସମସ୍ତଙ୍କୁ ଗୋଟାଏ ଘୁଡୁକାରେ ବିଦା କରିଦେଲି। ବୋଧେ ତାଙ୍କୁ ସବୁଦିନ
ଭଳି ମୋଟୁ ଏମିତି ପାଟିଟାଏ ଶୁଣିବାକୁ ଭଲ ଲାଗୁଥିଲା- ସ୍ୱାଭାବିକ ଲାଗୁଥିଲା।

ସେମାନଙ୍କ ସାଙ୍ଗରେ ନାତିନାତୁଣୀ ବି ଚାଲିଗଲେ। ମୁଁ କିନ୍ତୁ ସ୍ୱାଭାବିକ
ହେଇପାରିଲି ନାହିଁ। ଚୁପ୍‌ଚାପ୍ ବସିରହିଲି ଏକୁଟିଆ।

ଭାବିଲି, ଧର ସତକୁ ସତ ଯଦି ମୁଁ ଗଳାରେ ଫାଶ ଲଗେଇ ଦେଇଥା'ନ୍ତି କ'ଣ ହେଇଥାନ୍ତା। ମତେ ହିଁ ନିଃଶ୍ୱାସ ନେବାରେ କଷ୍ଟ ହେଇଥାନ୍ତା। ଝୁଲିବା ପାଇଁ ଷ୍ଟୁଲଟାକୁ ମୁଁ ଗୋଡ଼ରେ ଆଗକୁ ପେଲିଦେଇଥାନ୍ତି। ଗୋଡ଼ ତଳେ ଲାଗୁନଥାନ୍ତା। ନିଃଶ୍ୱାସ ନେବାକୁ ଛଟପଟ ହେଲାବେଳେ ଫାଶ ଆହୁରି ଅଧିକ କଷି ହେଉଥାନ୍ତା। ତା'ପରେ ମାଛଟିଏ କୁଳରେ ଛାଟିପିଟି ହେଇ ଶୋଇଗଲା ପରି ମୁଁ ବି ନିଷ୍ଟେଷ୍ଟ ହୋଇ ଝୁଲି ରହିଥାନ୍ତି।

ମୁଁ ହଠାତ୍ ଠିଆହୋଇପଡ଼ିଲି। ମୁଁ ଯେ ସେମିତି ଝୁଲିନାଇଁ ଏ ଅନୁଭବ ଆଣିବାକୁ ତଳେ ଦୁମ୍‌ଦୁମ୍ ଗୋଡ଼ ବାଡ଼େଇଲି, ହାତ ବି ଛାଟିଲି। ବେଶ୍ ଖାସା ସୁସ୍ଥ ଥିବାରୁ ମନକୁମନ ହସିଲି। ମୁଁ କାହିଁକି ସେମିତି ଗୋଟାଏ ବେକୁବ୍ ଭଳି ଝୁଲିଥାନ୍ତି।

ଏତିକିବେଳେ ଖୁସ୍‌ମୁସ୍ ଶବ୍ଦ ଶୁଭିଲା। ଦୁଆର ପାଖରେ ପଦା ସେପଟୁ ମୁହଁମାନ ଗଲେଇ ମୋତେ କିଏ ସବୁ ଦେଖୁଥିଲେ। ମୁଁ ସେଇଆଡ଼େ ଚାହିଁବାରୁ ଦୌଡ଼ି ପଳେଇଲେ। ସେମାନେ ବୋଧହୁଏ ମୋତେ ଆଉ ବିଶ୍ୱାସ କରିପାରୁନଥିଲେ- ମୋତେ ସ୍ୱାଭାବିକ ମଣୁନଥିଲେ।

ମୋତେ ସେଥିପାଇଁ ନଜରବନ୍ଦୀ କଲାପରି ଜଗି ରହିଥିଲେ-ବେକୁବ୍! ଜଗନ୍ତୁ-ସେଥିରେ ମୋର କ'ଣ ଥାଏ? ମୁଁ କ'ଣ ଆଉ କେବେ ସେ ଫାନ୍ଦରେ ଗାମୁଛା ଗଳେଇବି ନା କ'ଣ?

ତେବେ ମୋର ଅନୁଭବ ହେଲା ସେମାନେ ମୋ ପଛରେ ଛାଇପରି ଲାଗିଛନ୍ତି। ମୁଁ ଆଉ ଏକୁଟିଆ କୁଆଡ଼େ ଯାଇ ଆସିପାରିଲି ନାହିଁ। ଯେ କୌଣସି ଆଳରେ କେହି ହେଲେ ମୋ ପିଛା ଧରି ନେଉଥିଲା। ସେଥିରେ ଅସୁବିଧା ହେଲା ଢେର। ମୁଁ ବଜାର ରାସ୍ତାରେ ମଦନା ଦୋକାନରେ ବସି ଛେନାପୋଡ଼ ଖଣ୍ଡେ ଖାଇପାରିଲି ନାହିଁ। ସେ ନାଲାଏକ୍ ଡାକ୍ତର ଏମାନଙ୍କ ସାମ୍ନାରେ ମୋତେ ମିଠା ଖାଇବାକୁ ମନାକରିଦେଇଥିଲା, ହେଲେ ମୁଁ ମଝିରେ ମଝିରେ ଏମିତି ଟିକିଏ ବେନିୟମ କରିଦେଉଥିଲି- ସେଇଟା ସମ୍ଭବ ହେଲା ନାହିଁ। ତେଣିକି ମୁଁ ସେମାନଙ୍କ ଆଖିରେ ଧୂଳିଦେଇ ଲୁଚିବାକୁ ଚାହିଁଲି। 'ଏକାଠି ଟିକିଏ ଆସୁଛି'- କହି ଦି'ଘଣ୍ଟା ବଜାରଆଡ଼େ ବୁଲିବାକୁ ଆସୁଥିଲି।

ଆସିଲା ପରେ ମୋତେ ଗୋଟାଏ ତନଖି ହେଉଥିଲା। ମୋ ସ୍ତ୍ରୀ ପଚାରୁଥିଲା "ପାନ କୋଉଠି ଖାଇଲ?"

– "ମୁଁ ଯୋଉଠି ଖାଇଲି ତୋର କ'ଣ ଗଲା?"

– "ନାଇଁ ଯେ, ଜଳଖିଆ ଖାଇ ପାନ ଖାଇଲ ନା ଏମିତି?"

– "ମୁଁ ଦେଢ଼କିଲୋ ରସଗୋଲା ଗିଲିଛି- ତୁ କ'ଣ କରିବୁ କର୍!"

- "ଏମିତି କାହିଁକି ରାଗୁଛ ଯେ ? ତମେ କାଇଁକି ଏତେ ବଦଳିଯାଉଚ ? ତମେ ତ ଏମିତି ରାଗୁନଥିଲ ?"

- "ରାଗୁନଥିଲି ବୋଲି କେବେ ରାଗିବି ନାହିଁ ଏମିତି କ'ଣ ଲେଖାହେଇଚି ? ମୁଁ ରାଗିବି– ତମେ ସମସ୍ତେ ମିଶି ରଗଉଚ।"

ମୋ କାନରେ ପଡୁଥାଏ ମଝିରେ ମଝିରେ। ବୋହୂ କହୁଥାଏ– "ନାଇଁ ବାବୁଲା; ଜେଜେଙ୍କୁ ଡିସ୍ଟର୍ବ କରିବୁ ନାଇଁ। ଜେଜେଙ୍କ ଦେହ ଭଲ ନାଇଁ। ଦିଗମ୍ବର ତା' ବୋଉ ସାଙ୍ଗେ ଚୁପ୍‌ଚୁପ୍‌ ଖୁବ୍‌ ଗମ୍ଭୀର ଆଲୋଚନା କଲାବେଳେ ମୋ ଆଡ଼କୁ କଣେଇ ଚାହୁଁଥାଏ। ମୁଁ ଖବରକାଗଜ ଉପରୁ ଲକ୍ଷ୍ୟ କଲାପରେ ସିଧାସଳଖ ଚାହିଁ ଦେବାରୁ ସେ କେମିତି ଚମକିଲା ପରି ମୋ ପାଖକୁ ଧପାଳି ଆସିଲା ଏବଂ କ'ଣ ଗୁଡ଼ାଏ ମନଭୁଲାଣିଆ ଉପରଠାଉରିଆ କଥା କହିଲା– "ଆଜି ବଜାରରେ ନୂଆ ଫୁଲକୋବି ପଡ଼ିଗଲାଣି। ଗୋଟାକ ଚାରିଟଙ୍କା। ହେଉଚି। ସେଇକଥା ବୋଉକୁ କହୁଥିଲି। ଆଜି ଓପରୋଳି ନେଇଆସିବା।"

ସେ ଆଦୌ ସେକଥା ତା' ବୋଉକୁ କହୁନଥିଲା। ମୁଁ ବି ଆଦୌ ପ୍ରତିବାଦ କଲିନାହିଁ। କୌଣସି ପ୍ରତିକ୍ରିୟା ମଧ୍ୟ ଜଣାଇଲି ନାହିଁ। ସାଧାରଣତଃ ସେଭଳି ଖବର ଆସି ପହଞ୍ଚିଲେ ମୁଁ ଗୁଡ଼ାଏ ଉତ୍ସାହିତ ହୋଇଯିବା କଥା।

ମୁଁ ଆସ୍ତେ ନୀରବରେ ଖବରକାଗଜ ଉଠାଇଲି। ଦିଗମ୍ବର ପାଦ ଚିପିଚିପି ବାହାରିଗଲା। ମୁଁ ଅନୁଭବ କଲି ଯେ, ମୋ ଉପରେ ସର୍ବଦା କେହି ନଜର ରଖିଚି। ସମସ୍ତେ ମୋତେ ନଜଣାଇ ଖୁବ୍‌ ଉଦ୍‌ବିଗ୍ନ ବୋଧକରୁଛନ୍ତି।

ଦିନେ ରାତିରେ ମୁଁ ପରିସ୍ରା ଯିବାକୁ ଉଠିଥାଏ। ବାଥରୁମ୍‌କୁ ବାହାରି ଆସିଲା ବେଳକୁ ମୋ ସ୍ତ୍ରୀ ଠିଆ ହୋଇଥିବା ଦେଖି ଚମକିପଡ଼ିଲି। ତା'ପରେ ଭାବିଲି, ସେ ବୋଧେ ଉଠିଥିବ ? କିନ୍ତୁ ମୋର କେମିତି ମନେହେଲା ସେ ବୋଧେ ନିଶ୍ଚିନ୍ତରେ ଶୋଇପାରୁନାହିଁ। ମୋ ଉପରେ ତା'ର ଆଉ ବିଶ୍ୱାସ ରଖୁନାହିଁ। ମୁଁ କେତେବେଳେ ହୁଏତ କ'ଣ କରିଦେଇପାରେ।

ମୁଁ ଏମିତି ଛକାପଞ୍ଜା। ଭିତରେ ଅସୁସ୍ଥ ବୋଧକଲି ଏବଂ ଦିନେ ସମସ୍ତଙ୍କୁ ଭଲରେ ଭଲରେ ପାଖରେ ଡାକି ବସେଇଲି–

"ଦେଖ ପିଲାମାନେ, ତମେ କାହିଁକି ଏମିତି ମୋ ଉପରେ ଅବିଶ୍ୱାସ କରୁଛ ମୁଁ ଜାଣିପାରୁଛି। ମୁଁ ଜମା ବେକରେ ଗାମୁଛା ବାନ୍ଧି ଝୁଲିବାକୁ ଚାହେଁ ନାହିଁ। ସେଦିନ ଖାଲି ଏମିତି କୌତୁହଲ ହେବାରୁ ସେ ଗାମୁଛାଟାକୁ ଲୁହାଫାଡ଼ରେ ଗଲେଇ ଦେଇଥିଲି। ସେଥିରୁ ଏତେ କଥା ହବ ବୋଲି ମୋର ଧାରଣା ନ ଥିଲା। ତୁମ୍ଭେମାନେ ନିଶ୍ଚିନ୍ତ

ରହ। ମୋତେ ମଧ ଏମିତି ଚୋର ଜଗିଲା ପରି ଜଗନାହିଁ। ଯାଅ, ବଜାର ମୁଣାଟା ପଠେଇଦିଅ। ମୁଁ ଯାଉଚି ଆଜି ଗୁରୁବାର ହାଟରୁ ପରିବାପତ୍ର ନେଇଆସିବି।"

"ନାଇଁ ବାପା, ଆପଣ କାହିଁକି କଷ୍ଟ କରିବେ, ମୁଁ ସାନୁକୁ ପଠେଇଦେଲିଣି। ସେ ବୋଧହୁଏ ଚାଲିଆସିବ।"

"ଠିକ୍ ଅଛି, ତା'ହେଲେ ମୁଁ ଯାଏ ଟିକିଏ ବୁଲିଆସେ। ତୁମେ ସବୁ ଯାଅ ଆଉ ଏ ନାଟକ ବନ୍ଦକର।"

ମୁଁ ସେଇ କଥା ହିଁ ଭାବି ଭାବି ଯାଉଥାଏ। ସେଇ ଗାମୁଛା ଏବଂ ଲୁହାଫଳ ମୋ ମନରୁ ଆଦୌ ଘୁଞ୍ଚୁନଥାଏ ଏବଂ ଯାହା ହେଲା ନାହିଁ ଅଥଚ ହୋଇପାରିଥାନ୍ତା ଏବଂ ନିଶ୍ଚୟ ହେବାକୁ ଯାଉଥିଲା ବୋଲି ମୋ ପରିବାରର ସମସ୍ତେ ଭାବି ନେଇଥିଲେ ତାହାରି ପ୍ରାଞ୍ଜଳ ଦୃଶ୍ୟ ମୋତେ ସବୁଆଡ଼େ ଦିଶିଲା। ଅନ୍ଧ ଛାପଛପୁଆ ଅନ୍ଧାର। ସେ ବଖାରେ କାହା ପାଖକୁ ସ୍ଖଲିତଭାୟ ଲେଉଟିପଡ଼ିଛି ଏବଂ ଘର ମଝିରେ ଚିପୁଡ଼ା ଓଦାଲୁଗା ପରି ମଣିଷଟାଏ ଝୁଲିଛି ଛାତରୁ। ବେକଟୁ କେମିତି ବେଢ଼ଙ୍ଗିଆ ହୋଇ ଗୋଟାଏ ପାଖକୁ ଭାଙ୍ଗିଯାଇଛି–ସେଇ ଗେରୁରଙ୍ଗର ଖୋର୍ଦ୍ଧ। ଗାମୁଛାଟା ହିଁ ବେକ ଚାରିପଟେ କସି ହୋଇ ରହିଛି। କେଡ଼େ ବଡ଼ ସତେ ସମ୍ବନ୍ଧିତଛନ୍ତି ସେ ଗାମୁଛା ଆଉ ସେ ଲୁହାଫଳ ? ଟିକିଏ ହଲିଗଲେ ପୁଣି କଟକଟ ହେଇ ବସି ହୋଇଯାଉଚି ଗାମୁଛାଟା।

ରାସ୍ତା ଉପରେ ମୁଁ ଠିଆରହି ଯାଇଥିଲି। ମୋ ବେକଟାକୁ ବାଁ ହାତରେ ସାଉଁଲୁଥିଲି। ଗୋଟାଏ ସ୍ତ୍ରୀଲୋକ ପାରିହୋଇ ଚାଲିଗଲା। ମୁଁ ଆଖି ମଟକାମାରି ଚାହିଁଦେଲି। ସେଇଟା ବୋଧହୁଏ ଦିଗ୍ମୟରର ନା କ'ଣ! ସେ ତା'ହେଲେ ମୋତେ ଏଠି ଠିଆହେବାର ଦେଖ୍ଥିଲା- ମୁଁ ବେକକୁ ସାଉଁଲିବାର ଦେଖିଥିଲା।

ଧେତ୍ତେରି, କାହିଁକି ଏଗୁଡ଼ାକ ମୋ ପଛରେ ଏମିତି ଲାଗିଛନ୍ତି। ପୁଣି ଚାଲିଲି। ମନେମନେ ଭାବିଲି ନାନା କଥା। କିନ୍ତୁ ମୋ ଅଜାଣତରେ ପୁଣି କେତେବେଳେ ସେଇ ବିଷୟରେ ପହଞ୍ଚୁ ସାରିଥିଲି। ଆଚ୍ଛା କଣ ହେଇଥିବାରୁ ଗାମୁଛାଟା କଅଁଲ। କିନ୍ତୁ ହେମ୍ପରେ ଯେଉଁ ଦଉଡ଼ି ଏଥିପାଇଁ ସ୍ୱତନ୍ତ୍ର ଭାବରେ ତିଆରି ହୁଏ ସେଇଟା ବୋଧହୁଏ ମାଂସକୁ ବିଦାରି ଦଉଥିବ। ସେ ବେକ୍ବ୍ ମାନେ ଏମିତି ଗାମୁଛା କାହିଁକି ଇସ୍ତେମାଲ କରୁନାହାନ୍ତି ?

ମୁଁ ମନକୁମନ ଏ ପରିହାସରେ ଆମୋଦିତ ହେଲି। ଫେର୍ ମନ ସେଇଆଡ଼କୁ ଗଲା। ଗାମୁଛାଟା ସତେ ଏଥିପାଇଁ ହେଇଚି ବୋଧେ! ତାକୁ ଠିକ୍ ବୁଝିନପାରି ଲୋକେ ତା'ର ଅପବ୍ୟବହାର କରୁଛନ୍ତି। ଗାମୁଛାରେ ବେକ ଗଳେଇଦେଲେ କାଟିବ ନାହିଁ। ବେଶ୍ ନରମ ପାପୁଲିରେ ତଣ୍ଟିଟାକୁ ସେ ଚିପି ଧରିବ। ମୁଁ ପୁଣି ଠିଆହୋଇ

ଯାଇଥିଲି ରାସ୍ତା ଉପରେ। କିଛି ସମୟ ପରେ ସ୍ୱପ୍ନରୁ ଉଠିଲା ପରି ଧଡ଼ପଡ଼ ଚାଲିଲି ଘରଆଡ଼େ।

ମୋ ବୈଠକଘରକୁ ଯାଇ ବିନା କାରଣରେ ମୁଁ ପଞ୍ଚାଟାକୁ ହିଁ ଚାହିଁଲି। ସେଇଠି ବସି ମୋ ମୁଣ୍ଡବାଲକୁ ମୁଠା ମୁଠା କଲି। ଚା ପାଇଁ ବରାଦ କଲି ଏବଂ ମନକୁମନ ହସି ହସି ତାକୁ ଠାଙ୍ଗରେ ଉଡ଼ାଇଦେବାକୁ ଚେଷ୍ଟା କଲି।

ଚା' ଆସିଲା। ଚୁପ୍‌ଚାପ୍‌ କିଛି ସମୟ ବସିଲା ପରେ ମୋର ମନେହେଲା ଯେ, ମୋର ସବୁ ପୁଅଝିଅ ଏକାଠି ହୋଇଗଲେ। ମୋର ଘରେ ଜାଗା ହେଉନାହିଁ। କେମିତି ସତେ ଏକାଠି ଚଳିବେ? ନୂଆକରି ଆଉ ଚାରି ବଖରା ତୋଲିଲେ କେମିତି ହୁଅନ୍ତା? ଚାରିବଖରା ଘର ପ୍ରାୟ ଛ'ଶହ ବର୍ଗଫୁଟ। ଏବକା ହିସାବରେ ନବେ ହଜାରରୁ ଲକ୍ଷେ ଟଙ୍କା ଲାଗିଯିବ।

ବାୟା ହେଲୁ ମଦନା, (ମୋ ନାଁ ମଦନଗୋପାଲ) ଜେନା ତୁ କାହିଁକି ସେ କାଠଗଡ଼ାରେ ମୁଣ୍ଡ ଗଳଉଚୁ? ତୋ ହାତରେ ଯାହା ହେଲା ତୁ କରିଦେଇଛୁ। ଆଗକୁ ସତେଇଶ ପୁରୁଷରେ ଯେଉଁ ଦେଢ଼ହଜାର ତୋ କୁଳରେ ଜନ୍ମିବେ ସମସ୍ତଙ୍କ ପାଇଁ କ'ଣ ବଖରେ ଲେଖା ତୋଲିବାକୁ ବସିଚୁ? ମୋ ପିଲାମାନେ ବଡ଼ହେଇ ଯେ ଯାହା କଥା ବୁଝିଲେଣି। କେବେ ବା ଆସୁଚ୍ଛନ୍ତି? ସେ କଥା ନୁହେଁ।

ବରଂ ଯାହା ଅଛି ତାକୁ ଗୋଟାଏ ଉଇଲ୍‌ନାମା କରିଦେଲେହୁଏ। ହାଁ, ଏଇ ଯେ ଠିକ୍‌ କଥା। ମୁଁ ଚୁପ୍‌ଚାପ୍‌ ଯାଇ ଧର୍ମାନନ୍ଦ ଓକିଲ ପାଖରେ ପହଞ୍ଚିଲି। ସେ କହିଲେ "ଆପଣ କାହିଁକି ଏକଥା ଏତେଟା ଭାବୁଚ୍ଛନ୍ତି? ଆପଣ ତ ବେଶ୍‌ ଭଲ ଅଛନ୍ତି। ଆପଣ ସ୍ୱାସ୍ଥ୍ୟ ଭଲ ଅଛି। ଆଉ ଥରେ ଭାବନ୍ତୁ।"

ଚିଡ଼ିଲା ଭଳି ସ୍ୱରରେ ମୁଁ ଜବାବ ଦେଲି, "ଦେଖନ୍ତୁ ଧର୍ମାନନ୍ଦବାବୁ, ଏ ପଇସା ଘରଦ୍ୱାର ମୋର ଉପାର୍ଜିତ ସମ୍ପତ୍ତି ମୁଁ ଯାହାକୁ ଯାହା ଦେବାରେ ଆପଣଙ୍କର କ'ଣ ଆପତ୍ତି ଥାଇପାରେ?"

"ନା କିଛି ଆପତ୍ତି ନାହିଁ। ଆସନ୍ତୁ କାଗଜପତ୍ର ଠିକ୍‌ କରିଦେବ। ଏବଂ ଉଇଲ୍‌ନାମା ହେଇଗଲା। ଘରଟା ସ୍ତ୍ରୀ ନାଁରେ, ତା'ପରେ ପୁଅ ନାଁରେ। ଝିଅ ନାଁରେ ବ୍ୟାଙ୍କରେ ସମସ୍ତ ଟଙ୍କା। ନାତି ନାଁରେ ଗୋଟାଏ କୋଡ଼ିଏ ବର୍ଷିଆ ଜମା- ଏମିତି ଏମିତି ସବୁ ବାଣ୍ଟିଦେଇ ସାରିବା ପରେ ମୋତେ କେମିତି ଗୋଟାଏ ହାଲୁକା ଲାଗିଲା। ଲାଗିଲା ଯେ, ମୁଁ ଗୋଟାଏ କ'ଣ ମାତ୍‌ କରିଦେଇଛି।

ଘରେ କ'ଣ କେହି ଜାଣିପାରିଲେ ନାହିଁ? ଆଃ, ସତେ ତ, ଦିଗମର କ'ଣ ନଜାଣି ରହିବେ? ସେ ତ ମୋ ପଛରେ ଛାଇଭଳି ଲାଗିଥିଲା- ସେ କ'ଣ ଧର୍ମାନନ୍ଦ

ପାଖରେ ପହଞ୍ଚ ନଥିବ ? ତା'ହେଲେ ... ତା' ହେଲେ ଆଉ କ'ଣ ? ସେମାନେ
ସବୁ ଜାଣିଛନ୍ତି ଏବଂ ଚୁପ୍‌ଚାପ୍‌ ରହିଛନ୍ତି। ବୁଢ଼ାମନକୁ ପାଇଁ ଯଦି ଏ ଭଲ କାମ
ବରଂ ହୋଇଯାଉ। ସେଥିରେ ପଚରାଉଚୁରା କରିଦେଲେ କାଲେ ଭଣ୍ଡୁର ହେଇଯିବ।
କାଲେ ମୁଁ ଚିଡ଼ିଯାଇ ସେ ଉଇଲ୍‌ନାମାଟିକୁ ରଦ୍ଦ କରିଦେବି। ତା'ହେଲେ ଭାରି
ଅଡ଼ୁଆ କଥା ନୁହେଁ କି ?

ଏଣିକି ମୁଁ ଯାହା କଲେ ବି ବୋଧହୁଏ କିଛି ଯାଏ ଆସେନାହିଁ। ଛପକିନା
ବୁଦା ପଛଆଡ଼ୁ ଝାମ୍ପଦେଲାପରି କଥାଟା ମନକୁ ଆସିଗଲା। ମୁଁ ଏଣିକି ସତକୁସତ ସେ
ଗାମୁଛା ବେକରେ ବାନ୍ଧି ଓହଲିଗଲେ ବି କିଛି ଯାଏଆସେ ନାହିଁ।

ମୋତେ ସେ ସମ୍ଭାବନାଟିକୁ ହସି ଉଡ଼େଇ ଦେବାକୁ ଇଚ୍ଛା ହେଲା ନାହିଁ। ମୁଁ
ବରଂ ଖୁବ୍ ସହଜବୋଧ କଲି। ଧର ଯଦି ତାହା ହୁଏ ମନ୍ଦ କ'ଣ ? ଏମାନେ
ବୋଧହୁଏ ଆଉ ପ୍ରତିବାଦ କରିବେ ନାହିଁ, କାରଣ ଆଉ ତ ଜଗାଜଗି ସେତେ
କଲାଭଳି ମନେ ହେଉନାହିଁ।

ତା' ବାହାରେ ହାତଗୋଡ଼ ଅଚଲ ହେଲା ପର୍ଯ୍ୟନ୍ତ ଏମିତି ବସି ରହିବାର ଅର୍ଥ
କ'ଣ ? ପ୍ରକୃତରେ ସ୍ୱାଧୀନ ଲୋକଟିଏ ହିଁ ଏମିତି ସ୍ୱେଚ୍ଛାରେ ଏଇଠୁ ବିଦାୟ
ନେଇପାରେ। ମୋ ସମ୍ପତ୍ତିକୁ ମୁଁ ଯେମିତି ବାଣ୍ଟିଦେଇପାରିଲି ସେମିତି ଏ ଦେହଟିକୁ
ମଧ୍ୟ ଝୁଲେଇଦେଇପାରେ।

ଭାରି ଅଜବ୍ କଥା ତ। ମୋତେ ନିଶାଭଳି ଏଇଟା ଘାରି ରଖିଛି କାହିଁକି ? ମୁଁ
ସତକୁସତ ଝୁଲିଯିବି କି ଆଉ ?

ମୁଁ ଦିନେ ବସି ଖୁବ୍ ସାହାସରେ ଏବଂ ସହଜରେ ସବୁ କଥା ଅମୂଳଚୂଲ
ଭାବିଗଲି। ମଝିରେ ନିଶ୍ୱାସ ରୁଛିଲା ପରି ଲାଗିଲା। ମୁଁ କିନ୍ତୁ ବାରମ୍ବାର ସେଇ ଚିନ୍ତାରେ
ବୁଡ଼ି ରହିବାକୁ ଚାହିଁଲି।

ମଝିରେ ମୋ ସ୍ତ୍ରୀ ଆସି ଝିଅ ପାଇଁ ଶାଢ଼ି ଚୁଡ଼ି କିଣିବାକୁ ପଇସା ମାଗିଛି। ପୁଅ
ଆସି କ'ଣ ଘର ଟାକ୍ସ କଥା ପଚାରୁଛି। ମୁଁ ମୋର ସବୁ ଭଲ ଭଲ ପୋଷାକ ଦେଇ
ଦେଇଛି– କେହି କିଛି ସନ୍ଦେହ କରିନାହାନ୍ତି। ଆଗଭଳି ଜେରା କରିନାହାନ୍ତି। ସେମାନେ
ବୋଧେ ଭୁଲିଗଲେଣି ଅଥବା ସେମାନେ ବୋଧେ ଜାଣିଗଲେଣି। ସେମାନେ ହୁଏତ
ଚାହିଁଲେଣି।

ମୁଁ ସେ ବଖରାଆଡ଼େ ଯିବାଆସିବା କଲେ କେହି ମୋ ପଛେ ପଛେ ଆସୁନାହିଁ।
ମୁଁ ସେଇଠି ଠିଆହୋଇ ସେ ଲୁହାଫାନ୍ଦକୁ ଚାହିଁ ରହିଲେ କେହି ସେମିତି ଚମକୁ
ନାହିଁ।

ଠିକ୍ ଅଛି ତା'ହେଲେ। ଗୋଟାଏ ଦିନ ବାର ବେଳା ବାଛିବାକୁ ପଡ଼ିବ। ମୁଁ ପାଞ୍ଜି ଫିଟେଇ ପତ୍ର ଲେଉଟାଇବା ସମସ୍ତେ ଦେଖିଛନ୍ତି। ମୁଁ ଦିଗମ୍ବରକୁ ପଚାରିଛି ଦଶ ତାରିଖ ତା'ର କଣ କିଛି ଅସୁବିଧା ଅଛିକି? ସେ ବିସ୍ମିତ ହୋଇ ନାହିଁ। ମୋତେ କାହିଁକି ବୋଲି ପଚାରି ନାହିଁ। ବରଂ କହିଛି, ଅନ୍ୟମନସ୍କ ଥିଲା ପରି- "ନାଇଁ ବାପା, ସେଦିନ ମୋର କିଛି ଅସୁବିଧା ନାହିଁ।"

ତା'ହେଲେ ପକ୍କା!

ପାହାନ୍ତିଆ ପହରଟା ବଢ଼ିଆ। ସେତିକିବେଳେ ସବୁ ନୀରବ ଥାଏ। ବେଶ୍ ରୁପ୍ଚାପ୍। କ'ଣ ଗୋଟାଏ ବିଶିଷ୍ଟ ଘଟଣା ଘଟିବାକୁ ଅପେକ୍ଷା ଥାଏ। ମୋ ନିଦ ଠିକ୍ ସେଇ ସମୟକୁ ସବୁଦିନ ଭାଙ୍ଗିଯାଏ। ଦଶତାରିଖ ପାହାନ୍ତିଆ। ମୁଁ ମୋର ନିତ୍ୟକର୍ମ ସାରି ପ୍ରସ୍ତୁତ ହୋଇଗଲି।

ସତେ କ'ଣ ସେଖିଲି ବେକୁବ୍ କାମ କରିବି ନା କ'ଣ। ଆବେ ବେକୁବ୍ କାମ କ'ଣ? ପୃଥିବୀରେ କେତେବେଶ୍ ବଡ଼ଲୋକ ଏ କାର୍ଯ୍ୟ କରିଛନ୍ତି। ହଉକି ନହଉ ଥରେ ସେ ବଖରାଆଡ଼େ ବୁଲି ଆସିଲେ କ୍ଷତି କ'ଣ?

ମୋ ବୁକୁ ଧଡ଼ଧଡ଼ ହେବାର ମୁଁ ଅନୁଭବ କଲି। ମୁଁ ସେ ବଖରା ପାଖରେ ଠିଆ ହୋଇ ରହିଲି। କବାଟରେ ହାତ ମାରିବାରୁ ଫିଟିଗଲା। ତା'ପରେ ମୁଁ ଯାହା ଦେଖିଲି ଦେଖି ଚମକିପଡ଼ିଲି। ଲୁହାଫାନ୍ଦରୁ ଗାମୁଛାଟା ଓହଲିଥିଲା ଦେଖି ମୋ ଦେହ ସାରା କମ୍ପିଲା।

ମୋତେ କ'ଣ ସେମିତି ଭ୍ରମ ହେଉଥିଲା। ମୁଁ ସେ ଗାମୁଛାଟାକୁ ଛୁଇଁବାକୁ ପ୍ରୟାସ କରିପାରିଲିନାହିଁ। ପ୍ରତିଟି ମୁହୂର୍ତ ଲୁହାଗୋଟାଲି ପରି ଗଡ଼ିଯାଉଥିଲା। ନା ସେଇଟା ଭ୍ରମ ନଥିଲା, ଗାମୁଛା ନିଶ୍ଚୟ ଟଙ୍ଗା। ହୋଇଥିଲା। ତା'ର ତଳମୁଣ୍ଡରେ ଫାଶ ବି ପଡ଼ିଥିଲା। ଆଶ୍ଚର୍ଯ୍ୟ। ତା'ହେଲେ ଆଗରୁ ସବୁ ପ୍ରସ୍ତୁତ ହୋଇରହିଛି। କିନ୍ତୁ ପ୍ରସ୍ତୁତ କରିଛି କିଏ? ... କିଏ?... କିଏ?

ଯିବି କି ସେମାନଙ୍କ କବାଟ ବାଡ଼େଇ ତାଙ୍କୁ ଉଠେଇବି? ପଚାରିବ କିଏ ଏମିତି କରି ରଖିଛି... ଲାଭ କ'ଣ?

ବୁଝିଲା ଯେ, ସେମାନେ ବି ଏଇଆ ଚାହାନ୍ତି। ମୁଁ ବଖରା ମଝିକୁ ଯାଇ ସେ ଗାମୁଛାରେ ହାତ ମାରିଲି। ସେଇଟା ଗୋଟାଏ ତଳମୁହାଁ ଅହିରାଜ ପରି ଝୁଲିଗଲା। ବାବା କି ସୁନ୍ଦର!

ତା'ପରେ ଆପଣ ଯାହା ଶୁଣିଛନ୍ତି ସେକଥା ସମସ୍ତେ ଶୁଣିଛନ୍ତି। ଖବରକାଗଜରେ ବି କୁଆଡ଼େ ବାହାରିଥିଲା। ସେମାନେ କହୁଛନ୍ତି ଯେ, ଦଶତାରିଖ ଶନିବାର ଦିନ

ସକାଳୁ ସେମାନେ ଦେଖିଲେ ଯେ ପଞ୍ଝାପାଇଁ ରହିଥିବା ଲୁହାଫାନ୍ଦରେ ଗାମୁଛା। ବାନ୍ଧି ମୁଁ ଝୁଲିଯାଇଥିଲି। ସେମାନେ ଖୁବ୍ ପାଟିତୁଣ୍ଡ କଲେ। ଯଥାବିଧ କନ୍ଦାକଟା କଲେ। କ୍ରିୟାବିଧ କଲେ, ସକ୍ରାର କଲେ। ଆଉ କ'ଣ କରିଥାନ୍ତେ ବିଚରାମାନେ ?

ତା'ହେଲେ ଆପଣ ବି ସେମାନଙ୍କ କଥାରେ ବିଶ୍ୱାସ କରିଗଲେ ? ଆସି ଘେରାଏ ବୁଲିଗଲେ ନାହିଁ– ସବୁ ଜାଣିପାରିଥାନ୍ତେ। ଆପଣ ଆସିଥିଲେ ମୁଁ ହିଁ କବାଟ ଫିଟାଇ ଆପଣଙ୍କୁ ପାଛୋଟି ନେଇଥାନ୍ତି। ଆପଣ ତାଟକା ହୋଇ ଚାହିଁଥାନ୍ତେ। ହୁଏତ ଆପଣଙ୍କ ଭିତରୁ କେହି ଜଣେ ସାହସ କରି ମୋ ଦେହରେ ଟିପମାରି ପରଖିଥାନ୍ତେ। କିନ୍ତୁ କେହି ସେପରି ଆସିନାହାନ୍ତି କି ପରଖ କରିନାହାନ୍ତି। ଏପରିକି ଆପଣ ଭାବିନାହାନ୍ତି ଏଇଟା କେମିତି ଧରିତ୍ରୀ ଜନ୍ମବିଶେଷାଙ୍କରେ ଗଳ୍ପ ବିଭାଗରେ ଛାପାହେଲା ଏବଂ ଆପଣ ତାକୁ ପଢ଼ିଲେ ? କିଏ ଦେଲା ଏ ଗଳ୍ପ ଏମାନଙ୍କୁ ?

ଯେ ଯାଇଥିଲା ଆଣିବାକୁ ତାକୁ ଆପଣ ପଚାରନ୍ତୁ ସେ କାହାହାତରୁ ଗଳ୍ପ ନେଇଛି। ମୁଁ ହିଁ ତାକୁ ବଢ଼େଇଦେଇଥିଲି। ଡେରିହେଲା ବୋଲି ଦୁଃଖ ପ୍ରକାଶ କରିଥିଲି। ସେ ଅବଶ୍ୟ ମୋତେ ସେମିତି ନିଜେଇ ଚାହିଁ ନାହିଁ ବୋଲି ଆପଣ କହିବେ– ନହେଲେ ସେ ନିଶ୍ଚୟ ଜାଣି ପାରିଥାନ୍ତା। ଆପଣ ତା'ହେଲେ ଭାବୁଛନ୍ତି ଏଇଟା ସମ୍ଭବ ! ମୁଁ ଦଶ ତାରିଖ ଶନିବାର ପରେ ମଧ୍ୟ ଗଳ୍ପଟିଏ ଲେଖିପାରେ ଏବଂ ନିଜ ହାତରେ ଜଣକୁ ବଢ଼ାଇଦେଇପାରେ ?

ଯଦି ନୁହେଁ, ତା'ହେଲେ ମିଥ୍ୟା ରଚନା ହେଇଛି। ସେ ଦଶ ତାରିଖ ଘଟଣା ସବୁ ମିଛ। ଗାମୁଛାରେ ଓହଲିଥିବା ମଣିଷକୁ ଓହ୍ଲେଇ ଆଣି ତା'ର ସକ୍ରାର ଆଦି କରିବା ଏତେ କନ୍ଦାକଟା କରିବା– ସବୁ ମିଛ।

ଆପଣ କ'ଣ ଠିକ୍ କଥାଟା ଜାଣିବାକୁ ଚାହୁଁଛନ୍ତି। ତା'ହେଲେ ଆସୁନାହାନ୍ତି ବସି କଥାବାର୍ତ୍ତା ହେବା। ନହେଲେ ଯଦି ଆପଣ ଚାହାଁନ୍ତି ମୁଁ ଆସିବି ପାଖକୁ। କହନାହାନ୍ତି କେବେ ଆସିବି ?

ଆପଣ ଡରୁଛନ୍ତି କି ? ସେସବୁ କିଛି ନୁହେଁ। ମୋତେ ଡରନ୍ତି ନାହିଁ। ମୋତେ ଆପଣ ସେମିତି ଦେଖିଛନ୍ତି ଆଉ ଥରେ ସେମିତି ଦେଖିନେଲେ ହିଁ ତ ଆପଣଙ୍କର ସବୁ ସନ୍ଦେହ ତୁଟିଯିବ।

ହଁ ଗୋଟାଏ କଥା–ମୁଁ ଯେଉଁଠି ରହୁଥିଲି, ମାନେ ମୋର ପରିବାର ଯେଉଁଠି ରହୁଛନ୍ତି, ମୋତେ ସେଇଠି ଆପଣ ପାଇବେ ନାହିଁ। ସେଇଠି ପହଞ୍ଚିଲେ ସେମାନେ ଆପଣଙ୍କୁ ସେଇ ଦଶ ତାରିଖ ଘଟଣା ହିଁ ପୁଣିଥରେ ଲୁହ କୋହ ମିଶେଇ ଶୁଣେଇବେ।

ଆପଣ ବରଂ ଅନ୍ୟ ଜାଗାରେ ମୋତେ ଭେଟନ୍ତୁ। ସନ୍ଧ୍ୟାବେଳେ, ମେଘାସନ

ଉପରେ ସୂର୍ଯ୍ୟ ବୁଡ଼ିଯାଉଥିଲା ବେଳେ, ବାରିପଦା ପାଣିଟାଙ୍କି ପାଖରେ ଉଚ୍ଚ ହୁଡ଼ା ଉପରେ ମୁଁ ବସିଥିବି । ଆପଣ ଆସି ମୋ ବାଁ ପାଖେ ବସିବେ । ଏକାଠି ଆମେ ସୂର୍ଯ୍ୟାସ୍ତ ଦେଖିବା । ସେଇଠୁ ଚିପଟ୍ ପୋଲ ଦିଶୁଥିବ । ମୁଁ ଆପଣଙ୍କୁ ସବୁକଥା କହିବି ।

ନତୁବା ଅସରାଏ ବର୍ଷାହୋଇ ଛାଡ଼ିଯାଇଥିବ । ଜୟପୁର ନାକଟି ଜଙ୍ଗଲ ମୋଡ଼ ପାଖରେ କୋରାପୁଟ ଘାଟି ଉଠାଣି ପାଖରେ ଓଦା ଓଦା କୁନ୍ଦଫୁଲ ଫୁଟିଥିବ । ଏମିତି ଉପରଓଳି ସମୟ । ଖୁବ୍ ନିରୋଳା ଭାରି ଗମ୍ଭୀର । ଦୂରନ୍ତ ଦିଶୁଥିବ ଘାଟିତଳର ଜଙ୍ଗଲ । ସେଇ କୁନ୍ଦଫୁଲ ତୋଳୁଥିବ ବେଳେ ମୋତେ ଆପଣ ପଛରୁ ଡାକିବେ ନାହିଁ । ପାଖରେ କିଛି ସମୟ ଠିଆହେଲେ ମୁଁ ଜାଣିଯିବି । ତା'ପରେ ଆପଣ ଚାହିଁଲେ ନିଜେ କିଛି ଫୁଲ ତୋଳିପାରନ୍ତି । ମୋ ସାଙ୍ଗେ ସୁଖ ଦୁଃଖ ହୋଇପାରନ୍ତି ।

ସକାଳ ବେଳା ପୁରୀ ବେଲାଭୂମିକୁ ଆସୁନାହାନ୍ତି–ସେଇଠି ଦେଖାହେବ । ସୂର୍ଯ୍ୟ କଅଁଳା ବାଙ୍ଗୁରାଟିଏ ପରି ସମୁଦ୍ରକୁ ଡେଇଁପଡ଼ିଲା ବେଳକୁ ମୁଁ ଏକଲୟରେ ଚାହିଁ ଠିଆ ହୋଇଥିବି ଓଦା ବାଲି ଉପରେ । ପାଦଟେକି ଗୁଞ୍ଜଗଲେ ଖୁବ୍ ଗହୀର ପାଦ ଚିହ୍ନ ଉପରେ ସମୁଦ୍ରର ଫେଣମିଶା ପାତଲ ଚାଦର ପରି ଲହରି ମାଡ଼ିଯିବ । ପାଦଚିହ୍ନ ଲିଭିଯିବ–ମୋର ବି– ଆପଣଙ୍କର ବି! ହୁ-ହୁ ପବନ ବହୁଥିବ । ନୋଳିଆ କାଠଡଙ୍ଗା ଠେଲି ନେଉଥିବେ ଅମାନିଆ ସମୁଦ୍ରକୁ । ଉପରେ ମାଙ୍କଡ଼ଙ୍ଗା । ଚଢ଼େଇମାନେ ଉଡ଼ି ବୁଲୁଥିବେ । ଶଙ୍ଖମାଳି ବିକାଳି ଟୋକା ଆମକୁ ନଚାହିଁ ଚାଲିଯିବ ।

ଯଦି ଡେରି ହୋଇଯାଏ ଆପଣଙ୍କୁ ତା'ହେଲେ ମୁଁ ଅରୁଣଖ୍ୟୁ ପାରିହୋଇ ବାଇଣୀପାହାଚ ଉଠୁଥିବି–ମୋତେ ଆପଣ ପଛରୁ ଚିହ୍ନିଯିବେ । ଯଦି ନିହାତି ଚାହାନ୍ତି ତା'ହେଲେ ମୋ ସାଙ୍ଗରେ ଆପଣବେଢ଼ା ବୁଲି ଆସିବାକୁ ହେବ । ନୀରବରେ ଗରୁଡ଼ ପଛରୁ ଠାକୁର ଦର୍ଶନ କରିବାକୁ ହେବ । ସେଇଠୁ ଆନନ୍ଦବଜାର ପାରିହୋଇ ସ୍ନାନମଣ୍ଡପ ଉପରେ ଏକାଠି ବସିବା । ସେଇଠୁ ବଡ଼ଦାଣ୍ଡ ଦିଶୁଥିବ । ମୁଁ ଢେରକଥା ବି ଜାଣିଯିବି ।

ମାଇ ସଞ୍ଜବେଳେ ବିଜୁଳି ଆଲୁଅ ଲାଗିସାରିଥିବ । ପାନପୋଷ ଛକ ପାଖରେ ବାଁ ଡାହାଣ ସ୍ଥିର କରିନପାରି ମୁଁ ଦୋଦୋପାଞ୍ଚ ହୋଇ ଠିଆ ହୋଇଥିବି ଏକୁଟିଆ । ଆପଣ ମୋତେ ଚିହ୍ନ ମୋ ପାଖକୁ ଆସିବାମାତ୍ରେ ମୁଁ ବୁଝିଯିବି । ଆପଣଙ୍କ ସାଙ୍ଗରେ ତେଣିକି ଯେଉଁଆଡ଼େ ଚାହିଁବେ ମୁଁ ଯିବାକୁ ପ୍ରସ୍ତୁତ । ନିରୋଳାରେ ପାନ ବରାଦକରି ଗଛମୂଲେ ଅଳ୍ପ ଅନ୍ଧାରେ ମୁହାଁମୁହିଁ ଠିଆହେଲା ପରେ ଆପଣ ଯାହା ପଚାରିବେ ମୁଁ କହିବି ।

ନତୁବା ଧନୁପାଲି ପୋଲ ପାଖରେ ଦେଖା ଦେଇପାରେ । ଜିରା ନଦୀ ପୋଲ ପାରିହୋଇ ସୋହେଲା ମୋଡ଼ ପାଖରେ ଦେଖାହେଇପାରେ । ମଲ୍ଲିକାଶପୁରରେ

ସେନାପତିଙ୍କ ସ୍ମୃତିପୀଠ ପାଖକୁ ମୁଁ ବେଳେବେଳେ ଯାଏ ଶୀତରାତିରେ। ଖରାଦିନ ସଂଜବେଳେ ମନୋହରପୁର ରାସ୍ତାରେ ରାଣୀ-ସାଗର ହୁଡ଼ା ଉପରେ ବାଙ୍କୁଆ ପବନରେ ବସିରହେ ଅନେକ ସମୟ।

ଯ଼ା ବାହାରେ ଆପଣ ଯେଉଁଠି ଚାହିଁବେ ପାରଳା, ବ୍ରହ୍ମପୁର, କଟକ ଏପରିକି ଭୁବନେଶ୍ୱରରେ ବି ମୁଁ ସେଠି ଆସି ଆପଣଙ୍କୁ ଦେଖାକରିପାରେ। ମୋର ଗୋଟିଏ ଉଦ୍ଦେଶ୍ୟ ଆପଣଙ୍କର ପ୍ରତ୍ୟୟ ଆଣିଦେବା ଯେ ସେ ଦଶ ତାରିଖ ଘଟଣା ସବୁ ମିଛ। ମୋ ପାଇଁ ସେ କାର୍ଯ୍ୟଟି ସମ୍ପୂର୍ଣ୍ଣ ହାସ୍ୟାସ୍ପଦ। ମୁଁ ତା' କଦାପି କରିପାରିବି ନାହିଁ। କିନ୍ତୁ ତା' ଘଟିଛି ବୋଲି ପ୍ରବଳ ଜନରବ। ସେଥିପାଇଁ କହୁଛି ଆପଣଙ୍କ ସହିତ ଥରେ ନିହାତି ସାକ୍ଷାତ ହୋଇଯିବା ଉଚିତ୍। ଅବଶ୍ୟ ଗୋଟିଏ ଅନୁରୋଧ - କୌତୁହଳରେ ବି ଆପଣ ମୋତେ ଛୁଇଁବାକୁ ଚାହିଁବେ ନାହିଁ। କାରଣ- ଆପଣ ଜାଣିବାକୁ ଚାହାନ୍ତି ? କାରଣ ଛୁଇଁଦେଲେ ମୁଁ ଉଭାନ ହୋଇଯାଇପାରେ।

ବର୍ଷକ ଏକ ରୁତୁ : ରୁତୁକ ତିନି ଦିନ

ଝର୍କା ଆରପଟେ ମୋ ଅଲକ୍ଷ୍ୟରେ ସମୟ ଢଳିଯାଉଥିଲା । ମୁଁ ଆନମନା ବସି ରହିଥିଲି ଏକୁଟିଆ । ଅଫିସରେ କାମ ନଥିଲା ।

ମୋତେ ଅଜବ ଧରଣର ଭାରଶୂନ୍ୟତା ଅନୁଭବ ହେଉଥାଏ । ଖୁସୁଖୁସିଆ ଲାଗୁଥାଏ, ଉଶ୍ୱାସ ଲାଗୁଥାଏ ଫୁଲପରି । ଅକାରଣ ଉଲ୍ଲାସ ଲାଗୁଥାଏ । ପବନ ଲାଗୁଥାଏ ରେଶମପରି ନରମ । ଖୁବ୍... ଖୁବ୍ ହାଲୁକା । ତା'ହେଲେ କ'ଣ ବସନ୍ତ ଆସିଗଲା ? ଏତେ ଚଞ୍ଚଳ... ଏଇ ଜାନୁଆରୀ ମାସଟାରେ ? ଚଞ୍ଚଳ ଆଉ କ'ଣ ? ହେଇପରା ମକର ଆସିଗଲା । କୋଡ଼ିଏ ତାରିଖରେ ବସନ୍ତପଞ୍ଚମୀ । ଓ... ସତେତ ! ବସନ୍ତ ଆସିଗଲା ତା'ହେଲେ ।

ଝରକାବାଟେ ମୋତେ ଦିଶିଗଲା ଉଦ୍ୟାନ ବିଭାଗର ବଗିଚାରେ କଲମି ଆମ୍ବଗଛ ଭିତରୁ ଗୋଟାଏ ମୁକୁଟ ପିନ୍ଧିଲାପରି ବଉଳରେ ଲଦିହୋଇରହିଛି ।

ମୁଁ ଝର୍କା ପାଖକୁ ଉଠିଯାଇଥିଲି । ଛ'ତାଲା ଉପରୁ ଚାହିଁଥିଲି ଡେଣା ମେଲିଥିବା ନୀଳ ଆକାଶକୁ । ପବନରେ ଛୋଟ ଛୋଟ ଦୁଷ୍ଟାମୀ ସବୁ ଉଡ଼ିବୁଲୁଥିଲେ । ବେପରୁଆ କାହାର ବାଲ କେରାଏ ମୁହଁ ଉପରକୁ ଫୁଙ୍କିଦେବା ଭଲି, ଦେହରୁ ଲୁଗା ଗହେଲେଇ ଦେବାଭଲି ମୁଲାୟମ୍ ଅପରାଧ କରିବାର ଇଚ୍ଛା ପହରି ବୁଲୁଥିଲା ପବନର ଢେଉରେ ।

ମୋତେ ଉସତ ଲାଗୁଥିଲା । ହାତ ମଣ୍ଟୁ ଭାବୁଥିଲି ଫେରିଲାବେଲେ କ'ଣ ନେଇ ଘରକୁ ଯିବି । ଗଜରା ମାଲଟିଏ ନେଲେ ବଢ଼ିଆ ହୁଅନ୍ତା । ରାତିସାରା ଗଜଦନ୍ତ ମହକୁଥାନ୍ତା ଘରସାରା ।

ଧୁତ୍... ମୁଣ୍ଡ ଖରାପ ନା କ'ଣ ? ପଞ୍ଚାବନ ବର୍ଷ ବୟସରେ ଫୁଲ କିଣିବାକୁ ବେଲ ଅଛି ? ତୁମ ଝରକା ନଥିବା ରନ୍ଧାଘରେ ଚୁଲ୍ଲାଧୁଆସରେ – ଆମିଷ ନିରାମିଷ ସିଝ । ଗନ୍ଧରେ କେତେବେଲେ କେଉଁ ରୁତୁ ପାରିହେଇଯାଏ କ'ଣ ଜଣାପଡ଼େ ? ପିଲାଙ୍କ ଜଞ୍ଜାଲରେ ଗଜରା ପିନ୍ଧିବାକୁ ତର କାହିଁ ?

ଛାଡ଼, ବରଂ କିଛି ମଟର ଆଉ ଫୁଲକୋବି ନେଇଯିବା। ମାଛକୁତ ଏତେ କାଲେ କ'ଣ ରୋଗ ଗ୍ରାସିଚି ଯେ, ସେ ପାଖ ପଶିବା ମନା- ନହେଲେ ବା କିଛି କଟାରୋହି ନେଇ ପହଞ୍ଚୁଥିଲେ ଉସ୍ବ ଲାଗିଥାନ୍ତା।

ଏତିକିବେଲେ ସେଥ୍ରୁ ଯୋଦ୍ୱାଏ କବାଟ ଠେଲି ପଶିଆସିଲେ- "ସାରେ, ଚଞ୍ଚଲ ଆସନ୍ତୁ। ଡାଇରେକ୍ଟରଙ୍କ ଫୋନ୍ରେ ଆପଣଙ୍କୁ ଦିଲ୍ଲୀରୁ କିଏ ଡାକୁଛନ୍ତି। ଡାଇରେକ୍ଟର ନିଜେ ଫୋନ୍ ଧରି କହିଲେ- ଯାଆ, ଦୌଡ଼ିକରି ଡାକି ଆଣିବ ସେନାପତିବାବୁଙ୍କୁ।"

ମୋ ନାଁ ନିଶାକର ସେନାପତି। ସରକାରୀ ବିଭାଗରେ ଉପନିର୍ଦ୍ଦେଶକ। ଅବସର ନେବାକୁ ଦି'ବର୍ଷ ଚାରିମାସ।

"ଦିଲ୍ଲୀରୁ କିଏ ମୋତେ ଡାକିବ ? କାହିଁକି ଡାକିବ ଆରେ ସେଇଟା। ଆଉ କା'ର ହୋଇଥିବ। ଭଲକରି ବୁଝିଚୁ ନା ନାହିଁ।"

"ହଁ ସାର୍ ! ଡାଇରେକ୍ଟର ପରା ଫୋନ୍ରେ ଇଂରାଜୀରେ ପଚାରିଲେ, – କ'ଣ ନିଶାକର ସେନାପତିକୁ ଖୋଜୁଛନ୍ତି ? ହଁ ଅଛନ୍ତି, ଆପଣ ଧରିଥାନ୍ତୁ ମୁଁ ଉକେଇ ଦଉଚି।"

ଦିଲ୍ଲୀରୁ ମତେ କାହିଁକି କିଏ ଡାକିବାକୁ ଯିବ ? ତଥାପି ଡାଇରେକ୍ଟର ଫୋନ୍ ଧରି ଉକେଇଛନ୍ତି ଯେହେତୁ, ନଯାଇ ଉପାୟ ନାହିଁ।

ମୁଁ ଅଫିସରେ ପଶୁ ପଶୁ ଡାଇରେକ୍ଟର ଟାଙ୍କ ଅଣାୟତନରେ ଚୌକୀରୁ ଅଧେ ଉଠିପଡ଼ିଲେ। ମୋ ପ୍ରତି ଗୋଟାଏ ଅସ୍ୱାଭାବିକ ସମ୍ଭ୍ରମ ଓ ଆପଣାପଣ ମିଶିଥିଲା। ଟାଙ୍କ କଥାରେ, ଆଚରଣରେ।

"ଆପଣଙ୍କୁ ଆହୁଜା ସାହେବ ଡାକୁଛନ୍ତି।"

ଆହୁଜା... ?

ମୁଁ ଫୋନ୍ ଉଠେଇଲି- 'ସେନାପତି ସ୍ପିକିଂ।'

ସେଆଡ଼ୁ ଟହ ଟହ ହସ ଶୁଭିଲା- "ଆବ୍ବେ ସ୍ପିକିଂକେ ବଚ୍ଚେ... ମେ ଜ୍ଞାନ୍ ବୋଲ୍ ରହା ହୁଁ।"

ହଠାତ ଦିଶିଗଲା ଗୋଟାଏ ଗୋରା ତକ୍ତକ୍ ମୁହଁ ଏବଂ ଅସଂଖ୍ୟ ଚିତ୍ର ତିରିଶ ବର୍ଷ ତଲର। ମୁଁ ବୋଧେ ସ୍ଥାନକାଲ ଭୁଲିଗଲି।- "ଆବ୍ବେ ତୁ ଜ୍ଞାନ୍ ବୋଲ୍ ରହାହେ ? କହଁ ସେ ?"

"ଜହନ୍ନୁମ୍ ସେ। ତୁମ୍କୋ ଉସେ କ୍ୟା ମତଲବ୍ ହେ। ଅବ୍ ଶୁନ୍ କାମ୍କି ବାତ୍। ତୁ କାହାଁ ମର୍ଗୟା ଥା ଇତ୍ନେ ଦିନ୍। ଖୈର, ମେ କଲ ଆ ରହାହୁଁ, ମର୍ଷୁ

ଫ୍ଲାଇଟ୍ ସେ। ସାଥ୍ ଧରମପତ୍ନୀ ଭି ଆରହିହେ। ତୁମ୍ହାରେ ଘର୍ ପହୁଚେଙ୍ଗୋ। ମାନୋ
ନ ମାନୋ ମେହେମାନ୍।"

"କ୍ୟା ବାତ୍ କର୍ ରହାହେ ୟାର୍?" ୟେ ତୋ ହମାରି ଖୁସ୍ କିସ୍ମତ୍
ସମଝେଙ୍ଗୋ। ହାଁ ୟେ ଜରୁର୍ ହେ କି ତୁମ୍ହାରେ ଲାୟକ ୟହୀ। କୁଛ ମିଲେଗାହିଁ?"

"ୟୁ ସଟ୍ ଅପ୍। ତୋ ଫିର୍ ଦୋସ୍ତ କାଲ ମିଲତେ ହେଁ। ୟେ ହମାରି ଅଫିସିଏଲ
ଭିଜିଟ୍ ହେଁ। ଓ ଲୋଗ୍ କୁଛ ନା କୁଛ ଜରୁର୍ କରେଙ୍ଗୋ। ମଗର ହମ୍ ରହେଙ୍ଗୋ
ତୁମ୍ହାରେ ଘର।"

ଫୋନ୍ ଥୋଇ ମୁଁ ଚାହିଁଲି। ଡାଇରେକ୍ଟର ଠିଆ ହୋଇ ରହିଥିଲେ। ଆଉ
ତିନିଜଣ ଅଫିସର ଆସି ଠିଆ ହୋଇ ରହିଥିଲେ। ଖୋଦ୍ ମୁଖ୍ୟମନ୍ତ୍ରୀ ସେମାନଙ୍କୁ
ପଠେଇଥିଲେ। ଚିଫ୍ ସେକ୍ରେଟାରୀଙ୍କ ହୁକୁମ୍ ନେଇ ଆସିଥିଲେ।

"ଆଜ୍ଞା ନମସ୍କାର। ଆମେ ଦିଲ୍ଲୀରୁ ଖବର ପାଇଁ ଆସିଛୁ। ଆହୁଜା ସାହେବ
ଆସୁଛନ୍ତି। ତାଙ୍କ ସାଙ୍ଗରେ ଆଉ ସାତଜଣଙ୍କ ଅଫିସର। ତାଙ୍କର ତିନିଜଣଙ୍କ ରହଣି ପାଇଁ
ସବୁ ବନ୍ଦୋବସ୍ତ ସରିଚି। ହୋଟେଲ ଓବେରାଇରେ ରିଜର୍ଭେସନ୍ ହୋଇଯାଇଛି।
ସେ କିନ୍ତୁ ତାଙ୍କର ଜଣେ ଦୋସ୍ତଙ୍କ ଘରେ ରହିବେ ବୋଲି ଚାହୁଁଛନ୍ତି।"

"ନିଶାକରବାବୁ ପରା ଆହୁଜା ସାହେବଙ୍କର ଘନିଷ୍ଟ ବନ୍ଧୁ।" ଉପରେ ପଡ଼ି
କହିଲେ ଡାଇରେକ୍ଟର।

"ବସନ୍ତୁ ସାର୍।" କହି ଆସିଥିବା ଅଫିସର ମୋ ପାଇଁ ଚୌକୀ ଟାଣିଦେଲେ।
ବସିବାଯାଏଁ ସମସ୍ତେ ଠିଆହୋଇ ରହିଥାନ୍ତି।

ଡାଇରେକ୍ଟର ବେଲମାରି କଫି ପାଇଁ ଅର୍ଡର ଦେଲେ ଏବଂ କୃତ୍ୟକୃତ୍ୟ
ହେଲାପରି ମୋର ଗୁଣଗାନ କରି ଚାଲିଲେ। ମୁଁ ସକାଳ ଓଳି ଗୋଟାଏ ଫାଇଲ
ବିଷୟ ଆଲୋଚନା କରିବାକୁ ଆସି ଫେରିଯାଇଥିଲି, କାରଣ ଡାଇରେକ୍ଟର ସାହେବ
ଗୋଡ଼ ଲମ୍ବେଇ ଫୋନ୍‌ରେ ଦୁଃଖସୁଖ ହଉଥିଲେ ଆମେରିକାରେ ତାଙ୍କ ଝିଅ ସାଙ୍ଗରେ।

"ଆପଣଙ୍କର ଆଉ କିଛି ଅସୁବିଧା ନାହିଁ। ନିଶାକରବାବୁ ଆହୁଜା ସାହେବଙ୍କୁ
ଟିକେ ବୁଝାଇଦେଲେ ହେଲା। ଆପଣ ସେଇ ଲାଇନ୍‌ରେ ନିଶାକରବାବୁଙ୍କୁ ବତେଇ
ଦିଅନ୍ତୁ।"

"କଥା କ'ଣ କି ସାର୍, ଆହୁଜା ସାହେବ ହେଉଛନ୍ତି ମୂଳ ଲୋକ। ସେ
ୟାହା କହିବେ, ତାହା ହୋଇଯିବ। ଆମେ ବନ୍ୟାପାଇଁ ପ୍ରସ୍ତାବ ଦେଇଥିଲୁ। ପରେ
ହିସାବ କରି ଦେଖିଲୁ ୟେ ସେ ଫିଗରଟା ଠିକ୍ ନୁହଁ। ସବୁ ହେଡ଼ରେ ଡିଷ୍ଟ୍ରିବ୍ୟୁଟ୍
କରିନେବାରୁ ଅଣ୍ଟୁ ନାହିଁ। ସେଥିପାଇଁ ଆଉ ଅନ୍ତତଃ କିଛି ନହେଲେ ଦଶ କୋଟି

ବଢ଼େଇବା କଥା। ସେ କଥା ଯେ ଆହୁଜା ସାହେବଙ୍କୁ କହିବେ ତାଙ୍କୁ ସେ କଞ୍ଚା ଖାଇଯିବେ। ତାଙ୍କ ହାବୁଡ଼ରେ ଯେ ଥରେ ପଡ଼ିଛି ସେ ଜାଣେ।"

"ରହନ୍ତୁ ସାମଲବାବୁ– ମୁଁ କଥାଟା ସାରଙ୍କୁ ବୁଝ଼େଇ ଦିଏ। ସେସବୁ କିଛି ନୁହେଁ ସାର୍! ଆହୁଜା ସାହେବ ଆପଣଙ୍କ ଦୋଷ। ଆପଣ ଖାଲି କହିଦେବେ ଯେ ସେ ଟିକିଏ ରିଭାଇଜ୍‌ଡ଼ ଏଷ୍ଟିମେଟ୍‌ଟିକୁ ଆଖିପକେଇବେ। ମୁଁ ଗୋଟିଏ କପି ଆପଣଙ୍କୁ ଦେଇଦେଉଚି– ଆପଣ ତାଙ୍କୁ ଦେଖାଇନେବେ। ସେ ଦେଖୁ ଦେଖୁ ଜାଣିଯିବେ। ଯଦି କ'ଣ ପଚାରିବାକୁ ଚାହାନ୍ତି, ମୁଁ... ମାନେ ନିରଞ୍ଜନ ଖୁଣ୍ଟିଆ ସେଇଠି ମହଜୁଦ୍ ଥିବି।"

ଡାଇରେକ୍ଟର କହିଲେ– "ଆପଣ ସାର୍ ନିଜେ ନଗଲେ..."

"ରହ ହେ, ତମେ କ'ଣ ଜାଣିଚ? ମୁଁ ନିଜେ ନରହିଲେ କେହି ଆହୁଜାଙ୍କୁ ଫେସ୍ କରିପାରିବେ ନାହିଁ!"

ତା'ପରେ ମୋ ଆଡ଼କୁ ଚାହିଁ "ତା'ହେଲେ ସାର୍ ଚାଲନ୍ତୁ, ଆଗରୁ ବୁଲି ସବୁ ପ୍ରୋଗ୍ରାମ୍ ଠିକ୍ କରିନେବା।"

ମୁଁ ଡାଇରେକ୍ଟରଙ୍କୁ ଅନୁମତି ପାଇଁ କହିଲି– "ମୁଁ ସାର୍ ଯିବି ?"

"ସାର୍–ସାର୍, ଆପଣ ଯାଆନ୍ତୁ। ଏଇଟା ପରା ଦେଶ କାମ।"

ମୁଁ ମୋ କାନକୁ ବିଶ୍ୱାସ କରିପାରିଲି ନାହିଁ। ସେ ବୋଧେ ଖୁଣ୍ଟିଆବାବୁଙ୍କୁ ହଁ କହିଲେ ନା କ'ଣ? ମୋ ଗୋଡ଼ ହୁଗୁଲିଗଲା ପରି ଲାଗିଲା। ମୋତେ ସେମାନେ ଶୂନ୍ୟ ଶୂନ୍ୟ କୁଆଡ଼େ ଟେକିନେଲାପରି ଲାଗିଲା।

ଓବେରୋଇରେ ବସେଇ ସେମାନେ ତାଲିମ୍ ଦେଉଥାନ୍ତି। ମୁଁ ଓଲୁଙ୍କ ପରି ଚାହିଁଥାଏ, ସବୁ କଥାକୁ ହଁ ମାରୁଥାଏ।

ଟେବୁଲ୍‌ରେ ଗୋଟାଏ ବୋତଲ ଏବଂ ଚାରିଟା ଗ୍ଲାସ ଆସି ପହଞ୍ଚିଲା। ମୁଁ ପିଏନାହିଁ ବୋଲି କହିବାରୁ ଖୁଣ୍ଟିଆ ସାହେବ ପାଟିକରି ଉଠିଲେ– "କିଏ ମଗେଇଲା ଡ୍ରିଙ୍କ୍! ସାର୍ ଛୁଅନ୍ତି ନାହିଁ ବୋଲି ଜାଣିନା? ମୁଁ ସାର୍ ଆଦୌ ପିଏ ନାହିଁ। ଏମିତି ପାର୍ଟି ପାର୍ଟିରେ କେତେବେଳେ କେମିତି... ହେ ହେ... ଆବେ ଏଗୁଡ଼ାକ ଉଠା! ଏ ଟେବୁଲ୍ ପୋଛ। କିଛି ମନେକରିବେ ନାହିଁ ସାର୍... ଏଗୁଡ଼ାକୁ ଅଭ୍ୟାସରେ ଏମିତି କରିପକାନ୍ତି।"

"ଆଚ୍ଛା ଖୁଣ୍ଟିଆ ସାହେବ, ମୁଁ ତା' ହେଲେ କପିଟା ନେଉଚି। କାଲି ଆପଣଙ୍କ ଆହୁଜା ସାହେବଙ୍କୁ ଦେଖାଇନେବି।"

ଖୁଣ୍ଟିଆ ହସି ହସି ମେଣ୍ଟା ହୋଇଗଲେ। ତାଙ୍କ ଦେଖାଦେଖି ଆଉ ଦୁଇଜଣ ମଧ୍ୟ ସେଇଆ କଲେ। ମୁଁ କାବାହେଇ ଚାହିଁଥାଏ।

ଖୁଣ୍ଟିଆ ସେଇ ହସ ଭିତରେ କହିଲେ– "ସାର୍ କେମିତି ଜୋକ୍ କଲେ

ଦେଖିଲ ନା ନାଇଁ। "ଆପଣଙ୍କ ଆହୁଜା ସାହେବଙ୍କୁ ଦେଖେଇବି।" ବୃଝିଲ ନା ନାଇଁ ସାମଲବାବୁ? ଆମକୁ ସିନା ଆହୁଜା ସାହେବ... ସାର୍ଙ୍କର ପରା ଦୋଷ। ଶୁଣିଲ ନା ନାଇଁ ଫୋନ୍‌ରେ "ଜ୍ଞାନ, ତୁ" ବୋଲି କହୁଥିଲେ।"

ସମସ୍ତେ ସନ୍ତମରେ ଉଠିପଡ଼ିଲେ। ଖୁଣ୍ଡିଆ କହିଲେ- "ମୁଁ ସାର୍ ଆପଣଙ୍କ ବିନା ଅନୁଭୂତିରେ ଦିନର ପାଇଁ ଅର୍ଡର ଦେଇଦେଇଛି।"

ମୁଁ ଜାଣିଥିଲି ସେ ସେପରି କିଛି କହିନଥିଲେ। କାରଣ ମୂଲରୁ ମୁଁ ସେଠି ଥିଲି। କେଜାଣି ଆଗରୁ ଯଦି କହିଥିବେ।

"ଆଇ ଆମ୍ ସରି। ମୁଁ ଟିକିଏ ଆଗରୁ ନଗଲେ କାଲିପାଇଁ କିଛି ଏରେଞ୍ଜମେଣ୍ଟ ହୋଇପାରିବ ନାହିଁ।"

ସାମଲବାବୁ କହିଲେ- "ଠିକ୍ କଥା।"

ଖୁଣ୍ଡିଆ ଚିଡ଼ିଯାଇ କହିଲେ- "ହ୍ୱାଟ୍ ଠିକ୍ କଥା। ସାର୍ କ'ଣ ଏରେଞ୍ଜ କରିବେ, ଆମେ ଥାଉ ଥାଉ? ସାର୍ କ'ଣ କରିବାକୁ ହେବ କହନ୍ତୁ- ଆମେ କରିଦେବୁ! କାଲି ପାଇଁ ଲଞ୍ଚ ଏଠୁ ନେଇଗଲେ କେମିତି ହୁଅନ୍ତା ସାର୍। ମାନେ ଆହୁଜା ସାହେବଙ୍କ ରୁଚି ଅନୁସାରେ ଯାହା ଚାହିଁବେ-"

"ଏଗୁଡ଼ା କ'ଣ ସାର୍ଙ୍କୁ ପଚାରୁଛନ୍ତି ମ! ଆମେ ଏସୟାର ଫାମିଲି ପାଇଁ ନେଇଯିବା। ଘରୋଇ ଡିସ୍ ତିଆରି କରିବାକୁ କହିବ ଯେମିତି ଜଣାପଡ଼ିବ ନାହିଁ ହୋଟେଲ ଜିନିଷ ବୋଲି। ଆଜିଠାରୁ ୫ ୨ ୧ ଗାଡ଼ିଟା ସାର୍ଙ୍କ ଡିସ୍‌ପୋଜାଲ୍‌ରେ ତିନିଦିନ ରଖିଦିଅ। ବିଶ୍ୱାସ ଏକ୍‌ଜିକ୍ୟୁଟିଭ୍ ଇଞ୍ଜିନିଅରଙ୍କୁ କହିଦିଅ ଜିପ୍ ନେଇ ଡ୍ୟୁଟିରେ ରହିବ ତା'ର ଦୁଇଜଣ ସ୍ଟାଫ୍ ନେଇ। ସେ ବି.ଡ଼ି.ଓ. ଆସିଛି ପରା। ତାକୁ ରେସନ୍ ଆଦି ଯୋଗାଇ ଦେବା ପାଇଁ ଇନ୍‌ଷ୍ଟକ୍‌ସନ୍ ଦେଇଦିଅ।"

ମୁଁ କହିଲି ଧୀରେ ଅଥଚ ଦୃଢ଼ତାର ସହିତ- "ଆପଣ ମୋତେ ଟିକିଏ ଘରେ ଡ୍ରପ୍ କରିଦେଇପାରିବେ କି? ଆଉ କିଛି ଦରକାର ନାହିଁ। ତା'ପରେ ଯଦି ପାରନ୍ତି କାଲି ଏରୋଡ୍ରମ୍ ଗଲାବେଳେ ମୋତେ ପିକ୍‌ଅପ୍ କରିନେଇପାରିଲେ ଭଲ ହୁଅନ୍ତା। ନହେଲେ ବି ମୁଁ ମୋର ବଦୋବସ୍ତରେ ଯିବି; ସେଥିରେ ଯାଏଆସେ ନାହିଁ।"

"ଆପଣ ବୋଧେ ରାଗିଲେ ସାର୍! ଆମେ ସେମିତି କିଛି ଅଫେନ୍ସ ମିନ୍ କରି ନଥିଲୁ। ମୁଁ ସାର୍ଙ୍କୁ ନିଜେ ଘରେ ଯାଇ ଡ୍ରପ୍ କରିଦେଇଆସୁଛି।"

"ନାଇଁ, ଆପଣ ବରଂ ଅନ୍ୟାନ୍ୟ କଥା ବୁଝନ୍ତୁ ଆଉ, ଯେଉଁ ସାତଜଣ ଅଫିସର ଆସୁଛନ୍ତି ତାଙ୍କ ପାଇଁ ବଦୋବସ୍ତ କରନ୍ତୁ। ଡ୍ରାଇଭରକୁ କହିଦେଲେ ସେ ମୋତେ ନେଇଯିବ।"

୫ ୨ ୭ ୧ ଗାଡ଼ିକୁ ଡକାଇ ଖୁସିଆ କହିଲେ– "ଆରେ ସୁଦାମ, ତୁ ସାରଙ୍କ ପାଖରେ ଡ୍ୟୁଟି କରିବୁ। ବନୱାରୀ ପାଖରୁ ତୋର ଯାହା ତେଲ ନେବାକଥା ନେଇଯିବୁ।"

ମୁଁ ଗାଡ଼ିରେ ବସି ଭାବିଗଲି, "ଜ୍ଞାନପ୍ରକାଶ ଆହୁଜା, ତୁ ଶାଲା କେତେ ପାବାର ରଖିବୁ ହାତରେ? ତତେ ଘରେ ରଖିବା ଯାହା ମହାବଳକୁ ରଖିବା ତାହା। ଏମାନେ ସବୁ ତାକୁବ୍ ହେଇଗଲେଣି ଏବଠୁ– କାଲି କ'ଣ ହେବ କେଜାଣି?"

"ସୁଦାମ ଚାଲ ଟିକିଏ ବଜାର ବାଟଦେଇ ଯିବା।"

ନିରୋଲା ରାସ୍ତାରେ ସେଇ ହାଲୁକା ହାଲୁକା ପବନ। ସେଦିଗେ ଡେଣା ମେଲିଥିବା ନୀଳ ଆକାଶ।

ଫୁଲକୋବି, ମଟର, ଟମାଟୋ ଆଉ କିଛି ଧନିଆ ପତ୍ର-ମନ୍ଦ ହବନାଁ।

କାଲି କଥାଟ ସ୍ୱତନ୍ତ୍ର। ଘରେ ବସି ପରେ ଖସଡ଼ା ତିଆରି କରିବାକୁ ହେବ।

ମାଛି ଅନ୍ଧାର ବେଳକୁ ପ୍ରଚୁର ବସନ୍ତର ଉଲ୍ଲାସ ନେଇ ମୁଁ ଘରେ ପହଞ୍ଚିଲି। କଥା ପ୍ରସଙ୍ଗ ପକେଇ ଆହୁଜା ଆସିବା କଥାଟି କହିଲି। ପିଲାଏ ବିଶ୍ୱାସ କରିପାରୁନଥାନ୍ତି ଯେ ଦିଲ୍ଲୀରୁ କିଏ ତାଙ୍କ ଘରକୁ ଆସୁଛନ୍ତି।

ରୁଗ୍ଣ ମୋ ସ୍ତ୍ରୀ କିନ୍ତୁ ମୁଣ୍ଡରେ ହାତଦେଇ ତଳକୁ ଚାହିଁ ବସି ଶୁଣୁଥାନ୍ତି। କୌଣସି କଥାର ଜବାବ ନାହିଁ। କିଛି ହେଲେ ଉସ୍ଫାହ ବା ଆଗ୍ରହର ଲେଶ ନାହିଁ।

"କିଓ ତମେ କ'ଣ କହୁନ କାହିଁକି? କାଲି କ'ଣ କେମିତି ହବ କହିଲେ ସିନା ତା'ପାଇଁ ବ୍ୟବସ୍ଥା ହେବ।"

"କ'ଣ ଆଉ କହିବି? ତମେ ତ ଆ ବଳଦ ମତେ ବିନ୍ଦ୍ କାମଟି କରିଆସିଛ। ଏଡ଼େ ବଡ଼ ଲୋକକୁ ତମ ଘରେ ଚର୍ଚ୍ଚା କରିବାକୁ କ'ଣ ଅଛିତ? କିଏ ବସେଇବ କୋଉଠି, ସେମାନେ ରହିବେ କୋଉଠି, ଖାଇବେ କ'ଣ, ତାଙ୍କ କଥା ବୁଝିବ କିଏ? କ'ଣ ନା ରାତିରେ ଆସି ଦାନ୍ତ ଦେଖେଇଚ– ସକାଳେ ଆସୀ ତାଙ୍କୁ ଠିଆ କରେଇଦବ। ଏସବୁ ହବ କେମିତି? ତମେ ତମର କ'ଣ କରୁଚ କର। ମତେ ଖଣ୍ଡେ ରିକ୍ସା ଡକେଇ ଦିଅ। ମୁଁ ଯାଏ ମାମୁଘରକୁ ତିନିଦିନ ଛୁଟିରେ। ସେ କେବେଠୁ ଡାକୁଛନ୍ତି।"

ମୋର ୟାଲ ଫିଟିଗଲା। ଆରେ ସତେ ତ, ଜିନିଷଟା ଯେତେ ସରଳ ଓ ସହଜ ବୋଲି ମୁଁ ଭାବୁଥିଲି ପ୍ରକୃତରେ ତାହା ସେମିତି ନୁହେଁ। ମୁଁ ଥ' ହୋଇ ବସିଗଲି। ପିଲାମାନେ ଖୁସ୍ ଖାସ୍ ଚାଲିଗଲେ। ଜାଣିଲେ ଯେ ଗୋଟାଏ ବଡ଼ ବିପଭି କ'ଣ ଆସିଗଲା।

ବହୁ କଷ୍ଟରେ ତାଙ୍କୁ ରାଜି କରେଇଲି, ଦୁହେଁ କଥାବାର୍ତ୍ତା ହେଲେ ଯୋଜନା କରିହେବ।

"ଦେଖ, ଆହୁକା ଯେତେ ବଡ଼ ଅଫିସର ହେଲେ ସୁଦ୍ଧା ମୋ ସାଙ୍ଗ। ସେଥିପାଇଁ ତା' ସକାଶେ ସେମିତି କୌଣସି ବିଶେଷ ବନ୍ଦୋବସ୍ତର ପ୍ରୟୋଜନ ନାହିଁ। ମୋର ଭୟ ବରଂ ତା' ସ୍ତ୍ରୀକୁ।"

"ସେ ଯାହାହେଉ ଘରକୁ ଆସୁ ଆସୁ ଚା' ଟିକିଏ ତ ଦବ। ତମର ଏ ବାରଜାତିଆ କପ୍ ପିଆଲା କ'ଣ ଚଳିବ?" ମୁଁ ସାଙ୍କୁଡ଼ି ଗଲି।

"କୋଉଠି ବସେଇବ? ତମ ସୋଫାର ଗଦିକାନାକୁ ଦେଖିଛ? ତା' ଅବସ୍ଥା କ'ଣ ହେଲାଣି? ମୁଁ ତ ଯେତେ କହିଲେ ଶୁଣିଲ ନାହିଁ। ଏବେ ତମେ ହିନସ୍ତା ହେବନାଇଁତ ଦାଣ୍ଡଲୋକ ହେବେ?"

"ଇସ୍, କ'ଣ କରିବା ତା'ହେଲେ।"

"ଆଉ ଶୁଣ, ସେ ଟେବୁଲ୍ ଚୌକିରେ ଖାଇବାର ଅଭ୍ୟାସ ରଖିଥିବେ। ଆମ ଟେବୁଲର ଗୋଟାଏ ଗୋଡ଼ ନାହିଁ। ସେଇଟା ଆସିବା ଦିନଠୁ ତା ଉପରେ ଆଲିମାଲି ଗଦାହେଇଛି। ତଳେ ବାକ୍ସ ପେଟରା। ଚୌକି କୋଉକାଳୁ ଭାଙ୍ଗିରୁଜିଗଲାଣି। ପିଲାଏ କେତେଥର କହିଲେଣି ଡାଇନିଂ ଟେବୁଲ୍ ପାଇଁ– କ'ଣ ଶୁଣିଲ? ଏବେ କ'ଣ ତଳେ ଆସନ ପକେଇ ଖାଇବାକୁ ଦବ? ଆସନ ବା କାହିଁ? ହରିଆନା ହେଣ୍ଡଲୁମ୍ର ଦି'ଖଣ୍ଡ ଆସିଥିଲା ଦି'ବର୍ଷ ତଳେ। କୋଚଟିଆ ହୋଇପଡ଼ିଛି।"

ମୋ ମୁଣ୍ଡ ଘାଉଁରେଇ ଗଲା।

"କ'ଣ ଖାଇବାକୁ ଦବ? ସନ୍ତୁଳା, ବଡ଼ିଭଜା, ମାଛ ବେସର, ଭାତ? ତାଙ୍କୁ କ'ଣ ଦେଲେ ସେ ଖାଇବେ, ତମେ ଜାଣିଚ? ଜାଣିଲେ ବି କିଏ ତମର ଅଛି ପାଞ୍ଚ ପ୍ରକାର ରାନ୍ଧିବାଡ଼ି ଥୋଇବ? ମୁଁ ତ ପାରିବିନାହିଁ। କୋଉଠି ଖାଇବାକୁ ଦବ? କଂସା ଥାଲିରେ, ଚକା ଟ୍ରେ'ରେ ନା ଲମ୍ବା ଟ୍ରେ'ରେ? ଏକାପରି ଦି'ଖଣ୍ଡ କିଛି ନାହିଁ।"

ମୁଁ କାନ ଉପରେ ହାତ ମଡ଼େଇ ଆଖି ବୁଜିଦେଲି। ଇଚ୍ଛା ହଉଥିଲା, ମୁଖରା ସ୍ତ୍ରୀର ମୁଣ୍ଡ ଫଟେଇଦବାକୁ। ଇଚ୍ଛା ହଉଥିଲା ମୁଣ୍ଡପିଟି ମରିଯିବାକୁ।

ମୋ କପାଳରେ ତୋପା ତୋପା ଝାଳ ଜମିଗଲା। ଏ ଯାହା କହିଲାଣି, ଏ ତ ଏକବାରେ ଅସମ୍ଭବ ବ୍ୟାପାର। କେଉ କଥା ସମ୍ଭାଳିବ ଏବଂ କେମିତି ସମ୍ଭାଳିବ?

ମୋ କାନମୁଣ୍ଡ ତାତିଯାଇଥାଏ। କାନ ଭାଁ–ଭାଁ ଡାକୁଥାଏ। ସତେବା ମୋତେ ବର୍ତ୍ତମାନ ଚୂଡ଼ାନ୍ତ ଏଜଲାସରେ ମୃତ୍ୟୁଦଣ୍ଡ ଶୁଣାଇ ଦିଆଗଲା। ମୁଁ ଏଇ ରାତିରେ ମରିଯାତି କି! ସକାଳୁ ଆହୁଜା ଫୁଲତୋଡ଼ା ଚଢ଼େଇ ଚାଲିଯାତା। ସବୁ କଥା ଲୁଚିଯାତା! ଇଜ୍ଜତ୍ ରହିଯାତା!

"ମୋ କଥା ମା। କ'ଣ ଗୋଟାଏ ଆଲ କାଢ଼ି ତାକୁ ନେଇ ହୋଟେଲରେ

ରଖିଦିଅ। ଏମିତି ଥରେ ଘରକୁ ବୁଲି ଆସିଲେ ମୁଁ ପଡ଼ିଶା ମଙ୍ଗତାନି ଘରୁ କପ୍ ପିଥାଲା ଆଣି ବିସ୍ତୃତ ଫିସ୍କୁଟ୍‌ରେ କାମ ଚଲେଇଦେବି।"

ମୋ ପାଟି ଖନିମାରିଗଲା। ମୁଁ ବହୁ କଷ୍ଟରେ କହିଲି- "ସେମାନେ ଆମ ଘରେ ରହିବେ।"

"କ'ଣ ହେଲା ! ଏଠି ରହିବେ ? କୋଉଠି ରହିବେ ଛାତରେ ନା ପାହାଚରେ ଏତେ ସବୁ ବଖରା ଆଲୁମାଲୁ ଜିନିଷ ଆଉ ମଣିଷରେ ବାନ୍ତି କରୁଚି। ପାଦପକେଇବାକୁ ଠା' ନାହିଁ। ଖଟ, ଶେଯ, ମଶାରୀ କାହିଁ ? ସେଥିରେ ପାଇଖାନା ଅବସ୍ଥା ଯାହା। ସେମାନେ ଗାଧୋଇବେ କୋଉଠି ? ମୁହଁ ଧୋଇବେ କୋଉଠି ? ଭଲଗତି ଅଛି ତ ଏବେ ଯାଇ ତାଙ୍କ ପାଇଁ ଆଉ କ'ଣ ବ୍ୟବସ୍ଥା କରି ଆସ- ନହେଲେ କାଲି ଆସି ସେମାନେ ଦୁଆରେ ଓହ୍ଲେଇଗଲେ କୋଉ କୁଳର ହବନାହିଁ।"

ମୁଁ ସତକୁ ସତ ବରଭାପତ୍ର ପରି ଥିଲି। ମୋର ତଣ୍ଟି ଶୁଖିଗଲା। ଏମିତି ବୋଧେ ମୁଁ କେବେହେଲେ ନିଜକୁ ବିପଦଗ୍ରସ୍ତ ମଣିନଥିଲି।

ଏତିକିବେଲେ ମୋର ମନେପଡ଼ିଲା, ଖୁଣ୍ଟିଆ କହିଚାଲିଛି- "ସାର କ'ଣ ବ୍ୟବସ୍ଥା କରିବେ ଆମେ ଥାଉ ଥାଉ ? ଯାହା ଲୋଡ଼ା ସାର ଆମକୁ କହିଦେଲେ ଆମେ କରିଦେବୁ।" ମୁଁ ତାକୁ ପ୍ରତ୍ୟାଖ୍ୟାନ କରି ଆସିଛି। କୋଉ ମୁହଁରେ ପୁଣି ତାକୁ ସାହାଯ୍ୟ ମାଗିବି ? କିନ୍ତୁ ନକହିଲେ ତ ରକ୍ଷା ନାହିଁ।

ମୁଁ କେତେବେଲେ ସୁଦାମ ଗାଡ଼ିରେ ଯାଇ ଓବେରଇ ହୋଟେଲରେ ପହଞ୍ଚିଲି ମୁଁ ଜାଣେ ନାହିଁ। ମୋତେ ଚାରିଆଡ଼ ଅନ୍ଧାର ଦିଶୁଥାଏ। କୌଣସି ପ୍ରକାରେ ଇଜ୍ଜତ୍‌ ବଞ୍ଚାଇବାକୁ ମୁଁ ଚାହୁଁଥାଏ। କିନ୍ତୁ ଗୋଟାଏ ପାଖରେ ନ ହାରିଲେ ଆର ପାଖରେ ବଞ୍ଚାଇବାର ଉପାୟ ନାହିଁ।

ମୁଁ ସେ ସୁଇଟ୍‌ ଭିତରେ ପଶିଗଲି। ମୋତେ ଦେଖୀ ତିନିହେଁ ବିରକ୍ତ ହେବାର ମୁଁ ଜାଣିପାରୁଥିଲି। ସେମାନେ ସେଇ ବୋତଲଟି ଖୋଲି ପିଉଥିଲେ। ସେମାନେ ଅନିଚ୍ଛାସତ୍ତ୍ୱେ ଠିଆହେଲେ।

"କ'ଣ ହେଲା ସେନାପତି- ମାନେ ସାର ? ସାର, କିଛି ଅସୁବିଧା ହେଲାକି ?"

"ଦେଖନ୍ତୁ, ଆହୁଜା ସାହେବ ବରଂ ଏଠି ଅନ୍ୟମାନଙ୍କ ସାଙ୍ଗରେ ରହିଯିବା ଭଲ। ଆମ ଘରେ ରହିବା ଅସୁବିଧା ହେବ।"

"ସେଇ କଥାତ ଆମେ ଭାବୁଥିଲୁ ଏଇନା। ଆହୁଜା ସାହେବାଙ୍କୁ ଆମେ ଦିଲ୍ଲୀରେ ଦେଖିଛୁ। ସେ ଯେଉଁ ଟିପ୍‌ଟପ୍‌ ଅଫିସର ବାବା, ଟିକିଏ ବଙ୍କା ହେଇଗଲେ ଖାଇଯିବେ। ତାଙ୍କୁ ଚଲେଇବା ଭାରି କଷ୍ଟ।"

"ବୁଝିଲ ସାମଲ, ତୁମର କମନସେନ୍ସ ନାହିଁ। କିଛି ମନେକରିବେ ନାହିଁ ସାର। ସେ ଟିକିଏ ପିଇଦେଇଛନ୍ତି। ମୁଁ ସାର ଏମିତି କମ୍ପାନୀ ପାଇଁ ବସିଥିଲି। କଥା କ'ଣ କି ଯଦି ଆହୁଜା ସାହେବ ଆପଣଙ୍କ ଘରେ ରହିବାକୁ ସ୍ଥିର କରିଛନ୍ତି, ସେଥିରୁ ସେ କେବେ ଘୁଞ୍ଚିବେ ନାହିଁ। ଆହୁଜାଙ୍କ ନିଷ୍ପତ୍ତି କେବେ ବଦଳେ ନାହିଁ। ସେଥିପାଇଁ ଘରେ କ'ଣ ଅସୁବିଧା ଅଛି କହିଲେ ତା'ର ବ୍ୟବସ୍ଥା କରିବା।"

"ଅସୁବିଧା ଗୋଟିଏ ଥିଲେ ସିନା କହିବି। ସବୁଆଡ଼ୁ ଅସୁବିଧା – ରହିବା, ଖାଇବା, ଶୋଇବା, ଗାଧୋଇବା, ସବୁ ଅସୁବିଧା। ଘର ବି ସରକାରୀ, ଛାତରୁ ଲୁହାଛଡ଼ ଦିଶୁଛି, କବାଟ ରଙ୍ଗ ଲାଗିନାହିଁ, କାନ୍ଥରେ ବର୍ଷାଦିନର ଛାପଛାପୁଆ ଦାଗ ଲିଭିନାହିଁ, ଝରକାରେ କାଚ ନାହିଁ, ପାଇଖାନାରେ ଫ୍ଲସ୍ ନାହିଁ, ପଙ୍ଖା ଚାଲୁନାହିଁ।"

"ଓ ବୁଝିଲି। ୟୁ ଆର୍ ରାଇଟ୍ ସାର। ଆହୁଜା ସାହେବ ସେଇଠି ରହିପାରିବେ ନାହିଁ। ରହିଲେ ଆମ ସମସ୍ତଙ୍କ ମୁଣ୍ଡ କାଟ୍ ହୋଇଯିବ।"

ସାମଲ ମୁଣ୍ଡ କୁଣ୍ଠେଇ କହିଲେ– "ସାର, ଆପଣଙ୍କ ଘରେ ରହିଲେ କିଛି ଅସୁବିଧା ହୁଅନ୍ତା ନାହିଁ।"

ଖୁଣ୍ଢିଆ ଡେଇଁପଡ଼ି ଚୁଟ୍କି ଫୁଟେଇଲେ– "ଆଇଡିଆ, ସାମଲ ଆଇଡିଆ! ଏ ତିନିଦିନ ପାଇଁ ସାରଙ୍କୁ କ୍ୱାର୍ଟର୍ସଟା ଛାଡ଼ିଦିଆଯାଉ। ମୁଁ ସାର୍କିଟ୍ ହାଉସ୍କୁ ଉଠିଯିବି। ମୁଁ ତ ଏବେନା ଏକା ରହୁଛି– ସ୍ତ୍ରୀ ଯାଇଛନ୍ତି ଆସାମ ପୁଅ ପାଖକୁ। ଫେରୁ ଫେରୁ ମାସ ଶେଷ। ବଢ଼ିଆ। ବୁଝିଲେ ସାର, ଆପଣ ଆଉ କିଛି ନକରି ସିଧା ମୋ ଘରକୁ ଚାଲିଯାଆନ୍ତୁ। ସେଇଠି ଗୋଟାଏ ବର୍ବର୍ଚ୍ଚିକୁ ପିଠନ୍ କରି ରଖିଦବା। ସେ ରନ୍ଧାବଢ଼ା କରି ଯୋଗେଇଦବ। ବି.ଡ଼ି.ଓ. ସେଇଠି ରେସନ୍ ଦେଇଦବ।"

– ପିଲାମାନେ ଗଲେ ଅସୁବିଧା ହବ ନାଁ? ସେମାନଙ୍କର ବହିପତ୍ର, ପୋଷାକପତ୍ର, ଆମର ବ୍ୟବହାର ଜିନିଷ?

– ନୋ ପ୍ରୋବ୍ଲେମ୍। ତିନିଦିନ ପିକ୍ନିକ୍ ପାଇଁ ଆପଣ ଯାଉଛନ୍ତି ସାର! ସେଇ ଅନୁସାରେ ଜିନିଷ ପେକ୍ କରି ଯୋଡ଼ିଏ ବାକ୍ସରେ ନେଇଗଲେ ହେଲା! ଚାଲନ୍ତୁ ଚାଲନ୍ତୁ, ଆଉ ବିଳମ୍ବ କରନ୍ତୁ ନାହିଁ। ରାତିଟା ସେଇଠି ରହିଗଲେ ସକାଳୁ ଉଠି ରିସେପ୍ସନ୍ ଚିନ୍ତା କରିବା।

ମୁଁ କୃତଜ୍ଞତାରେ କ'ଣ କହିବି ଜାଣିପାରିଲି ନାହିଁ। "ଆପଣଙ୍କ ରଣ ଶୁଝି ପାରିବି ନାହିଁ।"

"କି କଥା କହୁଛନ୍ତି ସାର, ଆପଣ ଆମକୁ ଜାଣିନାହାନ୍ତି। ଆମେ ଆପଣଙ୍କ ସେବାରେ ମାନେ ଆହୁଜା ସାହେବଙ୍କ ସେବାରେ ସବୁ କରିଦେଇପାରୁ।"

ଖୁଣ୍ଟିଆଙ୍କ ଘରେ ଆମେ ରାତିରେ ଘଣ୍ଟାଏକାଲ ବୁଲିଲୁ। ଚକ୍‌ଚକ୍ ଟେବୁଲ୍, ଚକ୍‌ଚକ୍ ଅଇନା। ସୋଫା, ଗଦିତିନିଟା, ବେଡ୍‌ରୁମ୍‌ରେ ଉନ୍‌ଲପ ଗଦି, ଡ୍ରଇଂରୁମ୍‌ରେ ଗାଲିଚା।

କେତେବଡ଼ ବୋଝ ହାଲୁକା ହୋଇଗଲା। ହାଲୁକା ଲାଗିଲା ପବନ। ଝରକାବାଟେ ବଗିଚାର ମହମହ ବାସ୍ନା ଭରିଗଲା ଘରସାରା। ବସନ୍ତର ଉଲ୍ଲାସରେ ଭରିଗଲା ମୋ ଦେହ ମନ ପ୍ରାଣ। ମୁଁ ଶୋଇପାରିଲି ନାହିଁ ଏତେ ସୌଭାଗ୍ୟ ଆଉ ସନ୍ତୋଗକୁ ନେଇ।

ସକାଳ ପାହିଲା ବାସ୍ନା ଚା'ର ଉଷ୍ମ ବାଷ୍ପପରି। ବର୍ବଟ ଚମକ୍ଲାର କପ୍-ପ୍ଲେଟରେ ଚା' ପରସି ଦେଲା ଶୋଇବାଘରେ। ପିଲାଏ ଏଠି କନକନ ହେଉଥିଲେ। ଆସ୍ତେ ସବୁ ସ୍ୱାଭାବିକ କରିବାକୁ ରୁମ୍‌କୁ କିଛି ସମୟ ଲାଗିଲା।

ଘର ଚାରିପଟେ ଏତେ ବଗିଚା, ବଗିଚାରେ ଏତେ ଫୁଲ, ପବନରେ ଏତେ ବାସ୍ନା। ମୋର ମନେହେଲା ହୁଏତ ମୋର ଡେଣା ଗଜେଇଯିବ। ମୁଁ ପକ୍ଷୀ ହୋଇ ଉଡ଼ିଯିବି। ପିଲାମାନେ ପାଉଁରୁଟି ଅଣ୍ଡା ମଖନ୍ ଖାଇବାର ଦୃଶ୍ୟ। ନୂଆକଡ଼ି ସକାଳ ଖରାରେ ବିକଶି ଯିବା ପରି ସେମାନଙ୍କ ମୁହଁ। ସକାଳୁ ଗାଧୋଇପାଧୋଇ ରୁଚାଙ୍କର ଅଭିଜାତ ଆଭିଜାତ ଚେହେରା ସବୁ ସ୍ୱପ୍ନପରି ସୁକୁମାର ଆଉ ମନୋରମ।

ଅପୂର୍ବ ଏକ ବସନ୍ତ ଭିତରେ ଏବଂ ବାହାରେ। ପଚାଶ ବର୍ଷରେ ଏଭଳି ସ୍ପୃହଣୀୟ ରାତୁଟିଏ ଜୀବନରେ ପାଇ ହୋଇନଥିଲା। ମୁଁ ଜାଣିଥିଲି ଯେ ସେ ରାତୁରେ ତିନିଦିନ ସମୟ। ଜାଣିଥିଲି ସେଥିରେ କିଛି ଛଲନା, କିଛି ଚୋରି ଭାବ କୁଣ୍ଠବାଡ଼ରେ ଲୁଟି ରହିଥିଲା। ଜାଣିଥିଲି ଅନ୍ୟମାନଙ୍କ ରଙ୍ଗମଞ୍ଚରେ ଆମେ କେବଳ ଗୁଡ଼ିଏ ଚରିତ୍ର। କିନ୍ତୁ ବସନ୍ତର ଅନୁଭବ ତ ମିଥ୍ୟା ନଥିଲା। ତେବେ କିଛି ମାତ୍ରାରେ ଅବଶେଷ ବି ଆସୁଥିଲା ମଉରେ ମଉରେ ଥୁଆଗଛଟା ଏପରି। ଆମେ ମଧ୍ୟ ଏପରି ଘରେ ରହିପାରିଥାନ୍ତୁ। ଏପରି ଚିକ୍‌କଣ ଚକ୍‌ଚକ୍ ନିର୍ମଲ ଘରେ ଏମିତି ଟେବୁଲ୍‌ରେ ପିଲାଙ୍କୁ ବ୍ରେକ୍‌ଫାଷ୍ଟ ଦେଇପାରିଥାନ୍ତୁ। ଦୀର୍ଘଶ୍ୱାସଟି ହାଲୁକା ପବନରେ ମିଳେଇଯାଇଥିଲା। ତା'ପରେ ସ୍ନିଗ୍ଧ ବିମଲ ରାତୁ ବସନ୍ତ ଆଚ୍ଛନ୍ନ କରିଦେଉଥିଲା ଦେହକୁ ଏବଂ ମନକୁ।

ୟାପରେ କ'ଣ ଆହୁଜା ସାହେବ ଆସିବା ଯିବା ସେମିତି କିଛି ଗୁରୁତ୍ୱପୂର୍ଣ୍ଣ ଘଟଣା ବୋଲି ଆପଣ ମନେକରିଛନ୍ତି ? ମୁଁ ତିନିଦିନ ଟୁରରେ ସେମାନଙ୍କ ସହିତ ଧଉଲି, କୋଣାର୍କ, ବୁଲିବା, ଚଢ଼େଇ ପରି ଫୁର୍ ଫୁର୍ ହେବା, ତିରିଶ ବର୍ଷ ଅତୀତକୁ ଏକା ପାହୁଣ୍ଡରେ ପାରିହୋଇଯିବା, ରୁଚା ତିରିଶି ବର୍ଷ ତଳର ଚାପଲ୍ୟ ନେଇ ମୋ

ସାମ୍ନାରେ ଠିଆହେବା କ'ଣ ଗୁରୁତ୍ୱପୂର୍ଣ୍ଣ ? ଆମେ ଯେ ଏକ ଉଦ୍‌ବେଳିତ ଉନ୍ମତ୍ତ ବସନ୍ତରେ ନିମଗ୍ନ ଥିଲୁ ଏତିକି ମାତ୍ର ସତ୍ୟ।

ତିନୋଟି ଦିନରେ ବସନ୍ତ ଅପସରିଗଲା ଦିଗନ୍ତକୁ। ମୁଁ ଛ'ତାଲା କୋଠାରୁ ଚାହିଁଲାବେଳକୁ ନୀଳପକ୍ଷୀ ସୁଦୂର ଦେବଦାରୁ ଶିଖା ପାରିହୋଇଯାଇଥିଲା। ୫'କଁ। ନଥିବା ରନ୍ଧାଘରେ ରତୁହୀନ ଦୀର୍ଘ ପ୍ରହର ସବୁ ହୁଏତ ପାରିହେଉଥିଲେ।

କମଳେଶ୍ୱରୀ

ସମୟ ସତେବା ଘୁଞ୍ଚୁ ନାହିଁ । ଓହଲିରହିଛି ଶୂନ୍ୟରୁ ମଲା ସାପଟାଏ ପରି । ଆଉ ବି କିଛି ଘୁଞ୍ଚୁ ନାହିଁ ନାହିଁ କୋଉଠି ।

ବହୁ ଦୂରରୁ ହୁଏତ କୋଳାହଳ ଶୁଭୁଚି । ରେରେକାର ଶୁଭୁଚି । ଆର୍ତ୍ତନାଦ ଶୁଭୁଚି । କବାଟ ଝର୍କା ବନ୍ଦକରି ଦିନ ଦି'ପହରେ ସାରା ଘରଗୁଡ଼ାକ ନିଶ୍ୱାସରୋଧ ରହିଛନ୍ତି । କେତେବେଳେ ନିଆଁ ଜଳିଉଠିପାରେ; ବୋମା ଗର୍ଜିପାରେ ଗୁଳିଚଳିପାରେ । ରାସ୍ତା ସେମୁଣ୍ଡରେ ବନ୍ଧୁକ ଭଳି ମଣିଷଟାଏ ଲୁହା ଟୋପି ପିନ୍ଧି ଠିଆ ରହିଛି । ତା' ପାଖରେ ଆଉ ଜଣେ, ପୁଣି ଜଣେ ସେମିତି ଠିଆରହିଛନ୍ତି । ଏମୁଣ୍ଡରେ ବି ସେମିତି ।

ସହରରେ କର୍ଫ୍ୟୁ ଚାଲିଛି । ଆଜକୁ ତିନିଦିନ ହେଲା କେହି ରାସ୍ତାକୁ ଓହ୍ଲାଇ ନାହିଁ । ଘର ଭିତରେ ସମସ୍ତେ ଚୁପ୍‌ଚାପ୍ ବସିଛନ୍ତି । ହାତ ଧରାଧରି ହୋଇ ଦେହକୁଦେହ ଲାଗିଛନ୍ତି । ଶୋଇଲେ ଏକାଟି ଗୋଟେ ବଖରାରେ ମଲାବାନ୍ଧି ଶୋଉଛନ୍ତି ବାରମ୍ବାର ବୟସ୍କମାନେ ଯାଇ ଦେଖିଆସୁଛନ୍ତି କବାଟରେ ଭିତରପଟୁ ଗେଡ଼ା ପଡ଼ିଚି ନା ନାହିଁ । ପିଲାମାନେ ଖେଳୁନାହାନ୍ତି– ହସୁନାହାନ୍ତି, ଡବ ଡବ ଆଖିରେ ବଡ଼ମାନଙ୍କୁ ଚାହିଁଛନ୍ତି । ଦାଣ୍ଡକବାଟ ସେପଟେ ବାଘ ଛପିଛି–ଫିଟେଇଦେଲେ ପଶିଆସିବ । ସେମାନେ କୁଆଡ଼େ ଦଳ ଦଳ ହୋଇ ବୁଲୁଛନ୍ତି । ସେମାନଙ୍କ ଆଖି ଉହ୍କୁଚି । ଦାନ୍ତ ଚିକ୍‌ଚିକ୍ କରୁଚି । ହାତରେ ଧାରୁଆ ଇସ୍ପାତ୍ ଚିକ୍ ଚିକ୍ କରୁଚି । ସେମାନେ କଥା କହୁନାହାନ୍ତି । ମଝିରେ ମଝିରେ ଗର୍ଜିଛନ୍ତି, ହେଁଷାଳୁଚନ୍ତି । ସେମାନଙ୍କ ଦେହ ଉହଉହ ତାତିରହିଚି; ଠକ୍‌ଠକ୍ ଥରୁଚି । ସେମାନେ ଠିଆହୋଇପାରୁନାହାନ୍ତି; ଚାଲିପାରୁନାହାନ୍ତି; ଟଳଟଳ ଧାଉଁଚନ୍ତି ଶ୍ୱାପଦ ଭଙ୍ଗୀରେ ।

ସେମାନେ ଯିବା ବାଟରେ ନିଆଁ ଜଳିଉଠୁଚି । ଆର୍ତ୍ତନାଦ ଆକାଶ

ଚିରିପକଉଚି । ସେମାନଙ୍କ ଉପରେ ଗୁଲି ବର୍ଷା ହେଉଚି । ସେମାନେ ଗର୍ଜି ଗର୍ଜି ଲୋଢ଼ିପଡ଼ୁଛନ୍ତି । ସେମାନଙ୍କ ହାତରେ ରକ୍ତ ଜୁଡ଼ୁବୁଡ଼ୁ ଇସ୍ପାତ ତଥାପି ଚମକୁଚି । ସେମାନଙ୍କ ଦାନ୍ତ ଚମକୁଚି, ଆଖିରୁ ନିଆଁ ଖସିପଡ଼ୁଚି । ସେମାନେ ଚାରିକାତ ମେଲେଇ ପଡ଼ିଯାଉଛନ୍ତି ଶ୍ୱାପଦ ଭଙ୍ଗୀରେ ।

ଏ ସାହିରେ ଏ ପର୍ଯ୍ୟନ୍ତ ରେରେକାର ଶୁଭିନାହିଁ । ଦି'ପହର ଖରା ନିଭାଟିଆ ଦାଣ୍ଡରେ ଏକୁଟିଆ ଠିଆରହିଛି ସ୍ତବ୍ଧ ଚକିତ ହେଲାପରି; ଭୟରେ ଜଡ଼ସଡ଼ ନିସ୍ତେଜ ହେଲାପରି ।

ମାଧ ହଠାତ୍ ଉଠି ଠିଆହେଲା । ତା' ଉପରେ ସମସ୍ତଙ୍କ ଆଖି । କୁଆଡ଼େ ଉଠୁଚି ସେ ଟୋକା । ସେ ଯାଇ ୫ରେକାବାଟେ ବାହାରକୁ ଅନାଇଲା । ବାହାରେ ସେଇ ପୁରୁଣା ଆତଙ୍କିତ ନୀରବତା । ସେ ଟପ୍ ଟପ୍ ଚାଲିଗଲା ଆଲୁମାଲୁ ରଖାହୋଇଥିବା ଷ୍ଟୋରଘରକୁ । ସେଇଠୁ ଦେଢ଼ହାତ ଲମ୍ବର ମୋଟା ଶାବଲଟିଏ ଧରି ଚାଲିଆସିଲା ।

– "ଜେଜେ, ଏଇଟା ତମର ?"

ଗୋଟାଏ କାଠକଟା ଟାଙ୍ଗିଆ, ଗୋଟାଏ କଟୁରୀ, ଦାଆ, କରତ, ପନିକି ଯାହା ପାଇଲା ଆଣି ଜମାକଲା । ମାଇକିନା ମର୍ଦ୍ଦ ସମସ୍ତଙ୍କୁ ଗୋଟାଏଲେଖା ବଣ୍ଟେଇଦେଲେ ନିଜେ ଗୋଟାଏ ଲୁହାଛଡ଼ ଧରି ଠିଆହେଲା । କହିଲା– "ଶୁଣ, ଏମିତି ମୂଷାଙ୍କ ଭଳି ଗାତରେ ମେଞ୍ଚାହୋଇ ଥରିବାର ଅର୍ଥ କିଛି ନାହିଁ । ଅନ୍ଧାର ହେଲେ ସେମାନେ ନିଶ୍ଚୟ ଆସିବେ । ସେମାନଙ୍କୁ ଏ ବନ୍ଧୁକବାଲା ରୋକିପାରିବେ ନାହିଁ । ସେମାନେ କାହିଁକି ବା ସେ ୫ାମେଲାରେ ପଶିବେ ? ତାଙ୍କୁ କୁହାଯାଇଛି ରାସ୍ତାମୁଣ୍ଡରେ ଟୋପିପିନ୍ଧି ଠିଆହେବାକୁ । ସେମାନେ ଠିଆହୋଇଥିବେ ରାତିସାରା । ଏ ସାଇ ହୁତ୍ ହୁତ୍ ଜଳୁଥିବାବେଲେ ବି ସେମାନେ ତାଙ୍କ ଥାନରୁ ଘୁଞ୍ଚିବେ ନାହିଁ । ସେଥିପାଇଁ ଆମକୁ ପ୍ରସ୍ତୁତ ହେବାକୁ ପଡ଼ିବ ।"

ଜେଜେ କିଛି ନକହି କେବଲ ଶୂନ୍ୟକୁ ଚାହିଁ ବସିଥାନ୍ତି । ସେ ଖଣ୍ଡେ ଚାଦର ଓଢ଼ଣା ପକାଇଲାପରି ଘୋଡ଼େଇହୋଇଛନ୍ତି । ତାଙ୍କୁ ବୋଧେ ଶୀତ କରୁଚି ।

ମାଧ ତାଙ୍କ ବଡ଼ନାତି । କଲେଜ ପାଠ ସାରିଦେଲାଣି । କ'ଣ ସବୁ ପରୀକ୍ଷା ଦଉଚି । ତା'ବାପ ରାଉରକେଲାରେ ଚାକିରୀ କରେ । ସେ ଖବର ପାଇଚି- ଆସିପାରୁନାହିଁ । ହଠାତ୍ ଚାରିଆଡୁ ଏଟିକି ଯିବା ଆସିବା ରାସ୍ତା ବନ୍ଦ ହୋଇଯାଇଛି ।

ତିନିଦିନ ତିନିରାତି ଘରର ସେମିତି ମେଞ୍ଚାଟିଏ ହୋଇ ମଝି ବଖରାରେ

ବସିଛନ୍ତି । ଅଣ୍ଟା କାଟିଲେ ଜେଜେ ତଳେ ଗଡ଼ିପଡ଼ୁଛନ୍ତି । ବାକିମାନେ ଯାଉଛନ୍ତି ଆସୁଛନ୍ତି ଭୟରେ ଜଡ଼ସଡ଼ ହୋଇ । ଭାତ, ଆଳୁ, ଆଚାର ଖାଉଛନ୍ତି । ପିଲାଙ୍କର କ୍ଷୀର ନାହିଁ । ସାନଝିଅ ସାବିତ୍ରୀ-ଦୁଇଦିନ ହେଲା ଜର ଭୋଗୁଛି- ତା' ପାଇଁ ଔଷଧ ନାହିଁ । ମାଧ ତଳ ଭଉଣୀ ହେମା- କଲେଜରେ ଶେଷ ବର୍ଷ କରୁଚି । ତା'ର ପରୀକ୍ଷା । ସେ ପଢ଼ିପାରୁନାହିଁ । ଜେଜେଙ୍କ ଦେହ ଆଗରୁ ଅସୁସ୍ଥ ଥିଲା । ସେ ଏବେବି ଅଜ୍ଞାତରେ କୁନ୍ଥଉଛନ୍ତି । କିନ୍ତୁ କହୁନାହାନ୍ତି କ'ଣ ହେଇଚି ବୋଲି ।

ମାଧ ସମସ୍ତଙ୍କୁ ବଲ ଦଉଛି । ତା'ର ଗଜରା ନିଶ । ଚିକ୍‌ଚିକ୍ ଆଖି । ଠିଆନାକ ଦେଖି ସମସ୍ତଙ୍କ ମନରେ ଦମ୍ୟ ଆସିଯାଉଚି । ତା' ମା' କେବଳ କ'ଣ ଭାବି ତା' ମୁଣ୍ଡ ପିଟି ଆଉଁସି ଦେଉଛନ୍ତି । ତାଙ୍କ ଆଖିରୁ ଲୁହ ଝରିଯାଉଚି ।

ସାଇପଡ଼ିଶା କବାଟ ତାଟି ପକେଇ ରହିଯାଇଛନ୍ତି । ଗତକାଲି ପଡ଼ିଶାଘରୁ କିଏ ଗୋଟାଏ ରାତିରେ ଚିର୍‌ଚିରେଇ ଉଠିଲା । ଏମାନେ ସମସ୍ତେ ଚମକିପଡ଼ିଲେ । ବୁକୁ ଦାଉଁ ଦାଉଁ ପଡ଼ିଲା । ବୋଧହୁଏ ସୁନିଆଁ ସେମିତି ପାଟିକରିଥିଲା । ଆଠବର୍ଷର ଝିଅ ସୁନିଆଁ । କନ୍‌ଭେଣ୍ଟରେ ପଢ଼େ । ବଢ଼ିଆ ଇଂରାଜୀ କହେ । ଗୀତ ଗାୟ, ନାଚେ ବି ।

ମାଧ ଉଠିପଡ଼ୁଥିଲା ଯାଇ ବୁଲି ଆସିବାକୁ । ତାକୁ ସମସ୍ତେ ମିଶି ମାଡ଼ିବସିଲେ । ନା', ନା' ନା'- ଏଠି କେହି କାହାକୁ ସାହାଯ୍ୟ କରିବାକୁ ମନା । ସମସ୍ତେ ଏଠି ଏକାକୀ - ବଞ୍ଚିବାକୁ ଆଉ ମରିବାକୁ ।

ଆଉ ଚିତ୍କାର ଶୁଭିଲା ନାହିଁ । କ'ଣ ହେଲା କେଜାଣି !

ଆସ୍ତେ ଦି'ପହର ଖରା ମଳିନ ପଡ଼ି ଆସିଲା । କିଛି ସମୟ ପରେ ସନ୍ଧ୍ୟା ହୋଇଯିବ । ତା'ପରେ ରାତି । ସ୍ତୁପ ସ୍ତୁପ ଅନ୍ଧାର, ଆତଙ୍କ, ଉତ୍କଣ୍ଠାର ରାତି । କେତେବେଳେ କିଏ ଚିତ୍କାର କରିଉଠିବ, କେତେବେଳେ କିଏ ଛିନ୍‌ଛତ୍ର ହୋଇଯିବ, ଜଳିଯିବ, ବିଦୀର୍ଣ୍ଣ ହୋଇଯିବ ସେ ରାତିରେ ।

ମାଧକୁ ଖୁବ୍ ଅସହାୟ ଲାଗୁଥାଏ, ବିପଦ ପାଇଁ ଯେତିକି ନୁହେଁ ସେତିକି ତା'ର ଅସହାୟତା ପାଇଁ । ସେ ଏକୁଟିଆ କ'ଣ କରିପାରିବ ସତେ ? ସେ ଦକ୍ଷିଣପାଖ ୫ରକା ପାଖକୁ ଅସୁମାରି ଥର ଯାଇ ଦେଖି ଆସୁଥାଏ ମହଲଣ ଆଲୁଅରେ ସେ ନିଛାଟିଆ ରାସ୍ତାକୁ । ରାସ୍ତା ସେମୁଣ୍ଡେ ଲୁହଟୋପି ମୁଣ୍ଡେଇ ଦୁଇଚାରିଟା ଜବାନ୍ ଠିଆ ହୋଇଥାନ୍ତି ବନ୍ଦୁକ ଧରି ।

କିଛି ଗୋଟାଏ ଘଟୁନାହିଁ କାହିଁକି ? ବଜ୍ର ହେଉ ବିଦ୍ୟୁତ୍ ହେଉ କଟାଦି ହୋଇପଡ଼ିଲେ କାମ ସରିଯାନ୍ତା । ମାଧ ବୋଧେ ତା' ଅଜ୍ଞାତରେ ସେପରି ଘଟଣାକୁ

ମନେ ମନେ ଧାଉଥିଲା । ପୁଣି ଆଉବାଗେ ନିଜକୁ ପ୍ରବର୍ତ୍ତାଉଥିଲା ପ୍ରାର୍ଥନା କରିବାକୁ ଯେ ସେପରି କିଛି ନଘଟୁ ।

ସେ ମନ୍ତ୍ରୀମାନଙ୍କୁ ଏକଲୟରେ ଚାହିଁ ରହିଥାଏ । ଯେତେବେଳେ ତଲବଦାର ଆଉ ଲତପତ୍ ଇସ୍ତାଟ୍ ପରି ସେ ମଣିଷମାନେ ଧାଇଁ ଆସିବେ ? ଏମାନେ କ'ଣ ସତକୁସତ ସେମାନଙ୍କୁ ଗୁଲିକରି ଉଡ଼ାଇ ଦେଇପାରିବେ ? ହୁଏତ ପାରିବେ । ଅଥବା ସେମାନେ ଏତେ ସଂଖ୍ୟାରେ ଆସିବେ ଯେ ଏମାନଙ୍କୁ ବୁଦ୍ଧିବାଟ ଦିଶିବ ନାହିଁ । ଏମାନେ ନିଜକୁ ବଞ୍ଚାଇବାପାଇଁ ଗୁଲି କରି ପଛେ ତଲଜଙ୍ଗକୁ ପଳେଇବେ ତାଙ୍କ ଛାଉଣିକୁ । ଆମକୁ ଛାଡ଼ିଦେଇ ଯିବେ ବାଘମୁହାଁରେ । ତେଣିକି ଛୁରୀ, କଟୁରୀ, ନିଆଁ ହୁଲାସାଙ୍ଗରେ ଆମେ ହିଁ ମୁକାବିଲା କରିବୁ, ଅଥବା ନିପାତ ହୋଇଯିବୁ ।

ମାଧର ହାତ ମୁଠା ମୁଠା ହୋଇଯାଉଥାଏ । ଭୁରୁ କୁଞ୍ଚେଇଯାଉଥାଏ । କପାଳରେ ରିବ୍ ରିବ୍ ଝାଳ ଜକେଇ ଯାଉଥାଏ ।

– ଆଲ୍ଲା, ସେ ଯେଉଁ ଉଚ ଦେବଦାରୁ ଗଛ ଧାଡ଼ି ଦେଖାଯାଉଛି ସେଇଠି ମାଧର ସାଙ୍ଗ ନିତ୍ୟାନନ୍ଦ ଥାଏ । ସେ ଜୁଡ଼ୋରେ ବ୍ଲାକ୍‌ବେଲ୍ଟ । ଭାରି ତାପିନ୍ । ସେ କ'ଣ ସହଜରେ ହାର ମାନିବ ? ସେ ଦି'ଚାରିଟାକୁ ନିଶ୍ଚେ ଗଡ଼େଇଦେବ । ତା'ପରେ ହୁଏତ ପଲପଲ ଘାତକ ତାକୁ ଘେରିଯିବେ । ଶ୍ୱାପଦଙ୍କ ଭିଡ଼ ଭିତରେ ନିତେଇ ଆଉ ଦିଶିବ ନାହିଁ ।

ମାଧ ଗୋଟାପଣେ ଶୀତେଇଗଲା । ତାକୁ ଦିଶିଗଲା ନିତେଇର ଚେହେରା । ତା' ଘର, ତା' ଫୁଲବଗିଚା, ଲନ୍ ଆଉ ଚିତ୍ର ପରି ସୁନ୍ଦର ତା' ସାନ ଭଉଣୀ ଲୀନା । ଲକ୍ଷ୍ମୀ ପେଣ୍ଠୁଲାଟିଏ ପରି ତା' ମା' ଏବଂ ଚଷମା ଭିତରୁ ଆଖି ମିଟ୍ ମିଟ୍ କରି ହସୁଥିବା ବାପା । କେଡ଼େ ଭଲମଣିଷ ସେମାନେ, କେଡ଼େ ସୁନ୍ଦର ଅଭିଜାତ ପରିବାର ।

ଛକ ପାଖକୁ ଲାଗି ତାଙ୍କ ଘର । ସେଇଟି ହୁଏତ ସେମାନେ ପ୍ରଥମେ ପଶିବେ । ପାଚେରୀ ଡେଇଁ, ଗେଟ୍ ଭାଙ୍ଗି, ଫୁଲବଗିଚାକୁ ମର୍ଦ୍ଦ ଧସେଇ ପଶିବେ ଜାଲ ସରସର ରକ୍ତ ସରସର ଶ୍ୱାପଦ ପରି ମଣିଷମାନେ । କାଚ ଝରକା ଚୁରମାର କରିଦେବେ । ପେଟ୍ରୋଲ ଫୋପାଡ଼ି ଘର ଭିତରେ ନିଆଁ ଲଗେଇଦେବେ ।

ନିଆଁରୁ ମୁକୁଲିବାକୁ ହୁଏତ ବାଡ଼ି କବାଟ ଫିଟେଇ ନିତେଇ ସମସ୍ତଙ୍କୁ ଆବୋରି ବାହାରିଆସିବ । ସେମାନେ ଝପଟି ଆସିବେ କୁଆଡୁ ।

ଓଃ, ତା'ପରେ... ତା'ପରେ...

ମାଧର ନିଶ୍ୱାସ ତୋଳି ହେଲା । ବୁକୁ ଧଡ଼ଧଡ଼ ହେଲା । ସେ ଆଖି ତରାଟି ଗୋଟିଏ ବିକଟାଳ ଚିତ୍ରକୁ ମୁହୂର୍ତ୍ତେ ଚାହିଁଦେଇ ମୁହଁ ଘୋଡ଼େଇପକେଇଲା ।

ନିତେଇ କେନାଫୁଲ ଉପରେ ମେଞ୍ଚା ହୋଇ ପଡ଼ିଛି । ପାହାଚ ଉପରେ
ରକ୍ତ ଜୁଡ଼ୁବୁଡ଼ୁ ହୋଇ ପଡ଼ିଛନ୍ତି ତା' ବାପା । ଭଙ୍ଗା ଚଷମାର ଫାଲେ ପଡ଼ିଛି ଘାସ
ଉପରେ । ମୁହଁମାଡ଼ି ପଡ଼ିଛନ୍ତି ତା' ମା' । ହାତଟିଏ ପପି ଫୁଲକୁ ଆଉଁସିଦେଲା ପରି
ଲୋଡ଼ିପଡ଼ିଛି ।

– ଆଉ ଲୀନା ? ବିଦୀର୍ଣ୍ଣ ମନ୍ଦାର ପରି ପାଖୁଡ଼ା ପାଖୁଡ଼ା ହୋଇଯାଇଛି । ଘର
ଜଳୁଚି ହୁତୁହୁତୁ ।

ମାଧ ଝରକା ରେଲିଂ ଉପରେ ମୁଣ୍ଡରଖି କିଛି ସମୟ ସ୍ତବ୍ଧ ହୋଇ ରହିଗଲା ।
ତା'ପରେ ତାକୁ ଭାରି ଦୁର୍ବଳ ଲାଗିଲା । ସେ ଟଳିଲା ପରି ଫେରିଆସି ଖଟ ଉପରେ
ଲଥ୍ କିନା ବସିପଡ଼ିଲା । ମା, ଭଉଣୀ, ଜେଜେ ସମସ୍ତେ ତା' ପାଖକୁ ଉଠି ଆସିଲେ ।
ତାକୁ ଆଉଁସି ଦେଇଗଲେ । କିଏ ପାଣି ଗ୍ଲାସେ ଆଣି ଧରେଇଦେଲା ।

ମାଧ ପାଣି ପିଇଲା ସତ, କିନ୍ତୁ ଗ୍ଲାସଟାକୁ କାମୁଡ଼ି ବିଜୁଲି ପରି
ଠିଆହୋଇପଡ଼ିଲା ।

– "ମୁଁ ନିତେଇ ଘରକୁ ଯିବି... ଏଇଲାଗେ ଯିବି ।"
– "କିରେ କାହିଁକି ?"
– "ତୁ କାହିଁକି ଏମିତି ଅବୁଝା ହଉଚୁ ?"
– " ତୁ ଗଲେ ଆମେ କାହା ଭରସାରେ ରହିବୁ ?"

ବିପଭି, ଆତଙ୍କ ଆଉ ନିରାପତ୍ତାର ସ୍ୱରମାନଙ୍କୁ ସେ ଆଢ଼େଇ ଦେଲା ।
ଭୟକୁ ମୃତ୍ୟୁକୁ ଆଢ଼େଇଦେଲା । ଗୋଡ଼ ବଢ଼େଇଲା ଯିବାକୁ । ଜେଜେ ଆସି ବାଟ
ଜଗି ଠିଆ ହୋଇଗଲେ । କେତେ ତା' ଆଖିକୁ ଅନେଇ କହିଲେ– "ନିତେଇ ଭଲା
ତୋ ପାଖକୁ ଆସୁଚି ? ଯେ ଯାହା ବଳ ବୁଦ୍ଧି ଖଟେଇ ନିଜେ ନିଜ କଥା ସମ୍ଭାଳି
ରହିଛନ୍ତି । ତୁ ସେଇଠି ଯାଇ କ'ଣ କରିବୁ ? ତାଙ୍କ ଦାୟିତ୍ୱ ବଢ଼େଇବୁ ?"

ମାଧର ହୋସ୍ ଆସିଲା । ସେ ଯେଉଁ ବିକଟାଳ ଦୃଶ୍ୟ ଦେଖୁଥିଲା ସେଇଟା
କେବଳ ତା' ମନର ଭ୍ରମ । ପ୍ରକୃତରେ ନିତେଇର ବା ତା' ପରିବାରର କାହିଁକି କ'ଣ
ହେବ ? ସେମାନେ ନିଶ୍ଚୟ ଭଲ ଅଛନ୍ତି । ଲୀନା ଭଲ ଅଛି । ସେମାନେ ହୁଏତ
ଆମଭଳି ଡ୍ରଇଂରୁମ୍‌ରେ ମଲାବାନ୍ଧି ବସିଛନ୍ତି; ବିପନ୍ନ ବୋଧ କରୁଛନ୍ତି । ଗୁମ୍ଫାର ନୀରବ
ହୋଇ ବସିଛନ୍ତି; କିନ୍ତୁ ଅଛନ୍ତି ବର୍ତ୍ତମାନ ସୁଦ୍ଧା ନିରାପଦ ।

ସେ ଆସ୍ତେ ଫେରିଆସିଲା । ସମସ୍ତେ ଆଶ୍ୱସ୍ତବୋଧ କଲେ । ସହଜରେ
ନିଃଶ୍ୱାସ ପ୍ରଶ୍ୱାସ ଚଲପ୍ରଚଲ ହେଲା । ହେମା ଆଣି କଫି ପହଞ୍ଚେଇ ଦେଲା । ସେ
ରୋଷଘରେ ଟ୍ରେ ଥୋଇଦେଇ ଧାଇଁଆସିଥିଲା ମାଧକୁ ପଛରୁ ଭିଡ଼ି ଧରିବାକୁ ।

କଫି ପିଲା ପରେ ସମସ୍ତଙ୍କ ପାଟିରେ ବାକ୍ୟ ସ୍ଫୁରିଲା । ଜେଜେ କହିଲେ-
"ଏମିତି ମୋ ଦିହକରେ କେବେ ହୋଇନଥିଲା । ଆମେ ଶୁଣିଥିଲୁ ଜଙ୍ଗଲରେ ବଲିଆ
କୁକୁରମାନେ ବାୟା ହୋଇଗଲେ ନିଜନିଜକୁ କାମୁଡ଼ି ଖାଇଯାଆନ୍ତି । ମଣିଷ କ'ଣ
ସେମିତି କରିପାରିବେ ? ମୁଁ ସେ ତଳ ସାହିରେ ସମସ୍ତଙ୍କୁ ଜାଣେ । ସେଇଠି ମୁଁ
ପିଲାବେଳେ ଖେଳିଚି । ଟୋକା ବୟସରେ ସାଙ୍ଗ ସୁଖ ମିଶି ମେଳା ମଉଛବ କରିଚୁ ।
ଏବେ କ'ଣ ନା ଏଠୁ ଯାଇ ଲୋକେ ସେମାନଙ୍କୁ ହାଣି ପକାଇଲେ ? ସେମାନେ
ଏପଟେ ଆସି ସେମିତି ହାଣିପକେଇଲେ !"

ହେମା ଜେଜେଙ୍କ ଗୋଡ଼ ଟିପିଦେଇ କହିଲା- "ସେମାନେ ତ ଆସିବେ...
ଆସିଲେ ଆମେ କ'ଣ କରିବା କହ ?"

ଏ ପ୍ରଶ୍ନ ତ ସମସ୍ତଙ୍କୁ ମଡ଼େଇ ହୋଇରହିଥିଲା । ମହଣ ମହଣ ଲୁହରେ
ତିଆରି ସେ ପ୍ରଶ୍ନ ଚିହ୍ନ ଚଟାଣରୁ ଛାତଯାଏଁ ଘୋଟି ରହିଥିଲା । କାହା ପାଖରେ ତା'ର
କିଛି ଉତ୍ତର ନଥିଲା ।

କାହିଁକି ହେମା ସେଭଳି ପ୍ରଶ୍ନଟାକୁ ଦୋହରାଉଥିଲା ? ସମସ୍ତେ ଚୁପ୍
ହୋଇଗଲେ । ନିଜ ନିଜ ଢଙ୍ଗରେ ସେ ପ୍ରଶ୍ନ ଭାରରେ ପେଶିହୋଇଗଲେ ।

ଏତିକିବେଳେ ତାତିଲା କାଚଘଡ଼ି ପରି ଫାଟିଗଲା ଚତୁର୍ଦ୍ଦିଗରେ ନୀରବତା ।
ସମସ୍ତେ ଚମକିପଡ଼ିଲେ । କୋଉଠି କେଜାଣି ଗୋଟାଏ ଛୋଟ ପିଲା ଚିରିଚିରେଇ
କାନ୍ଦିଉଠିଲା । ତା' ଉପରେ ବୋଧେ ହାତୀ ଖୋଜ ମାଡ଼ିପଡ଼ିଥିଲା ।

ମାଧ ଧଡ଼ାସ୍କିନା ଉଠି ପୁଣି ସେଇ ଝରକା ପାଖକୁ ଧାଙ୍ଗଲା । ସେଇଠୁ
ଝଣାପଡ଼ିଲା କମଳୀ ରହୁଥିବା ଏକ ବଖୁରୀ ଟିଣ ଛାତ ଘରୁ ସେ ଚିତ୍କାର ଆସୁଚି । ତା'
ଝିଅ ବୋଧେ ସେମିତି ବୋବାଳି ଛାଡୁଚି ।

ମାଧ ପଛରୁ ତା' ମା' ଖୁବ୍ ଦବାଗଲାରେ କହିଲେ- "କମଳୀ ତା' ପିଲାକୁ
ବାଡ଼ଉଚି । ଘରେ କିଛି ଖାଇବାକୁ ନଥିବତ କ'ଣ ଆଉ କରିବ ?"

ଏତିକିବେଳେ ସେ ଘରଭିତରୁ ତିନିବର୍ଷର ଲଙ୍ଗଳା ଝିଅଟିଏ ଛାନିଆରେ
ରଡ଼ି ରଡ଼ି ଦାଣ୍ଡକୁ ଦୌଡ଼ିଆସିଲା ।

ସୂର୍ଯ୍ୟ ଅସ୍ତଯାଇଥିବା, ଅନ୍ଧାର ହୋଇଆସୁଥିବା ନିଚାଟିଆ ଦାଣ୍ଡକୁ ସେ
ଅବୁଝ । ଝିଅଟି ଆନ୍ଦୋଳିତ କରିଦେଉଥିଲା । ମଟ୍ଟି ପକାଉଥିଲା ସାରା ଆକାଶକୁ ସେ
ଚିତ୍କାର ।

ମାଧ ଦେଖିଲା ସାହିର ସବୁ ଝରକା ଗୋଟା ଗୋଟା ହୋଇ ଫିଟିଗଲା । ଉଦ୍‌ବିଗ୍ନ
ମଳିନ ମୁହଁମାନ ଚାହିଁରହିଲେ ଦାଣ୍ଡକୁ ଏବଂ ରାହାତେକି କାନ୍ଦୁଥିବା ସେ ଝିଅଟିକୁ ।

ରାସ୍ତା ସେକଡ଼ରୁ ଲୁହାଟୋପି ପିନ୍ଧା ବନ୍ଧୁକମାନେ ମଧ ମୁହଁ ବୁଲେଇ ଚାହିଁଲେ।

ପାଖ ଘର ଦାଣ୍ଡକବାଟ ହଠାତ୍ ଫିଟିଗଲା। କିଏ ଜଣେ ଧାଇଁଆସି ପାଉଁରୋଟିଟାଏ ସେ ଝିଅକୁ ଧରେଇବାକୁ ଚେଷ୍ଟାକଲା– ନ ନେଲାରୁ ରାସ୍ତାରେ ପକେଇ ଧାଇଁ ଚାଲିଗଲା। ସ୍ତ୍ରୀ ଲୋକଟିଏ। ବିକଳ ଅଥଚ ଭୟାର୍ତ ମା'ଟିଏ ହୁଏତ।

ତା'ପରେ ଆଉ କବାଟମାନ ଫିଟିଲା। ସେମିତି ଧାଇଁଆସି କିଏ କ'ଣ ପକେଇଲେ। ତା'ପରେ କେହି ଆଉ ଧାଇଁ ଫେରିଗଲା ନାହିଁ। ପୁରୁଷ ସ୍ତ୍ରୀ ଦଶ ପନ୍ଦର ଜଣ ସେ ଝିଅଟିକୁ ଘେରିଗଲେ ନୀରବରେ। ସେ ଝିଅ ତଥାପି ଆକାଶକୁ ଚିରିପକାଉଥାଏ ଚିତ୍କାରରେ।

କେତେବେଲେ ସେ ସମସ୍ତେ ମାଧ ଘର ସାମ୍ନାକୁ ଚାଲିଆସିଲେ, କେତେବେଲେ ସେମାନଙ୍କ ଦାଣ୍ଡ ଦୁଆର ଫିଟିଗଲା ଆଉ ମାଧ ଯାଇ ସେ ଝିଅ ପାଖରେ ଠିଆହୋଇଗଲା କେହି କହିପାରିବେ ନାହିଁ। ମେଲା କବାଟ ପାଖରେ ମାଧର ସମଗ୍ର ପରିବାର ଠିଆ ରହିଗଲା।

ଏକ ବଖୁରି ଘରୁ କମଳୀର ଚିତ୍କାର ଶୁଭି ନୀରବ ହୋଇଗଲା। କେହି ଜଣେ ବୋଧେ ତା' ପାଟିକୁ ଚାପି ଧରୁଥିଲା।

ପୁଣି ଶୁଭିଲା – "ଛାଡ଼ି ଦେ ମତେ।"

ସମସ୍ତେ ଚିତ୍ରାର୍ପିତ ପରି ଠିଆ ହୋଇଗଲେ। ହାଉଁ ହାଉଁ ଭୁସ୍ ଭୁସ୍ ଶବ୍ଦ କ'ଣ ଶୁଭିଲା। କମଲି ରଡ଼ି ଛାଡ଼ି ସେ ଘର ଭିତରୁ ବାହାରି ଆସିଲା। ବାଲ ମୁକୁଲା। ଉଦ୍‌ବସ୍ତା। ହାତରେ ପନିକି। ସେ ଚିତ୍କାର କରି ଲୋକ ଗହଲିଆଡ଼କୁ ମାଡ଼ି ଆସିଲା। ସମସ୍ତଙ୍କ ରକ୍ତ ପାଣି ହୋଇଗଲା ତା' ଚିତ୍କାରରେ। ସମସ୍ତେ ଆଢ଼ ହୋଇଗଲେ।

କମଲୀ ଝାଂପିପଡ଼ିଲା ତା' ଝିଅ ଉପରକୁ। ତାକୁ କୁଣ୍ଢେଇ ଧରି କାଲେସି ଲାଗିଲା ପରି କହିଲା। ତା' ହାତରେ ଧରିଥିବା ପନିକି ରକ୍ତ ସାଲୁବାଲୁ, ହାତ କମ୍ପିଲା ବରଡ଼ପତ୍ରପରି।

ହଠାତ୍ ସାରାସାହିରୁ ଭୟ ଓହ୍ଲଇଗଲା। ସମସ୍ତେ ସହଜବୋଧକଲେ। କଥାବାର୍ତା ହେଲେ। ମାଧ ନିଜେ ଆଉ ସାତ ଆଠ ଜଣ ଗଜା ଟୋକା ମିଶି ମସୁଧା କଲେ। ବୁଢ଼ାମାନେ ବିଚାରକଲେ କେମିତି ସେ ରାତିର ମୁକାବିଲା କରିବେ।

କମଲୀ ଝିଅକୁ କାଖେଇ ଠିଆହେଲା। ସେମିତି ବାଲମୁକୁଲା ଉଦ୍‌ବସ୍ତା। ହେମା ଶାଢ଼ୀଟାଏ ଆଣି ଖୁବ୍ ସାହସରେ ତା' ଅଣ୍ଟାରେ ଗୁଡ଼େଇଦେଲା। କିଏ ଜଣେ

ତା' ଝିଅକୁ ପାଉଁରୁଟି ସ୍ଲାଇସଟିଏ ଧରେଇଦେଲା। ସେ ଧକେଇ ଧକେଇ ଲୁହ ସିଝାଣି ମିଶେଇ ତାକୁ ଟୋବେଇଗଲା। କମଳୀ ସେମିତି ସାଁ ସାଁ ହେଉଥାଏ।

ଲୁହାଟୋପି ପିନ୍ଧା ଦୁଇଜଣ ଆସି ପହଞ୍ଚିଗଲେ। ସମସ୍ତେ ଆଉଜିଗଲେ ମେଞ୍ଚା ମେଞ୍ଚା ହୋଇ।

କମଳୀ ଚେପଟିଗଲା- "କିଏରେ ତୁ ଆଇଲୁ? ହାଣି ଦେବି ପନିକିରେ। ତୁ ଆସିବୁ ମୋ ମହତ ନବାକୁ? ଆଉ ପାଦେ ଆଗେଇଲେ ତୋ ପ୍ରାଣ ରଖିବି ନାହିଁ।"

ମାଧ ତା' ସାଙ୍ଗମାନଙ୍କୁ ନେଇ ସାମ୍ନାକୁ ବାହାରି ଆସିଲା। ସ୍ତ୍ରୀମାନଙ୍କୁ କହିଲା- "ଆପ୍ ଲୋଗ୍ ଜାଇଯେ। ହମ୍ ଇନ୍ କୋ ସମ୍ଭଲ ଲେଙ୍ଗେ।" ଟିକିଏ ରହି ଅଧିକ ଜୋର୍ ଦେଇ କହିଲା, "ହମ୍ ଖୁଦ୍ କୋ ଭି ସମ୍ଭଲ ଲେଙ୍ଗେ। ଆପ୍‌କି କୋଇ ଜରୁରତ୍ ନେହିଁ ହେ।"

ସ୍ତ୍ରୀ କହିଲା- "ଆପ୍ ଲୋଗ୍ ଜଲଦ୍ ହି ଜଲଦ୍ ଅପନେ ଘର୍ ଚଲେ ଯାଇଯେ।"

"ହାଁ ଯା'ରହେ ହେଁ।"

କିଏ ଜଣେ କହିଲା- "କଲ୍ ସେ କର୍ଫ୍ୟୁ ଉଠ୍‌ଜାଏଗା, ଆଜ୍ ରାତ୍ କୋ ଭି କୋଇ ଜରୁରତ୍ ନହିଁ ହେ। ରେଡ଼ିଓ ମେ ବତାୟା ହେ।" ସ୍ତ୍ରୀମାନେ ପାଦରେ ପାଦ ମିଳେଇ ଠକ୍ ଠକ୍ ଚାଲିଗଲେ ରାସ୍ତାର ସୀମାନ୍ତକୁ।

ସମସ୍ତେ କେମିତି ଉଶ୍ୱାସ ବୋଧକଲେ। ପବନ, ଅନ୍ଧାର, ରାତି ତାଙ୍କ ନିଶ୍ୱାସରେ ସହଜରେ ଯାତାୟାତ କଲା। ଶିରାପ୍ରଶିରା ହୁଗୁଳିଗଲେ। ଚିତ୍ରପ୍ରତିମାଗୁଡ଼ିକ ହଲଚଲ ହେଲେ।

କମଳୀ ପନିକିଖଣ୍ଡ ପକେଇଦେଲା। କହିଲା- "ବାବୁମାନେ, ମା'ମାନେ ଘରକୁ ଯାଅ, କବାଟ ପକାଇଦିଅ। ଅନ୍ଧାର ମାଡ଼ିଆସୁଚି। ମୁଁ ତମକୁ ଜଗିଚି। ମତେ ଡରଭୟ ନାହିଁ। ମୁଁ ଏ ରାସ୍ତାରେ ରାତିସାରା ପହରାଦେବି। ମତେ କେହି କିଛି କରିପାରିବେନାହିଁ। ମୋ ପାଖ ପଶିଲେ ମୁଁ ପନିକିରେ ହାଣିଦେବି।" ସେ ପୁଣି କାଲେସି ଲାଗିଲାପରି କହିଲା।

କେହି କେହି ସ୍ତ୍ରୀଲୋକ ସାହସ କରି ତା' ପିଠିରେ ହାତ ରଖିଲେ। ତାକୁ ଥୟ କରେଇଲେ। ସେ କାହିଁକି ତା' ଘରେ ଚିତ୍କାର କଲା, କାହିଁକି ରକ୍ତ ସାଲୁବାଲୁ ପନିକି ଧରି ଲଙ୍ଗଳାହୋଇ ଧାଇଁ ଆସିଲା। କ'ଣ ହେଲା ସେ ଘରେ କେହି ସାହସ କରି ପଚାରି ପାରୁନଥିଲେ।

କମଳୀ ଥୟପଡ଼ିଲା। ସକ୍ ସକ୍ କାନ୍ଦିଲା। - "ବାବୁମାନେ, ମା'ମାନେ

ମତେ କିଏ ଚାଉଳ ଅଡ଼େ ଦେଇପାରିବ। ଦି'ଖଣ୍ଡ ଜାଲ, ଆଉ ମାଟି ହାଣ୍ଡିଟାଏ। ମୁଁ ଏଇଟି ଇଟା ଥୋଇ ରଖିଦେବି। ଏଇ କାନି ଚିରି ଏ ପିଲାଟାକୁ ଶୁଆଇଦେବି! ମୁଁ ଜମା ମରିବିନାଇଁ ବାବୁ, ଏ ପିଲାବି ମରିବନାଇଁ, ଆମର ଭାରି ଚେମଡ଼ା ଜୀବନ...। ରାତି ପାହିଲେ ମୁଁ ତମ ଘରେ ଅଇଁଠା ମାଜିଦେବି, ଲୁଗା କାଚିଦେବି। ତୁମ ଚାଉଳ ଶୁଝିଦେବି, ଜାଲ ଶୁଝିଦେବି, ଲୁଗା ଶୁଝିଦେବି।"

କିଏ ଜଣେ ଆସ୍ତେ କହିଲା– "ତୋ ଘରକୁ ଯାଉନୁ।"

କମଳୀ ଖେଁ ଖେଁ ଏଡ଼େ ପାଟିରେ ହସିଲା। ବିକଟାଳ ହସ। ସମସ୍ତଙ୍କ ପଞ୍ଜରା ଥରିଗଲା। ସେ ଘରେ ମରା ମୁର୍ଦ୍ଦାର!"

ଓଃ ସେ ତା'ହେଲେ କାହାକୁ ହତ୍ୟା କରିଚି? ସେ କ'ଣ ତା' ମଦୁଆ ଗେରସ୍ତ? ନା ଆଉ କିଏ? ସେ ଲଢ଼ିଚି, ପିନିକିରେ ହାଣିଚି, ମୁକୁଲି ଆସିଚି। ଇସ୍।

ସମସ୍ତେ ବୋଧକଲେ ସେମାନଙ୍କ ଘରେ ବି ମୁର୍ଦ୍ଦାର। ସେମାନେ ବି ମୁକୁଲି ଆସିଚନ୍ତି। ସେମାନେ ଆଉ ଘର ଭିତରକୁ ପଶିଲେ ନାହିଁ।

ରାତିସାରା କମଳୀର ଇଟା ଚୁଲାରେ ନିଆଁ ଜଳିଲା। ସମସ୍ତେ ଜାଗିରହିଲେ ରାତିସାରା। ମଝିରେ ମଝିରେ କମଳୀ ହଁ ରେରେକାର କରି ଚିକ୍ରାର କରୁଥିଲା। ତା' ଝିଅ ଟିକିଏ କ'ଣ ଖାଇଦେଇ ଶୋଇଯାଇଥିଲା ରାସ୍ତାରେ।

ରାତିପାହି ସକାଳ ହେଲା। ରାସ୍ତା ସେମୁଣ୍ଡେ ଲୁହାଟୋପି ଦିଶୁନଥିଲା। ପବନ ଭାରି ଲାଗୁଥିଲା। ପକ୍ଷୀମାନେ ଡାକୁଥିଲେ ଆକାଶରେ।

ଓଃ କେଡ଼େ ବଡ଼ ବିପଭି ପାରି ନହେଲା ସତେ। ପାହାଡ଼ା ଆଳୁଅରେ କମଳୀ ଲୁଗାଖଣ୍ଡ ଭଲକରି ଗୁଡ଼େଇହୋଇ ଜଡ଼ସଡ଼ ଠିଆହେଲା।

"ମତେ ଚିହ୍ନେଇଦିଅ ବାବୁ– କିଏ ମତେ ଚାଉଳ ଦେଲ, ଜାଲ ଦେଲ। ମତେ ଚିହ୍ନେଇ ଦିଅ ସେ ମୁର୍ଦ୍ଦାର କାହାର!"

ପ୍ରଶ୍ନବାଚକ

ଖୁବ୍ ଗୁଡ଼ାଏ ଦୂର ନୁହେଁ। ହେଇ ଆମ ଘରୁ ସିଧା ଯାଇ ପ୍ରଥମ ବା ମୋଡ଼ ନେଇଗଲେ ଡାହାଣ ପାଖ ତୃତୀୟ ଘରଟା କଥା କହୁଛି। ତା' ସାମ୍ନାରେ ପୋର୍ଟିକକୁ ଲାଗି ଛୋଟ ଚିନିଚମ୍ପା ଗଛରେ ସବୁଜ ବର୍ଷ୍ୟ ଫୁଲ ଭର୍ତ୍ତି। ପୋର୍ଟିକୋ ଉପର ସାରା ମଧୁମାଳତୀ। ବାଁ କୁଣକୁ ଆକାଶଛୁଆଁ ପ୍ରକାଣ୍ଡ ଝାଉଁଗଛ।

ପାଚିଲା ପାଟକମଳୀ ରଙ୍ଗର ଦୋତାଲା କୋଠା ଉପରେ ବେଳବୁଡ଼ି ଖରା ପଡ଼ିଲେ ଅସମ୍ଭବ ସୁନ୍ଦର ଦେଖାଯାଏ। ଧଳାରଙ୍ଗର ହାଲୁକା ଲୁହାଗେଟ୍ ଉପରେ ସରୁପଟାରେ ନାଁ ଲେଖାଥିବା 'ସୁଧା କୁସୁମ'- ଇଂରେଜୀରେ। ଟିକିଏ ତଳକୁ ସେମିତି ଇଂରେଜୀରେ ଲେଖାଥିଲା– 'ବାଘକୁ ସାବଧାନ !'

'ମାନେ ?... ତା' ଭିତରେ ବାଘ ବୁଲୁଥିଲା ନା କ'ଣ ? ହୋଇପାରେ। ସେଇଠି ଯାହା ମନ ତାହା ବୁଲିବା କିଛି ବିଚିତ୍ର କଥା ନୁହେଁ।

ଘରଟା ବି ନିଛାଟିଆ। ପରିବେଶ ବି ନିର୍ଜନ।

ମୁଁ ଏବେ ରହୁଥିବା ଏ ଭଡ଼ାଘରକୁ ନୂଆ ଆସିଥାଏ। ଏକୁଟିଆ ରହୁଥାଏ। ସହରର ଏ ମୁଣ୍ଡେ ଏବେ ବି ବିଶେଷ ଘରଦ୍ୱାର ହାଟ-ବଜାର ଗହଳି ହୋଇନାହିଁ– ସେତେବେଳେ ତ ଆହୁରି ନିରୋଲା।

ସକାଳ ଦଶଟାରେ ଅଫିସ୍ ଗାଡ଼ି ଆସି ମୋତେ ନେଇଯାଉଥାଏ ପ୍ରାୟ ଦଶ କିଲୋମିଟର ଦୂରକୁ। ସେଇଠି ଅଫିସ୍, ସେଇଠି ଦ୍ୱିପ୍ରହର ଖିଆପିଆ। ଫେରିଲାବେଳେ ଗୋଟାଏ ଢାବାରୁ ରୁଟି ଆଉ ତଡ଼କା, ବେଳେବେଳେ ମାଂସ ଦୋପିଆଜି ନେଇ ଆସିଥାଏ। ହଟ୍କେସ୍ରେ ରାତିପାଇଁ।

ସେଦିନ ମୋ କାମ ସରିଗଲା ଖୁବ୍ ଚଞ୍ଚଳ। ପ୍ରାୟ ଚାରିଟାବେଳେ ଗାଡ଼ି ଅନ୍ୟକାମରେ ଆସୁଥିଲା। ମୁଁ ସେଥିରେ ଫେରିଆସିଲି। ଢାବାରେ କିଛି ମିଳିଲା ନାହିଁ।

ଏଣୁ ରାତିରେ ଓପାସ ଶୋଇବା ଏକରକମ ଅନିବାର୍ଯ୍ୟ । ମନେମନେ ସ୍ଥିରକରିନେଲି ଯେ ଏଥର ଯାଇ ପିଲାକୁ ନେଇ ନଆସିଲେ ରକ୍ଷାନାହିଁ । ସେଇଟା ଅଣ୍ଡ ଭାଗେ ମଧ ଅନିବାର୍ଯ୍ୟ ହୋଇଯିବ ବୋଲି ମୁଁ ଜାଣିନଥିଲି ।

ଘର ସାମ୍ନାରେ ଚୁପଚାପ ଓହ୍ଲାଇଗଲି ଖାଲି ହ୍ୟାଣ୍ଡକେସ୍ଟି ହାତରେ ଧରି । ଗାଡ଼ି ଡ୍ରାଇଭର ସଲାମ କରି ଚାଲିଗଲା । ମୁଁ ଘରକୁ ମୁହେଁଇ ଗଲାବେଳକୁ ଦେଖିଲି କେହି ଜଣେ ଭିତର ଗ୍ରୀଲ ପାଖରେ ଠିଆହୋଇ କଲିଂ ବେଲ ଚିପୁଟି । ତାକୁ ଏଡ଼େବଡ଼ ତାଲାଟା ଦିଶୁନାହିଁ ନା କ'ଣ ?

ମୁଁ ଗଲା ସଫା କରି ଜଣାଇଦେଲି ଯେ ମୁଁ ଆସିଗଲି ।

– "କାହାକୁ ଖୋଜୁଛନ୍ତି ?" – "ଯାହାଁ ସୁନିଲ ଶ୍ରୀବାସ୍ତବ ହେ ?"

– "ସୁନୀଲ ଶ୍ରୀବାସ୍ତବ ? ସେହିଭଳି କେହି ଏଠି ନାହାନ୍ତି ତ ?"

– "ଓ, ଆଇ ଆମ୍ ସରି !" କହି ଯିଏ ପାହାଚ ଓହ୍ଲାଇ ବାହାର ଗେଟ୍ଆଡ଼କୁ ପାଖେଇ ଆସିଲା ତାକୁ ସୁନ୍ଦରୀ ନକହି ଉପାୟ ନାହିଁ ।

ପାଇଜାମା, ପଞ୍ଜାବୀ ଦୁପଟ୍ଟା । ଠିଆ ନାକ । ଚଣା ଚଣା ଭ୍ରୁ । କାଶ୍ମୀରର ସ୍ଥିର ହ୍ରଦ ଆଉ ଅସୁମାରି ଫୁଲର ଉପବନ ସତେବା ସେ ନାରୀମୂର୍ତ୍ତିର ଉପାଦାନ । ମୁଁ ଆଢ଼ ହୋଇ ବାଟ ଛାଡ଼ିଦେଲି । ଭୁରୁଭୁରୁ ବାସ୍ନାଟିଏ ମୋ ସାମ୍ନା ଦେଇ ପାରିହେଇଗଲା ।

ମୁଁ ଉପରେ ପଡ଼ିଲାପରି ପଚାରିଲି– "ଆପଣଙ୍କର କିଛି କାମ ଥିଲା କି ସୁନିଲ ଶ୍ରୀବାସ୍ତବଙ୍କ ପାଖରେ ? ସେ ବୋଧେ ମୋ ଆଗରୁ ଏଇଠି ରହୁଥିଲେ । ... ମୋ ନା ଅରୁଣ ମିଶ୍ର । ମୁଁ ଆପଣଙ୍କର କୌଣସି ସାହାଯ୍ୟ କରିପାରିବି ଯଦି କହନ୍ତୁ ।"

– "ନୋ ଥାଙ୍କସ୍ !"

ତେଣିକି ଆଉ କିଛି କହିବା ନିଶ୍ଚୟ ଅଭଦ୍ରତା । କିନ୍ତୁ ସେ ପରିସ୍ଥିତିରେ ଭଦ୍ରତା ରଖିବା ସମ୍ଭବ ନଥିଲା । ମୁଁ କଥା ବଢ଼େଇଲି– "ଆପଣ କ'ଣ ଏଇଠି ଥାଆନ୍ତି ?"

ସେ ଉତ୍ତର ଦେଲାନାହିଁ । କେବଳ ସେ ୫ଖଣ୍ଡଗଛଟାକୁ ଆଙ୍ଗୁଠି ଟେକି ଦେଖାଇ ଦେଲା ।

ମୋ ଅଜାଣତରେ ମୁଁ ସତର୍କ ହୋଇଯାଉଥିଲି । ନୂଆ ଜାଗା । ସେ ହିନ୍ଦୀ କହୁଥିବା ତରୁଣୀ ଏଠି ବିଦେଶିନୀ । ବୋଧେ ତା' ପରିବାର ସାଥିରେ ସେଇ ୫ଖଣ୍ଡଗଛିଆ ଘରେ ଭଡ଼ାରେ ରହୁଛି... ବୋଧହୁଏ ଏଇଠି କିଛିଦିନ ନଥିଲେ । ନହେଲେ ଶ୍ରୀବାସ୍ତବ ଏବେ ମଧ ଏଠି ରହୁଛି ବୋଲି କାହିଁକି ଭାବିଥାନ୍ତା ?

ମୁଁ ସେମିତି ସେଇଠି ଠିଆହୋଇ ସେ ଅପସରିଯାଉଥିବା ଲମ୍ବ ବେଣୀଟିର ଦୋଳନକୁ ଚାହିଁରହିଲି ରାସ୍ତାର ବାଁ ମୋଡ଼ ପାଖରେ ଲୁଚିଯିବା ପର୍ଯ୍ୟନ୍ତ ।

ଘର ଭିତରେ ପଶି ପ୍ରଥମେ ଫୋନ୍ ଉଠେଇଲି-

– "କିଏ ପଣ୍ଡା କହୁଚ?"

– "ସାର୍ କହୁଚି। କ'ଣ ଅସୁବିଧା ହେଲା କି ସାର୍?"

– "ନାଇଁ କିଛି ଅସୁବିଧା ନାଇଁ। ଆଛା ଏ ଘରେ ମୋ ଆଗରୁ କିଏ ଥିଲା କହିପାରିବ?"

– "ଆମେତ ସାର୍ ଏ ଘରଟା ନୂଆ ନେଇଛୁ କମ୍ପାନୀ ତରଫରୁ। ଘରର ମାଲିକ କୈଳାସ ମହାପାତ୍ର। ସେ ଯ଼ା ଆଗରୁ କାହାକୁ ଦେଇଥିଲେ କହିପାରିବି ନାହିଁ। ତାଙ୍କର ଫୋନ୍ ଅଛି, ପଚାରିବି କି ସାର୍?"

– "ନା ଥାଉ, ମୁଁ ବୁଝୁଛି।"

– "ହେଲୋ, ମିଷ୍ଟର ମହାପାତ୍ର କହୁଛନ୍ତି?"

– "କହୁଛି।"

– "ଆଜ୍ଞା, ନମସ୍କାର! ମୁଁ ଆପଣଙ୍କର ଘରେ ନୂଆ ଭଡ଼ାରେ ଅଛି।"

– "ଓ, ମିଶ୍ରବାବୁ! ଆଛା, କହନ୍ତୁ କ'ଣ କିଛି କାମ ଥିଲା?"

– "ମୋ ଆଗରୁ ଯେ ସୁନିଲ ଶ୍ରୀବାସ୍ତବ ଏଠି ଥିଲେ ତାଙ୍କ ବିଷୟରେ କ'ଣ କିଛି କହିପାରିବେ କି?"

"ମାଇଁ ଗଡ୍! ଆପଣ ବି ସେ ଝିଅକୁ ଭେଟିଲେ ନା କ'ଣ?"

– "କୌଉ ଝିଅ?"

– "ସେଇ କାଶ୍ମୀର ଝିଅ ଯେ ଆସି ସୁନିଲ ଶ୍ରୀବାସ୍ତବ କଥା ପଚାରେ ଏବଂ ଚାଲିଯାଏ ସେ ଝାଉଁଗଛିଆ ଘରକୁ?"

– "ମାନେ, ଆପଣ କ'ଣ କହିବାକୁ ଚାହାଁନ୍ତି?"

– "ଏଇଆ ଯେ ସେ ଘରେ ସୁନିଲ ଶ୍ରୀବାସ୍ତବ ନାଁରେ କୌଣସି ଲୋକ ରହିନାହିଁ। ମୁଁ ଜମା ସେ ବିଷୟରେ କିଛି ଜାଣେ ନାହିଁ; କିନ୍ତୁ ମୋର ସବୁ ଭଡ଼ାଟିଆଙ୍କ ପାଖରେ ଏ ଘଟଣା ନିଶ୍ଚୟ ଘଟିଆସୁଚି। ଦିନେ ଜଣେ ତରୁଣୀ ଆସି ସୁନିଲ ଶ୍ରୀବାସ୍ତବ କଥା ବିଚାରି ଦେଇ ଚାଲିଯାଉଛି।"

– "ଆପଣ କ'ଣ ଏକଥା ନିଜେ ତଦନ୍ତ କରି ବୁଝିନାହାଁନ୍ତି?"

– "ବୁଝିଛି, କିଛି କିଛି; କିନ୍ତୁ ମୁଁ ଆପଣଙ୍କୁ କେବଳ ସତର୍କ କରିଦେବାକୁ ଚାହେଁ ଯେ ଆପଣ କଦାପି ସେ ଝାଉଁଗଛିଆ ଘରକୁ ଯିବେ ନାହିଁ।"

– "ଗଲେ କ'ଣ ବିପଦ ଆପଦ ଅଛି ନା କ'ଣ?"

– "ମୁଁ ସେକଥା କହିବି ନାହିଁ। କିନ୍ତୁ ସେଟିକି ଆପଣ ଜମା ଯାଆନ୍ତୁ ନାହିଁ

ଏବଂ ଆପଣ ମୋତେ ଭୁଲ୍ ବୁଝିବେ ନାହିଁ। ଯଦି କହିବି ଆପଣ ଚଞ୍ଚଳ ପରିବାର ନେଇଆସନ୍ତୁ। ମୁଁ ସୁବିଧାହେଲେ କାଲି ସକାଳେ ଆପଣଙ୍କ ପାଖକୁ ଆସିବି।"

କୈଳାସ ମହାପାତ୍ର ଫୋନ୍ ଥୋଇଦେବା ପରେ ମୁଁ ପ୍ରାୟ ଆତଙ୍କିତ ବୋଧ କରୁଥିଲି ଏବଂ ଭାବିପାରୁନଥିଲି କ'ଣ କରିବି? ଧର ଯଦି ରାତିହେଲେ ସେ ଝିଅ ପୁଣି ଚାଲିଆସେ? ମୁଁ ଗୋଟାପଣେ ଶୀତେଇଗଲି। ଠିଆହୋଇପଡ଼ି ଦେହରୁ ମନରୁ ବୁଢ଼ିଆଣୀ ଜାଲ ପୋଛିପକେଇଲି– "ଧେତ୍, ଏମିତି ଦିନବେଳଟାରେ ଅଲୌକିକ ଘଟିଯିବ ନା କ'ଣ?"

ଟପ୍ ଟପ୍ ପିଣ୍ଢାଯାଏ ଚାଲିଆସିଲି। କଲିଂ ବେଲ୍ ପାଖରେ ଯେଉଁଠି ଠିଆ ହୋଇଥିଲା ସେଇଠିକି ଚାହିଁରହିଲି। କାହିଁକି କେଜାଣି ମୋ ମଇଁଷିରା ହାଡ଼ କିଣ୍କିଣ୍ ଡାକଦେଲା। ଇଷତ୍ କମ୍ପିଗଲା ସାରା ଦେହ। ମୁଁ ଭୂଇଁରେ ଜୋରରେ ଲାତଟାଏ ମାରି ମେରୁଦଣ୍ଡଟାକୁ ଟାଣକରିନେଲି ଏବଂ ହଠାତ୍ ନିଷ୍ପତ୍ତି ନେଲି ଯେ ମୁଁ ସେ ଝାଉଁଗଛିଆ ଘରକୁ ଅଲବତ୍ ଯିବି ଏବଂ ଏବେ ସାଙ୍ଗେ ସାଙ୍ଗେ ଯିବି।

ଘରେ ତାଲାପକେଇ ମୁଁ ରାସ୍ତାକୁ ଆସିବାମାତ୍ରେ ମୋ ଆଗରେ ସେ ଝିଅ ଝଲମଲ ଦେଖାଗଲା ପରି ଲାଗିଲା। ମୁଁ ସତେବା ତା' ପଛେ ପଛେ ଯିବାକୁ ସେ ଇଙ୍ଗିତ କରୁଥିଲା।

ମୁଁ ସେ ଦୁଆରେ ପହଞ୍ଚ ଆଗ ତା'ର ପରିବେଶଟାକୁ କଲିବାକୁ ଚେଷ୍ଟାକଲି। ଚମ୍ପାଗଛ, ମଧୁମାଳତୀ, ଝାଉଁଗଛ, ଲୁହାଗେଟ୍‌ରେ ନାମଫଳକ ଏବଂ ତା' ତଳକୁ ଇଂରାଜୀରେ "ବାଘକୁ ସାବଧାନ!"

ସେଇଟି ମୋ ପାଦତଳିପା ସିରସିର୍ କଲା। ସତେବା ମୁଁ ଝାଉଁଗଛର ଶିଖଡ଼ାଲରୁ ତଳକୁ ଚାହିଁଦେଇଛି! ଝାଉଁଗଛ ଦୋହଲୁଚି ପବନରେ। ଘର ଭିତରେ ଶୂନ୍‌ଶାନ୍। ତା'ର ଚାରିପାଖ ଶୂନ୍‌ଶାନ୍। ସତେବା ମୁଁ ବାଘଗୁମ୍ଫା ସାମ୍ନାରେ ଠିଆହୋଇଯାଇଛି। କିନ୍ତୁ କୋଉଠି ଧୂଳିମଳିଟିକିଏ ନାହିଁ। ଘରଟି କାଚପରି ନିର୍ମଳ, ଚକ୍‌ଚକ୍।

ମୁଁ ଗେଟ୍ ଫିଟେଇବା ପାଇଁ ଉପର କଡ଼ାଟାକୁ ଟେକିଲି। ମୋ ହାତ ସାମାନ୍ୟ କମ୍ପୁଥିଲା। କଡ଼ା ଟେକିବାର ସେ ହାଲୁକା ଶବ୍ଦରେ ସାରା ପରିବେଶ କମ୍ପିଗଲା।

ମୁଁ କିନ୍ତୁ ଗେଟ୍ ନଫିଟେଇ ସେଇ କଡ଼ାଟାକୁ ହିଁ ଦୁଇଥର ବାଡ଼େଇଲି। ଯେ ସେ ଶବ୍ଦରେ ଘରୁ ବାହାରି ଆସି ପୋର୍ଟିକୋରେ ଠିଆହେଲା ତାକୁ ଦେଖି ମୋ ପିଲେହିପାଣି। ପ୍ରକାଣ୍ଡ ମଣିଷ। ମୁଣ୍ଡରେ ଟାଆଁସା କସରା ବାଲ। ଗହମରଙ୍ଗର ଆଫଗାନି ତେହେରା। ଲୁଙ୍ଗି ଆଉ ପଞ୍ଜାବୀପିନ୍ଧା ସେ ଲୋକଟା ମୋତେ ସେଇଠୁ କଟ୍‌ମଟ୍ କରି ଚାହିଁରହିଲା।

ମୋ ଆଡୁ ମୁଁ କହିଲି- "ଗୁଡ୍ ଇଭିନିଂ। ମୁଁ ୟା ଉପର ଲେନ୍ରେ ୧୩୨ ନମ୍ବର ଘରେ ରହେ।"

ସେ ଚଙ୍କିଲା ନାହିଁ। ଉତ୍ତର ନଦେଇ ସେମିତି କଟ୍ମଟ୍ ଚାହିଁରହିଲା। ବୋଧହୁଏ ମୁଁ କାହିଁକି ଆସିଛି ନଜାଣିବାଯାଏଁ ସେ ସେମିତି ନିବୁଜ କାନ୍ତୁପରି ଠିଆହେବ।

- "ଆପଣଙ୍କ ଘରୁ ଜଣେ ସୁନିଲ ଶ୍ରୀବାସ୍ତବଙ୍କୁ ଖୋଜି ମୋ ଘରେ ପହଞ୍ଚିଥିଲେ।"

- "ଓ ହୋ, ହୋ, ହୋ..."

ତା'ର ସେ କୁହାଟରେ ମୁଁ କୁଡ଼େଇ ହେଇପଡ଼ିଥାନ୍ତି।

"ଆଇଏ, ଆଇଏ"... କହି ସେ ଆସି ଗେଟ୍ ଖୋଲିଦେଲା।

ମୁଁ ବାଘ ଭୟରେ ଏଣେ ତେଣେ କନକନ ହୋଇ ଅନଉଥିଲି। ସେ ନିର୍ବିକାର ଯାଇ ବୈଠକଘର ଚୌକିରେ ସୋଫାରେ ବସିପଡ଼ି ମୋତେ ବି ବସିବାକୁ କହିଲା।

- "ଆଚ୍ଛା ତୋ ଫିର ଆପ୍ ହେଁ ସୁନିଲ ଶ୍ରୀବାସ୍ତବ ?"

ମୁଁ କୌଣସି ପ୍ରକାର ନିଜକୁ ସମ୍ଭାଳିଗଲି ଏବଂ ତୁରନ୍ତ ତାକୁ ସଂଶୋଧନ କରିବାକୁ କହିଲଇ- "ନା, ନା, ମୁଁ ସୁନିଲ ଶ୍ରୀବାସ୍ତବ ନୁହେଁ- ମୋ ନାଁ ଅରୁଣ ମିଶ୍ର, ଅରୁଣ ମିଶ୍ର !

- "ହମ୍ ସମଝଗୟେ ସୁନିଲ ଶ୍ରୀବାସ୍ତବ ସାବ୍!"

ମୁଁ ହଠାତ୍ କୌଣସି ଯନ୍ତାରେ ପଡ଼ିଗଲା ପରି ଅନୁଭବ କଲି ଏବଂ ପ୍ରତିବାଦରେ ବାହାରିଯିବାକୁ ଠିଆହେଇଗଲି।

ସେ ବାଘଭଳି ଝାଙ୍ପିପଡ଼ିଲା। ତା' ମୁଠାଭିତରେ ମୋ ବାଁ ଡେଣାଟି ମଲାଗଡ଼ିଶାପରି ନିଷ୍ଚେଷ୍ଟ ଓହଲି ରହିଲା- "ଆରେ, ଯବ୍ ଆ ହି ଗୟେ ହେଁ, ଅବ୍ କାହାଁ ଯାଇୟେଗା ?"

ସେ ଆସ୍ତେ ମୋତେ ପୁଣି ସୋଫାରେ ବସେଇଦେଲା।

- "ଆପ ମାନେ ୟା ନ ମାନେ, ହମାରେଲିଏ ତୋ ଆପ୍ ହିଁ ସୁନିଲ୍ ଶ୍ରୀବାସ୍ତବ।"

ପାଗଳ ନା କ'ଣ! ମୋ ଦେହରୁ ଝାଳ ଫିଟିଗଲା। ସେଇଟା ନିଷ୍ଚେ ଗୋଟାଏ ପାଗଲାଗାରଦ। ସେଇଠି ଯେ ଯାହା ଚାହିଁବ କରିନେଇପାରିବ। ସେଠୁ କୌଣସି ପ୍ରକାର ଖସିନଗଲେ ରକ୍ଷାନାହିଁ।

ମୁଁ ଉପସ୍ଥିତ ବୁଦ୍ଧି ପ୍ରୟୋଗକରି କହିଲି- "ଠିକ୍ ଚିହ୍ନିଛନ୍ତି। ମୁଁ ଭାବିଥିଲି ଆପଣ ଚିହ୍ନିପାରିବେ ନାହିଁ। ମୁଁ ସୁନିଲ୍ ଶ୍ରୀବାସ୍ତବ।"

– "ଦାସ୍ ଲାଇକ୍ ଏ ଗୁଡ୍ ବୟ ! ଆପ୍ ବୈଠେ, ମେଁ ଡଲିକୋ ବୁଲାତା ହୁଁ।"

ସେ ଉଠିଯିବାରୁ ମୋର ପ୍ରବଳ ଇଚ୍ଛାହେଲା–ସେଇଠୁ ଦୌଡ଼ି ପଳାଇ ଆସିବାକୁ। ଛାରିଆଡ଼ ଛପଛ୍ଛ ଲାଗୁଥାଏ। କୋଉ ଦିଗରୁ କ'ଣଟାଏ ହୁଏତ ଝାମ୍ପିପଡ଼ିବ ଏଭଳି ଆତଙ୍କ ମଡ଼େଇ ହୋଇପଡୁଥାଏ। ତଳିପେଟରୁ ତଳିପା ପର୍ଯ୍ୟନ୍ତ ଶୀତକଣ୍ଠ ମାରିଯାଉଥାଏ। ବାହାରେ ସଂଧ୍ୟା ନଇଁଆସିଥାଏ। ମେଘ ଗର୍ଜୁଥାଏ ଗୁମୁଗୁମୁ ବହୁଦୂରରୁ। ମୁଁ ତଥାପି ବସିଥାଏ, କାରଣ ଖେଳରେ ଗୋଡ଼ ବଢ଼େଇ ଦେବା ପରେ ଆଉ ଗୁଞ୍ଚିବା ସହଜ ନୁହେଁ। ତା' ବାହାରେ ଡଲିକୁ ଆଉଥରେ ଦେଖିବାକୁ ଲୋଭୀ ହେଉଥାଏ।

ମୃଦୁ ପାଦଶବ୍ଦ ପାଖେଇ ଆସିଲା। ମୁଁ ଅସୁସ୍ଥ ଉଦ୍‌ବିଗ୍ନ ବୋଧକଲି। ପରଦା ଆଡ଼େଇ ଚା'ଟ୍ ଧରି ପଶିଆସିଲା ସଲଣ୍ଠାର ପଞ୍ଜାବୀ ଦୁପଟ୍ଟାରେ ଶୋଭିତା ଆଉ ଜଣେ। ପ୍ରକାଣ୍ଡ ଚେହେରା – ପାଖାପାଖ୍ ଛ'ଫୁଟ ଉଚ୍ଚ। ଓଜନ ଆକାର ସେହିପରି। ନାରୀରୂପରେ ହସ୍ତିନୀଟିଏ। ଆଉ ଜଣଙ୍କର ଏଇ ବୋଧେ ମଣିକାଞ୍ଚନ ଯୋଡ଼ି।

ମୋ ଜିଭ ଭିଡ଼ିନେଲା। ମୁଁ ଆଉରି ଘାବରେଇଗଲି। ରସିକପଣିଆ କାହିଁ କୁଆଡ଼େ ଉଭେଇଗଲା।

– "ନମସ୍ତେ ଶ୍ରୀବାସ୍ତବ ସାବ୍।"

ମୁଁ ହାତଯୋଡ଼ି ନିରୁପାୟ ଭାବରେ ଉତ୍ତରଦେଲି– "ନମସ୍ତେ।"

– "ମୁଝେ ମାଲୁମ୍‌ହେ ଆପ୍ ଚାୟମେ କମ୍ ସକ୍କର ପସନ୍ଦ କରତେ ହେଁ। ମେ ତୋ ଔହି ପୁରାନେ ଆଦତ୍ ସେ ଢ଼ାଇଚମତ ଲେଟି ହୁଁ।"

ତା'ପରେ ଭୂତଳ କମ୍ପିଲାପରି ଦୁଲଢୁଲ ହସ।

ମୁଁ ଚା' ଉଠାଇଲାବେଳେ ମୋ ହାତ ଈଷତ୍ କମ୍ପୁଥାଏ। ମୁଁ ଭାବିପାରୁନଥାଏ ତେଣିକି କ'ଣ ହବ ?

– "ଆପ୍ ଅକେଲେ ହେଁ, ତକ୍‌ଲିଫ୍ ଉଠାତେ ହେଁ। ଆଜ୍ ରାତ୍ କୋ ଯହିଁ ଖାନା ଖାଇଏଗା।"

– "ଆରେ ନାହିଁ, ନାହିଁ! ମୋ ପାଇଁ ଆପଣ କାହିଁକି ଏତେ କଷ୍ଟ କରୁଛନ୍ତି ?"

– "ଅଭି ଭି ଆପ୍ ଔହି ମଜାକ୍ କରତେ ହେଁ। ଆରେ, ଆପ୍ ଅପନି ବୋଲି ମେ ବାତ୍ କିଜିୟେ। କ୍ୟା ଗଡ଼ର ଗଡ଼ର କର ରହେ ହେଁ!"

ଭାବିଲି ବୋଧେ ତେଣିକି ମୃତ୍ୟୁ ସୁନିଶ୍ଚିତ। ମୁଁ ହିନ୍ଦୀ କହିବା ଆରମ୍ଭ କରିଦେଲେ ଅଭିନୟ ସରିଯିବ। ଅଳ୍ପ କଥା ଆଉ ଠାର ମିଶାଇ ଯେତେଦୂର ସମ୍ଭବ ଚଳେଇ ନେବାକୁ ସ୍ଥିରକଲି।

- "ଆଜି ଦିନର୍ କ୍ଲବରେ ଅଛି- କାଲି ଦେଖିବା।"

ପୁଣି ଦୁଲ୍‌ଦୁଲ୍ ହସ।

- "ସଚମୁଚ୍ ଆପ୍ ଏ ଗଡ଼ର ଗଡ଼ର ବହୁତ ଅଛି ତରହ ବୋଲ୍‌ତେ ହେଁ- ବିଲ୍‌କୁଲ୍ ଇସ୍ ମୁଲ୍‌କକେ ଲୋଗୋଁକେ ତରହ।" ମୁଁ ହସିବା ପାଇଁ ଦାନ୍ତ ନେଫେଡ଼ି ରଖିଲି ଏବଂ ଚା' ପିଇବା ଭିତରେ ଖସିବାର ଉପାୟ ଚିନ୍ତାକରୁଥିଲି।

ମଝିରେ ସେ ଗର୍ଜିଲେ- "ଓ ଜି ଶୁନ୍‌ତେ ହୋ..."

ପାଲଟା ଗର୍ଜନ ଶୁଭିଲା- "କ୍ୟା ହେ?"

ଏଥୁ ଶୁଭିଲା- "ଜରା ଆଓ ତୋ।"

ସେ ଭୀମକାୟ ଲୋକଟି ଆସି ଠିଆହେଲା, "ବୋଲୋ, କ୍ୟା ହେ?"

- "ଆଜ୍ ରାତ୍ କୋ ଶ୍ରୀବାସ୍ତବ ହମାରେ ୟହାଁ ଖାନା ଖାଏଙ୍ଗେ।"

- "ମୁଝେ ମାଲୁମ୍ ହେ। ମେଁ ଉସ୍‌କି ତେୟାରି କର ରହା ଥା।"

ମୁଁ ଜାଣିଗଲି ଯେ ମୋର ମୃତ୍ୟୁ ନିଶ୍ଚିତ। ସେ ମୋ ପାଇଁ ଡିନର୍ କରୁନଥିଲା। ମୋତେ ହିଁ ଡିନର୍ କରିବାର ବ୍ୟବସ୍ଥା କରୁଥିଲା। ଏଇଟା ତାଙ୍କର ଯୋଜନା ଭିତରେ ଥିଲା। କେହି କାହାକୁ ପଚାରିବା ଦରକାର ନାହିଁ। ସେମାନେ ମୋତେ ମାରିବାର ଉପାୟ ବୋଧେ ଖଞ୍ଜି ରଖିଛନ୍ତି। ମୋତେ ବଲାତ୍‌କାରେ କ'ଣ ଖୁଆଇ ବେହୋସ୍ କରିଦେଲା ପରେ ବାକି କାର୍ଯ୍ୟ ତାଙ୍କ ଢଙ୍ଗରେ ସେମାନେ କରିଯିବେ।

ମୁଁ ଚା' କପ୍ ଥୋଇଦେଇ ଉଠିଲି- "ଚା' ପାଇଁ ଧନ୍ୟବାଦ। ନମସ୍ତେ ମୁଁ ଆସୁଚି!"

... "ଆରେ କହାଁ ଜାଇଏଗା? ଆପ୍‌କୋ ଖାନା ଖାକର୍ ହିଁ ଜାନାପଡ଼େଗା ଜି।"

ଏତିକି କହି ସେ ମୋ ଆଡ଼କୁ ପାଦେ ଆଗେଇ ଆସିବାରୁ ମୁଁ ନଥ କିନା ଚୌକିରେ ପୁଣି ବସିପଡ଼ିଲି।

- "ଦାତ୍‌ସ ଲାଇକ୍ ଏ ଗୁଡ଼ ବୟ!"

ସେ ଦୁହେଁ ପରସ୍ପରକୁ ଚାହିଁ ବସିଲେ ଏକାପରି। ଏତିକିବେଳେ ଗୋଟାଏ ପୋଚା ଫୁରୁକୁଟିଆ ଗନ୍ଧ ମୋ ନାକରେ ବାଜିଲା। ମୁଁ ରୁମାଲ ନାକରେ ଦେବା ଦେଖି ସେ ମାଇକିନା ସେ ମର୍ଦ୍ଦକୁ ଚାହିଁଲା। ଲୋକଟା ବିଜୁଲି ବେଗରେ ସେଇଠୁ ଚାଲିଗଲା। କୁଆଡ଼େ ଗଲା, କାହିଁକି ଗଲା- କହିବା କଷ୍ଟ। କିନ୍ତୁ ମୋର ହଠାତ୍ ମନେପଡ଼ିଗଲା ଯେ, ବାଘ ଯେତା ପାଖରେ ଏମିତି ଗନ୍ଧହୁଏ। ପୋଚା ମାଂସ ଫୁରୁକୁଟିଆ ଗନ୍ଧ। ମୋ ଦେହରୁ ଯମଖାଲ ବୋହିଗଲା। ଏଠି ତା'ହେଲେ ସତକୁସତ ବାଘ ପୋଷା ହେଇଚି!

ଚା' ପିଇସାରି ସେ ହିଡ଼ିୟ1 ମୋ ଆଡ଼କୁ ଏକଲୟରେ ଚାହିଁରହିଲା। କୌଣସି ଠଟ୍ଟା ପରିହାସ ନାହିଁ। ହସହସ ନାହିଁ। ଏତେ ମୁହଁକରି କିଛି ସମୟ ବସିଲା ପରେ ଚାଲିଗଲା। ମୁଁ ଆହୁରି ବିପଦ ମଣିଲି। ଏଣିକି କ'ଣ ହେବଟି ? ଏତିକିବେଳେ ସେ ସୁନ୍ଦରୀ ଝିଅଟି ଆସିଯାଆନ୍ତା ଭଲା ? ଏ ଘନୀଭୂତ ବିପଦବେଳରେ ତାକୁ ଥରେ ଦେଖିଦେଲେ ସବୁ ଦୁଃଖ ଭୁଲିହୋଇଯାଆନ୍ତା। ସେ ପ୍ରକୃତରେ କିଏ ? ସେ କ'ଣ ଏମାନଙ୍କ ଝିଅ ? ଏ ଅସୁର ଦମ୍ପତି କ'ଣ ସେପରି ସୁଶ୍ରୀ ଦେବକନ୍ୟାକୁ ଜନ୍ମଦେଇପାରନ୍ତି ?

କିନ୍ତୁ ଏ ଦୁହେଁ କ'ଣ ସତରେ ପତି-ପତ୍ନୀ ନା ଆଉ କିଛି ?

ଯା'ଭିତରୁ ଏ 'ସୁଧା କୁସୁମ'ଟି କିଏ ? କାହାର ସେ ନାମଫଳକ ଗେଟ୍‌ରେ ଲାଗିଛି ?

ମୁଁ କୌଣସି ପ୍ରଶ୍ନର ଉତ୍ତର କାହା ପାଖରୁ ଜାଣିପାରିବିନାହିଁ। ମୋ ଭିତରେ ସେତେବେଳେ କୌତୁହଳ ଅପେକ୍ଷା ଭୟ ହିଁ ବେଶୀ କାମ କରୁଥିଲା। ମୁଁ ଚାରିଆଡ଼କୁ ଚାହିଁଚାହିଁକରି ଆସ୍ତେ ଉଠିଲି। ମୋ ଭିତର ପ୍ରବୃତ୍ତି ମୋତେ କେତେବେଳେ ପୋର୍ଟିକୋ ପାଖରେ ଠିଆ କରାଇଦେଇଥିଲା–ସେଇଠୁ ରାସ୍ତା ଗେଟ୍‌ ମାତ୍ର ତିରିଶ ପାହୁଣ୍ଡ କଥା।

ବାଟରେ ହୁଏତ ବାଘ ଝାମ୍ପିନେବ। ନେଲେ ନଉ- ସେ ବରଂ ଭଲ; ନହେଲେ ବାଘଠାରୁ ଆହୁରି ଭୟଙ୍କର ଜୀବମାନେ ମୋତେ ଡିନର ଟେବୁଲରେ ପକେଇ କଞ୍ଚା ଖାଇଯିବେ।

ମୁଁ ନିଶ୍ୱାସ ରୋଧିନେଲି। ଆଖିବୁଜି କ୍ଷେପିଗଲି ଗେଟ୍‌ଯାଏଁ। କେଡ଼ାଣି କେମିତି ଗେଟ୍‌ ଭିତରେ ମୁଁ ଗଳିଗଲି ରାସ୍ତା ଉପରକୁ। ଦେଖିଲାବେଳକୁ ସେ କାନ୍ଥାର ସୁନ୍ଦରୀ ଗେଟ୍‌ ଖୋଲି ଠିଆହୋଇଟି। ଅଦ୍ଧ ହସି ପଚାରୁଛି- ଅପ ଡିନର୍‌ ନେହିଁ ଲେଙ୍ଗେ ?

ମୋର ଗୋଡ଼ଠଣ୍ଡୁ ମୁଣ୍ଡଯାଏ ଠକ୍‌ ଠକ୍‌ ଥରୁଥାଏ, ଝାଳରେ ବୁଡ଼ିଯାଉଥାଏ। ଡିନର୍‌ ? ଆରେ ବାପ୍‌ରେ !!

ମୁଁ ପ୍ରାଣ ବିକଳରେ ସେଇଠୁ ଯୋଡ଼ିଛାଡ଼ିଲି। ମୋ ପଛରେ ଝାଉଁଗଛରୁ ପକ୍ଷୀଟିଏ ଡାକିଲା କୁଲ୍‌ କୁଲ୍‌। ହୋଇପାରେ ସେ ଝିଅଟି ବୋଧେ ସେମିତି ହସୁଥିଲା।

ଘରବାରଣ୍ଡା ଦାଣ୍ଡରେ ଠିଆହୋଇ ଧକେଇଲି କିଛି ସମୟ। ସାମନା ବତୀଖୁଣ୍ଟରୁ ଆଲୁଅ ପଡ଼ୁଥାଏ। ମୁଁ ସେଇଟି କଲିଂବେଲ ତଳକୁ ପାହାଚରେ ବସିପଡ଼ିଲି। ମୋତେ ସେ ଅଦ୍ଧା ଅଦ୍ଧା ମାଇକିନା ଅସ୍ଥିର ଦିଶିଯାଉଥାନ୍ତି ଦୁଃସ୍ୱପ୍ନ କରି। ଧର ଯଦି ସେମାନେ ଏପର୍ଯ୍ୟନ୍ତ ମାଡ଼ିଆସିବେ।

ମୁଁ ଧଡ଼ାସ୍‌କିନା ଉଠିପଡ଼ି ତାଲା ଫିଟେଇ ଘରେ ପଶିଗଲି। ଭିତରୁ ଡାଲାପକେଇ

ଗ୍ରିଲ୍ ବାଟେ ବାହାରକୁ ଚାହିଁଲି। ଅନ୍ଧାର ଘନୀଭୂତ ହେଉଥାଏ ରାସ୍ତାରେ– ଆକାଶର ଫାଉଁଗଛ ଶିଖରେ।

ରାସ୍ତାରେ ଦୁଇଟା ରିକ୍ସାରେ ଯିବା ଆସିବା କଲା। କଥାବାର୍ତ୍ତା ହୋଇ ମୋ ସାଧାରଣ କାତର ମଣିଷମାନେ ବାଁରୁ ଡାହାଣକୁ ଚାଲିଗଲେ। ମୋତେ ଅନେକ ପରିମାଣରେ ଦମ୍ଭଲାଗିଲା। ରାସ୍ତାକୁ ପଛକରି ଘର ଭିତରେ ପଶିଲି।

ମୋ ପିଠିସାରା ଶୀତକଣ୍ଟା ମାରିଗଲା। ଖୁବ୍ ମୃଦୁ ଅଥଚ ସ୍ପଷ୍ଟ ମଧୁର ସ୍ୱରେ ଶୁଭିଲାପରି ଲାଗିଲା– "ଯାହାଁ ସୁନିଲ ଶ୍ରୀବାସ୍ତବ ହେଁ?"

ମୁଁ ଧଡ଼କିନା ବୁଲିପଡ଼ିଲି। କେହି କୁଆଡ଼େ ନଥିଲେ। ମୁଁ ଘରେ ସବୁଯାକ ଆଲୁଅ ହାଉ ହାଉ ଜାଳିଦେଲି। ସବୁ ବଖରାରେ ଅଢ଼ିକନ୍ଦି ଦେଖିଦେଲି। ଏପରିକି ଖଟତଳ ସୁଦ୍ଧା ତନଖି କରିନେଲି।

ମୋ ମଣ୍ଟ ଦୋହଲି ଯାଇଥିଲା। ମୁଁ ଚକାପକେଇ ବସି ବଡ଼ପାଟିରେ ଗୀତା ପଢ଼ିଲି। ମଝିରେ ମୋ ବାଁ ଡେଣାଟାକୁ କିଏ ପୁଣି ଧରି ଦେଉଥାଏ ତା' ପଞ୍ଜରେ। ମୁଁ ନିଃଶ୍ୱାସ ରୋଧ୍ ଏଣେ ତେଣେ ଚାହୁଁଥାଏ– ପୁଣି ଅଧାରେ ଛାଡ଼ିଥିବା ପଦକୁ ଦୋହରାଉଥାଏ।

ରାତି ପ୍ରାୟ ନ'ଟା ବେଳକୁ କଲିଂବେଲ୍ ବାଜିଉଠିଲା। ମୋ ହାତରୁ ଗୀତା ଖସିପଡ଼ିଲା। କଲିଜା ଆସି ତଣ୍ଟି ପାଖରେ ବାଡ଼େଇହେଲା। ଏଥର ସେମାନେ ନିଶ୍ଚେ ଆସିଗଲେ! ଆଉ ରକ୍ଷା ନାହିଁ!

ବେଲ୍ ପୁଣି ବାଜିଲା। ମୁଁ ମୋର ସବୁ ବଳ ଖଟେଇ ପାଟିକଲି "କିଏ? ହୁ ଇଜ୍ ଦେୟାର? କୌନ୍ ହେ??"

ତିନିଟା ଭାଷାରେ ଏ ଛୋଟ ପ୍ରଶ୍ନଟିକୁ ଏତେ ଜୋରରେ ମୁଁ କାହିଁକି ପଚାରିଲି କହିପାରିବି ନାହିଁ।

"ସାର୍ ମୁଁ ବୃନ୍ଦା!"

ମୋତେ କିଛି ସମୟ ଲାଗିଲା ଠଉରେଇବାକୁ ଯେ ସେ ହେଉଛି ଅଫିସ୍ ପିଅନ୍ ବୃନ୍ଦାବନ–ଡାକ ନାଁ ବୁରୁଡା!

ମୁଁ ଆଶ୍ଚର୍ଯ୍ୟ ହେଲି ଅନେକ। ଖୁସି ହେଇଗଲି ତା'ଠୁ ବେଶୀ; କିନ୍ତୁ ସେମିତି ତେଜା ଗଲାରେ ପଚାରିଲି–

– "କଣ ଦରକାର? ରାତି ଅଧରେ ଆସି କାହିଁକି ଡିଷ୍ଟର୍ବ କରୁଚୁ?"

– "ସାର୍, ପଣ୍ଡାବାବୁ ଆପଣଙ୍କ ପାଇଁ ଖାଇବା ପଠାଇଛନ୍ତି।"

– "କାହିଁକି?"

ସେ ଶଙ୍କିଯାଇ କହିଲା, "ସାର, ଡ୍ରାଇଭର କହିଲା ଯେ ଆଜି ପଞ୍ଜାବୀ ଢାବାରୁ କିଛି ଆଣିନାହାନ୍ତି ରାତିରେ ଖାଇବାକୁ। ପଣ୍ଡାବାବୁ ସେଥିପାଇଁ ମତେ ଟିଫିନ୍ କେରିଅର୍ ଦେଇ ପଠେଇଲେ।"

– "ହୁଁ"।

ମୋର ମିଜାଜ୍ ଥଣ୍ଡାପଡ଼ିଲା। ଭିତରୁ ସ୍ଥିର ହେଇଗଲା। କିଛି ନହେଲେ ଜଣକୁ ଦି'ଜଣ ହେଇଗଲେ କେତେ ବଳ!

ମୁଁ ତାଲା ଫିଟେଇ ବୁରୁଢାକୁ ଆସିବାକୁ କହିଲି। ସେତେବେଳେ ବର୍ଷା ଆରମ୍ଭ ହେଇଯାଇଥିଲା। ମୋତେ ଭୋକ ବି କରୁଥିଲା। ମୁଁ ଟିଫିନ୍ କେରିଅର୍ ଖୋଲି ଦେଖିଲି – କିଛି ପରଟା, ମାଂସ, ଆଳୁଦମ୍ ଆଉ ଡବଲ୍ ଭାତ।

ମୁଁ ଡାକିଲି ବୁରୁଢାକୁ– "ଆରେ ତୁ ତ ଖାଇ ନଥିବୁ।" ତାକୁ ଭାତ ଆଳୁଦମ୍ ବଢ଼େଇଦେଇ ମୁଁ ବସିଗଲି ଖାଇବାରେ। ପେଟରେ ଅନ୍ନ ପଡ଼ିବାରୁ ପଞ୍ଚପ୍ରାଣ ସ୍ଥିର ହୋଇଆସିଲା। ବୁରୁଢା ଆର ବଖରାରେ ଥିବାରୁ ଖୁବ୍ ଦମ୍ ବି ଲାଗିଲା।

ଖାଇଦେଇ ମୁଁ କହିଲି, "ଦେଖ୍ ବୁରୁଢା, ଏ ବର୍ଷା ଅନ୍ଧାର ରାତିରେ ତତେ ଦଶ କିଲୋମିଟର ଯିବା ଦରକାର ନାହିଁ। ତୁ ଏଇଠି ଶୋଇଯା, କାଲି ସକାଳୁ ଯିବୁ।"

ସେ ଉଁ ଚୁଁ କିଛି କଲା ନାହିଁ। ସାଇବଙ୍କ ଆଦେଶ!

ମୁଁ ଫୋନ୍ ଲଗେଇଲି କୈଳାସ ମହାପାତ୍ରକୁ। କେହି ଉଠେଇଲେ ନାହିଁ। ପୁଣି ଲଗେଇଲି। ଫୋନ୍ ଉଠିଲା।

– "ଆଜ୍ଞା କିଏ କହୁଛନ୍ତି?"

– "ବୁଢ଼୍ବକ୍! ଆରେ ମହାପାତ୍ରବାବୁଙ୍କୁ ଫୋନ୍ ଦେ।"

– "ସାରେ, ବାବୁ ମା ସମେତ ଏଇନା କଲକତା ବାହାରିଗଲେ ପା! ଫୋନ୍ ଆଇଲା। କଲିକତାରେ ତାଙ୍କ ଝିଅର ଆକ୍ସିଡ଼େଣ୍ଟ ହେଇଚି।" ସେ ଫୋନ୍ ଥୋଇଦେଲା।

ମୁଁ ଶୂନ୍ୟକୁ ଚାହିଁରହିଲି କିଛି ସମୟ।

– "ଠିକ୍ ଅଛି। ମୁଁ ନିଜେ ଯିବି କାଲି ସକାଳୁ! ଦିନବେଳେ ବାଘ ନା ଫାଗ। ପୋଲିସକୁ ଖବରଦେବି। ସାରା ଘର ଖାନ୍ତଲାସ କରିଦେବି। କିଏ ସେସବୁ ଏଠି ଆସି ନବରଙ୍ଗ ଲଗେଇଛନ୍ତି। କ'ଣ ନା' ସୁନିଲ ଶ୍ରୀବାସ୍ତବ ଯେ ମନ ସେ।"

ନିଜ ହାତ ପାପୁଲିରେ ମୁଷ୍ଟିମାରି କହିଲେ– "ହମ୍ ଦେଖ୍ଲେଙ୍ଗେ।"

ସାରା ରାତି ମୋ ପାଇଁ ଏକ ଅସରନ୍ତି ଦୁଃସ୍ୱପ୍ନ। ରାତିମତ ବାଘ ସାଙ୍ଗେ ଲଢ଼େଇ। ଆତଙ୍କ ଭିତରେ ମନମୋହିନୀର ମାୟା ଗୁନ୍ଥି ହୋଇ ରହିଥାଏ ଲୁହା ତାର

ବାଡ଼ରେ ରଙ୍ଗଶିଳତାପରି। ସପ୍ତଫେଣିର ଅରଣ୍ୟ ଭିତରେ ମୁଁ ବୃତ୍ତହୀନ ଚାମେଲିଟିଏ ଆଡ଼କୁ ହାତ ବଢ଼େଇଛି। ମୋତେ ଚାରିଆଡ଼ୁ ବେଢ଼ିରହିଥିବା ଦୀର୍ଘ କଙ୍କାଳମାନଙ୍କ ଭିତରେ ପ୍ରଜାପତିଟିଏ ଉଡ଼ିବୁଲିଛି ପଞ୍ଜରା ହାଡ଼ମାନଙ୍କ ସନ୍ଧିରେ। କିମିତି ଅନ୍ଧାର ଗୁମ୍ଫା ଭିତରେ ବହୁଦୂରରୁ କିଏ ଡାକିଛି... "ସୁନିଲ୍ ଶ୍ରୀବାସ୍ତବ!" ... ଏବଂ ଗୁମ୍ଫା ଭିତରେ ସେ ଅଜବ ନାଁ କାନ୍ଥରୁ କାନ୍ଥକୁ ବାଡ଼େଇହୋଇ ଗୁମୁରୁଛି। ଭୂଇଁ ଟଳମଳ ହୋଇଛି।

ମୋତେ ବାରମ୍ବାର କଲିଂବେଲ୍ ବାଜିବାର ଶୁଭିଛି। ରାତିସାରା ଘରଯାକ ହାଉ ହାଉ ଆଲୁଅ ଜଳୁଥିବାବେଳେ ମୁଁ ବାରମ୍ବାର ଯାଉଛି ପିଣ୍ଡା ପର୍ଯ୍ୟନ୍ତ। ପିଣ୍ଡାରେ ବୁରୁନ୍ଦା ଘୁଙ୍ଗୁଡ଼ି ମାରିବାର ଶୁଣି ଫେରିଆସିଛି। ରାତିରେ ପାଣି ପିଇଛି ଅନେକଥର। ବାହାରେ ତୁହାକୁ ତୁହା ବର୍ଷା ଛେଚିଛି ରାତିସାରା।

ବୁରୁନ୍ଦା ଡାକରେ ମୁଁ ଚମକି ପଡ଼ିଲି। ଚୌକିଟା ଉପରେ ପାହାନ୍ତା ପହରକୁ ମୋତେ ବୋଧେ ନିଦ ଲାଗିଯାଇଥିଲା।

– "ଚା' ଆଣିଦେବି କି ସାର୍?"

– "ନା' ତୁ ଏଇଠି ଥା, ମୁଁ ଆସୁଛି।"

ସେତେବେଳକୁ ବେଶ୍ ଆଲୁଅ ହୋଇଗଲାଣି। ମୁଁ ସେ ଝାଉଁଗଛିଆ ଘର ଆଗରେ ପହଞ୍ଚିଲି। ମୋତେ ତଥାପି ଛନଛନ ଲାଗୁଥାଏ। ମଡ଼େଇପଡ଼ିଲା ପରି ଲାଗୁଥାଏ।

ଗେଟ୍‌ରେ ତାଲା। 'ସୁଧା କୁସୁମ' ନାମ ଫଳକ ନାହିଁ କି 'ବାଘକୁ ସାବଧାନ' ପଟା ଖଣ୍ଡକ ନାହିଁ। ମୁଁ ଘରଟାକୁ ଚାହିଁଲି। ଆଖିକାନ ବୁଜି ନିବୁଜ ହୋଇଯାଇଛି– ସତେ ବା କେହି କେତେବେଳେ ସେଠି ନଥିଲେ।

ସେ ସବୁ କ'ଣ ତା'ହେଲେ? ସେ ମାୟାବିନୀ, ସେ ଅର୍ଦ୍ଧା ଅର୍ଦ୍ଧା ଅସ୍ଥିରା ମାଇକିନା, ଅନ୍ତରାଳରେ ସେ ବାଘ... ଆଉ ସେ ନାଁଟା ସୁନିଲ ଶ୍ରୀବାସ୍ତବ?

ମୁଁ ଫାଉକିନା ଜଳିଉଠିଲି ରାଗରେ। ମୋ ନିଜ ଉପରେ। ମୁଁ ସେ ଗେଟ୍‌ଟାକୁ ବାଁ ଡାହାଣ ଗୋଇଠା ମାରିଦେଇଗଲି।

ଗୋଟାଏ ବାଙ୍ଗରା ନେପାଳୀ ଆସି ତାଟକା ହୋଇ ମୋତେ ଚାହିଁଲା। ତା' ମନକୁ କହିଲା– "ଓ ସବ୍ ଚଲେଗୟେ ସା'ବ୍! ଅଭି ଅଭି ଗାଡ଼ିମେ ସାମାନ୍ ଲୋଡ୍ କରେକେ ଚଲେଗୟେ।"

– "କିଏ ସେମାନେ।"

– "ହମେ ନହିଁ ମାଲୁମ୍ ସା'ବ୍।"

ନେପାଳିଟି ଡରିଲା ଡରିଲା। ଆଖିରେ ସେ ଘରଆଡ଼େ ଚାହିଁଦେଇ ସେଇଠୁ ଚାଲିଗଲା।

ତାକୁ ମୁଁ ଆଉଥରେ ପାଇଥିଲେ ବି ପଚାରିଥାନ୍ତି– ପାଇଲି ନାହିଁ। ଖୋଜିବାକୁ ମୁଁ ଚାହିଁଲି ନାହିଁ। ଆଉ ଯାହାକୁ ପଚାରୁଚି କେହି କିଛି କହିପାରୁନାହାନ୍ତି।

ଆଉ ସେ ମହାପାତ୍ରକା ବଚା– ସେ ହାରାମି କଲିକତାରୁ ଏଯାଏଁ ଫେରିନାହିଁ। ତା' ଠିକଣା ବି କାହାକୁ ଜଣାଇନାହିଁ। ମୋ ଉପରେ ଘରଭଡ଼ା ଜମାହୋଇ ଚାଲିଛି। ମୁଁ ପ୍ରାୟ ଦିନ ଖବର ନଉଚି। ସେହି ତ କହିପାରିବ ସୁନିଲ୍ ଶ୍ରୀବାସ୍ତବ କିଏ? ତା'ପରେ ସବୁ ଗଣ୍ଠି ଫିଟିଯିବ ଗୋଟିକ ପରେ ଗୋଟିଏ।

ମୋ ମନ ଭିତରେ କହୁଚି କୈଳାସ ନିଶ୍ଚୟ ଜାଣିଛି ସବୁକଥା। କିନ୍ତୁ କୈଳାସ ମହାପାତ୍ର କାହିଁ? କାଲି କିଏ କହୁଥିଲା ଯେ ସେ ୫।ଉଁଗଛିଆ ଘରଟା ବି କୈଳାସ ମହାପାତ୍ରର! ମାଇଁ ଗଡ଼୍!!

BLACK EAGLE BOOKS

www.blackeaglebooks.org
info@blackeaglebooks.org

Black Eagle Books, an independent publisher, was founded as a nonprofit organization in April, 2019. It is our mission to connect and engage the Indian diaspora and the world at large with the best of works of world literature published on a collaborative platform, with special emphasis on foregrounding Contemporary Classics and New Writing.